ADIÓS, MIRLO, ADIÓS (BYE BYE BLACKBIRD)

ADIÓS, MIRLO, ADIÓS (BYE BYE BLACKBIRD)

Manuel Cerdà

Nueva edición

Adiós, mirlo, adiós (Bye, Bye, Blackbird)
© Manuel Cerdà, 2016
EdA 2019 (Edición del Autor)

Fotografía de portada: Nelo Cerdà ©

ISBN-13 978-84-617-4335-3

A Aga

ÍNDICE

Había una vez un mitin comunista en Union Square. La policía vino a romperlo, y pronto los agentes empezaron a utilizar sus porras. Uno de los manifestantes objetó que no era comunista sino anticomunista. "No me importa qué clase de comunista es usted", dijo el funcionario, y continuaron golpeándolo.

Jason Epstein, "The CIA and the Intellectuals", *The New York Review of Books*, 20 de abril de 1967.

Capítulo I

1

CENTRAL PARK hacía tiempo que había dejado de ser el lugar plácido y refinado del momento de su inauguración; tampoco lo era la sociedad que le daba significado. Desde principios del siglo XX, los automóviles —cada día más abundantes— circulaban por donde les venía en gana, acosando con su ruido y sus humos a los paseantes de siempre y a nuevos usuarios que jugaban al fútbol americano o al béisbol en improvisadas pistas sobre su cada vez más maltratada hierba. No faltaba quien hacía del vandalismo su principal pasatiempo.

Su aspecto en el atardecer del 11 de noviembre de 1918, como en los días, y en los meses y años, anteriores a este, parecía confirmar que las consecuencias de la catástrofe bélica que había devastado el viejo continente iban a repercutir también sobre el nuevo. Ciertamente, sobre su superficie no se había producido batalla alguna ni caído ningún obús, pero nadie lo diría viendo sus grandes extensiones de tierra desnuda, repletas de hoyos, hierbas y hierbajos, cuarteadas cuando no llenas de barro, los bancos rotos, volcados muchos de ellos con las patas hacia arriba.

El sol, intermitente durante toda la jornada, comenzaba a despedirse de los pocos que aprovechaban las últimas luces del día para pasear por el destartalado paisaje; con el crepúsculo llegaban los rayos más refulgentes, si bien eran ya los menos cálidos. Ni una brizna de viento, la seca hojarasca esparcida por el suelo resonaba al ser pisada: ¡chas!, ¡chas!; los árboles, silentes, nada decían; la calma era absoluta, como siempre antes, o después, de una batalla.

Camila y William eran asiduos de Central Park. Un par de años antes habían abandonado su apartamento en el tramo de la Sexta Avenida situado entre las calles 14 y 23 y mudado a Madison Avenue, cerca del hotel Plaza. Solían dar un largo paseo al final de la tarde siempre que sus ocupaciones se lo permitían. Normalmente les acompañaba Sam, su hijo, que por aquel entonces tenía diez años. Camila Valls, a sus cuarenta y cuatro años de edad, era una reputada soprano lírica que había iniciado su carrera en París en 1897 representando el papel de Fanny Legrand en la ópera de Massenet *Sapho*, un papel en el que no acabó de sentirse a gusto, según confesó años más tarde al explicar los motivos por los que terminó abrazando el jazz. No era esta, sin embargo, la única razón. Ella lo sabía, pero no lo hacía público, ni siquiera a quien se hallaba en el origen de su actitud, su marido, William Sutherland, un estadounidense que había conocido en París en 1903. Entre ellos surgió enseguida una irrefrenable atracción que se transformó en amor. Poco después se casaron y, en 1908, tuvieron un hijo, Samuel, al que todos llamaban Sam para diferenciarlo de su abuelo, que tenía el mismo nombre (en consideración suya así lo bautizaron). La carrera de Camila fue a más, su presencia era habitual en los escenarios más prestigiosos, especialmente en el mundo de la opereta. William, en cambio, no veía recompensada en éxito su larga labor de investigación en las raíces de la música popular norteamericana. Exceptuando los ragtimes de su primera época y algunas canciones, sus composiciones más ambiciosas difícilmente encontraban editor ni productor.

Bajo su brazo William llevaba, doblado, el ejemplar del día de *The New York Times* en el que, a toda columna, se anunciaba el fin de la gran guerra europea iniciada en 1914: *¡Se firmó el armisticio, terminó la guerra!*

—¿Quién iba a imaginarse cuando estábamos en París que pocos años después estallaría una guerra como esta? ¿Cuántos millones de vidas habrá costado? He leído en algún sitio que la media diaria de soldados muertos era nada menos que de seis mil. No sé cómo se pudo llegar a esto. Millones de muertos, familias y ciudades destrozadas... ¿Por qué? ¿Para qué? —preguntaba y se preguntaba Camila.

—No lo sé, querida, pero es como si de repente se hubiera derrumbado lo que tanto costó levantar.

—¿Y ahora qué va a pasar? ¿Volveremos a la situación anterior, a la sociedad que conocimos?

—Confiemos en que así sea, que vuelva el progreso y no se repitan los errores que nos han llevado a la catástrofe, que la prosperidad sea para todos. Aunque el mundo ya no es el mismo de antes. No solo la guerra lo ha cambiado, sino las cosas que han sucedido en ese tiempo además de ella, la revolución bolchevique en Rusia especialmente. Aquí dice —William se refería al ejemplar del diario neoyorkino que llevaba en su mano— que Berlín está en manos de los revolucionarios, que las tropas se han unido a la revuelta y que consejos de obreros y soldados controlan Berlín. Se ven banderas rojas por todas partes y hay huelgas en muchas ciudades.

—¿Una revolución social en Alemania, como la rusa? ¿Lo ves posible?

—Lo veo difícil, más que difícil. Supongo que los países vencedores harán todo lo posible para que no ocurra eso. Una revolución en Alemania podría extenderse rápidamente a otros países. ¿Las consecuencias? Imprevisibles. Además, Rusia sigue siendo un polvorín y la situación es de guerra civil. De momento Lenin ya ha sufrido un atentado y salvó su vida de milagro. Veremos cómo acaba la cosa. Eso sí, como el modelo socialista triunfe y empiece a querer ser imitado en otros países vendrá otra guerra.

—No seas pesimista.

—No quiero serlo. Confío en que estos —señalando a Sam, que iba de la mano de Camila—, estos enanos, vivirán una época en la que la sociedad se habrá recuperado de la catástrofe y construirán un mundo mejor. No cometerán los mimos desaciertos. ¿Verdad, Sam?

—¿Qué?

Respondió el pequeño, ajeno por completo a las preocupaciones de sus padres. William sonrió.

—¿Cuándo podremos ir de nuevo a Europa? Me gustaría pasar un tiempo en París, lo echo de menos. Y visitar mi tierra. ¡Cuántos años!

—Pronto, querida. Si nos sigue persiguiendo la mala racha, lo antes posible.

—No hables de mala racha, que solo ha sido un pequeño patinazo. Ya verás cómo tu próxima obra es bien acogida.

—No habrá próxima obra, creo que me he quedado desfasado. Debe ser por los tiempos que corren que la gente únicamente quiere comedias musicales, intrascendentes, con la mayor espectacularidad posible de los decorados, del vestuario, de la puesta en escena; la calidad musical es secundaria.

—¿Vas a arrojar la toalla tan pronto, al primer fiasco?

William estaba francamente decepcionado, había puesto muchas en esperanzas en su obra *La sobrina de Madame Arnaud*, la primera que conseguía estrenar en Broadway, donde hasta la fecha se había limitado a colaborar en algún que otro musical. Camila interpretaba el papel de madame Arnaud. Por su edad ya no podía ser la protagonista joven que parecía precisar todo musical, aunque seguía conservando la viveza de su expresión, entre pícara e ingenua, que acrecentaba su pelo rojo y ensortijado, su natural desenvoltura sobre el escenario, la versatilidad de su voz y un físico envidiable; siempre había sido delgada, al menos para el gusto de la época. La crítica fue poco benévola con la obra, tachó el argumento de "puro despropósito" y de la música dijo que era "rimbombante", "pretenciosa", "bien intencionada pero poco efectiva emocionalmente". Con Camila se portó mejor. *Variety*, no obstante, en lo que no se sabía si era un cumplido o una grosería, señaló que su papel era el adecuado para una mujer en plena madurez, pues ya no era la joven de apariencia entre inocente y atrevida que cautivó en su debut en Nueva York allá por 1905 con *Die Fledermaus* en el Metropolitan Opera House. *La sobrina de Madame Arnaud* fue retirada de cartel a las dos semanas de su estreno.

—¿Arrojar la toalla? No, sabes que no soy de esos, pero no quiero vivir con el desasosiego de estar pendiente de si algún teatro aceptará programar la obra o no, de si alguien querrá producirla, y luego a ver qué le parece al público, y a la crítica. Claro que seguiré con la música, no sé hacer otra cosa. Hace días que una idea ronda en mi cabeza. Estaría bien formar una orquesta de jazz. Las canciones se me dan bien —William había publicado ya unas cuantas, bastantes de las cuales se habían llegado a grabar— y hay muy buenos temas de otros.

—No me lo habías dicho.

—Es solo una idea. De momento.

—Que cada vez cobra más fuerza, ¿verdad? De lo contrario no me habrías contado nada.

Oscurecía. Llegaba la inevitable caída de la tarde y Central Park enmudecía, apenas se veía gente, las hojas de los árboles unificaban sus colores, ya no había verdes, amarillas y marrones, al menos no podían distinguirse. Un grupo de muchachos pasó por su lado con gran bullicio mientras se pasaban unos a otros un balón, una pareja se refugiaba detrás de unos árboles esperando la soledad del ocaso. Central Park regresaba a su estado habitual de los últimos años, caótico y gris.

2

Había quedado William con Otto Wulff, un alemán de origen judío, un antibelicista que al estallar la guerra en Europa se estableció en Nueva York y al que había conocido a través de un amigo común en un partido de fútbol americano de los New York Giants contra los Chicago Bears, deporte cada día más popular al que William, como otros miles de estadounidenses, se había aficionado no hacía mucho. Tenían asientos contiguos en el estadio de los Polo Grounds, al que entonces llamaban Brush Stadium.

En Alemania, Wulff trabajaba en la productora Gesellschaft der Deutschen Bioscoop y había sido ayudante de producción en algunos rodajes. Encontró empleo en Nueva York —mal remunerado— en la revista *Moving Picture World*, dirigida a los exhibidores de películas. Allí acabó de reafirmarse en su idea de que el cine terminaría por convertirse en el gran espectáculo del siglo XX y en uno de los negocios más lucrativos. Eran los años de la ley seca, de la que Otto echaba pestes. No es que Otto fuese un borrachín, pero prohibir beber alcohol le parecía una absoluta sandez.

William compartía la opinión y también el hábito de frecuentar garitos en los que se consumía alcohol ilegalmente. No eran los únicos, ni mucho menos. En 1924 se estimaba que se servía alcohol en unos quinientos locales en Nueva York. Dos años después se decía que eran miles los locales ilegales, hasta el punto de superar, con creces, el número de los permitidos (aquellos en los que estaban ausentes las bebidas alcohólicas).

El Puncheon Club se ubicaba en la zona alta de Nueva York, en el número 42 de la calle 49. Era un pequeño local con falsas escaleras y paredes que ocultaban ingentes cantidades de cajas de botellas, lleno de humo y animado por el sonido de una gramola. Para acceder al mismo había que introducir una varilla, que no todo el mundo tenía, por un estrecho orificio; solo así se abría la puerta. Estaba muy bien preparado para burlar a la policía en la puritana cruzada antialcohólica: una trampilla accionada a distancia permitía esconder el alcohol si se presentaba esta de improviso; los botelleros se plegaban y desaparecían.

Otto y William ocupaban una discreta mesa.

—¿Bebemos esto? ¿No nos intoxicaremos? —comentaba jocosamente William ante una taza de café que contenía whisky, o por whisky al menos pasaba lo que fuere aquello previamente destilado.

—Yo, normalmente, no bebo de lo que vendo. Esta no hace falta mezclarla con nada para enmascarar su sabor.

El dueño del *speakeasy*, como se conocía a los establecimientos que vendían ilegalmente alcohol por aquello de que los clientes, por motivos obvios, debían ser discretos y hablar con calma, en voz baja (*speak easy*), les sirvió una generosa dosis de una botella de whisky "de las de antes" tapada con una servilleta.

—Esto es otra cosa, Otto.

—Ya lo creo. Este sí es whisky de verdad. Sabe a gloria.

—A saber qué porquerías nos habremos bebido otras veces. Mejor no saberlo. Aunque no es difícil de adivinar. Lo único que ha conseguido esta puñetera ley es que corramos el riesgo de envenenarnos. Ahora no hay reglamentación alguna, las bebidas se fabrican clandestinamente, se bebe cualquier cosa, generalmente mucho más nociva para la salud que las que antes se podían consumir libremente. Y se bebe más que nunca, digan lo que digan. Creo que voy a dedicarme a la fabricación de bebidas alcohólicas. Muchos desaprensivos, que de otro modo no hubiesen conseguido colocar en ningún sitio los brebajes que preparaban, se han hecho ricos en poco tiempo. Si, además, haces buenas bebidas, miel sobre hojuelas. Lo ilegal no tiene por qué ser una mierda, se pueden hacer negocios ilegales sin dejar de ser honesto.

—Curioso razonamiento. Tanto como arriesgado. Podría funcionar; eso sí, siempre y cuando no te pillen.

—Si lo haces bien, si el negocio es eso realmente, negocio, de envergadura, nunca te pillan. Entre otras cosas porque tampoco les interesa. Dicen de nosotros, los alemanes, pero este país, más que hipócrita, vive de la mentira. ¡Tiene narices la cosa! El congresista que impulsó la ley seca, no recuerdo ahora su nombre, ni falta que hace, acaba de ser detenido por tener un negocio clandestino de alcohol.

—Pues no es precisamente un buen augurio.

—Porque no haría bien las cosas. ¿Crees que realmente le habrán detenido por eso? Seguro que hay algo más. Mira esa mesa de ahí. Es el ayudante del fiscal del distrito.

—Igual está aquí en misión oficial, por eso lleva gafas oscuras.

—O tiene conjuntivitis. Fíjate cómo bebe, cómo ríe y cómo manosea a la chica que tiene al lado. Igual está para eso, sí, pero se lo pasa en grande. Es presa fácil.

—Anda, deja de desbarrar.

—¿Desbarrar? ¿Yo? Los únicos momentos de verdadera lucidez se dan cuando has bebido unas copas, las justas. Eso sí, una de menos te seguirá inhibiendo y te frustrará, pues siempre creerás que estuviste a punto, de lo que fuera, pero a punto, casi, y es que te faltaba un trago más. Pero si te pasas, si te excedes en la bebida y te embriagas, lo más seguro es que hagas el ridículo.

—¿Y cuántas copas son las justas?

—Depende de cada uno.

Otto, desde luego, parecía tener tomada la medida. Bebía mucho pero nunca se le veía borracho, siempre había un momento en que manifestaba no poder más, dejaba de copear y solo tomaba agua. El momento no había llegado aún. Otto pidió que les rellenaran la taza.

—¡A tu salud!

—¡A la tuya!

—¡Y a la de Platinum Movies!

—¿Qué es eso?

—El nombre de la distribuidora de cine que pienso montar.

—¿Nuevos proyectos? Pues se merecen otro brindis. De pronto, William se puso a reír.

—¿De qué te ríes?

—De nada. Bueno, sí. Es que iba a decirte que también yo tengo otros planes. Voy a montar una orquesta de jazz.

Durante un buen rato uno y otro estuvieron contándose sus respectivas intenciones.

—Ya, pero yo no tengo dinero suficiente para poder materializar la idea. Confío en encontrar a alguien que crea en ella e invierta, a algún mirlo blanco.

—Pues nada, hombre, aquí lo tienes.

—Ya te dije que cuando se bebe nunca hay que pasarse.

—Te hablo en serio, Otto. Sé lo que me digo.

Ante la expresión de desconcierto que mostraba su amigo, sin darle tiempo a reaccionar, William prosiguió.

—Tú eres un visionario con poco dinero; yo, en cambio, soy más pragmático y carezco de problemas económicos incluso sin recurrir al patrimonio de mi esposa. Las razones por las que decido prestarte dinero para montar una exhibidora cinematográfica no son tanto sentimentales como crematísticas. Creo que tienes las ideas muy claras y posees el empuje necesario de un joven que todavía no ha cumplido los treinta años. Además, el negocio promete ser rentable, muy rentable.

No se equivocó. Un par de años más tarde la compañía iniciaba su andadura. Eran momentos favorables para la industria del cine, millones de personas llenaban las salas de proyección, cada día más grandes y lujosas. Verdaderos palacios del cine daban una película por quince centavos acompañada de orquesta y actuaciones musicales. Siempre estaban abarrotados, eran un gran negocio.

Platinum Movies se presentó al público con la inauguración de un fastuoso cine en Broadway, en el cruce con la calle 50, con capacidad para tres mil quinientas personas distribuidas en tres pisos alrededor de un amplio salón circular cuyo suelo cubría "la alfombra oval más grande del mundo". Decorado como si de un teatro de ópera se tratara, con abundancia de dorados, arañas, terciopelos rojos y estatuas de mármol de inspiración clásica, el Platinum fue acogido con entusiasmo por el público, que por un módico precio disfrutaba no solo de la película y demás alicientes del espectáculo, sino de un espacio suntuoso en el que sentirse dichoso.

En 1925 la exhibidora de Otto contaba con más de cincuenta salas. Apostó por el cine sonoro en 1927 y la operación le salió a pedir de boca, hasta el punto que a principios de 1929 el número de cines que tenía en propiedad se acercaba al centenar. Las cosas no podían ir mejor. William no solo recuperó su dinero mucho antes de lo previsto, sino que sacó sustanciosos dividendos con los beneficios —Otto y él acordaron repartir las ganancias por mitad, si las había, hasta que el primero pudiera devolver la cantidad prestada; entonces, la compañía pasaría a ser únicamente de su propiedad— y se ganó para siempre el afecto de su amigo.

William, durante esos años, aprovechó el éxito de la empresa para hacer realidad el propósito que en su momento anunciara a Camila: montar una orquesta de jazz. A principios de los años veinte la nueva música no estaba del todo definida; una mezcla de la música negra de los espirituales, de la que se bailaba en tabernas y burdeles, con influencias clásicas europeas y de las composiciones militares, de ritmo sincopado y contagioso, alegre y bailable, e instrumentos poco convencionales, constituía la base sobre la que se desarrollaría otra de las grandes artes del siglo XX: la música de jazz.

Camila, mientras, había conseguido regresar a su añorado París, en esta ocasión —por primera vez desde que formalizaran su relación amorosa— sin William, ocupado en los últimos detalles de su flamante orquesta con la que debutaría en el Carnegie Hall el 24 de marzo de 1924, justo un mes después que su esposa iniciara una gira por varias ciudades europeas en cuyos teatros —entre ellos el de la Opéra-Comique de París, el primer escenario que pisó— daría varios recitales con lo mejor de su repertorio.

La formación de William contaba con diecinueve músicos: seis trompetas, tres trombones, un trombón bajo, cinco saxofones, un clarinete, un pianista, un bajo y un batería. Ninguna en su género era tan numerosa. William compaginaba la dirección con el clarinete y el piano, según el tema. Los llamativos arreglos de las composiciones, directos y elegantes al mismo tiempo, corrían igualmente a su cargo y conseguían sacar lo más sugestivo de cada una de ellas; las ya conocidas se hacían, así, más populares aún. Manejaba con soltura los recursos tradicionales de la música estadounidense —los blues, los *rags*, los *stomps*— y tanto sus temas como los de otros parecían cobrar nueva vida en sus manos.

Tras los elogios que, tanto por parte del público como por la mayoría de la crítica, mereció su presentación, le surgió un muy buen contrato en el Casino de Glen Island, en New Rochelle, en Nueva York. La radio, sobre todo en Estados Unidos, empezaba a mostrar algunas de las evidentes ventajas de su capacidad comunicadora: ahora los oyentes, incluidos quienes no tenían presupuesto suficiente para asistir a teatros o salas de conciertos, podían escuchar en directo a sus intérpretes preferidos y su música al prescindirse de la barrera de los cinco minutos de duración que permitía la grabación en disco. Las ondas hertzianas difundieron rápidamente la formación de William: The William Sutherland Orchestra, que pronto alcanzó un gran nivel de popularidad. Las salas de baile se la rifaban. Donde esta actuase el lleno estaba asegurado tarde tras tarde, noche tras noche, para satisfacción de The Victor Talking Machine Company, que registró enseguida varios discos de la banda de William. Temas como *Whispering*, *The Sheik of Araby*, *Oh, Lady Be Good* o *Fascinating Rhythm*, fueron algunos de sus mayores éxitos.

Camila regresó, tras más de seis meses de gira, a principios de 1925. A Nueva York habían llegado las noticias de sus éxitos —la prensa europea fue más que benévola con ella— y enseguida le surgieron infinidad de propuestas para interpretar los más diversos y dispares papeles. Compaginó los recitales de ópera con los musicales de Broadway. En 1927 fue una de las protagonistas de *Show Boat*, un musical de Jerome Kern y Oscar Hammerstein, en el Ziegfeld Theatre de Nueva York. Por la edad, no podía hacer el papel principal, interpretando el de Parthenia *Parthy* Ann Hawkes, la madre de Magnolia, una mujer severa, malcarada, que no veía con buenos ojos las veleidades —eso, al menos, le parecían— de su hija.

Show Boat fue un gran éxito y alcanzó las quinientas setenta y dos representaciones, si bien Camila dejó la obra a los tres meses. Poco después de haber contraído matrimonio con William este se convirtió en su representante, desde entonces todo lo habían hecho juntos. Ahora, sin embargo, apenas se veían. A Camila no le compensaba pasar tanto tiempo alejada de su marido, de quien seguía tan enamorada como el primer día, y de su hijo, al que ya no podía llevar con ella de gira como cuando era pequeño. De todos modos, Sam ya no era un niño y pronto iba a iniciar sus estudios en la universidad.

—¿No crees que tu orquesta mejoraría todavía más con una cantante?

William, que con Camila paseaba como tantas otras veces por Central Park, se detuvo en seco, levantó ligeramente la cabeza y se llevó la mano a la barbilla, permaneció así unos instantes, con la mirada fija e indefinida. No había pensado en ello, pero no le pareció mala idea.

—¿Una cantante?

—No te convence.

—Al contrario. Podría funcionar, y bien. Hay pocas orquestas de jazz con tantos componentes como la nuestra, y menos con vocalista.

—Me alegro que te guste mi sugerencia. Adelante, pues.

—Ya, pero no es tan fácil encontrar una cantante que se ajuste al estilo de música de la orquesta. Tal vez, si Annette Hanshaw...

—¿Annette? Es una magnífica cantante, pero yo podría hacerlo tan bien como ella. ¿No crees?

—¿Tú? ¿Me estás diciendo que quieres ser la cantante de la orquesta?

—Eso mismo. ¿Te parece mal? ¿Dudas de mi capacidad para adaptarme a tu estilo?

—Claro que no. Más bien lo contrario. Nadie mejor que tú. Pero ¿y tu carrera? ¡Cómo vas a dejar todo para lanzarte a la aventura como si fuéramos unos jovencitos ambiciosos!

—Mira, William, empecé en la ópera, seguí con la opereta y los musicales de Broadway. Eso es un cambio. ¿Por qué no otro? Siempre he entendido este trabajo como una prolongación de mi vida. Mi padre me enseñó a ser así, y no me arrepiento. Hemos estado juntos todo lo que va de siglo y esta última gira que he hecho sin tu compañía ya no ha significado lo mismo para mí. Quiero que sigamos unidos, aunque no es esa la única razón. Quiero vivir, pasármelo bien, me gusta el tipo de música que haces. Disfrutemos unos años más. Nada tenemos que perder. Mi carrera... Nunca he visto esto como una competición. Pero, bueno, tú decides. ¿Hay trato o no?

William se quedó mirando a su esposa, sonrió y su rostro adquirió una expresión de enorme ternura. La abrazó. La besó.

—Mañana mismo empezamos con el repertorio y los ensayos. Te quiero mucho, Camila.

3

—¿Berlín? ¿Vais a marchar a Berlín?

Otto, que compartía mesa en el Puncheon con William y Camila, se sorprendió al escuchar por boca de su amigo la tentadora propuesta que les había llegado desde la capital alemana para actuar durante tres meses, de abril a junio de 1929, en el Haus Vaterland, un emporio del ocio que contaba con un inmenso salón de baile en el que llegaban a sucederse hasta seis orquestas, incluso ocho en ocasiones.

Camila se había integrado en The William Sutherland Orchestra, que ahora había pasado a denominarse The William Sutherland Orchestra and Camila Valls. Como tal se presentaron en Nueva York, en el Savoy Ballroom, una gran sala en la que cabían cuatro mil personas inaugurada en 1926. El aforo siempre estaba completo. Si la orquesta ya era popular antes, con Camila su fama aumentó. La Victor, la compañía discográfica con que la orquesta tenía contrato, lanzó en poco tiempo varias grabaciones, algunas de las cuales se convirtieron enseguida en número uno. En 1925 se había inventado el tocadiscos, heredero del fonógrafo, que reproducían los discos de forma eléctrica y no mecánica; el plato giraba a una velocidad constante 78 rpm, mejorando la calidad del sonido, cuyo volumen podía, además, regularse. Cada vez se vendían más, también los aparatos de radio, presentes en casi dos millones de hogares estadounidenses. Los programas radiofónicos musicales se disputaban su participación. Exceptuando algunos puristas, tanto entre la crítica como entre el público, para los que la evolución de Camila era una especie de "traición musical", simple oportunismo, unos y otros celebraron el nuevo paso dado por Camila con entusiasmo.

Vestida al más puro estilo art decó, con elegantes trajes en tonos negros o champañas, colores que la favorecían más por su pelo pelirrojo, su sola presencia en el escenario despertaba la admiración de quienes ya la conocían y, al poco de empezar a cantar, también la de los que la veían por primera vez. Su aterciopelada voz, cálida y poderosa, luminosa, llena de registros, de matices, su gran sentido del ritmo, su *swing*, la dotaban de un magnetismo del que pocas voces del panorama musical podían presumir. William, como es lógico, la conocía muy bien y había estudiado minuciosamente los arreglos a fin de potenciar la imponente fuerza de su voz cuando los metales se fundían con ella en un impresionante derroche de facultades.

Camila conectaba enseguida con el público, siempre se la veía cómoda, no hacía ningún esfuerzo, no lo necesitaba, disfrutaba en el escenario y contagiaba entusiasmo; en los momentos de mayor intimidad, conmovía. Los miembros de la orquesta, vestidos con esmoquin blanco y pajarita negra, eran de una técnica irreprochable y William, cuyo esmoquin era negro y blanca su pajarita, los conducía con aparente gran facilidad. Todos ponían lo mejor de ellos, embebidos en el frenesí que rápidamente se adueñaba del ambiente. Camila se-guía desgranando temas y ni la gente ni la orquesta parecían cansarse.

—Tres meses. Luego tenemos programada una gira por varias capitales europeas: Londres, París... Hace tiempo que no vamos a Europa, y empezar por Berlín no está nada mal.

—Pues no sé, William, no sé si es muy buena idea. Me preocupa el auge que en Alemania están alcanzado los movimientos derechistas, que han sabido beneficiarse de la derrota de los revolucionaros radicales una vez que la contrarrevolución se deshiciera de los líderes más importantes. El temor a una supuesta revolución ya ves a qué ha conducido. No sé si son buenos tiempos para ir a Berlín.

—No seas alarmista. Hace poco ha habido elecciones y la izquierda ha obtenido un claro triunfo. Los locos esos seguidores de Hitler y compañía ¿qué han obtenido? Diez o doce escaños a lo sumo.

—No conocéis al pueblo alemán. El tratado de Versalles, que puso fin a la guerra, es considerado vergonzoso por la mayoría. Con sus onerosas condiciones, y haciendo a Alemania única responsable del conflicto, ha conseguido exacerbar el orgullo patriótico. Tengo miedo de que esos cafres nacional-socialistas consigan vertebrar ese sentimiento. Si llegan al poder puede pasar cualquier cosa.

—Bueno, siempre estaremos a tiempo de volvernos si las cosas empeoran.

—Pase lo que pase —terció Camila— no podrá ser peor que los trágicos años de guerra. Ya ha muerto demasiada gente de manera inútil. La razón terminará por imponerse, no hay otra salida.

—Igual soy demasiado negativo y lo que sucede es que os tengo envidia. Llevo más de diez años en Nueva York, pero no hay día que no eche de menos Berlín. No me hagáis caso. Venga, vamos a tomar otra taza de "café", ¡a ver que nos ponen dentro esta vez!

4

El grandioso Haus Vaterland, en Potsdamer Platz, era un verdadero palacio de gigantescas proporciones dedicado al ocio y al placer, con doce restaurantes en los que se podía disfrutar de la gastronomía de diferentes países, con espectáculos de variedades y un grandioso salón de baile considerado uno de los más bellos de Berlín, con capacidad para dos mil quinientas personas, sobre el que se turnaban las orquestas para que la animación nunca decayera. A la de William y Camila le correspondía el papel estelar, actuaba las primeras horas de la noche, cuando el local se llenaba a rebosar.

En una densa atmósfera, infinidad de parejas bailaban los animados ritmos de la orquesta de William, con Camila de cantante. Los ritmos sincopados del *hot* y del swing causaban furor y rápidamente habían sustituido los valses vieneses incluso entre la sociedad más distinguida. La consideración de la intelectualidad berlinesa frente a la nueva música de jazz era mayor que la de sus colegas estadounidenses y abundaban los locales que ofrecían en directo las actuaciones de las mejores orquestas en un ambiente tan exótico como hedonista, tan tolerante como exaltado. Centenares, miles de parejas, danzaban frenéticamente al son de los bailes de moda: el foxtrot, el charlestón, el *shimmy*, el *black botton...*

The William Sutherland Orchestra and Camila Valls obtuvieron un éxito sin precedentes en Berlín, superando el alcanzado en Estados Unidos y el que, un par de años antes, también en Berlín, lograra la orquesta de Paul Whiteman. Sus discos se vendían como rosquillas y la radio emitía actuaciones suyas en directo. Camila, además, conseguía algo muy difícil en el bullicioso ambiente del Haus Vaterland, entregado a los ritmos y bailes desenfrenados tan propios del momento: un silencio casi absoluto cuando interpretaba algunas baladas como *Stardust* o *If I Had You*.

Camila tenía muchas tablas, era sumamente versátil y poseía un gran talento interpretativo, como había demostrado en tantos escenarios del mundo occidental mientras se dedicaba a la ópera y la opereta. Sabía aprovechar muy bien sus recursos, que no eran pocos. Tras varios temas trepidantes, unas breves notas suaves, cadenciosas, salían del piano de William dando entrada a Camila, cuya voz —poderosa, sedosa, envolvente— pasaba en un santiamén del excitante registro que requerían la mayoría de las vibrantes composiciones que sumían en el desenfreno a los danzantes al susurro melódico más sensual, volviéndose más sofisticada aún, pero conservando la misma vitalidad, la misma intensidad. En esos momentos era el principal instrumento de la orquesta, al que los demás simplemente seguían contagiados de pasión. Camila era consciente del efecto que causaba entre el público: muchas parejas regresaban a sus mesas para seguir atentos su interpretación, otras dejaban de bailar y se quedaban quietas, abrazadas, escuchando, sintiendo; ella se entregaba, sincera, cómplice; gozaba y, con ella, gozaban los demás. Luego volvía el frenesí. Tras el breve paréntesis introspectivo, la locura se desataba de nuevo.

Capítulo II

1

EN JUNIO DE 1929 William y Camila estaban a punto de iniciar la gira por varias capitales europeas con actuaciones en clubs y teatros que —tras tres semanas en el Café de París, en Londres— concluiría a finales de octubre en la capital de Francia, donde permanecerían hasta la última semana de ese mes en el Bricktop's Club, en Montmartre, una zona que William y Camila conocían a la perfección y a la que estaban ligados entrañables recuerdos de sus años de juventud, de momentos que habían pasado juntos o que cada uno había vivido por su cuenta. En Montmartre, además, seguían teniendo la casa que compró Samuel, el padre de Camila, en plaza Du Tertre. Finalizado su compromiso en el Bricktop's, regresarían al Haus Vaterland, cuyo empresario había conseguido que volvieran a su sala tres meses más: de noviembre de 1929 a enero de 1930.

—Carta de Sam.

—Por fin. ¿Qué cuenta?

—No sé, no la he leído aún. Yo también acabo de llegar, no he tenido tiempo. Iba a hacerlo ahora.

—Léela en voz alta, pues.

—Mis queridos padres, con vuestra música de fondo os escribo estas líneas. Sé que, con retraso, pero pronto os visitaré. Tengo ganas de estar con vosotros unas semanas y poder escucharos en directo. Eso será dentro de unos dos o tres meses, pues mañana mismo marcho a Montana, voy a pasar varias semanas en la Reserva India de los Cheyenes del Norte...

—¿Y qué demonios va a hacer allí?

—¿Cómo voy a saberlo? No seas impaciente, querido. Espera a que siga leyendo. Vivir con ellos, conocer sus costumbres y tradiciones. Ya os contaré con detalle las razones. Por eso, de momento, voy a dejar los estudios. Creo que la abogacía no es para mí.

—¿Ha dejado los estudios?

—¿Te sorprende?

—Lo cierto es que no. Es más, dice que, de momento, pero va a ser para siempre. Su carácter, esa manera impulsiva con que actúa a veces, demasiadas veces. Nunca le vi convencido, la verdad.

—Pues entonces...

El ambiente musical en que se había criado no consiguió despertar en Sam el interés suficiente para continuar la profesión de sus padres. Tampoco ellos insistieron para que se dedicara a la música, aunque desde bien pequeño empezó a recibir clases de solfeo y de piano. Además, la naturaleza no parecía haberle dotado del suficiente oído musical, aunque sería más adecuado decir de la paciencia necesaria para entrenarlo, pues al igual que le sucedía en la escuela su atención, su pensamiento, generalmente estaba alejado de las explicaciones e instrucciones de sus educadores. Sus notas, sin embargo, los resultados que obtenía, no eran del todo malos teniendo en cuenta lo poco que se esforzaba. Falta de atención, decía el maestro; falta de interés, apuntaba el profesor de solfeo y piano. No estudia, decía uno; no pone empeño alguno, afirmaba el otro. Sin embargo, es listo, coincidían ambos, y tiene talento. Igual dejaba estupefacto al maestro con una razonada argumentación a cualquier pregunta compleja que no sabía responder cuestiones de lo más elementales.

Nadie dudaba de que un muchacho despierto como él, de temperamento inquieto, poseyera gran sensibilidad y una imaginación fuera de lo común. Pero tales cualidades solamente las ejercitaba en toda su plenitud cuando se entregaba a la lectura. Cuando leía se abstraía de todo. Leer no era un simple entretenimiento, era un deleite absoluto que le transportaba a otras realidades y le permitía vivir situaciones extraordinarias que incorporaba a su ya de por sí aguda fantasía. Nada tenía que ver con la escuela ni con en las clases de solfeo y piano; números, notas, problemas, al fin y al cabo. Pasaba, pues, horas y horas leyendo, sumido en historias urdidas por escritores como Julio Verne o Robert Louis Stevenson. Pronto quiso emularlos, y con once años empezó a escribir pequeños relatos a partir de los argumentos de los libros que devoraba. A casi todos les encontraba algún pero y cambiaba alguna cosa que no le gustaba del argumento, introducía algún personaje, modificaba los finales. Ufano se lo mostraba a sus padres. *¿Verdad que quedaría mejor así?*

—Anda, continúa.

—¿Leísteis el relato que os mandé, el que publiqué en *Harper's*? ¿Os gustó? Mi prosa está muy lejos de la calidad de vuestra música, pero me siento satisfecho y deseo que vosotros lo estéis de mí.

—Menudo zalamero. Aunque la verdad, Camila, es que es realmente bueno.

El relato en cuestión se titulaba *La recompensa* y contaba la historia de un hombre que encontraba una cartera repleta de dinero, más de mil dólares, la mayoría en billetes de cien, cuando se dirigía a uno de los restaurantes más lujosos de Nueva York donde trabajaba como camarero. No había tenido nunca un billete de cien en sus manos, ni visto tanto dinero junto; eso no lo ganaba él en un año. Visiblemente nervioso, lo primero que hizo al llegar al trabajo fue contárselo a un íntimo amigo, compañero suyo, camarero también. Nuestro hombre estaba hecho un lío y no sabía si devolver o no la cartera a su propietario. En la documentación que había con el dinero figuraba su nombre y las señas; se trataba de un acaudalado hombre de negocios que vivía en un lujoso inmueble de la Quinta Avenida. Desde el primer momento, su amigo le aconsejó que se la quedara, que a un tipo como al que pertenecía la cartera le sobraba el dinero mientras que a él le arreglaba la vida una buena temporada. Por la noche, lo habló también con su mujer, una irlandesa católica, como él; ambos eran emigrantes, profundamente religiosos y esperaban un tercer hijo. Ella dudaba, pero cuanto más lo pensaba más favorable se mostraba a quedarse con el dinero. *¿No ves cómo vivimos? Piensa en los niños.* A él, sin embargo, le ocurría lo contrario. Su moral, concluyó, no le permitía hacer una cosa así. A la mañana siguiente se presentó en la mansión del dueño de la cartera para hacerle entrega de la misma. Le recibió un criado, con librea, más elegante que él mismo cuando se ponía, los días festivos, sus mejores ropas. Le dijo que esperara un rato en el vestíbulo, suntuoso, más amplio que su casa; cualquiera de los muebles, objetos o cuadros que lo decoraban seguramente tenía más valor que todas sus posesiones juntas. Si esto es así, ¡cómo será el resto de la casa!, pensó. Salió por fin el potentado dueño de todo aquello, que se deshizo en halagos hacia el comportamiento del camarero y le gratificó con veinte dólares. *¡Veinte dólares! ¡Será miserable! Mira que solo darte veinte cochinos dólares. Ya te dije que no le devolvieras el dinero. No se lo merece, ni él ni todos esos acaparadores que ya ves cuánto nos valoran,* le dijo su amigo al enterarse. La casualidad hizo que unas semanas después debieran servir en casa del magnate un ágape para un centenar de invitados que el millonario caballero había encargado al restaurante donde trabajaban los dos amigos. *Fíjate en esa figurilla* —un pájaro tallado en cristal con incrustaciones de zafiros y rubíes y adornos en plata y oro—, *debe valer una fortuna, con lo pequeña que es, y el muy avaro solo te dio veinte dólares. ¡Qué asco de gente!* El honrado camarero seguía creyendo que había actuado conforme su conciencia le dictaba, pero se sentía cada vez más enojado y defraudado, especialmente ante el derroche extravagante que tenía lugar ante sus ojos, ambiente que Sam describía con precisión y profusión de detalles y una prosa rica y directa; también porque saludó al dueño de la casa y este no solo no se acordaba de él, sino que ni siquiera le devolvió el saludo. Cuando terminó la celebración, mientras recogían las cosas, se cercioró de que nadie le miraba y escondió la figurilla en su chaqueta. La mala suerte quiso que, ya saliendo de la casa, tropezara y la figurilla cayera al suelo. Llamaron a la policía, que obviamente le detuvo. La figurilla en cuestión estaba valorada nada menos que en cinco mil dólares. Se enfrentaba a una condena que podía llegar a varios años de prisión, según considerase el juez la gravedad del delito. De nada sirvió que su mujer consiguiera hablar con el ofendido propietario de la figurilla. *No dudo de la honradez de su marido, me demostró su rectitud al devolverme el dinero. Pero todos nos extraviamos alguna vez. ¿Y qué hace usted cuando uno de sus hijos realiza una acción que pueda llevarle por el camino del descarrío y la perdición? Corregirle. ¿Cómo? Con un castigo. En lo que pueda intentaré que la pena que le impongan a su marido sea lo más leve posible, pero no retiraré la denuncia. Es lo mejor que puedo hacer por él.* Finalmente, el camarero fue condenado a un año de cárcel. Lógicamente, perdió su empleo.

Camila siguió leyendo la carta de su hijo. No decía mucho más.

—Siempre tan escueto. Con lo que le gusta escribir ya podría extenderse un poco.

2

—Ha sido una experiencia muy intensa.

Sam, recién llegado a Berlín, a principios de noviembre de 1929, contaba a William y Camila sus impresiones durante las semanas que pasó con los cheyenes del norte en la reserva de Montana mientras comían en el Zum Prälaten.

Era un joven atractivo, bien plantado, alto, de ojos claros y pelo negro ligeramente ondulado, de rostro ovalado y facciones marcadas y varoniles que suavizaban una mirada directa y limpia, al tiempo que ávida e impetuosa, de semblante sereno que denotaba seguridad en sí mismo.

—Compartir sus v

idas ha sido algo extraordinario, único, pero turbador. Compartir su intimidad ha sido también compartir su sufrimiento. El sufrimiento de los otros es más penoso en la intimidad, y ellos sufren, en silencio, se ve en sus semblantes, en sus voces apagadas. En la reserva es como si permanecieran anclados en el tiempo, un tiempo que se les fue y nunca volverá, que añoran y que saben que les ha sido arrebatado por la fuerza. Su futuro es indudablemente incierto. Me he cuestionado muchas cosas desde entonces. La relatividad de la cultura, de la historia..., pero sobre todo me he planteado la arrogancia con que tratamos a los otros, a todos los que no son "de los nuestros". Pasó con los indios, a los que masacramos cuando mostraron la más mínima oposición a ser "civilizados" y despropiados de sus tierras, pasa con los negros, con los que creen en otras realidades más allá de la nuestra... No se respetan sus derechos, no se les tiene en cuenta, se les elimina, se les extermina o segrega. Mejor si no se les ve.

—Temo que si la crisis desencadenada en Wall Street no logra frenarse a tiempo van a venir tiempos peores y esos derechos de los que hablas van a verse todavía más mermados y se va a ver afectada mucha más gente —comentó Camila.

—Empezando por el más elemental, el derecho a subsistir, que afecta a blancos y a negros. ¿Qué pasará ahora con los trabajadores si empiezan los despidos masivos? ¿De qué vivirán? Y ¿cómo responderán? —dijo William.

—¿Cómo ha sido posible un desastre financiero así? ¿Qué ha sucedido para llegar a esta situación? ¿Cómo se sale ella? ¿Cuándo? ¿Con qué coste? —siguió Camila.

—Como todo en la vida, el capitalismo tiene etapas de crecimiento y otras de depresión. Ya se sabe, a tiempos de vacas gordas siguen los de las flacas, y así sucesivamente —añadió Sam.

—Pero esta vez las flacas deben estar de lo más escuchimizadas, faltas de resistencia, sin fuerzas para sostenerse. La crisis parece seria. Ayer mismo recibimos carta de Wulff. ¿Te acuerdas de él? —preguntó William a su hijo.

—Claro, tu amigo Otto.

—Está francamente asustado con la crisis. Es pesimista en sus valoraciones, y eso que él nunca se arruga ante nada, ya le conoces. A mí, sus apreciaciones me parecen lógicas, de lo más razonables. Tiene razón cuando dice que en los últimos años se desató un desenfreno especulativo cuyas consecuencias comenzamos ahora a pagar. Había dinero, mucho dinero, y los bancos del Estado bajaron los tipos de interés, nuestra economía era la más pujante del mundo, todo eran beneficios. Invertir en bolsa era una manera rápida y fácil de obtener suculentos dividendos, todos los valores avanzaban. ¡Pero si hasta en los principales hoteles de todos los Estados del país los bancos llegaron a instalar unas máquinas que sobre largas cintas de papel proporcionaban información al instante de la evolución de las operaciones de Wall Street! Invertir en bolsa parecía el deporte nacional, era como jugar en el casino. Todo el mundo especulaba, incluso llegaron a venderse acciones de sociedades inexistentes. La economía se hinchó como un globo que se sabía que explotaría de un momento a otro, pero nadie dejaba de soplar mientras siguiera proporcionando beneficios. Y al final, claro, estalló.

—¿Regresarán alguna vez los tiempos de bonanza que conocimos?

—Puede, querida, es una buena oportunidad para replantearse muchas cosas, para que los Estados pongan fin a tanto desmán y creen mecanismos de regulación de la economía. Tú qué dices Sam, estás muy callado.

—Si la crisis se extiende, no sé si los Gobiernos van a ser capaces de hacer algo así. Temen demasiado a la clase obrera.

—Pues por eso precisamente.

—O no. ¿Y si se les va de las manos y tratan de seguir el modelo soviético?

—Es una posibilidad. Ese temor puede llevar a los gobiernos a una mayor derechización, a contar con elementos que hasta ahora no consideraban democráticos.

—¿Como aquí? He leído cosas de los nacionalsocialistas que son francamente preocupantes.

—Sí, como aquí. A eso me refiero. Bueno, los nazis son una fuerza minoritaria, ruidosa y violenta, que desgraciadamente tiene mayor peso cada día, político y ciudadano. Ahora, con la crisis, temo que puedan sacar tajada.

—¿Tanto se nota en Alemania la crisis?

—Empieza a notarse. Piensa que los principales inversores son americanos y ya han empezado a retirar los prestamos a Alemania. Buena parte de la derecha siempre se ha opuesto al pago de las reparaciones de guerra. Desde que se aprobó el Plan Young este verano, aunque mejoraba las condiciones de pago de la deuda, los nacionalistas y los racistas de Hitler no pararon hasta conseguir las firmas necesarias para convocar un referéndum. Sea cual sea el resultado, lo cierto es que se está reforzando el sentimiento nacional y cada vez es mayor el número de alemanes que creen que todos sus males vienen de fuera, de las democracias.

—Pero también he leído que la vida intelectual y artística de este país no tiene parangón, que Alemania es el epicentro de la cultura mundial.

—Berlín sobre todo. Pero igual que Nueva York no es Estados Unidos, tampoco Berlín representa toda Alemania.

—Pero el peso de Berlín, como el de Nueva York o el de Washington, supongo que será determinante.

—Berlín vive de noche y sueña por el día. Ya lo irás viendo tú mismo. Pero cada día a los berlineses les cuesta más vivir y soñar. Hace poco, a principios de septiembre, Erwin Piscator...

—No sé quién es.

—Un magnífico director de escena muy comprometido políticamente y muy respetado que tiene su propio teatro, el Piscator. También productor. En el Piscator, que no hacía mucho que se había inaugurado, se estrenó *El mercader de Berlín*, una sátira sobre los que se beneficiaban de la inflación que causó un gran escándalo. Patrullas de camisas pardas...

—Esos son...

—La organización paramilitar del partido nazi. Pues patrullas de estos tipejos se concentraron frente al teatro en actitud amenazadora profiriendo toda clase de insultos y Joseph Goebbels, su jefe político aquí, en Berlín, publicó un rabioso panfleto en el que pedía que mandaran a Mehring, su autor, a la horca. La prensa fue despiadada, acusando a Mehring de hacer propaganda judía y de contribuir con ello a exaltar el antisemitismo.

—Bueno, cambiemos de tema —sugirió Camila—. Como te decía tu padre ya tendrás tiempo de comprobarlo por ti mismo. ¿Has decidido cuánto tiempo piensas quedarte?

—Unas semanas tal vez.

—¿Y por qué no te quedas hasta que acabemos el contrato? —le propuso Camila—. Faltan solo un par de meses. Y te aseguro que en cuanto terminemos nos vamos, nada de prórrogas. Estamos cansados y deseamos regresar a casa cuanto antes. Creo que fue un error aceptar estos tres meses más. Ya tenemos una edad y ciertas cosas hay que tomárselas con mayor calma.

—Lo cierto es que me gustaría conocer Berlín a fondo, y a ser posible visitar también París y Londres. Pero estoy a la espera de que contesten de *Collier's Weekly* si les interesa una propuesta que les he hecho de escribir una serie de reportajes sobre Berlín. Por eso os decía que no lo sé aún.

—Vaya, no pierdes el tiempo. ¿Y si no aceptan?

—Volveré a Nueva York. Y si no puedo vivir de la literatura, buscaré otra cosa. Aunque no dejaré de escribir.

—¿Entonces es por dinero?

—Claro.

—¿Para qué necesitas el dinero?

—Para vivir. ¿Para qué va ser si no?

—A nosotros nos sobra y lo hemos ganado lícitamente, cosa que no todos pueden decir en estos momentos.

—Pero mamá, no voy a vivir de vosotros.

—¿Rechazas nuestra ayuda? Cuando muramos, lo que tenemos va a ser para ti. Es lo mismo. Considéranos tus mecenas si lo prefieres y dedícate a escribir como crees y sientes que debes hacerlo. No todos tienen la oportunidad de hacerlo. Tú puedes. Como me pasó a mí gracias a tu abuelo.

3

Los primeros días que pasó Sam en Berlín le resultaron tan fascinantes como desconcertantes. Todo era distinto en la capital alemana, moderno, innovador, pero también desmesurado y terriblemente desigual para sus habitantes. Por el día, Berlín era una ciudad de apariencia tan dinámica o más que las otras metrópolis del mundo occidental, como París, Londres o Nueva York: numeroso tráfico de personas y vehículos —coches (más de cincuenta mil matriculados), autobuses, tranvías...—, mucha gente de un lado para otro, lujosos escaparates, tiendas y grandes almacenes en los que se podía encontrar de todo sin más impedimento que tener suficiente poder adquisitivo, cafés y restaurantes llenos a todas horas. Por la noche, los mismos escaparates iluminados, mucho rótulo fluorescente, mucha gente en busca de distracción, mucha gente en todas partes, mucho de todo. Y es que en el Berlín nocturno, aún más que el diurno, había de todo, y para todos. O eso parecía.

Sam pasaba la velada en el Haus Vaterland. No era la primera vez que acudía. Sentado en una mesa cercana al escenario tomaban algo con sus padres. Pero era hora de regresar al escenario. Comenzaba el segundo pase de la orquesta de William y Camila.

—Cuando finalice la actuación ven a los camerinos —le dijo Camila—. Quiero presentarte a un joven que contratamos hace unos meses pero que ha estado ausente esta última semana por enfermedad. Conoce muy bien la noche berlinesa, y el día, bueno Berlín en general, incluyendo el más ignorado.

Durante su estancia en Europa, la orquesta de William y Camila se había renovado y realizado un par de nuevas incorporaciones. Una de ellas la del joven a quien se refería Camila, Helmut Schneider, de similar edad a la de Sam, que destacaba entre el conjunto de músicos de la *big band* por sus refinados modales y su elegancia en el vestir, siempre de punta en blanco y perfumado. Su pelo castaño tirando a rojo, sus ojos color café, sus grandes orejas y su nariz aguileña denotaban su ascendencia judía. Sumamente educado y respetuoso con los demás, entre los miembros de la orquesta constituía la excepción. Eran tipos más que curtidos en giras y acostumbrados a todo tipo de situaciones que les permitiera sobrevivir y a quienes pocas cosas ya podían sorprender, pero un homosexual —Schneider lo era y no lo escondía— difícilmente podía escapar a las chanzas acerca de su condición que, por poco malintencionadas que fueran —no entraba en los componentes de la banda la idea de zaherir a su nuevo compañero— no dejaban de ser molestas. Helmut tenía un carácter desenfadado, aunque tímido y reservado. No prestaba demasiada atención a las bromas de sus compañeros, pero aun así se retraía en muchas ocasiones y no manifestaba su opinión, excepto a Camila, que sentía especial predilección por él.

Cuando Helmut vio a Sam por primera vez al acudir este a los camerinos, como le había indicado su madre, se quedó prendado de él y se ofreció enseguida a enseñarle el Berlín de noche, que conocía a la perfección, le dijo con entusiasmo al enterarse de su ocupación y de los temas que trataba en sus relatos.

—Berlín es como un cajón de sastre, en el que se puede encontrar cualquier cosa. Hay de todo, especialmente por la noche. Cierto que no atravesamos un buen momento, pero los alemanes no se dejarán engañar por la demagogia de Hitler y los suyos. Estoy convencido. ¿Tú quieres conocer el verdadero Berlín, quieres indagar detrás de las bambalinas, saber cómo es realmente la gente que, bajo la apariencia de la frivolidad, hace que esta ciudad siga viva? En mis ratos libres, si quieres, te mostraré...

Las risotadas de los músicos de la banda impidieron oír el final de la frase de Helmut.

—Puedo introducirte...

Otra vez las carcajadas no dejaron a Helmut terminar su frase.

—¡Pero qué zopencos sois! —exclamó Camila.

Sam aceptó gustoso el ofrecimiento de Schneider, un berlinés que hasta que lo contrató la orquesta de sus padres había tocado en locales de todo tipo, la mayoría de ellos de poco renombre y escasa reputación y, en consecuencia, conocía en detalle la noche de Berlín. Además, Helmut le cayó bien desde la primera conversación que mantuvieron. Con él se podía hablar de cualquier tema, era un tipo instruido, preocupado por la sociedad de la que formaba parte —su parecer acerca de la realidad alemana le pareció a Sam de lo más juicioso y cabal—, apacible de carácter al tiempo que divertido cuando se sumergía en la vorágine nocturna de su ciudad. En los días que la orquesta descansaba —lo que sucedía todos los lunes, martes y miércoles a exigencia de Camila—, Helmut fue el guía nocturno de Sam.

—Berlín te puede parecer el no va más de la tolerancia. Costumbres sexuales y comportamientos contrarios a los preceptos generalmente aceptados son moneda común. Sexo y política son los temas preferidos, y las mujeres medio desnudas, o desnudas del todo, uno de sus principales reclamos. Lo viste ayer, y verás más, y verás, si no te has dado cuenta ya, de que es tremendamente desigual, una ciudad donde el lujo y la miseria se dan la mano en fraternal comunión. Pero, bueno, prosigamos el *tour* que empezamos ayer. ¿Has leído una novela de Döblin que se titula *Berlin Alexanderplatz*?

—No. Tampoco sé quién es Döblin.

—¡Claro, qué tontería! No hace mucho que se publicó y está escrita en alemán.

—Ya sabes que yo de alemán, ni idea. Menos mal que tú hablas inglés.

—Te lo decía porque hoy visitaremos Alexanderplatz. La zona es famosa por contar con las putas más baratas en más de trescientas casas de lenocinio, aunque también alberga el burdel más lujoso de Berlín. Al mismo tiempo, concentra el mayor nivel de delincuencia. No es casualidad que esté ahí la jefatura central de la policía berlinesa. Te recordará los cabarets que vimos ayer, de austera ornamentación y pocas pretensiones, con un piano al lado del cual se coloca el o la cantante que empieza a hacer pinitos y desea medrar lo más rápidamente posible o viejas glorias cuya carrera va ya cuesta abajo. Y después, si nos da tiempo, la noche aquí es muy larga, advertirás la enorme diferencia cuando crucemos Unter den Linden. Nada que ver, ni siquiera con el ambiente del Vaterland, por mucho que se clientela sea prácticamente la misma. Ahora bien, todos tienen cosas comunes. Unos son más correctos políticamente, otros menos, pero igual de licenciosos. El descoco es común, como el humo y el bullicio, la presencia de prostitutas, mendigos y drogadictos. Son dos mundos.

—O tal vez sea uno solo, tal vez sea esto el mundo.

—Tal vez. Pero Berlín es el despropósito convertido en ciudad. Y todos, yo incluido, participamos del mismo. A mí me gustan los sitios glamurosos y soy comunista, pero también soy homosexual y me van determinados ambientes. Mis propios camaradas no acaban de entenderlo. Todo es una contradicción.

—Las personas somos contradictorias de por sí.

—En fin, cuando vayamos a Eldorado, si no nos da tiempo hoy lo haremos mañana, me entenderás. Todo es puro espectáculo y como espectáculo se vive.

—Todos los espectáculos tienen un final. Alguno muy dramático.

No llegaron esa noche a Eldorado. Se apartaron de la ruta prevista por la curiosidad de Sam y el afán de complacerle de Helmut. Terminaron en el Kadeko, el Cabaret de los Comediantes, pues Sam se entusiasmó con la voz de Blandine Ebinger. Lo hicieron al día siguiente.

Situado en el cruce de las calles Motz y Kalckreuth, su entrada ocupaba todo el amplio chaflán que formaba su convergencia. Sobre ella había un gran cartel con la frase *Aquí es correcto* en el que a cada extremo figuraban dibujados un hombre y una mujer (o eso parecía): él peinado hacia atrás, con el cabello engominado, luciendo un fino y cuidado bigote; ella con el pelo corto y suaves facciones; sonrientes ambos, aparentemente felices. Coronaba la leyenda un descomunal abanico tras el que se asomaba una mujer con el pelo muy corto, de mirada y sonrisa pícaras y enigmáticas. ¿O acaso no se trataba de una mujer? Los asiduos, desde luego, ya sabían que no. Cerraba el diseño del llamativo reclamo, ya a la altura del segundo piso, un enorme letrero de neón con el nombre del establecimiento. Tras la puerta de acceso, el vestíbulo —decorado al igual que el interior con procaces cuadros y dibujos alusivos al alegre y ambiguo ambiente del cabaret— y, a continuación, una enorme sala, con un espacio al fondo para la orquesta, la barra, muchas mesas alrededor del perímetro de la sala, todas con su mantel blanco, y un gran espacio central para baile y actuaciones.

—Aquí es donde mejor apreciaras las contradicciones de esta ciudad: honorables padres de familia de insatisfecha sexualidad, decrépitos sarasas que creen recobrar la juventud acostándose con chaperos casi adolescentes, viciosos que creen haberlo experimentado todo, pero también la mayor comprensión, la mayor tolerancia. Aquí se acepta como lógico lo que otros ven como una relación contra natura. Aunque ya casi se ha convertido en una atracción turística, Eldorado siempre será Eldorado.

En Eldorado se alternaban las sesiones de baile con los espectáculos frívolos y procaces protagonizados por travestidos cuyos números eran más celebrados cuanto más picantes resultaban. Siempre estaba lleno y gran parte de su público era heterosexual, o decía serlo; curiosos en definitiva, atraídos por aquellos hombres vestidos de mujer. Porque eran eso, hombres. ¿O no? Sam a veces se lo preguntaba, como también la legión de fisgones atraídos por la fama del establecimiento que, sin disimulo alguno, expresaban sus juicios en voz alta entre alguna que otra risotada. Lo cierto era que había travestidos a los que, si no era de cerca, se hacía difícil precisar su género. Todos iban bien vestidos. Eldorado era un lugar elegante, de moda, que contaba entre su clientela habitual a políticos, empresarios, financieros, artistas y gente del cine.

Era asimismo el lugar frecuentado regularmente por los amigos homosexuales de Helmut; algunos acudían casi a diario. Helmut invitó a Sam a sentarse con un grupo de ellos, los que habían acudido ese día, cuatro. Excepto un joven de similar edad a la de Helmut y Sam, o al ser barbilampiño eso parecía, los demás superaban de la treintena con creces. Uno de ellos iba vestido de mujer. Llevaba un traje largo de noche, negro, con escote rectangular, collar de perlas de dos vueltas, los labios pintados de rojo pasión, las cejas perfectamente arregladas y el cuerpo depilado, al menos la parte de él que podía observarse: los brazos y el pecho. Una abundante capa de maquillaje disimulaba los pequeños puntos negros de una barba cuidadosamente afeitada. La abundancia de cosmético, la elegancia de su indumentaria, el refinamiento de su proceder, no enmascaraban, sin embargo, que se trataba de un travestido. Llevaba un monóculo en el ojo izquierdo, que se ponía y quitaba a discreción y que Sam —un tanto sorprendido y algo cohibido, aunque no se le notaba— no sabía si se trataba de un simple adorno o lo usaba por necesidad. En todo caso, en aquellos momentos el monóculo era ya cosa del pasado, un símbolo de una sociedad en franco declive.

Helmut se desenvolvía en Eldorado con una espontaneidad y un desparpajo difíciles de casar con su manera de comportarse en el Haus Vaterland. Se transformaba, era otro, y se notaba que se sentía a gusto. Tenía mucha confianza con sus amigos y se desinhibía por completo. Como cuando presentó a Sam.

—Este es mi amigo Sam, el hijo de mis jefes. Así que cuidadito con lo que hacéis, que os conozco. Aunque, bien pensado, intentad lo que queráis, el resultado será el mismo: nada. Es descaradamente heterosexual. ¡Qué lástima!, ¿no?

Sam enrojeció. Naturalmente, los demás rieron la ocurrencia, pero se apresuraron a alejar su vergüenza con frases amables y sirviéndole inmediatamente una copa. En el escenario un joven de aspecto aniñado, vestido con un escueto corsé, se movía con gran sensualidad al son de *Das ist Berlin*, cantando a la ciudad que se levantó de los escombros cual ave fénix, la ciudad de la que no se puede prescindir, eternamente joven y llena de magia, como decía su letra. ¿De verdad no es una mujer?, se preguntaban los espectadores que lo veían por primera vez. También Sam dudaba, y como él muchos de los habituales, que se resistían a sentirse atraídos por un hombre.

Al enterarse a qué se dedicaba su invitado, la conversación fue derivando a cuestiones nada frívolas. El ascenso del nazismo preocupaba obviamente a todos los presentes, que sentían peligrar la tolerancia de que hasta entonces disfrutaban. Sam, que compartía el temor, comentó que en su opinión el pueblo alemán no se dejaría arrastrar por una gentuza así.

—La mayoría de los alemanes —dijo uno de ellos— solo se hicieron demócratas al finalizar la guerra. Pero era una conversión ficticia, acomodaticia a un nuevo orden que creían que sería más generoso en las condiciones de paz y les libraría de una posible revolución bolchevique. Descabezado el movimiento revolucionario y frustradas las esperanzas depositadas en el tratado de Versalles, la democracia fue percibida otra vez como una invención foránea que nada tenía que ver con nuestra *Weltanschauung*. Y en esas estamos.

—Desde que los franceses abandonaron el Ruhr en 1924 —observó el del monóculo— entramos en un periodo de crecimiento económico. El empleo crecía y el paro se reducía, los salarios aumentaban, aunque tímidamente, y apenas había huelgas. Todos eran demócratas entonces. Pero la crisis nos ha golpeado más duramente que a otros países, el paro sube vertiginosamente; hace un año había un millón de desempleados, ahora ya son tres, y todo indica que la cifra va a seguir creciendo. Cada día son más los que ven como única salida el establecimiento de un Gobierno fuerte como el que propone Hitler. El nacionalsocialismo es, sin duda, la mayor amenaza que pueda tener esta nación.

—Parece que bien la gente subestima a los nazis o bien cree que realmente son la solución —matizó un tercero.

Los amigos de Helmut, como percibió enseguida Sam, no respondían al prototipo de clientela que acudía a Eldorado, despreocupada, superficial, confiada. Uno de ellos resultó ser activista de la Liga por los Derechos Humanos que presidía Friedrich Radszuweit, adalid del movimiento homosexual, que contaba en aquellos momentos con más de treinta mil miembros. Otro, el más joven, militaba en un grupúsculo izquierdista con escasa presencia en Berlín que seguía la tradición de los consejos obreros desarrollada por Pannekoek y la autogestión, la Unión de los Consejos Comunistas. Nada era, pues, lo que parecía, como le había dicho Helmut. Bajo la artificial frivolidad de sus ropajes, Sam encontró unos seres concienciados, preocupados por la inquietante evolución política de su país y comprometidos en la defensa de una libertad que parecía tener cada día menos partidarios. Se sentía a gusto con ellos mientras tomaban unas copas, hablaba de sus experiencias con los cheyenes, de su intención de escribir una novela sobre ellos que reflejara la falta de derechos y libertades que padecían las minorías por ser o pensar de modo distinto.

—Las minorías que tú dices somos la mayoría —le interrumpió el joven que compartía militancia con Helmut—, el problema es la falta de conciencia al respecto. No es la raza o la condición sexual de cada uno la que marca las diferencias sociales; en este sistema es la economía, el dinero. Por eso, desgraciadamente, incluso entre los propios explotados hay quienes explotan a otros más débiles. Pero es el sistema, querido, y solo terminando con él, con un modelo de organización social que ha demostrado ser tremendamente injusto, con la división entre los que poseen la riqueza y controlan el mundo y los que nada tienen y son dominados y explotados por los primeros, podremos construir una sociedad socialista, verdaderamente democrática.

Días después Sam escribía acerca de sus primeras impresiones en su cuaderno.

Dice una canción de moda que como Berlín no hay dos. La ciudad, desde luego, parece empeñada en evidenciar que tal aseveración dista mucho de ser un tópico. Pero no es así. Hay dos Berlín. O igual es uno, la verdad es que no estoy seguro. Es preferible, de todos modos, que sean dos. Y sería bueno que se armonizaran cuanto antes. Esta hermosa ciudad, donde la literatura, el teatro, la música y todas las demás manifestaciones culturales y artísticas alcanzan un desarrollo que ya quisieran muchos países, incluido el nuestro, no puede fragmentarse en círculos concéntricos que tienen el mismo punto de partida, pero radios diferentes.

Posiblemente sea un pintor del movimiento Nueva Objetividad, Otto Dix, quien mejor ha sabido plasmar la realidad de Berlín. Cuando contemplé su tríptico Metrópolis comprendí las palabras que un poeta escribió hace poco acerca de sus habitantes: "aunque las horas se escapan, ellos no sienten que se acerca su fin".

Miro a mi alrededor en la alocada y ruidosa noche berlinesa y me parece que sigo viendo la obra de Dix. Me fijo en los veteranos de guerra, los tullidos que vagan por la calle pidiendo limosna, en sus rostros desencajados que son la viva imagen del desaliento. No sé si hay tantos como veo, y desde luego su expresión nada tiene que ver con los semblantes desenfadados de los compuestos caballeros que frecuentan los cabarets, repeinados al estilo de Rodolfo Valentino (también las mujeres: un producto llamado Bakerfix las ayuda a alisar su cabello como el de Joséphine Baker).

A veces incluso dudo de que existan, de que estén ahí y no sea una alucinación. Veo al mismo lisiado que figura en la parte izquierda del tríptico arrastrando sus piernas de palo, apoyándose en unas muletas. A su lado está el mismo perro, que ladra en dirección a los muñones del desgraciado excombatiente. También observo al mismo soldado de Dix, muerto, en la calle, obstaculizando el paso, molestando a los transeúntes que bien no advierten lo mismo que yo o bien están acostumbrados a tales inconvenientes y no le prestan la más mínima atención. Tampoco el tullido repara en su compañero, cadáver, sus ojos se dirigen a las pintarrajeadas prostitutas que exhiben sus encantos. Todo parece distante y frío, al tiempo que seductor. Berlín es fascinante cuando uno se abstrae de la realidad, lo que es fácil entre tanto espectáculo y tanta diversión. Pero a poco que uno se descuide se encontrará de nuevo con los personajes de Dix, incluso en los refinados ambientes de los clubs más selectos, donde las or-

questas de jazz se van turnando en un continuo frenesí. Volverá a toparse con inexpresivas parejas que danzan hasta la extenuación, con personas de las que resulta difícil adivinar su género a pesar de la vestimenta femenina, con borrachos, prostitutas y toda clase de excluidos a los que nadie parece ver. Igual no existen y es solo cosa mía, pero el Berlín de Dix es cualquier cosa menos una ciudad hospitalaria.

4

Empezaba 1931 y terminaba el contrato de Camila Valls and The William Sutherland Orchestra —como se denominaban ahora— en el Haus Vaterland. Había llegado la hora de regresar a Nueva York. Sam marcharía con ellos. Tenía tantas o más ganas que sus padres. Las correrías nocturnas con Helmut le habían descubierto un ambiente que ignoraba, tolerante, permisivo, desenfadado y frívolo, también menos superficial que lo que presuponía. Aun así, no se le ocurría idea alguna digna, a su juicio, de tener en cuenta, saturado como estaba de escribir tantas notas describiendo tipos sociales de todas clases, y las que se le ocurrían eran más de orden discursivo y nada instintivas. Por otra parte, seguía sin noticias de *Collier's*.

Ya tenían los pasajes para uno de los trasatlánticos de la Hamburg-Amerika Linie que partiría del gran puerto alemán de Hamburgo a mediados de enero. Las actuaciones en el Haus Vaterland habían finalizado. Ese día, justo una semana antes del día previsto para su marcha, Helmut le propuso ir una vez más a Eldorado. Era esta una ocasión especial. Debutaba un viejo conocido de Helmut, más bien el padre de una íntima amiga suya a la que hacía tiempo que no veía; llevaba una temporada actuando en un cabaret de Viena y ella le acompañaba.

—Yo creía que en Eldorado solo actuaban travestidos. Aparte de los de la orquesta, quiero decir.

—Así es. ¿Por qué lo preguntas?

—No sé. Me ha sorprendido que un travestido tenga una hija.

—Pues cuando lo veas sobre el escenario aun te sorprenderás más. ¡Ay!, Sam, ¿nadie te ha explicado que los hombres tenemos una cosa que se llama pene, falo, verga o polla y que, entre otras cosas, sirve para procrear?

—Al ser homosexual... A los homosexuales no les gustan las mujeres —aclaró Sam, algo ruborizado.

—No te apures, hombre. Te cuento su historia. Te gustará; igual te sirve para escribir uno de tus relatos. A Dieter, ese es su nombre verdadero, el artístico es Charlotte von Laster. ¿Sabes qué significa Laster?

—Ni idea. No llevo aquí tanto tiempo, y el alemán se me resiste.

—Vicio en tu idioma. Pues bien, a Dieter le costó mucho aceptar su sexualidad, como a tantos de nosotros. No es fácil ser diferente. Lo sabía desde joven, pero se lo negaba a sí mismo. También eso nos ha pasado a todos. Su familia era muy religiosa, él también lo era, y la mujer con quien se casó, pues llegó a casarse y a tener una hija, como ya sabes. Ella nunca sospechó nada, la esposa. Claro que él tampoco dio motivo alguno mientras estuvieron casados. Su vida sexual era tristemente aburrida, prácticamente inexistente, me contó él. Y si te lo cuento a ti es porque sé que a Dieter no le importa; todo lo contrario, habla de ello sin ambages, para que los demás en su situación, o en otra similar, no pasen por lo mismo o puedan sobrellevarlo mejor. La religión les sirvió para enmascarar la mutua insatisfacción hasta la muerte de su mujer, de cáncer de mama, cuando la niña tenía once años. Sus abuelos maternos querían que la niña se fuera con ellos, a Potsdam, donde residían; los padres de Dieter ya habían fallecido, los dos. ¿Cómo iba a ocuparse un hombre solo de una jovencita en plena pubertad? Dieter ni siquiera quiso considerar la posibilidad. Nada ni nadie le separaría de su hija. Trabajaba de contable en KaDeWe, unos grandes almacenes, se ganaba bien la vida, hizo mil y una artimañas para acomodar su horario a las necesidades de su hija. Se desvivía por ella, pero el tiempo iba pasando y, a pesar de su empecinamiento en no reconocer lo que era evidente, regresaba el deseo por los hombres. Trató de "curarse", estuvo incluso a punto de trasplantarse un testículo de un heterosexual. Un médico vienés, un tal Steinach, aseguraba que con ello desaparecía la atracción por las personas del mismo sexo. Afortunadamente, un sensato psiquiatra, un médico del Instituto para la Ciencia Sexual, le convenció de que no debía avergonzarse de su "vicio", que no debía vivirlo como si fuera una desgracia, no era ningún criminal ni necesitaba más tratamiento psíquico que el que requiriera la neurosis que tal situación le ocasionaba. Nunca nadie le había dicho algo así; primero se sintió reconfortado, poco después empezó a aminorar el sentimiento de culpa que tanto tiempo le había acompañado. Pronto perdió la fe. Quedaba, sin embargo, un escollo que no sabía cómo salvar: decírselo a su hija. Ya no era una adolescente, estaba a punto de cumplir diecisiete años. Sin embargo, Martha, que así se llama y está haciendo el doctorado en historia del arte, reaccionó con sensatez. Claro que le chocó la confesión de su padre, y no poco. La desconcertó, no le fue fácil aceptar aquello, pero era, es, una chica de ideas políticas avanzadas, independiente y libre, comprometida con la vida. Así que no solo se mostró comprensiva, sino que se convirtió en su mejor apoyo. Eso dio confianza y seguridad a Dieter, descubriendo que dentro de sí llevaba una loca y provocadora artista. Cambió drásticamente. Tanto que desde hace un par de años es, en el escenario, por supuesto, Charlotte von Laster.

Llegaron con la actuación recién empezada. Se sentaron con el grupo de amigos de Helmut que Sam ya conocía, exceptuando a otro glamuroso travestido de mediana edad y a una mujer joven que dedujo lógicamente que se trataba de la hija de Dieter, una chica de cabello trigueño tirando a rubio, peinado en media melena ligeramente ondulada hasta los hombros, de ojos grandes y soñadores, claros, verdosos, labios carnosos y sensuales, y piel blanca, como correspondía a las mujeres arias.

Sobre la pista, un travestido que a Sam le pareció que debía aproximarse a la cincuentena —el abultado maquillaje no conseguía disimular las arrugas de su rostro—, se movía torpemente, adrede, haciendo bromas sobre su ya desmejorado y cada vez más voluminoso físico y entonando con voz grave sicalípticas canciones en medio del general jolgorio. Vestía un ajustado vestido negro de pedrería, con detalles en rojo y dorado, que se abría en vuelo de las rodillas para abajo y tenía una gran raja en su parte derecha que dejaba al descubierto la pierna, blanca y gruesa, perfectamente depilada. El corpiño comprimía tanto sus carnes que hacía que por su gran escote tipo bañera asomaran unas enormes mollas como si fueran dos grandes tetas. Unos largos guantes de encaje, desde la mitad de la mano hasta más arriba del codo, y un sombrero negro estilo pamela, profusamente adornado con marabú rojo, que cubría una peluca rubio platino, completaban su indumentaria. Jugaba con soltura con un abanico, también de encaje negro, y una larga boquilla que sostenía un cigarrillo. *A mí que me quieran por lo que soy, sino no me interesa*, decía uno de los versos de la canción de Holländer *Guck Doch Nicht Immer Nach Dem Tangogeiger Hin*, que interpretaba en su peculiar estilo.

Sam, aunque agradablemente sorprendido y divertido con la actuación de Charlotte von Laster, no prestaba demasiada atención al espectáculo. La mayor parte del *show* lo pasó con la cabeza vuelta hacia su derecha, que es donde Martha se hallaba sentada. A Helmut no le pasó desapercibido su embelesamiento.

—¿Es guapa, verdad?

—¿Qué?

—Te gusta Martha. No le quitas ojo. ¿Me equivoco?

—La verdad, sí. —confesó Sam, cuya amistad con Helmut se había estrechado—. Pero cállate, pueden oírte.

Helmut, con una condescendiente sonrisa de oreja a oreja, observaba de vez en cuando a su amigo, que continuaba más atento a Martha que al *show* de su padre. Tan abstraído estaba contemplándola que más de una vez sus miradas se cruzaron. Martha le sonrió. ¡Qué mirada! ¡Qué sonrisa! No recordaba Sam un rostro como aquel, tan luminoso, que mirara de manera tan trasparente, que sonriera de forma tan cálida y natural. Algo en su expresión, tal vez la dulzura de sus facciones, puede que la candorosa serenidad de su semblante, le daba un aire melancólico que seducía y enternecía a Sam.

Terminó la actuación. Sam felicitó a Martha y pudo intercambiar unas primeras frases con ella. Su voz no podía ser de otra forma: sedosa y suave. Al poco llegó Dieter, todavía sudoroso, solo se había quitado el maquillaje y los abalorios, y la peluca, dejando al descubierto una pronunciada calva. Seguía vistiendo el largo traje de pedrería, si bien se había aflojado el corpiño, y aumentado por tanto su ya de por sí considerable volumen. Resultaba así el travestido más estrambótico de cuantos Sam había podido observar en los días que había salido con Helmut en la noche berlinesa. Se lo presentaron y Sam elogió su número. Lo hizo sinceramente, aunque apenas le había prestado atención, pues en él no veía al orondo travestido, intencionadamente patoso y desvergonzado, que minutos antes había satisfecho con creces a la concurrencia, sino únicamente al padre de Martha. Dieter se sentó junto a su hija. La orquesta volvía a tocar y la pista se llenaba de nuevo de parejas. Para parte del público simplemente seguía el espectáculo: *¿Es una mujer? Sí. No, que va, fíjate en su nuez. Mira aquel... o aquella, no sabría decirle. Aquel otro, desde luego no puede disimularlo, ¡qué brazos!, de cargador de muelles.*

Sam sonreía constantemente en señal de asentimiento y complicidad para disimular la imposibilidad de seguir la conversación que se sostenía en la mesa y que obviamente giraba en torno a la presentación de Dieter —mejor Charlotte von Laster— en Berlín. Todo eran parabienes, ciertamente había superado la prueba con creces. Espontáneos aplausos habían acompañado sus ocurrencias y sus canciones, y la calurosa ovación con que se le despidió parecía reflejar que los espectadores no habían quedado descontentos; algunos, posiblemente, con ganas de más. Sam apenas hablaba, su pensamiento estaba ocupado y cerrado a cualquier consideración ajena a Martha. Eso sí, mantenía la misma diplomática expresión.

Llegó más gente a felicitar a Dieter, amigos, conocidos, curiosos que querían verle de cerca. Dieter marchó con un grupo a la barra.

—Aprovecha ahora, siéntate al lado de Martha. Habla inglés, no muy bien, pero lo habla, como has visto.

—Así. ¿Sin más?

—¿Qué más necesitas? A ella también le gustas. Te lo digo yo, que la conozco y os observado.

—No sé.

—Creí que eras más decidido. ¡Ay los sentimientos!, que traicioneros son, ¿eh?

Helmut sacó entonces a bailar al travestido que se sentaba con ellos y que Sam era la primera vez que veía.

—Y vosotros podrías hacer lo mismo —dijo mirando a Martha y a Sam—. Venga Sam, saca a bailar a la dama. Si te tiene encandilado. ¡Ay, Dios mío! ¿Por qué los hombretones apuestos, como tú, no se abrirán más a experimentar el noble arte de la sensualidad? Si supierais lo que os perdéis...

Menos Sam, que sonrojado no sabía qué hacer ni qué cara poner, los demás rieron la ocurrencia de Helmut. También Martha. Pero no como los otros. Imposible que hiciera nada "como los otros". Martha se levantó y Sam la siguió a la pista de baile como accionado por un resorte.

—¿Tenéis ya los pasajes para Nueva York? —preguntó Sam a sus padres al cabo de un par de días.

—Hace tiempo que están reservados. Mañana pensaba ir a pagar lo que falta y a recogerlos. ¿Tantas ganas tienes de volver?

—No, no es eso. Más bien al contrario. Estaba pensando quedarme en Berlín un tiempo más.

—¿Cómo quedarte en Berlín? Si hace unos días estabas deseando largarte y dedicarte a tu novela. ¿Has sabido algo de *Collier's*?

—¡Qué va! Solo que también puedo escribir aquí.

—¿Y a qué se debe ese cambio?

—Una chica, ¿verdad? —dijo Camila, a quien no había pasado inadvertida la brillantez de la mirada de su hijo.

—Vaya clarividencia la tuya, mamá. Sí, he conocido una chica.

—¿Clarividencia? Soy tu madre y te conozco. Siempre te he llevado conmigo hasta que empezaste a ir a la escuela, e incluso después. Si hasta te daba de mamar en los descansos.

—¿Y cómo no nos has dicho nada hasta ahora? ¿A qué esperas para presentárnosla?

—La conocí anteanoche.

—Y está noche volverás a verla, ¿no es así? Y lo estás deseando, claro.

—Espero que así sea. Y sí, lo deseo.

William soltó de repente una carcajada que dejó a Sam desconcertado. Miró perplejo a su madre, que trató de reprimirse, pero no pudo evitar la risa.

—Verás, Sam —le explicó enseguida esta—. Es que nos has recordado tanto a nosotros mismos cuando nos conocimos... Tu padre y yo nos enamoramos la primera vez que nos vimos, la primera noche. Y hasta hoy.

—¿Y ella? Por cierto, ¿cómo se llama?

—Martha.

—Bonito nombre. ¿Martha está tan coladita por ti como tú pareces estarlo por ella?

—Creo que no le soy indiferente.

—Bien, eso está bien. ¿Y dónde la has conocido?, ¿cómo?

—En Eldorado. Me la presentó Helmut.

—¿En Eldorado? —a William se le abrieron los ojos como platos—. ¿No será...?

Ahora fue Sam quien se echó a reír. También Camila.

—Pues nada, quédate. Ante razón tan poderosa como la sinrazón del amor nada podemos hacer. ¿Verdad querida?

—La conoceremos antes de irnos, ¿eh? No sé, aunque sea de manera aparentemente casual. No quiero marcharme sin ver a la chica que ha cautivado de tal modo a mi hijo.

—Mamá, por favor...

—La conoceremos antes de irnos. ¿De acuerdo? A mí no me dejas con la intriga.

—Lo intentaré. Aunque antes tendré que hablar con ella, tendré que saber si le gusto, si quiere lo mismo que yo, ¿no te parece?

—Me parece. Mas tal como te expresas estoy segura de que vais a congeniar.

—Mañana mismo cancelaré tu pasaje, pues. ¿Cómo vas de dinero

—Bien, papá, no te preocupes.

Capítulo III

1

WILLIAM Y CAMILA habían regresado a Nueva York a mediados de febrero de 1931. Camila había cumplido cincuenta y cinco años y, aunque estaba en perfectas condiciones físicas y su voz no había perdido fuerza, comenzaba a acusar el cansancio; algunas funciones en Berlín se le habían hecho especialmente largas, y eso que sus actuaciones en el Haus Vaterland se reducían a cuatro días por semana. William, que pasaba de los sesenta, también acusaba el cansancio.

En Estados Unidos sus grabaciones eran tan populares como en Alemania. Darían unos pocos conciertos más en el Carnegie Hall y en el Savoy Ballroom y luego la orquesta se desharía. No renunciaban a actuar ante el público, pero esporádicamente. Si se daba el caso ya formarían otra para la ocasión, como también para los discos que Camila grabara. A William le costaba seguir el frenético modo de vida de las giras, había llegado el momento de la retirada —de los escenarios, que no del mundo de la música—, se dedicaría a la producción musical de solistas y orquestas de jazz. Su apartamiento de la interpretación en directo llegaba en el mejor momento de su carrera, al menos cuando más popularidad había alcanzado. Por supuesto, Camila no era ajena al éxito de su marido. Su carrera musical había transcurrido en paralelo a la evolución de su voz, que progresivamente fue adquiriendo un mayor tono, equilibrio y ritmo, casi únicos en una cantante blanca de jazz. Su *feeling*, su dominio del escenario, los innumerables registros de su voz, le granjearon el favor de público y crítica y la convirtieron en una apuesta segura de las compañías discográficas.

Estaban preocupados por Otto. Nada más volver quedaron varias veces con él en el Jack and Charlie's 21, como se denominaba ahora el Puncheon tras haberse trasladado al complejo de edificios que se empezaba a levantar en el Midtown Manhattan y se conocía como Rockefeller Center. La ley seca seguía en vigor, pero el nuevo club mantenía la tradición del Puncheon de servir bebidas alcohólicas, a juicio de Wulff de mejor calidad. Lo encontraron más preocupado de lo que creían. Las pérdidas de Platinum Movies aumentaban desmesuradamente día a día. William y Camila se ofrecieron a ayudarle, pero Wulff rechazó la ayuda. *No conseguiríamos más que prolongar la agonía, no hay nada que hacer, esto se va a la mierda*, les dijo la última ocasión que estuvieron juntos. De eso hacía más de un mes. Desde entonces no habían sabido nada de él. Nunca lo encontraban, ni en casa ni en el despacho.

—He llamado por teléfono a Platinum, varias veces, no responde nadie. En su casa, tampoco. He ido a los dos sitios. El mismo resultado.

—La última vez que estuvimos con él lo vi muy decaído, deprimido. No habrá cometido algún desatino.

—No creo. Bueno, confío en que no.

—Esta maldita crisis. Pasa igual que en Berlín, largas colas de obreros demandando trabajo, mucha gente pidiendo limosna, manifestaciones, huelgas...

—Y al mismo tiempo levantan el Empire State, el edificio más alto del mundo. La crisis... Según para quién.

Con el derrumbamiento de Wall Street Otto se vio obligado a cerrar su exhibidora tras clausurar previamente la mayoría de los cines. Resistió cuanto pudo, pero ni programando el pase de dos películas por el precio de una, ni bajando el importe de las entradas, ni rifando valiosos objetos o dando premios en metálico, consiguió evitar la debacle. Se encontraba en la más absoluta ruina, además de deber una importante suma a los bancos. Platinum Movies cayó tan pronto como había crecido, en poco tiempo nada quedaba de la firma. Por otra parte, la industria cinematográfica había encontrado en California, en Los Ángeles, en Hollywood, un lugar idóneo para su expansión gracias a la bonanza del clima atmosférico y, sobre todo, laboral; allí no había sindicatos.

A la mañana siguiente William fue de nuevo a las oficinas de Platinum. Encontró las puertas cerradas. Se dirigió entonces al domicilio de su amigo. Tras llamar varias veces al timbre y golpear repetidamente la puerta, cuando ya estaba a punto de marcharse, abrió Wulff. Se le veía derrotado, anímicamente exhausto, estaba sin afeitar y con la ropa arrugada y manchada. *¡Ah!, eres tú*, fue todo cuanto alcanzó a decir antes de dar media vuelta y dejarse caer en un butacón.

—¿Dónde estabas? No había manera de hacerse contigo.

—Lo he perdido todo, William, todo. Nunca imaginé encontrarme en esta situación.

—Encontraremos remedio, como otras veces. No te preocupes ahora por eso. ¿Qué has hecho estos días? Nos tenías preocupados.

—No recuerdo bien. Recogí las cosas del despacho y caminé. Sin rumbo. Cuando me di cuenta estaba en el muelle de East River, me senté sobre un pilón de hierro, mirando al puente de Brooklyn. Allí permanecí hasta la caída del sol. No sé cuánto tiempo. Debió ser bastante rato, pues luego me dolía el cuello. Supongo que por haber pasado horas en la misma posición. Y seguí caminando. Hasta ahora.

William lo llevó con él, a su casa.

—Camila y yo hemos decidido retirarnos. Algo te dije al respecto si mal no recuerdo. Actuaremos solo ocasionalmente, pero no dejaremos el mundo de la música. ¿Se ha ido al traste la distribuidora? Pues se empieza otra cosa. Te has quedado en la ruina, pero con la venta de todos los inmuebles de Platinum, por mucho que se haya reducido su valor y más que vender tengas que malvender, prácticamente cubres todas las deudas. Es así, ¿no?

Wulff asintió.

—Pues entonces no es para tanto. Como te decía, no vamos abandonar la música. Queremos montar una discográfica. Pero también descansar, llevar una vida tranquila y sosegada. Así que nos hace falta alguien que la dirija. Yo ya no estoy para esos trotes y a Camila lo de los negocios no es que no le guste, es que lo detesta.

—Aunque la idea me entusiasma, ¿eh?

—Necesitamos alguien que dirija la productora. Y habíamos pensado en ti.

—Sois muy generosos, pero yo sé poco de música. O nada.

—Pero de gestión sí. No se trata de saber de música, para eso estamos nosotros, que no es que sepamos mucho, pero conocemos sus intríngulis. Y contamos con la colaboración de un perspicaz cazatalentos, John Hammond, un joven que acababa de cumplir veinte años, pero con unos conocimientos y un talento impropios de su edad. Se trata de dirigir un negocio, de vender, y tú de eso vas sobrado. Qué más da que sean películas que discos, viene a ser lo mismo.

—De hecho —prosiguió Camila— uno de los motivos que más han influido en nuestra idea es poder contar con alguien de tu experiencia, contigo concretamente. Si aceptas, claro.

—La gente ya no compra discos. Por el mismo motivo que ha dejado de ir al cine, no hay dinero. He leído que la asistencia a los cines ha disminuido en un 40 por cien a pesar bajar precio de las entradas. Yo no pude sostener el negocio, dudo que pueda hacerlo mejor con la música.

—Te olvidas de una cosa, Otto. Aunque haya disminuido el número de ventas de discos, los de Camila se seguirán vendiendo. A las pruebas me remito. Hemos terminado el contrato con la Victor y tenemos los derechos de cuanto grabemos a partir de ahora, y una cosa es que no queramos actuar, otra que renunciemos a grabar. Hombre, yo no, porque tendría que formar orquesta, pero Camila puede hacerlo con otras orquestas. Al mismo tiempo, produciremos también a los nuevos que Hammond recomiende. Es un reto, nos jugamos mucho, Camila especialmente. No podemos fracasar. Necesitamos que nos ayudes.

Wulff no sabía qué decir, abrumado por la deferencia de sus amigos.

—Bueno, ¿qué? ¿Contamos contigo o no? ¿Nos vas dejar colgados ahora?

Wulff guardó silencio. Unos instantes. Mudó de pronto la expresión de su rostro y sonrió. Tenía los ojos enrojecidos.

—Contad conmigo.

—Pues vamos a celebrarlo.

William sacó una botella de whisky escocés.

—¡Dios! ¿Cómo has conseguido eso?

—Uno, que aún tiene buenos contactos.

Abrieron la botella y se sirvieron.

—Por Mirliton Jazz Records —brindó Camila.

—¿Mirliton?

—¿No os parece un buen nombre para la compañía? Se me acaba de ocurrir.

—¡Me parece fantástico! —exclamó William.

—Verás —explicó Camila a Wulff—. El Mirliton fue un cabaret de París muy famoso a finales del siglo pasado y principios de este. Allí trabajó un tiempo William como doble de Aristide Bruant, y allí nos conocimos. De allí provienen algunos de los recuerdos más gratos de nuestras vidas.

—Pues, entonces, ¡por Mirliton Jazz Records!

2

Mirliton Jazz Records se puso en marcha a finales de 1931. Wulff se encargó, con el asesoramiento de William y Hammond, de montar las oficinas de la compañía y el estudio de grabación en un local que alquilaron en la calle 42. Mientras, Hammond buscaba nuevos talentos y William entraba en contacto con otras orquestas para que Camila grabara con ellas. Con las de Gus Arnheim y Paul Whiteman, grabó temas como *Body and Soul*, *But Not For Me* o *Embraceable You*, que consiguieron la aceptación del público y de la crítica. Los discos de Camila seguían vendiéndose bien. Hammond era ciertamente perspicaz a la hora de encontrar nuevos valores. Él sería, por ejemplo, quien descubriría a Benny Goodman —por entonces un joven de la misma edad que Sam— y propondría a William que produjesen su primera grabación, y quien un par de años más tarde advertiría de las grandes posibilidades de una jovencísima Billie Holiday, sugiriendo que grabase con Goodman los temas *Your Mother's Son-In-Law* y *Riffin' the Scotch*. También fue suya la idea de que Camila grabase con la orquesta de Fletcher Henderson, algo absolutamente insólito hasta entonces, una arriesgada apuesta en la que Camila se jugaba su carrera. ¡Una orquesta de negros con una cantante blanca! Posiblemente una actuación en directo hubiese originado un tremendo escándalo. El escándalo, sin embargo, se produjo y no fueron pocas las injustas y dañinas críticas que tal acción provocó, pero se trataba de un disco, que registraba el sonido, la voz, los instrumentos, no el aspecto físico de sus intérpretes —por mucho que se supiera quiénes y cómo eran— y esta circunstancia aminoró el impacto. Contra todo pronóstico —exceptuando el vaticinio de Hammond— la idea funcionó y se vendieron un buen número de copias de la grabación.

Unos discos, los de Camila especialmente, se vendían más, otros menos. Mirliton Jazz Records iba bien. Al menos no tenía pérdidas y las ventas crecían.

Teníamos nuestras dudas, pero todo va mejor de lo que creíamos, los buenos resultados obtenidos, de los que os hablábamos en nuestra última carta, empiezan a ser óptimos. Wulff y Hammond siguen haciendo una excelente labor. Estamos, pues, muy contentos. Nuestra alegría, sin embargo, se ve empañada por vuestra ausencia. ¡Nos gustaría tanto que estuvierais con nosotros! ¿Cómo os van las cosas? Lo que leemos sobre Alemania no llama al optimismo, escribían Camila y William a Sam y Martha, que seguían en Berlín, donde habían alquilado un pequeño apartamento en la Motzstrasse, cerca de Nollendorfplatz. Martha continuaba sus estudios y Sam se había puesto a escribir su novela sobre los cheyenes.

Dieter seguía con sus actuaciones en Eldorado y se había convertido en una de sus estrellas. Helmut, el único músico de la banda de William y Camila que no partió con el resto a Nueva York, había conseguido formar con otros músicos berlineses que conocía una orquesta, con la que sustituyó en el Haus Vaterland a Camila Valls and The William Sutherland Orchestra, si bien no en horario estelar. Helmut, Martha y Sam se veían a menudo. Martha seguía siendo como una hermana para Helmut y ella y Sam iban frecuentemente a verle al Haus Vaterland. Los días que este libraba solían cenar en su casa. Martha se desenvolvía bien en la cocina, preparaba un excelente codillo que acompañaba de puré de guisantes. Empezaban a desconfiar de los sitios públicos a la hora de abordar determinados temas. El ambiente estaba cada vez más enrarecido y, lógicamente, el ascenso del nacionalsocialismo y la política en general estaban presentes en todas sus conversaciones.

—La situación se enmaraña a pasos de gigante —se lamentaba Martha—. El mensaje chovinista y racista del nacionalsocialismo parece que cuaja cada vez más entre la opinión pública. Esta mañana, cuando compré el codillo, delante de mí había una mujer que pidió lo mismo. Nada más irse, la dependienta, que creo que es también la dueña, comentó con las clientas que quedábamos, tres éramos, que era judía y compraba cerdo para disimular. No pueden negarlo por mucho que se empeñen, dijo una, su físico ya les delata. Dijo delata. ¿Qué os parece? No pienso volver a comprar más en esa tienda.

—Todo esto se veía venir hace tiempo, pero nadie creía que llegaría a cuajar entre la población hasta este punto. Yo mismo era al principio de esa opinión. Los alemanes no se dejarán arrastrar por la agresividad y la xenofobia del mensaje de Hitler, pensaba. Ya sufrimos bastante con la última guerra. ¡Joder que no! Si parece que lo estaban deseando. Hace algo más de un año los nazis consiguieron ser el segundo partido del Reichstag con casi seis millones y medio de votos. Me temo que en las próximas elecciones esa cifra aumentará.

—La verdad es que no lo creo, pero quiero creerlo. No lo sé, pero quiero confiar en que finalmente se impondrá la razón.

—¿Qué razón, Sam? ¿La suya o la nuestra? Me niego a creer que todo esto sea cosa de unos fanáticos a los que sigue un pueblo desorientado. Fanatismo... ¡No, no y no! Hitler solo hace que reunirse con los principales magnates, recorre el país de un lado a otro buscando apoyos entre los hombres de negocios. Ellos temen al comunismo, y se los dan. Pero los comunistas ya no son los únicos enemigos, ahora lo son todos los que no comulgan con su credo y cualquiera que simplemente no sea como ellos, incluyendo su físico. A un amigo mío, que no es judío, los de las SA le dieron el otro día una paliza porque su aspecto así parecía indicarlo. No tuvo tiempo siquiera de explicarse. Tres costillas rotas, una ceja partida, moratones por todo el cuerpo. ¿Y la gente? Pues, ya ves, encantada.

3

Sam había conseguido que el semanario neoyorquino *The Nation* aceptara su proyecto de escribir una serie de artículos —que se publicarían cada quince días— sobre la situación en Berlín vista a través de gente anónima que incluían desde los excluidos por el sistema —prostitutas, maleantes de poca monta, desdichados que habían perdido su trabajo o su fortuna en cuestión de semanas o de días, fracasados e indigentes en general— a los glamorosos protagonistas de la noche berlinesa que seguían llenando los locales de ocio nocturno. Cada artículo llevaría, lógicamente, un título diferente, pero se agruparían bajo el epígrafe genérico *A las luces de Berlín*, que Sam, en la primera entrega, aclaró le había inspirado la canción de Kurt Weill *Berlin im Licht*, de 1928: *Si quieres ver la ciudad de Berlín, el sol no es suficiente. / Para ver todo adecuadamente vas a necesitar unos pocos vatios. / Vamos a encender las luces para poder ver lo que hay que ver.*

El primer reportaje apareció la tercera semana de abril de 1932 y versaba sobre un parado que votaba al partido de Hitler. Sam lo escribió en plena campaña electoral por la presidencia del Reich, que ganó el presidente Hindenburg con bastante diferencia frente a su principal contrincante, Hitler. Como solía hacer, los testimonios literalmente reproducidos de los personajes se intercalaban con sus consideraciones, agudas, punzantes, de prosa cuidada y exigente pero dura y directa, logrando con acierto enlazar los problemas de la época con el mero hecho de existir a través de un caso particular.

Sam no andaba errado cuando dijo a sus padres que no creía resultarle indiferente a Martha. Los sentimientos de ambos, de cada uno respecto al otro, resultaron ser más que afines y al poco de haberse conocido estaban viviendo juntos en el pequeño apartamento que Sam había alquilado nada más ir-se sus padres a Nueva York. Era reducido, unos cincuenta metros cuadrados, pero aun así les sobraba espacio. Martha seguía con sus estudios e iba todos los días a ver a su padre, contento por ver feliz a su hija, porque esa felicidad estuviera ligada a Sam —le parecía un joven honesto, afable, dinámico e inteligente—, porque desde hacía unas semanas tenía un "amigo especial", más joven que él, y porque continuaba su éxito en Eldorado.

El respectivo amor de uno hacia el otro y el miedo de los dos, como el de otros tantos alemanes, a que la situación empeorase de tal modo que tuvieran que abandonar Berlín a marchas forzadas, les llevó a casarse a principios de mayo. Fue una ceremonia íntima a la que asistieron Dieter, Helmut y unos pocos amigos, e inmortalizaron en papel fotográfico para que Camila y William pudieran de algún modo participar del evento. Habían valorado la posibilidad de marcharse a Nueva York, y seguían haciéndolo, pero Martha quería terminar su doctorado sobre la pintura postimpresionista, un tema poco estudiado al que le animó en Viena un entusiasta historiador del arte y sociólogo húngaro llamado Arnold Hauser con quien mantenía continua correspondencia acerca de los avances de su investigación asesorada por discípulos de este de la Universidad de Berlin. Por otra parte, le preocupaba dejar solo a su padre, que se resistía a dejar la ciudad.

Resolvieron permanecer un año más, lo que les obligaba a buscar nuevo apartamento. El edificio que albergaba el que ahora ocupaban, un inmueble viejo, era casi una ruina y había que derribarlo. Les gustó uno en Charlottenstrasse, cerca de Unter den Linden, el gran bulevar que constituía el centro neurálgico de la vida berlinesa. Era amplio y soleado y el alquiler no resultaba excesivo (había muchas viviendas en alquiler a causa de la crisis). El dueño, un dicharachero hombre de mediana edad, parecía encantado de alquilarles el piso.

—¿Recién casados? Mi más sincera enhorabuena. Me alegra alquilar la vivienda a una joven pareja. Les parecerá una estupidez, pero de algún modo siento contribuir a afianzar su futuro, que por supuesto espero sea más que próspero. ¿Han pensado ya en cuántos hijos van a tener? Seguro que les saldrán muy guapos.

No callaba el que prometía ser su futuro casero, entre cordial y fisgón. Martha y Sam se limitaban a asentir con aparente sonrisa. El piso les gustaba, todas las habitaciones daban al exterior.

—Así que es usted norteamericano. Gran país el suyo. Sam... Sam me dijo, ¿no? ¿Es así o un diminutivo? Ustedes son muy aficionados a los diminutivos. ¿Me equivoco?

—En mi caso, al menos, no. Es un diminutivo, de Samuel.

—¿Samuel? Ese es un nombre hebreo —el tono de voz del hombre se volvió más pausado—. ¿Usted no será judío?

—No lo soy, pero si lo fuera ¿no nos alquilaría el apartamento?

—No es eso. No es que yo tenga nada contra los judíos, no es eso, pero tal como están las cosas...

—Da igual. Hemos visto otro piso por aquí cerca que también nos gusta mucho —terció Martha con evidente enojo.

—Entiendan que...

—No se preocupe. Buenos días.

Sam y Martha dieron media vuelta. Siguieron buscando y encontraron otro apartamento, de tres habitaciones, confortable y también exterior, en Oberwallstrasse, junto a la Hausvogteiplatz. Como en gran parte de Berlín, la fachada estaba llena de carteles de las próximas elecciones parlamentarias, a celebrar en julio. Junto a su casa, uno enorme mostraba un robusto trabajador con un mazo al cuello y exhibía la leyenda *Queremos pan y trabajo. Vota a Hitler. Vota NSAPD.* Muchos lo hicieron y los nacionalsocialistas, con 230 escaños, del total de 608 que conformaban el Reichstag, se convirtieron en la primera fuerza política de Alemania. Eso sí, no alcanzaron la mayoría absoluta.

El intento de Hitler de hacerse con la Cancillería parecía otra vez condenado al fracaso. Pero no fue así. La crisis golpeaba duramente Alemania, la producción industrial había caído un cincuenta por cien y uno de cada tres trabajadores estaba en paro. Los enfrentamientos callejeros entre miembros de las SA y militantes de organizaciones izquierdistas eran constantes. Así las cosas, y en pleno descrédito de las instituciones, un grupo de influyentes conservadores y hombres de negocios convencieron a Hindenburg de la que mejor opción para atajar los problemas derivados de la crisis era encargar a Hitler la formación de un nuevo Gobierno. El 30 enero de 1933 el presidente alemán, Paul von Hindenburg, nombró canciller a Adolf Hitler. El día siguiente al nombra-miento fue disuelto el Reichstag y se convocaron elecciones parlamentarias. El nacionalismo iniciaba su imparable camino al control absoluto del poder.

—Si el próximo domingo los nacionalsocialistas logran aumentar el número de votantes, lo que es previsible, sin duda habrá que temer lo peor.

—Lo harán, Martha, barrerán. Hasta muchos de los que acuden regularmente a Eldorado les votan. Escuchas comentarios y te preguntas cómo es posible que estés oyendo lo que oyes en sitios como Eldorado —argumentó Dieter.

—En el Vaterland también se nota cierta propensión a un mayor conservadurismo. La gente sigue deseando divertirse y bailar a ritmo de jazz, pero los semblantes ahora parecen distintos. Se respira el miedo, o la desconfianza, ves que los de una mesa miran de reojo a los que están al lado. Nadie se fía de nadie —comentó Helmut.

Llegaron las elecciones el día 5 y, efectivamente, el NSAPD[1] superó los diecisiete millones de votos (el 43,9 por cien), lo que le otorgaba 288 escaños (92 más que las elecciones

---

[1] Siglas del Nationalsozialistische Deutsche Arbeiterpartei (Partido Nacional-socialista Obrero Alemán).

anteriores) de un total de 647. Los socialdemócratas consiguieron diez millones menos de votos (el 18,3 por cien) y 120 escaños, y los comunistas casi cinco millones de votos (el 12,3 por cien) y 81 escaños.

—¡Diecisiete millones! Diecisiete millones les han votado. ¿Veis? Encantados, ya os lo decía, la gente está encantada con el nuevo estado de cosas. Se supone que volverá la "normalidad" anterior a 1914 —comentaba Dieter.

—Bueno, al menos siguen sin tener la mayoría absoluta —dijo Martha sin demasiado convencimiento, buscando una esperanza ante un futuro que se mostraba, como poco, inquietante.

—No lo entiendo. ¿Esto es lo que desea la mayoría? ¿De verdad?

—Es lo que parece, Dieter. La gente no quiere problemas, mejor dicho, no quiere enfrentarse a ellos. Que los solucionen otros. ¿Las consecuencias? Eso ahora da igual. Les da igual. Es el presente lo que cuenta —dijo Sam.

—No lo entiendo.

—¿Sabes que dijo aquel hombre que me hizo de guía durante mi estancia en la reserva de los cheyenes? Algo así como que nuestro pueblo es demasiado codicioso y está demasiado corrompido. Hacéis guerras entre vosotros únicamente por el afán de riqueza, un pueblo así acabará destruyéndose a sí mismo, añadió. Lo recuerdo muy bien.

—Una cosa tengo clara, y es que no podemos dejarnos vencer por el miedo. Nos vigilamos unos a otros, prosperan las denuncias anónimas, unos odian a los otros... ¿Qué nos pasa? ¿Qué le pasa al pueblo alemán? Pero no, no puede ser, hay que vencer el miedo. El miedo es nuestro peor enemigo, el de los alemanes y el de todos. Empiezan a desaparecer personas "misteriosamente" y nadie sabe nada. Yo, esta noche, me voy a poner un bigote como el de Hitler y cantaré *La bandera en alto, la compañía en formación cerrada, las tropas de asalto marchan*[2]...

—No sé si es muy recomendable. Mejor no lo hagas —dijo Sam.

—¡Ni se te ocurra, papá!

—Tranquila, no te preocupes. No lo haré. Hemos de aprender a "comportarnos", a convivir con miedo y a ejercer la autocensura.

Por mucho que se hubiera empeñado, Dieter no hubiese podido parodiar a los nazis cantando su himno.

—Han clausurado Eldorado. Hay un pequeño cartel pegado en la puerta que dice que se cierra el local por orden de la autoridad.

—Pues Helmut y Sam se dirigían hacia allí. Hoy libra Helmut y había quedado con unos amigos. Parecía presentirlo, decía que igual era la última vez. Insistía por eso para que fuéramos con él, pero yo no me encuentro bien.

—¿Qué te ocurre?

—Nada, me siento cansada y tengo náuseas.

—Eso decía tu madre cuando estaba embarazada de ti. ¿Te ha visto el médico?

—No creo que lo esté. Sí tengo un retraso, pero de unos pocos días. Mi regla siempre ha sido irregular. De todos modos, si sigo así iré. Anda, ayúdame a preparar la cena. Supongo que, al estar cerrado, Sam regresará pronto. Hace tiempo que marcharon.

Esa, efectivamente, era la intención de Sam, y también de Helmut. Tal como estaban las cosas, no les extrañó demasiado verlo cerrado. Se acercaron a leer el cartel y dieron media vuelta. En eso escucharon a sus espaldas el *plash* de pisadas de calzado sobre la calle mojada —hacía poco menos de

---

[2] Primeros versos de *Horst Wessel Lied*, himno del Partido Nacionalsocialista Obrero Alemán: Die Fahne hoch! / Die Reihen fest geschlossen! / SA marschiert...

una hora que había dejado de llover—. Sonaban fuertes, enérgicas. Sam giró la cabeza hacia atrás.

—No te vuelvas —exclamó Helmut—. Sigue, con paso decidido, pero que no parezca apresurado.

—¿Qué ocurre?

A Helmut no le dio tiempo a explicarle los motivos de su zozobra. Inmediatamente oyeron gritar: *¡Eh, vosotros, alto ahí!*

—No te detengas, haz como si no oyeras nada. Hazme caso.

—¿Estáis sordos? —escucharon que decía una abrupta y cortante voz a sus espaldas—. ¡Que os detengáis!

No pudieron más que obedecer, estaban en medio de la calle. Un par de bravucones muchachos, que apenas alcanzarían los dieciocho años de edad, les miraban desafiantes, engallados, sonreían con suficiencia. Vestían el uniforme de los miembros de las SA, con su característica camisa parda. Les pidieron la documentación.

—Ustedes no son policías —dijo molesto Sam con una dicción del alemán más que deficiente— ¿por qué he de mostrarles nada?

Uno de ellos, rubio, imberbe, de ojos claros, porte altanero, sonrió, cogió su porra y le dio con ella en el estómago. Sam se contrajo, había sido un fuerte golpe que, además, le había pillado de improviso. Helmut lo sujetó.

—Mira, mira cómo se quieren —decía uno de los camisas pardas al otro; ambos reían.

Helmut y Sam les dieron sus documentos.

—Vaya, vaya. ¿Qué tenemos aquí? —el rubito parecía llevar la voz cantante—. No solo son maricones, también judíos, y seguro que comunistas ¿no? Porque sois todo eso, ¿verdad?

Ni uno ni otro decían nada. Humillados, avergonzados de sí mismos y de tener que vivir semejante situación, permanecían en silencio.

—¿Verdad? ¿O es que también sois mudos? A ver, tú, el que habla raro. El extranjero, no, tú —dirigiéndose a Helmut—

repite conmigo: Soy un maricón, un cerdo judío y un comunista.

Helmut calló. El joven rubio le dio un par de bofetadas.

—¡Grita! Soy un cerdo judío, soy maricón. ¡Grítalo! Soy un perro comunista. ¡Un perro! ¡Ladra! ¡Qué ladres! Y luego me lames las botas.

El otro, tan displicente como su camarada, examinaba atentamente la documentación. Se acercó a este y le mostró el pasaporte de Sam mientras le decía algo al oído.

—Así que eres americano. ¿Y qué haces por aquí?

—Soy escritor.

—Es decir, un cabrón de esos que vienen a husmear y luego hablan mal de nuestro pueblo. Venga, ¡largo de aquí! —y arrojó el pasaporte de Sam al suelo mojado—. Vamos, rápido, antes de que me arrepienta. Tú —a Helmut— pasas mañana por la Kripo a por tu documentación. ¿No sabes que los maricones tienen que estar debidamente identificados?

Azarados, dolidos y lastimados, Helmut y Sam regresaron a casa de ese último. Cuando llegaron, Helmut sangraba por la nariz.

—¡Dios mío! ¿Qué ha pasado? —exclamó Martha al verles.

—Imagínatelo. Seguro que han sido esas bestias de camisa parda —dijo Dieter.

Explicaron lo sucedido. Sam se quejaba aún del porrazo en el estómago. Martha le dio un calmante.

Pasado el estupor con que escucharon a Sam y Helmut narrar su vejatorio episodio con los SA, la rabia y la consiguiente impotencia, la principal preocupación se centró en la situación de Helmut. ¿Qué hacer en su caso? ¿Y si no lo dejaban salir de la Kripo? ¿Y si lo encarcelaban?

—¿Qué os parecería si habláramos con el tipo ese que tanto le gusta el jazz y siempre que te ve te pregunta por las últimas novedades? Parece ser alguien muy influyente a tenor de cómo le trata todo el mundo y, por lo que escuchado alguna

vez contigo, es bastante crítico con este tipo de comportamientos. A lo mejor podría echarnos una mano. Cuando se
enteró que yo era hijo de Camila y William, además de
manifestar su admiración por ambos, me pidió algunas de sus
grabaciones en Estados Unidos —sugirió de pronto Sam.

    —¿Con Lewinski?

    —Creo que ese es su nombre, sí.

    —Kurt von Lewinski. Ciertamente es un gran aficionado
al jazz y visita a menudo el Haus Vaterland. También es asiduo
de Eldorado.

    —¡Ah!, ya sé quién es —dijo Dieter—. Ese que siempre va
tan elegante con sus impecables trajes de Fabisch. ¿Creéis que
es buena idea, que puede hacer algo?

    —Parece estar muy bien relacionado y conocer a todo el
mundo. Por intentarlo que no quede. Poco tenemos que perder.

    —Puede que funcione. Efectivamente es un gran aficio-
nado al jazz y, sí, está muy bien posicionado. Es uno de los
directivos de IG Farben y tiene muy buenos contactos en las
altas esferas políticas. No habla mucho de Hitler ni del régimen
nazi, con el que supongo que simpatizará como todos los
capitostes, pero todo el mundo sabe que es crítico con ese tipo
de procedimientos. Yo mismo he escuchado sus reproches por
los desmanes de la Sturmabteilung y los postulados estéticos de
los nazis. Parece un hombre razonable. Me jode tener que
recurrir a él, pero estoy asustado. Hablaré con Lewinski, si le
veo. Espero que se deje caer por el Vaterland.

    —Mañana te acompañamos. Hace tiempo que no te
vemos actuar y no nos vendrá mal bailar un rato —dijo Martha.

    —Contad conmigo. No tengo nada que hacer.

    Dieter afrontaba su nueva situación con la causticidad
que le caracterizaba, un proceder que no era más que una huida
hacia adelante, pero le servía para contener la ira.

    Al día siguiente, Martha, Sam y Dieter fueron al Haus
Vaterland. Llevaban allí una hora larga y ni rastro de Lewinski.

—Hemos tenido suerte. Acaba de entrar, mirad —señaló Dieter—. ¿Será mejor hablar ahora con él o esperamos a que tome unas cuantas copas?

—Mejor voy ahora —resolvió Helmut—. Luego tengo que tocar y Lewinski a veces bebe demasiado y demasiado deprisa.

—De todos modos, poco importa eso. Viene hacia aquí —dijo Sam.

Von Lewinski había visto a Helmut y se acercaba a saludarle como hacía otras veces. Le gustaba dárselas de entendido y solía charlar un rato con los músicos. Su afición al jazz era patente, también su desacuerdo con la consideración que de dicha música tenían los nazis: una música negra, degenerada, impropia de la juventud alemana. Tenía una buena colección de discos y comentaba con los músicos sus últimas adquisiciones.

—Esta gente no hace más que crear problemas. Desde que han llegado al poder todavía más. Supongo que irán centrándose conforme pase el tiempo. No es necesario recurrir a métodos propios de los matones para construir una Alemania fuerte, el pueblo sabe muy bien lo que quiere. En fin, no os preocupéis, que el asunto no va a tener trascendencia alguna. Mañana mismo ve a la Kripo y pregunta por este nombre.

Le dio a Helmut una tarjeta de visita en la que anotó la identidad por la que debía preguntar y escribió: *No hagas caso de ninguna acusación respecto a este joven, se trata de un error. Puedes devolverle la documentación.* Después regresó a su mesa, donde le esperaba otro caballero con dos jóvenes mujeres con elegantes trajes de noche y una botella de champán.

A la mañana siguiente, tal como dijera Lewinski, Helmut acudió a la Kripo acompañado de Sam, que lo esperó fuera. Al poco salió aquel con la documentación.

—¿Ya? —Sam no calculaba que terminara tan pronto.

—Ya. Ningún problema. Le he dado la tarjeta al tipo ese. Ha salido un momento y enseguida ha regresado con la documentación. Tenga, es todo cuanto ha dicho. Ni siquiera me ha dado los buenos días.

—¿No te han preguntado nada?

—Nada. Nada de nada.

—No imaginé que Lewinski tuviera tanta ascendencia. Claro que los nazis serán unos hijos de puta, pero no son tontos, necesitan del sostén del empresariado. Me parece, Helmut, que se están tejiendo unas redes que no sé si se lograrán deshacer.

Ser diferente en Alemania —escribió Sam para *The Nation*— *es hoy por hoy un riesgo del que nadie que crea en la dignidad del ser humano y defienda la libertad de cada uno a pensar —ya no de una u otra forma, a pensar simplemente— está exento. Es más, diría que es un peligro ser diferente. Ser diferente, aquí, significa no solo ser de izquierdas —no digamos ya comunista—, pensar por cuenta propia y no seguir a pie juntillas los dogmas nazis, ser abierto y tolerante con la sexualidad de cada cual, aunque uno practique el celibato. Ser, en definitiva, simplemente ser, es delito en Alemania. Ya les conté los insultos, agresiones y represalias de que son objeto los socialdemócratas y los comunistas, las vejaciones hacia los homosexuales. A unos y otros se los detiene arbitrariamente, y del mismo modo se les manda para que se reeduquen a campos de concentración, cada día más extendidos por toda la geografía alemana. Llama la atención la satisfacción con que los habitantes de los municipios reciben dichos campos de la ignominia. Con ellos, dicen, reverdecen las economías locales. Hace poco, un nuevo campo de la vergüenza se ha abierto en Dachau, una pequeña ciudad de Baviera, de poco más de ocho mil habitantes. Hablé con sus habitantes y todo el mundo estaba encantado con el acontecimiento, la prensa local destacaba las grandes "esperanzas para el mundo empresarial" que su establecimiento suponía. La gente se mostraba satisfecha de tener —así lo denomina la propaganda nazi— "un campo modélico". Por supuesto, el nivel de desem-*

pleo bajará mientras se castra intelectualmente a quienes no se ajustan al descabellado ideario del excluyente e intolerante partido en el poder.

Ahora, el blanco de su odio es, especialmente, los judíos, la causa última de todos los males que afligen a Alemania y a Occidente. Presencié el discurso que pronunció Hitler el 30 de enero, tras ser nombrado canciller, y aún mis oídos se ensordecen con los vítores y aplausos con que era recibido su demente mensaje. "Cuando terminó la guerra en 1918 —afirmó—, yo era igual que muchos millones de alemanes, sin ninguna responsabilidad respecto a las causas de la guerra, de su estallido, de su conducción y de la situación política de Alemania. Yo solo era uno más entre los ocho o diez millones de soldados". Fue decir "uno más" y sentir enseguida el clamor de los miles y miles de congregados entregados a su führer. "Hubo un tiempo —prosiguió— en que un alemán solo podía estar orgulloso de su pasado, el presente causaba vergüenza. Con el declive de la política extranjera y la decadencia del poder político comenzó el derrumbamiento interno, la disolución de nuestras grandes instituciones nacionales y la decadencia y la corrupción de nuestra Administración. Y así comenzó el declive de nuestra nación. Todo esto fue causado por los hombres de noviembre de 1918. Y ahora vemos cómo se derrumban, clase tras clase. Las clases medias están desesperadas, centenares de miles de vidas están arruinadas, año tras año la situación de hace más desesperada (...) ¿Cuánto tiempo puede continuar esto? Estoy convencido de que debemos actuar ahora, si no queremos llegar demasiado tarde".

Manejaba muy bien los silencios, las pausas, los rostros de la gente eran de admiración, muchos parecían hipnotizados. Pude reconocer en ellos a conocidos y vecinos, personas con las que me cruzo diariamente, atentas y corteses, pero que ahora, antes de prodigarse en atenciones, preguntan si eres judío. Los mismos rostros, o parecidos, vi el otro día durante *el abominable boicot a los judíos que han impulsado esas bestias pardas que se hacen pasar por seres humanos. Parece ser que las palabras de Hitler han sido debidamente digeridas hasta el hartazgo; debe haber mucha gente hambrienta de la justicia tal como la entienden los nazis.*

En la calle en que resido en Berlín hay una pequeña tienda de hortalizas y frutas, o había. Excelentes productos, a buen precio, que ya no podré comprar más. El uno de este mes de abril acudí a por unos tomates, la reducida fachada del establecimiento estaba llena de carteles que los nazis habían pegado la noche antes: No compréis a los judíos, Los judíos son nuestra desgracia, *decían. Sicarios de las SA, la temida Sturmabteilung, cuyos métodos de hostigamiento ya referí en otra colaboración, paseaban frente a la insignificante verdulería como si fuera la sede de todos los adversarios del régimen. Desgraciadamente —lo lamento por la afable dueña establecimiento, pero mejor hubiera sido que tal actitud respondiera a una simple cuestión de inquina personal—, la tienda de la señora Arendt —ese es el nombre de la hasta hace nada propietaria— no fue una excepción. Por todas partes, y no solo en Berlín, los comercios regentados por judíos, como el de la señora Arendt, fueron objeto del mismo trato. Letreros insultantes se veían en todas las fachadas de las tiendas judías, pintadas en amarillo y negro con la estrella de David en miles de puertas y ventanas. Lo más terrible de todo esto es que, y me alegraría enormemente equivocarme, esta historia no ha hecho más que empezar.*

—Vámonos —dijo Martha para sorpresa de Sam unos días después.

—Vaya manera de recibirme. ¿Vámonos adónde?

—Vámonos de aquí. Estoy embarazada, me lo ha dicho el médico esta mañana.

—¡Embarazada! ¿Vamos a tener un hijo?

—O hija. Es lo normal en estos casos, ¿no te parece?

—Es que no lo esperaba, no había pensado en tener un hijo precisamente ahora. Pero es una gran noticia. Sí, una excelente noticia. ¡Un hijo!

Sam abrazó a Martha.

—No quiero que nuestro hijo nazca y se críe en este ambiente. Lo mejor es irnos. Mi cabeza no dice otra cosa desde que me he enterado. Lo sospechaba, pero ya sabes que mis reglas no son precisamente regulares. Esta vez, sin embargo, el retraso era mayor de lo habitual y no me sentía bien. Esta mañana estaba inquieta, esperando a que el médico me recibiera no sabía qué quería oír, que todo había sido una falsa alarma o, por el contrario, que efectivamente estaba embarazada. Me ilusiona ser madre, pero me asusta pensar qué futuro le espera a nuestro hijo en esta aterradora sociedad, en esta atmósfera de coacciones, vejaciones, temor... Tengo miedo, mucho miedo.

Sam, que seguía abrazado a Martha, la besó.

—No te preocupes. Todo saldrá bien. Tendremos un hijo maravilloso y se criará en un ambiente de libertad, o al menos alejado de este infierno. Mañana mismo iré a la embajada para iniciar los trámites. Dodd, el embajador, es un buen hombre, un historiador perfectamente consciente del peligro que suponen los nazis para el mundo. No pondrá impedimento alguno para que puedan venir con nosotros tu padre y Helmut. Por cierto, ¿lo saben?

—¿Que estoy embarazada? Acabo de enterarme hace unas horas. Además, tú debías ser el primero en saberlo.

—Pues habrá que decírselo. Y celebrarlo. ¿Y tu doctorado?

—Me da igual. Tal como están las cosas, tampoco sé si podría terminarlo. Hauser es judío y también mi director de tesis, que está pensando abandonar Alemania.

Por la noche quedaron para cenar los cuatro, en casa de Sam y Martha.

Les dijeron estos que tenían una buena noticia que darles, pero no quisieron entrar en detalles.

—Bueno, ¿cuál es esa buena noticia? Con la que está cayendo, es difícil pensar que algo bueno pueda suceder.

—Papá, vas a ser abuelo.

Dieter y Helmut se quedaron tan pasmados como Sam al conocer la nueva. En un mundo cada día más siniestro, pensar en la vida se asociaba instintivamente a la muerte. Reaccionaron enseguida con alegría, pero también con la lógica preocupación que ya embargaba a los futuros nuevos padres.

—Ahora sí llegó el momento de largarnos de aquí —manifestó inmediatamente Dieter, que hasta entonces se resistía a abandonar su país, incluso después de la clausura de Eldorado.

—Mañana mismo, le comentaba a Martha este mediodía, comenzaré a arreglarlo todo para que podamos marchar los cuatro cuanto antes.

—Os agradezco que hayáis pensado en mí, pero yo me quedo.

—Helmut, aquí corres gran peligro. Además, tengo entendido que van a aplicar un decreto por el que la condición de ario será requisito ineludible para poder trabajar como músico.

—Ni me sorprende ni me alarma. No espero nada de estos energúmenos que controlan el poder, pero hay que hacerles frente, hay que luchar, no podemos permanecer con los brazos cruzados mientras se instala la inequidad en todos los órdenes. Ya sé que las condiciones son poco favorables, pero me resisto a no plantarles cara, si no puede ser de otra forma mediante el sabotaje y los atentados.

—Pero sabes que sois cuatro gatos, que la gente bien ve con buenos ojos lo que está sucediendo o simplemente no quiere meterse en problemas. Es una lucha perdida de antemano que puede costarte la vida.

—Cuatro gatos eran también ellos al principio.

—Tiene razón Martha. Esta sociedad está completamente hitlerizada. Ya te conté mi experiencia cuando visité Dachau, su población no ocultaba la satisfacción por los beneficios materiales que su presencia les iba a reportar. Ven en él únicamente un revulsivo dinamizador de la economía local. Los allí encerrados no dejan de ser para ellos más que agitadores, delincuentes y antisociales, un lastre para la recuperación. Y, mientras, la imparable maquinaria de propaganda nazi sigue avanzando. Los funcionarios están obligados a saludar alzando la mano derecha exclamando ¡Heil Hitler!, los maestros han de comenzar las clases con la misma fórmula, y los conductores de los autobuses al revisar los billetes... Los periódicos, como me decía Isherwood el otro día, parecen revistas escolares llenas de normas, nuevos castigos y listas de personas que han sido metidas en chirona.

—¿Me lo dices o me lo cuentas, Sam? Acabar con el comunismo y la delincuencia, actuar con enérgica severidad, dijeron. Luego los judíos. "Una nueva persona alemana", eso ha dicho Hitler que pretenden, un "nuevo pueblo". Han comenzado a emitir certificados de "salud genética" y a ofrecer "préstamos matrimoniales" sin ningún interés a los que al casarse demuestran su ascendiente ario y presentan el certificado. Sé que esto va a más, y también lo que me juego, y que ello incluye mi vida.

—¿Pero adónde vamos a llegar? ¡Pureza de la raza! ¿Y los alemanes apoyan estas barbaridades? Ya casi no queda nadie que no sea militante del partido nazi, simpatizante o indiferente. Ahora los que no son arios "puros". Nunca pensé que llegáramos a este extremo, que esa gentuza contara con tanto apoyo popular. La gente empieza a ver peligro por todas partes, teme los comunistas porque quieren destruir el orden social y abolir la propiedad, a los judíos porque los culpabilizan de los excesos del capitalismo y de connivencia con las ideas liberales y socialistas, a los que somos homosexuales porque no seguimos sus mismas pautas de conducta. He empezado a sentir más miedo de mis vecinos que de la policía. Nunca me han mirado bien, nadie mira bien a una vieja sarasa, pero yo hacía oídos sordos. Ahora ya veis como voy vestido —Dieter llevaba un discreto traje gris, camisa blanca y corbata azul—. Tú, Sam, no lo conoces, pero tú —refiriéndose a Martha— seguro que te acordarás de Hans, tú es posible que también, Helmut, aquel tipo desgarbado que actuaba conmigo al principio, el que siempre vestía rojo. ¿Te acuerdas? —Martha asintió—. Pues bien, me enteré hace unos días que estaba en Múnich, con su hermano, que nunca aceptó que fuera homosexual y menos que se dedicara al espectáculo, o al revés. Da igual, ni una cosa ni otra le gustaban. Estaba con su hermano, pasando unos días, no sabía qué hacer, no encontraba trabajo. Discutieron, siempre lo hacían, pero esta vez su hermano fue a denunciarle ante la policía ¡para que de una vez por todas se diera cuenta de que no tenía razón! Muchos han utilizado el anonimato que les protege para solucionar sus rencillas personales, o para vengarse. Y encima ahora se comienza a registrar una disminución del número de parados. Más gloria para Hitler. *¡Gott mit uns! ¡Gott mit uns!*[3] Pues ya podría dejarnos un poco en paz. ¿Cómo pude ser creyente?

El 15 de mayo, Sam, Martha y Dieter partían rumbo a Nueva York, como tantos otros que se habían abandonado Alemania vía París. En París —que Martha y Dieter no conocían y que Sam no había visitado desde la adolescencia, con sus padres— Samuel Valls, su abuelo materno, compró una casa en Montmartre a principios de siglo, en la plaza Du Tertre, tras casarse su hija con William. La casa de la popular plaza parisina permaneció cerrada prácticamente todo el tiempo desde 1912, año en que Samuel murió en el hundimiento del Titanic cuando

---

[3] Dios está con nosotros.

se disponía a trasladarse definitivamente a Nueva York con William, Camila y Sam. Camila y William habían vuelto a París más de una vez desde entonces, cumpliendo con los compromisos artísticos de uno u otro y, en los últimos tiempos, de los dos a la vez. Siempre que iban a París, visitaban la casa, pero solían residir en un hotel; demasiados años sin ser habitada, necesitaba una reforma. A Sam, Martha y Dieter, sin embargo, no les pareció que estuviese en tan mal estado y decidieron quedarse en ella. En París permanecieron un par de semanas. Fue un soplo de aire fresco después del ambiente opresivo berlinés, si bien en la capital francesa no se hablaba de otra cosa: cómo detener la agresiva política exterior de Hitler en el centro y este de Europa y salvaguardar la paz, cómo hacer respetar la desmilitarización de la orilla izquierda del Rin, pues en el Sarre los abusos eran constantes por los partidarios del nazismo.

De París viajaron en tren hasta Le Havre, donde embarcaron rumbo a Nueva York.

Capítulo IV

1

EL 16 DE FEBRERO de 1936 el Frente Popular ganaba las elecciones en España. Menos de tres meses después de la victoria de la izquierda española, los socialistas, comunistas y radicales franceses agrupados en su respectivo frente conseguían más del cincuenta y siete por cien de los votos en las elecciones legislativas y formaban el primer Gobierno de la historia gala presidido por un socialista, Léon Blum, que contaba con el apoyo tácito del Partido Comunista francés a pesar de que declinó formar parte del mismo.

—La vieja Europa puede que no sea tan vieja, ni tan frívola. Todavía tiene mucho que decir y que enseñarnos.

—Veremos. Hay demasiado miedo a que se repitan experiencias como la soviética. No lo tolerarán. Que no venga otra guerra —Dieter era más pesimista que su consuegra.

—Pues eso, veremos. Pero confiemos mientras. No seas pesimista. O no lo seas tanto. ¿Cómo era aquello que decía tu padre sobre el pesimismo? —preguntó William a su esposa.

—Algo así como que son meros cobardes acomodaticios, pusilánimes de espíritu que se escudan en su pesimismo para no involucrarse en ninguna cuestión. Otra cosa, muy distinta, añadía, es no creer en nada.

—Pero él no se involucraba en muchas causas. Bueno, en sus años de juventud.

—No digas sandeces, Sam —a William no le gustó el comentario de su hijo.

—Es lo que me habéis contado, que era un *bon vivant*, un bohemio del Montmartre en sus buenos tiempos.

—Es lo tú recuerdas de lo que te hemos contado, o lo que más te llamó la atención. Era sobre todo una excelente persona, un hombre desinteresado, generoso, que ayudó a sus amigos, entre ellos muchos anarquistas, a los que dio dinero muchas veces —añadió William, que tenía un excelente recuerdo del que fuera su suegro.

—Su gran amor fue una anarquista, ¿lo sabías? —dijo Camila.

—No. ¿Pero eso fue en vuestra ciudad, en...? ¿Alcoi se llama?

—Alcoi, una ciudad industrial del este de España —explicó Camila a Dieter y Martha, que nunca la habían oído nombrar—. No, fue mucho después. La conoció en Viena, pero era parisina.

—¿Y qué pasó?

—Terminaron en la cárcel. Tu abuelo salió enseguida, pero a ella la condenaron a varios años, diez o más creo recordar. Ahí se acabó. En Alcoi solo conoció a mi madre, que yo sepa.

—¿Y cómo fue que marchasteis a París? —preguntó Dieter.

—Nos fuimos en 1888. Yo tenía catorce años, mi madre había muerto hacía poco. Un profesor de música, el maestro Sempere, vio en mi voz cualidades para ser una buena soprano. Se lo comentó a mi padre, preguntó este dónde nos convendría ir para que tuviese los mejores estudios y nos fuimos a París. Vendió un café que había montado en Barcelona, un cabaret, y unos terrenos, y ello le dio para costear mis estudios y para vivir. No era un hombre que diera importancia a las cosas materiales. En París se sentía a gusto, especialmente en Montmartre, sus cafés, los cabarets, las juergas, la buena mesa, la buena bebida... Nuestra casa era amplia, cómoda, pero sencilla. Mi recuerdo de aquellos años es que se desvivía por mí. Y eso que no me conoció hasta los siete años, ni yo a él. Tuvo que huir de su pueblo tras una fallida insurrección obrera de inspiración anarquista acusado de delitos que no había cometido. Estuvo siete años sin poder pisar Alcoi. Cuando conocí a William es cuando se trasladó a vivir Montmartre y compró la casa en Du Tertre. En realidad, fue él quien me lo presentó, lo había conocido antes. En Londres, ¿verdad?

—En Londres fue. Acababan de robarle. Se metía en sitios poco recomendables.

—Sí —dijo Camila entre risas—, tenía una especie de don para meterse en líos. Pero nunca renunció a sus orígenes y siguió ayudando económicamente a los anarquistas de su ciudad a través de un gran amigo suyo de la infancia. Se involucró en muchas cosas, Sam. Eso sí, era... ¿Cómo diría? Un escéptico que creía en las personas, pero no en la gente, aunque en el fondo, yo lo conocía bien, siempre confió en el progreso intelectual, de la mano del cual llegaríamos a un mundo mejor.

—Era especial, no sé cómo calificarlo, puede que como un escéptico que daba por sentado que toda revolución, toda transformación social, evidentemente produciría otro sistema de vida, puede que mejor, pero nunca acabaría con las desigualdades, pues los seres humanos aceptan la dominación como natural —matizó William.

—Ese hombre sabía lo que decía —afirmó Dieter en una de las pocas ocasiones que su voz no parecía afectada por la tristeza.

—Era un tipo genial. Y tú, Sam, me recuerdas mucho a él. ¿Verdad que a ti también, Camila? —concluyó William con el asentimiento de su esposa.

—Pues brindemos por él entonces —propuso Dieter levantado su copa de vino.

—Espera un momento.

Camila llamó al *maître*. Ella, William, Dieter, Sam y Martha celebraban el setenta y un cumpleaños de William. Habían ido a cenar a Longchamps, un restaurante francés situado muy cerca de su casa cuya pastelería era incomparable.

—¿Cuál es el mejor champán que tienen? ¿Puede ser Heidsieck?

—Por supuesto, madame. ¿Qué le parece un Heidsieck Monopole cosecha de 1890?

—Perfecto. Sírvanos dos botellas, por favor.

—*Bien sûr*, madame.

—¿Y eso, mamá? A papá el champán no le entusiasma, y celebramos su cumpleaños.

—Tu abuelo hubiera celebrado de este modo el aniversario de tu padre.

—Y yo estoy encantado de celebrarlo así. No hay que ser tan inflexible con las debilidades humanas.

—Es magnífico —comentó Dieter tras dar un sorbo a su copa de champán.

—Brindemos por él —dijo William.

Eso hicieron todos.

—Y brindemos también por España, por el Frente Popular —sugirió acto seguido.

—¡Por la República española! España con la proclamación de la república y Francia ahora con este giro a la izquierda están dando al resto del mundo una lección de dignidad. También allí está mal la economía y en cambio no ha habido esa derechización de otros lugares, y ya no me refiero solo a Alemania —dijo Martha.

La cena transcurrió plácidamente, cada vez más distendida. Hasta Dieter parecía animado, algo inusual en él desde que llegaran a Nueva York (o desde que abandonaran Berlín).

—¿No te gustaría volver a España, mamá?

—Por supuesto que sí. Pero ya no estamos para esos trotes.

—Yo no, pero tú sí, querida. Tú estás perfectamente, por fortuna los achaques de la vejez aún no se han fijado en ti.

—No digas bobadas, William. ¿Crees que iría sin ti? Después de tantos años juntos... En todo caso vamos los dos o no vamos. Ya, ya sé que la maldita artrosis te hace rabiar más de una vez, pero...

—Me gusta quejarme. Así me cuidas.

—No me provoques, no me provoques... Decidido. Vamos los cinco.

—Mejor yo me quedo. No podemos descuidar Mirliton.

—Otto se sobra. Y está Hammond. No hay excusa que valga. He dicho que vamos y vamos.

La repentina sugerencia de Camila de visitar España —pensaban ir primero a Barcelona y de allí a Alcoi; luego, ya verían qué otros lugares recorrerían— acabó por convencer a todos, que decidieron que les vendría bien unas vacaciones independientemente de los vínculos emocionales que cada uno pudiera tener con el país. Además de conocer la tierra donde nació Camila, vivir, aunque fuera unos días, la atmósfera de libertad que al parecer se respiraba era motivo suficiente para justificar el viaje, pensaron. El 21 de julio tenían previsto salir de Nueva York. El pequeño Egon —como decidieron Sam y Martha que se llamase su hijo cuando nació en noviembre de 1934— les acompañaría.

Un par de días antes de la partida, con los pasajes comprados y prácticamente hechas las maletas, debieron suspender el viaje al conocer la noticia de que parte de los militares se habían sublevado en España contra el Gobierno republicano. Un golpe a la esperanza, una manifestación evidente, como advirtiera Dieter, del miedo que el poder económico sentía hacia los "experimentos" revolucionarios impulsados desde la izquierda, identificada por este con el comunismo y, en consecuencia, con la Unión Soviética.

Poco después de empezar la guerra se crearon decenas de organizaciones humanitarias defensoras de la legalidad republicana. El 25 de julio se constituía en Brooklyn el Comité Antifascista Español de los Estados Unidos, que coordinaba las actividades de propaganda y recogida de fondos para ayudar a España, en el que se involucraron Sam y Martha. Se multiplicaron los actos de apoyo a la República española. Intelectuales, profesores, escritores, artistas, músicos —entre ellos, por supuesto, Camila y William— firmaron manifiestos en tal sentido. Eran conscientes de que una victoria de los facciosos supondría una hecatombe para el pueblo español y que sus consecuencias se dejarían sentir más allá de sus fronteras; lo que allí sucediera resultaría definitivo en el avance o el retroceso de la libertad. El conflicto español era, así, "la última gran causa", no se podía permanecer indiferente a su suerte.

—El Comité de No Intervención que han creado las democracias europeas es una vergüenza, otra capitulación más ante Alemania —se quejaba Dieter.

—Bueno, Estados Unidos no forma parte de ese comité. Y hay que tener en cuenta que una intervención de los Estados Unidos podría precipitar la guerra en Europa —señaló William.

—El Gobierno de este país no hará nada —dijo Sam—. La presión de los *lobbies* de la derecha y de la democracia cristiana es muy grande y Roosevelt no creo que quiera poner en peligro su política del New Deal. Además, es público y notorio que importantes empresas como Texaco, Standard Oil o General Motors tienen demasiados intereses en España y van a hacer todo lo posible por preservar sus inversiones y salvaguardar el mercado de las tentaciones de la izquierda.

—La reacción de la gente puede hacer que cambie de actitud. España está en boca de todos. Hay muchos demócratas que tratan de presionar a Roosevelt para que rectifique en su decisión de abstenerse de realizar cualquier intervención a favor de ninguno de los contendientes. Lo digo porque más de uno así me lo ha asegurado, y además lo han hecho público.

—No te equivoques, mamá. España queda muy lejos y lo que allí suceda apenas interesa a la opinión pública de este país. Otra cosa es la posición de los más concienciados, de los miembros del Partido Comunista u otras organizaciones obreras, o de la intelectualidad y el mundo de la cultura.

2

Camila regresó al escenario del Carnegie Hall la noche del sábado 12 de diciembre de 1936, un día especialmente frío que invitaba al recogimiento. Aun así, el auditorio estaba lleno, el aforo de dos mil ochocientas personas de la sala resultó insuficiente y hubo gente que no pudo acceder.

La Liga Americana contra la Guerra y el Fascismo y el Comité Antifascista Español de Estados Unidos habían organizado un gran acto con el fin de recaudar fondos con los que ayudar al *pueblo español y a todos los perseguidos por el nazismo, a todos aquellos que se ven privados de los más elementales derechos por el fanatismo de unos y la condescendencia de otros*, como Camila misma anunció.

Sam y Martha formaban parte de la Liga y el primero se había involucrado especialmente en los preparativos, como le pidió su madre. Sentían así que no habían dejado solo a Helmut en su ardua tarea de combatir el nazismo. Seguían manteniendo contacto con él, si bien se reducía a recibir de vez en cuando una postal firmada con nombre falso, distinto cada ocasión, en señal de que se encontraba bien, en libertad al menos. Debía extremar al máximo las precauciones desde que pasara a la clandestinidad. Lo echaban en falta, especialmente ese día. Seguro que se hubiese sentido gratificado.

Incluso Dieter se mostraba menos taciturno que de costumbre, como si Charlotte von Laster se hubiera quedado en

Berlín para siempre, enterrada bajo una pesada losa de intolerancia e incomprensión. Si alguna duda le quedaba que jamás resucitaría, las infructuosas gestiones de William y Camila para que pudiera volver a pisar un escenario acabaron de despejarla. Ni siquiera en garitos de mala reputación consiguieron que le contrataran, al menos manteniendo un mínimo de dignidad, y eso que ellos, lógicamente, conocían el mundo del espectáculo. El travestismo no estaba bien visto en Nueva York, donde los *pansy act* (espectáculos mariquitas), que parecían destinados a tomar el relevo de los ahora denostados cabarets berlineses, curiosamente habían dejado de interesar tras la revocación de la ley seca en 1933.

La preocupación por Dieter disminuyó notablemente al implicarse en el acto del Carnegie Hall. Camila solicitó su asesoramiento sobre qué temas de autores alemanes perseguidos por los nazis debía elegir, incluso ensayaba con él. El día del Carnegie, Dieter se mostraba de un humor que creían no recobraría jamás. Hasta hacía poco vivía con Sam y Martha en el apartamento que, a su llegada a Nueva York, habían alquilado en la calle 53, entre la Sexta Avenida y la Séptima, a solo unas manzanas de donde vivían William y Camila, y apenas se movía de casa. En las últimas semanas, sin embargo, había alquilado otra cerca y empezado a salir por ahí. Frecuentaba el Webster Hall y otros locales de ambiente homosexual de Greenwich Village.

Aquello, sin embargo, no era Berlín —el Berlín de los años veinte, claro está—, el que añoraba, liberal, tolerante, atrevido y descocado. La homosexualidad en Nueva York era como mucho una subcultura en la que todo era clandestino, o medio clandestino, hipócrita en todo caso, pues había clubs privados, como el Polly Holladay, donde los homosexuales eran bien recibidos, aunque luego, a la luz del día, nadie reconociera haber tenido trato con ellos la velada anterior.

Sam empezaba a ser conocido en los ambientes izquierdistas de Nueva York. Había publicado su novela sobre los cheyenes en 1934, *En tierra ajena*, centrada en la historia de un superviviente de la matanza de Fort Robinson confinado, con los demás cheyenes, en la reserva de Montana. Situaba la acción en la década de 1920, cuando la nueva política gubernamental abandonó los proyectos idealistas del hasta entonces superintendente John R. Eddy para centrarse en la asimilación forzosa del pueblo cheyene. La pérdida de su cultura, los abusos, la explotación, la obligada cristianización, los conflictos entre ellos a raíz de unos cambios que no sabían muy bien cómo afrontar, eran los temas principales sobre los que se sustentaba una sencilla pero elaborada trama que trataba de ahondar en el sentimiento de que un mundo nuevo, arrogante, imperioso, había surgido y poco podían hacer para impedir el progresivo declive del suyo.

En tierra ajena no fue un éxito de ventas ni de crítica. Los cheyenes no interesaban en unos momentos en lo que más preocupaba era la inseguridad nacional, el peligro que amenazaba desde Europa, la occidental y la oriental, y mucho menos si la visión que de ellos se daba, de los cheyenes, era la de un pueblo sometido por la fuerza en aras a la expansión de los blancos, de sus intereses, de su progreso, perseguidos por estos para hacerse con sus tierras sin escrúpulos de ninguna clase, destruyendo su cultura, obligándoles a vivir en reservas, en guetos, masacrándoles si era necesario. Solo entre algunos círculos de la izquierda la novela de Sam gozó de una aceptable consideración, aunque la mayoría no dejaba de ver en la obra un canto a tiempos pasados que nunca volverían y mostraba un mayor interés por los temas del presente.

Sam seguía escribiendo, pero a menor ritmo de lo habitual en él. Volcado en el activismo, reconocía a Martha que tenía razón cuando le decía que no descuidase la que sabía que era su verdadera pasión, pero que en los momentos que les había tocado vivir otras cosas más importantes reclamaban su atención.

La batuta de William no acompañó a Camila en esta ocasión. William había disuelto la orquesta y la artrosis que padecía desaconsejaba que se pusiera al frente de otra. Él mismo descartó enseguida la opción. Así, fue la de Benny Goodman —hijo de emigrantes judíos, quien un par de años antes había formado una orquesta permanente y gozaba ya de una merecida reputación artística— la encargada de hacerlo.

Comenzó el concierto la orquesta de Goodman con *Bugle Call Rag*, uno de sus grandes éxitos, entrando Camila —vestida con un elegante traje negro de crep con listas con en rojo, amarillo y morado (los colores de la bandera española) — en el segundo tema, *Night and Day*. Otros más, canciones de moda de la gran época del *swing*, se sucedieron durante una larga media hora.

Luego, Camila se dirigió de nuevo al público.

—Hay una canción, a mi juicio particularmente hermosa, que siempre he asociado a la libertad, a la solidaridad entre personas y pueblos y a la resistencia frente a la opresión. Tiene unos cuantos años, bastantes más que yo. De hecho, la conocí gracias a mi padre y la canté por primera vez a principios de este siglo. La canción fue compuesta en 1866 por Jean-Baptiste Clément y Antoine Renard, hace ahora setenta años. Es también un canto al amor. Sin amor no puede haber solidaridad entre las personas, y sin solidaridad, sin la fraternidad y la unión, nunca seremos libres. Esta canción, además, permítanme que les cuente una intimidad, la canté en París por primera vez el día que conocí al que poco después, y hasta hoy, ha sido y es mi esposo, William Sutherland. Querido Benny —Camila miró a Benny Goodman, que batuta en mano sonreía cariñosamente al escuchar sus palabras—, espero que no te importe que sea él quien me acompañe en este número —la sonrisa de Goodman se volvió aún más condescendiente—. ¡Ah!, no les he dicho el título. Perdón. Se titula *Le temps des cerises*, el tiempo de las cerezas.

Acompañada solamente al piano por William, que en medio de una gran ovación había subido al escenario con la parsimonia a que le obligaba su artrosis —los músicos se habían retirado—, Camila, visiblemente emocionada, empezó a cantar la tierna melodía con tanto o más entusiasmo que la primera vez: *Quand nous chanterons le temps des cerises / et gai rossignol et merle moqueur...*

Como en 1905, cuando la cantó en Nueva York, en el hotel Marshall, la mayoría de los presentes no entendía la letra, pero seguía la interpretación de Camila con un silencio que rebasaba la cortesía y que solo se rompió con la atronadora ovación que le dispensaron a la pareja.

William siguió al piano y Camila anunció que interpretarían algunos temas de destacados autores prohibidos o perseguidos por el nazismo. Obviamente, otro estruendoso aplauso se adueñó de la sala. El clímax, no obstante, llegó con dos punzantes canciones de Friedrich Holländer, quien poco después abandonaría Alemania y se exiliaría en Estados Unidos. La primera de ellas lleva el elocuente y satírico título *An allem sind die Juden schuld*[4]: "De todo tienen la culpa los judíos. / Los judíos tienen la culpa de todo". La otra, que Camila y William habían visto interpretar a Claire Waldoff en su etapa berlinesa, era *Raus mit den Männer aus dem Reicshtag!*[5] Camila, a sugerencia de Dieter, modificó sutilmente la frase del título, que se repetía varias veces en el tema, al cambiar "hombres" por "fascistas". Para que todo el mundo la entendiera, la letra había sido previamente traducida al inglés, con lo que cada vez que Camila decía *Fuera* el público coreaba sus palabras.

---

[4] Los judíos tienen la culpa de todo.

[5] ¡Fuera todos los hombres del Parlamento!

Siguieron unas canciones españolas: un par de temas de Lorca, que él mismo había compuesto y grabado acompañando al piano a La Argentinita: *Los cuatro muleros* y *Anda jaleo*. Cerró su intervención con William nada menos que con un corrido —nunca antes lo había hecho— titulado *La República en España*, compuesto y grabado en Nueva York en abril de 1931 por el cantante y compositor mexicano Guty Cárdenas, que finalizaba con una esperanzadora estrofa: "España resurge, otra vez despierta / a las realidades que impone la historia. / España renace, España está alerta / y de nuevo marcha en pos de la gloria".

Varias veces se vieron obligados a saludar a los asistentes para corresponder al entusiasmo que mostraban hacia tan precisa declaración de intenciones, hacia su persona y la de William. William regresó al patio de butacas, al lado de Sam, Martha y Dieter, y la orquesta de Benny Goodman volvió al escenario. Goodman, un músico con tanto talento como sentido del humor, dijo al aparecer de nuevo: *Y ahora, querida Camila, ¿qué se supone que puedo hacer yo?* Todo el mundo rió. La astucia era otra de las cualidades que poseía el que muchos consideraban el nuevo rey del *swing*; el público se relajó y se dispuso de nuevo a dejarse llevar por el vibrante ritmo de la orquesta, al que la voz de Camila se acoplaba perfectamente. Con la gente entregada, interpretaron varios temas más y despidieron la actuación con *Die Moritat von Mackie Messer*, de *La ópera de cuatro cuartos*.

3

Hoy he presenciado una de las escenas más impactantes de mi vida, una escena que permanecerá siempre en mi memoria como muestra de dignidad y orgullo de las personas. Acabábamos de instalarnos en la habitación cuando escuchamos el ulular de las sirenas que anunciaban un ataque aéreo.

Salimos de inmediato a la avenida de Rusia, como se denomina ahora la gran arteria de la capital de España. La gente corría hacia los refugios antiaéreos y las estaciones de metro. Esperaba ver dantescas escenas como las que describía la prensa no afecta al régimen. Los rostros de aquellos con quienes me crucé eran, sin duda, presos del temor. Había que darse prisa, conservar la vida podía ser cuestión de segundos. Así, los rezagados, entre ellos yo, que no conocía la ciudad ni sabía qué hacer en tal circunstancia, nos encontramos cuando corríamos hacia un lugar seguro con unas extrañas bombas que caían lentamente, incluso con parsimonia. No estallaban. Ninguna. La gente dejó de correr. ¡Era pan!, hermosas barras de pan blanco envueltas en papel con la bandera bicolor, en sacos en los que ponía Este pan os lo mandan vuestros hermanos nacionales. *El pan escasea en Madrid como consecuencia del asedio y, como los demás alimentos básicos, está racionado. Las porciones son bastante exiguas. Hay hambre. Pero, aun así, la gente empezó a pisotear el pan y gritaba No lo recojáis a los pocos que hacían el gesto de agacharse.*

Fue emocionante. ¿Ve usted? —me dijo poco después una mujer vestida con el uniforme de miliciano señalando una enorme pancarta sujeta entre dos balcones poco antes del arco de entrada a la plaza Mayor, en la que se leía ¡No pasarán! El fascismo quiere conquistar Madrid. Madrid será la tumba del fascismo—. Eso no es una simple consigna, señor, es un sentimiento. ¿Sabe? El pasado 31 de diciembre desde Garabitas *(un cerro a las afueras de la capital)* lanzaron doce proyectiles sobre la Puerta del Sol justo cuando el reloj se disponía a dar las doce de la noche. ¿Qué cree que ocurrió? ¿Que no nos comimos las uvas? ¡Claro que las comimos! En la misma Puerta. Y con más ganas que nunca.

Sam escribía en su habitación del Hotel Florida de la capital de España sus primeras impresiones sobre la vida en la ciudad, también para *The Nation*. Había llegado a Madrid a comienzos de marzo de 1937 acompañando al director de cine Joris Ivens y al cámara John Ferno, quienes se disponían a rodar una película documental que reflejara la cruda realidad que vivía el pueblo español para Frontier Films. Frontier Films era una organización sin ánimo de lucro surgida a principios de dicho año del seno de la Workers Film and Photo League, sociedad de cineastas estadounidenses que contaba con el soporte de la Internacional Comunista que se había dedicado desde su creación, en diciembre de 1930, a la confección de noticiarios fílmicos dirigidos a la clase obrera estadounidense. Más que comunistas, sus miembros —sustentaban Frontier Films un nutrido grupo de escritores, intelectuales y cineastas, Sam entre ellos— eran idealistas que veían en el documental una herramienta de transformación social. El cine estadounidense, afirmaban, ignoraba muchos aspectos de la vida del país y el pueblo norteamericanos, sus ricas y sólidas tradiciones, pero el cine era el mayor medio de entretenimiento y debía contribuir a la formación de conciencias. Para este movimiento radical de carácter socialista y democrático no existía en la práctica diferencia alguna entre lo político y lo cultural. La cultura no era solamente política en su contenido; también en su función.

Ni Ivens ni Fresno hablaban español. Sam, en cambio, aun no teniendo mucha fluidez, sí; su madre se había encargado de que lo aprendiera (al igual que el francés). *¿Por qué no nos acompañas?*, le propuso Ivens. Sam lo consultó con Martha, que lejos de poner ningún reparo le animó a proseguir su colaboración en el proyecto con Ivens. Tampoco Camila objetó nada en contra más allá de que fuera con mucho cuidado.

A medida que rodaje de la película avanzaba la presencia de Sam resultaba cada día más insignificante. Sam percibió que poco tenía ya que hacer Madrid. Ivens y Ferno podían apañárselas muy bien por su cuenta. Contaban además con la ayuda de Ernest Hemingway, que informaba para la North American Newspaper Alliance, cuyo español era más que deficiente, pero tenía quien le ayudase en tal menester. Además, había llegado John Dos Passos para colaborar en el guión. Sam conoció entonces a Eliseo Tapia, un militante del POUM, el Partido Obrero de Unificación Marxista, trotskista. Le pareció un hombre honesto, nada dogmático, pero firmemente convencido de que la revolución proletaria constituía condición previa, esencial, para la victoria sobre los sublevados. Tapia, ferviente defensor del principio que sin el triunfo de la revolución la guerra nunca se ganaría, debía resolver unos asuntos en Barcelona de vital importancia y participar en el segundo congreso de su partido, a celebrar el 8 de mayo en la capital catalana. Propuso a Sam si quería acompañarle.

—Allí se cuece la verdadera revolución —le dijo.

—¿Quiere decir que sin la revolución se puede ganar la guerra?

—Las revoluciones son guerras. Esta no es diferente.

Sam marchó con él.

Me senté en un restaurante. Salió el camarero y preguntó: ¿Qué desea el señor? Señor, hacía tiempo que no escuchaba esa palabra. En Madrid todo el mundo se dirigía a mí como compañero, o camarada. Examiné la carta, era bastante reducida pero no faltaba de nada: verduras, carne, pescado... Di luego un paseo. Es una vergüenza. ¿Habéis visto qué patatas? Arrugadas y llenas de grillos. Y carísimas, decía una mujer que salía de una cercana tienda de frutas y verduras a otras que hacían cola ante el establecimiento. Al advertir mi presencia y darse cuenta de que era extranjero se dirigió a mí. ¿Las ve, señor? Otra mujer se sumó enseguida al diálogo. Hasta en momentos de guerra hay quien hace negocio. ¿Quién?, pregunté. Respondió: los del Comité. Otra más, que estaba a su lado, añadió: Los del Comité y los que no son del Comité. Hace poco no había patatas y desde hace un par de días abundan. Eso sí, son patatas viejas, grilladas. ¿Por qué han esperado tanto a sacarlas? Las guardaban, claro, pero como ahora hay nuevas las otras al mercado. *En eso llegó un hombre que venía de comprar cigarrillos.* ¿No decían que hacíamos la revolución para terminar con los privilegios? ¡Diez pesetas! ¿Le parece que un paquete de Lucky puede costar diez pesetas? ¡Pero si eso es el jornal de un día! Las tiendas están desabastecidas, pero con dinero puedes conseguir lo que sea. Apúntelo, apunte eso, *insistió, dando por supuesto que era uno de tantos periodistas que hacían sus crónicas para la prensa extranjera. Por la tarde, los teatros se llenan con representaciones tan variadas como la carta del restaurante, pero al llegar la noche se deja notar la falta de luz y algo siniestro flota en el ambiente.*

Me gusta sentarme en los cafés de las Ramblas. El tiempo primaveral invita a ello. El lunes 3 de mayo comía en uno de esos cafés cuando vi pasar tres camiones atestados de guardias de asalto en dirección a la plaza del Miliciano Desconocido[6]. Me dirigí hacia allí. De camino escuché tiros. Cuando llegué a las inmediaciones del edificio de Telefónica, incautado a la American Telegraph and Telephone los primeros días que siguieron a la sublevación militar, vi que este y toda la manzana de casas en donde estaba el edificio estaban acordonados por las fuerzas de seguridad. El control de Telefónica era vital para unos y otros. Es. Se lo disputan los sindicatos anarquista y socialista. Los disparos procedían del interior del inmueble. Pregunté qué pasaba. Un miliciano de la CNT fusil en ristre, me dijo: Hay tres Españas, la de Franco, la de las fuerzas estatales de republicanos, socialistas y comunistas, y la revolucionaria. Con la primera nuestra lucha es a muerte, de la segunda somos tanto aliados como rivales. Pero si, como es el caso, estos últimos con su politiqueo sacrifican la revolución a sus intereses partidistas nos tendrán enfrente. No se puede dar a Franco la victoria de manera tan burda. ¿Cómo vamos a vencer el fascismo si no aseguramos la

---

[6] Actual Plaça de Catalunya

revolución? Que me explique alguien eso, *me preguntaba luego y sigo preguntándome yo también.* El control del ejército y del orden público ha de corresponder a la clase trabajadora. La justicia proletaria solamente pertenece a los trabajadores, *clamó un joven que no habría cumplido aún los dieciocho años y dijo pertenecer al POUM. Regresar al hotel no fue fácil. A uno y otro lado de las Ramblas empezaban a posicionarse los partidarios de ambos bandos: en la de izquierda los comunistas del PSUC y las fuerzas gubernamentales, en la de la derecha los anarquistas y los militantes del POUM. En tejados y azoteas se instalaban ametralladoras.* A la burguesía se le pasó el momento de hacer su revolución, perdió su oportunidad. ¿Qué quieren los estalinistas? ¿Hacerla por ellos? Los estalinistas no quieren una revolución que no controlen. Por eso dicen que primero hagamos la guerra, la revolución vendrá luego, cuando ellos dominen todo. Una revolución en manos del pueblo, en la que solo este sea el dueño de su rumbo, no la quiere nadie, todos la temen. Por supuesto, los fascistas, pero también las democracias como Francia o Inglaterra, o los Estados Unidos, y Stalin. *Fueron, más o menos, las palabras que aquel hombre, Tapia, con el que logré al encontrarme en el hotel. Solo unos instantes. Enseguida marchó con otros, armados todos. Nada más supe de él hasta el lunes 10, cuando en la sede del POUM me informaron de que el "camarada Eliseo Tapia murió defendiendo la revolución".*

Ese día Barcelona ya había recuperado la normalidad. Volvían a circular los autobuses, tranvías, metro y taxis y ya no se veía gente armada por las calles. De nuevo se recogía la basura y funcionaba el servicio de limpieza urbana, había comestibles en las tiendas y en la mayor parte de las tahonas se expendía pan. Las barricadas y trincheras, algunas de ellas todavía humeantes, eran ahora ocupadas por niños que jugaban "a la guerra".

Demasiados aspectos se me escapan, al tiempo que otros rompen la imagen idílica que me había formado. En Ma-

drid fui testigo de la unidad en la lucha contra el fascismo, de encarnizados combates, vi las consecuencias de los incesantes bombardeos, la destrucción, la muerte. Eso era la guerra en definitiva. En cambio, ahora, esos mismos valerosos combatientes han estado luchando entre sí. ¿Se han vuelto locos? No creo. Todos me parece que tenían parte de razón. Si el espíritu revolucionario decae como consecuencia de la centralización y la burocratización, la guerra probablemente estará perdida. Ahora bien, sin un ejército fuerte y disciplinado, como defienden los comunistas del PSUC y demás fuerzas progubernamentales, es posible que se pierdan ambas cosas, la revolución y la guerra. Todo es contradictorio. ¿Como la vida tal vez?

Martha recortaba y guardaba en una carpeta cuantos artículos había publicado Sam desde que se conocieron en Berlín. No fue este el último. *The Nation* aún publicó dos suyos más sobre España antes de que regresara a Nueva York, lo que hizo poco antes del estreno de *Tierra de España* en la Casa Blanca el 8 de julio de 1937 ante Roosevelt, su esposa, su hijo y los miembros de su Oficina presidencial.

Entre los presentes Sam reconoció de pronto —tras finalizar el pase— a un antiguo amigo de juventud, al que no había visto desde que ingresó en la universidad.

—¿Lary? ¡John Lary! —exclamó Sam.

—¡Sam! Eres tú. ¡Qué alegría!

Los dos hombres se dieron un fuerte abrazo. Sam le presentó a Martha, a quien explicó los lazos que le unían a su amigo. Él y Lary eran compañeros inseparables durante su infancia y juventud, tenían la misma edad y se conocían desde muy niños, desde que ambos, acompañados de sus respectivas niñeras, otras veces de sus padres, empezaron a corretear por Central Park. Vivían en el mismo edificio y pasaban juntos horas y horas. Con el tiempo fueron juntándose con otros muchachos de su edad y formando la típica pandilla de juventud.

Entre Sam y Lary —había otro John en su pandilla y por eso
todos le llamaban Lary— existía sin embargo una complicidad
que ninguno de ellos tenía con el resto y se hacían toda clase de
confidencias. A los dieciocho años, Sam empezó sus estudios y
Lary dejó Nueva York. Su padre, un destacado miembro del
Partido Demócrata, se trasladó a Washington. Se cartearon un
tiempo, pero finalmente acabaron perdiendo el contacto.
Ambos eran sinceros en sus muestras de júbilo por haberse re-
encontrado. Tampoco Lary había olvidado los buenos tiempos
con su amigo.

  —¿Qué ha sido de ti estos años?. ¿Qué haces aquí?

  —Trabajar.

  —¿En la Casa Blanca?

  —El presidente quiere disponer de una oficina propia,
una oficina con gente designada por él en la que pueda
apoyarse, que mantenga contactos con el Congreso, coordine
los diversos departamentos y las relaciones públicas de la
presidencia. Me encargo, con otros, de su organización.

  —¿Es que desconfía de los funcionarios de la Casa
Blanca?

  —No, hombre, no es eso. Es una mera cuestión de
eficacia. El programa del presidente, como sabes, es muy
ambicioso, su labor no es fácil y requiere mucho tacto.

  —Y también mucha determinación. Eso de supeditar de
nuevo la economía a la política para salir de una vez de esta
puñetera crisis va a crearle muchos enemigos.

  —¡Qué me vas a contar! Hay quienes tachan sus medidas
de socializantes, a muchos republicanos les parecen el colmo
del izquierdismo y califican el New Deal de procomunista. Pero
las tradicionales bases sobre las que se había asentado la
economía mostraron su incapacidad en 1929. En consecuencia,
había que adoptar otras que volvieran para ilusionar al pueblo
estadounidense y devolverle su confianza en el futuro. La gente
así lo ha entendido.

—Es posible. Mas los grandes hombres de negocios me temo que no tanto.

—Pero bueno, ya tendremos tiempo de hablar de estas cosas. Porque esta noche cenamos juntos, ¿no?

—Si tú puedes, por nosotros encantados.

—Claro que sí. Y os presentaré a mi prometida.

Fueron a cenar a Luigi's, un restaurante italiano en Houston Street que Lary —gran amante de la cocina italiana— conocía, un local acogedor cuyas paredes estaban decoradas con grandes murales con imágenes de Nápoles, Génova, Florencia y otras destacadas ciudades italianas y en el que servían un excelente hinojo gratinado con queso romano y unos estupendos *scaloppine ai funghi*.

—Anda, cuéntame, que antes apenas hemos tenido tiempo, y ahora ya llevamos demasiado rato hablando de mí y de mi trabajo. ¿Tú qué? Además de tener una maravillosa mujer y un hijo precioso, porque seguro que será precioso si ha salido a su madre, ¿qué más? Leí tu novela y otras cosas tuyas. Me gusta cómo escribes, Sam. Le dije a Barbara —su prometida, una refinada joven de Boston, de exquisitos modales—, este es mi amigo. Con satisfacción. Créeme.

—Te creo —dijo Sam sonriendo—. Gracias, hombre.

—De tus padres también he sabido por la prensa.

—Pues entonces poco más podemos contarte.

—¿Y no echas de menos Alemania?

Preguntó de repente Barbara a Martha, quien había explicado al ser presentada e interesarse aquella por su acento que habían tenido que marchar de Berlín ante la agresiva y xenófoba política nazi.

—Echo de menos la libertad que durante unos años disfrutamos, o creímos disfrutar, y la alegría de mi padre cuando vivíamos en Berlín hasta que Hitler y los suyos se hicieron con el poder.

Una vez se pusieron al corriente de los distintos avatares que les había deparado la vida durante el tiempo que nada habían sabido uno del otro, la situación política pasó a ser de nuevo el principal tema de conversación.

—Los españoles, por supuesto, necesitan nuestra solidaridad. Reconfortaremos su ánimo con nuestras buenas palabras y nuestra adhesión a su causa, sí, pero de poco servirá si no se termina con la política de no intervención. Es urgente poner fin a esta pantomima.

—Va ser difícil —matizó Lary—. No digo que no tengas razón, pero hoy por hoy hay que respetar la neutralidad. No hay otra. Un conflicto generalizado en Europa sería una catástrofe.

—Eso ni es pacto ni es nada, como mucho la coartada en que se escudan los "civilizados" países que solo saben situar el mal en la izquierda. Alemania e Italia mandan tropas, no voluntarios. El otro día detuvieron a dos soldados italianos en el frente, y nadie dice nada, se hacen los locos. Temen irritar a Hitler y los suyos, pero al mismo tiempo les da pavor que las clases trabajadoras puedan hacerse con el Gobierno de la nación. Parecen malos funámbulos, inseguros de ellos mismos, que no saben de qué lado caerán. Están matando la República española con su cinismo y su hipocresía, y quién sabe si con ella la libertad de todos nosotros. Esa es la actitud de los timoratos países que se dicen "democráticos". Todo el mundo sabe que Alemania e Italia no respetan el acuerdo. ¿Y qué? No pasa nada. No ofendamos a la bestia, no sea cosa que se vuelva contra nosotros. Inglaterra teme que si Francia participa más directamente en la guerra española desencadene una invasión alemana. No sé si es una postura cómoda o miedosa, o las dos cosas, pero hacen como los avestruces, que esconden la cabeza.

—Esta es una guerra europea que se libra en territorio español —añadió Martha—. Este no es un conflicto local. El primero que no separa una de otra cosa, que no puede separase, entiendo, es el mismo Franco. Hace poco ha declarado, a una agencia de este país que España seguirá las estructuras de los regímenes totalitarios como Alemania e Italia. De esto hace nada, unos días. Y en otros momentos ha manifestado que la forma del futuro Estado será semejante a la de estos países. Si consigue la victoria, ha dicho, no basará el régimen en principios democráticos, que según él no convienen al pueblo español. Podríamos entender que en parte todo esto es una treta, pero Alemania e Italia tampoco esconden su ayuda a quien consideran que es uno de los suyos. Se decretó el embargo de armas, ¿y qué? Las potencias occidentales dicen hay que mantener la neutralidad, y mientras Hitler y Mussolini no cesan de mandar armas, aviones, tropas... ¿Quién destruyó Gernika? ¿De verdad crees, y espero que no te moleste mi franqueza, que los Gobiernos occidentales no están abandonando a los españoles a su suerte? Y Hitler, mientras, frotándose las manos.

—Comprendo lo que me decís y comparto la práctica totalidad de vuestros argumentos, os lo aseguro. Sin embargo, Estados Unidos no puede obviar la política de sus potencias aliadas. Son muchas las cuestiones que hay que tener en cuenta, la diplomacia es muy complicada. Pero, sí, es cierto, hay que ayudar a los republicanos españoles. Así lo creo y en lo que pueda contáis con mi ayuda.

—Lo sé —dijo Sam.

—Estar a buenas con todos al mismo tiempo es imposible. Además, la mayor parte de los estadounidenses están con la República. Lo dicen las encuestas.

—Encuestas... Nosotros, Martha, manejamos otras, más meticulosas, pero no las hacemos públicas. No obstante, os diré que sí, es cierto, hay encuestas que se pronuncian tal como decís, pero contestar a una pregunta así es fácil, nadie quiere manifestar en público su favor hacia opciones no democráticas. ¿Qué van a decir? Que por supuesto están del lado de la legitimidad que supone la República en España. Pero eso no es lo que de verdad muchos piensan, que no digo que sea lo contrario, que estén del lado del fascismo, solo que realmente les importa un bledo, están más preocupados por la economía y su evolución, por su seguridad en el trabajo. Ya sabéis cómo es el pueblo americano. Siento decirlo, pero la mayoría, la inmensa mayoría, es completamente indiferente a este tipo de asuntos y contraria a que su país se enrede en los problemas europeos. Un sondeo del instituto Gallup hacía la siguiente pregunta hace poco: ¿Aceptaría usted que se abrieran más ampliamente las puertas de Estados Unidos a los refugiados europeos? El ochenta y siete por cien respondió no; un cinco por cien dijo que sí, y el ocho no se pronunció. Esto es público. No os dejéis engañar por el apoyo que hacia la España republicana muestran muchos actores y directores de Hollywood, ni por la intelectualidad entre la que os movéis. Participan activamente en todo tipo de actos a su favor e incluso organizan fiestas benéficas para recaudar fondos en su ayuda. Y eso está muy bien. Os lo aseguro. Y cuenta con la simpatía del presidente, no os quepa duda. Pero Hollywood y los intelectuales son una cosa y Estados Unidos otra, mucho más compleja. No se entendería una participación que fuese considerada activa, independientemente de los términos en que se hiciera.

—Pues yo, no sé, qué quieres que diga. Tapia, un dirigente del POUM con el que marché a Barcelona cuando...

—He leído tus artículos. Sé a qué te refieres.

—Pues Tapia me preguntó si sabía usar un arma. Hasta ahora me sentía orgulloso de no haber tenido siquiera una en mis manos. Jamás creí que diría esto, pero igual hay que combatir más allá de con los gestos y las palabras.

—Sí y no, Sam, pero la política es muy compleja. Fuera de la Casa Blanca siento lo mismo que tú, pero una vez allí, cuando ves todos los obstáculos que te rodean, los intereses que hay detrás, cómo se contraponen al programa que quieres llevar a cabo, dices ¡Dios mío!, ¿cómo?, ¿qué hago ahora? Hay que ir con pies de plomo.

4

En marzo de 1940 la conflagración bélica en Europa parecía decantarse claramente del lado de Hitler. Alemania había mostrado una gran capacidad de combate en la guerra relámpago mediante la cual seis meses antes se había adueñado de Polonia, que cayó en solo tres semanas y cuyo territorio repartió con la Unión Soviética.

—Nadie puede librarnos ya de la guerra. Es una realidad y hay que hacer frente con determinación, una victoria del nacionalsocialismo es un peligro que hay que tomar muy en serio —decía Sam a Lary, que pasaba unos días en Nueva York por asuntos familiares.

—¿Se involucrará este país en ella? ¿O hay demasiados intereses eco-nómicos en juego? Desde que vivo aquí la sensación que tengo es que quien en última instancia dirige este país son los grandes capitalistas. No me considero especialmente sagaz, simplemente una persona preocupada por el presente que me ha tocado vivir. Trato en consecuencia de informarme, nada más que eso. Y de este modo sé de la connivencia de intereses entre los capitalistas alemanes que apoyan a Hitler y los norteamericanos. Cualquiera medianamente informado lo sabe. A no ser que los periódicos mientan. Casi fue llegar a Nueva York y leer un artículo del *New York Times* en el que se ponía al descubierto la pelea que mantenía el Gobierno polaco con el vuestro por el control de una importante empresa siderúrgica. ¿Todo esto no crees que ha influido en la falta de respuesta? Hasta que la situación ha evolucionado de manera insospechada.

—De eso ya hablamos. Y sí. Te refieres a la Upper Silesian Coal and Steel Company —puntualizó Lary—. Eso se sabía sin necesidad de que lo publicara el *Times*. Dos tercios de las acciones de la Silesian Coal son propiedad de Friedrich Flick, destacado industrial alemán del acero; el resto pertenece a norteamericanos, entre ellos Averell Harriman, miembro del partido demócrata; el banquero George Herbert Walker, senador republicano y ejecutivo de Wall Street, y Prescott Bush, presidente desde hace poco de la Union Banking Corporation, de la que sabemos que hace sustanciosos negocios con los nazis. Es más, el Banco Harriman no deja de ser un instrumento de los Thyssen, la familia de industriales de Alemania más poderosa. Fritz Thyssen es uno de los principales financieros de los nazis.

—¿Entonces? —dijo Sam—. Demócratas y republicanos se pelean por conseguir el poder, pero se alían cuando la economía va mal. Los intereses son los mismos.

—¿Por qué crees que defiendo que el Estado debe intervenir en la regulación de la economía? Lo que hacen no es ilegal, pero sí inmoral. Hay que poner unos límites, y estoy seguro de que Roosevelt sabrá hacerlo. Pero hay que darle tiempo, ten en cuenta que se hizo cargo de un país con demasiados problemas internos.

—¿De ahí la tibieza con que se actúa en política exterior? —cuestionó Martha—. Se condena la política de Hitler hacia los judíos, pero no se actúa con la suficiente energía. ¡Y eso que Wall Street está lleno de judíos!

—Algunos de ellos, créeme, son los primeros en minimizar la magnitud del peligro que entraña la política de Hitler. Es posible que se deba hacer algo más, otra cosa es que se pueda. De todos modos, de poco sirven ya estas reflexiones. El enfrentamiento creo que llegará.

Capítulo V

1

A MEDIADOS DE abril Sam llegaba a París. Había conseguido que *The Nation* le aceptara el proyecto de escribir una serie de reportajes en la línea de los que escribió mientras vivían en Berlín o cuando estuvo en España. Esta vez solo seis, pero la cantidad era lo de menos, su verdadero interés no era otro que ser testigo de primera mano del comportamiento de los parisinos ante la amenaza que se cernía sobre ellos; pocos apostaban por el triunfo aliado. Necesitaba —comentó a Martha al pedirle consejo sobre sus intenciones— ver la reacción de los franceses, de sus hombres y mujeres, en momentos tan delicados. París no era Berlín, siempre había sido una ciudad abierta, liberal, tolerante, y Francia gozaba de una larga tradición hospitalaria con los refugiados políticos. Martha, una vez más, no puso objeción alguna.

Pidió dinero a sus padres para costarse el viaje tragándose el orgullo que tanto le criticaban estos; sus ocasionales colaboraciones en revistas literarias no le reportaban grandes beneficios económicos. Martha había empezado a trabajar como administrativa en el Congreso Judío Americano, unas pocas horas al día a cambio de no demasiados dólares, pero los suficientes para complementar los ingresos de Sam, pagar el alquiler del apartamento y llevar una vida no holgada, pero sin estreches. El trabajo lo consiguió gracias a Otto Wulff, que también —a instancias de Camila y William—

había empleado como asesor en música europea a Dieter en Mirliton Jazz Records, más que nada para que se sintiera útil y pudiera organizarse la vida por su cuenta.

Francia, país de las libertades, cuna de la Ilustración, de la sociedad civil, corría el peligro de caer bajo el dominio nazi. La ciudad, sin embargo, parecía ajena a la guerra. En según qué lugares —los más céntricos y concurridos— París se mostraba la ciudad desenfadada y cosmopolita que siempre había presumido ser. En los principales bulevares las casas de moda exhibían en sus escaparates atrevidas novedades a precios escandalosos. Lo que más le llamó la atención a Sam fue que estuvieran llenas de clientes, acicaladas señoras a las que la moda seguía interesando tanto como en tiempos de paz y prosperidad. Los cafés de París continuaban tan animados como siempre y sus famosos cabarets estaban igual de concurridos que cuando los visitó con Martha y Dieter de camino a Nueva York. La vida nocturna de París se parecía mucho a la Berlín antes de que los nazis se hicieran con el poder. *Demasiado*, escribía a Martha.

Todo el mundo, el que frecuentaban dichos ambientes al menos, parecía empeñado en negar la existencia de la guerra dando una apariencia de normalidad. Las noticias que llegaban del frente no permitían concebir demasiadas ilusiones, pero tampoco resultaban intranquilizadoras en exceso. Además, el frente estaba muy lejos, en Noruega. No se preveían éxitos a corto plazo, pero las autoridades, el Gobierno, insistían en que controlaban la situación y se mostraban seguros de la victoria. Los parisinos no tanto. Al menos eso pensaba Sam. *Si uno se fija detenidamente —*continuaba en la misma carta*—, se adivina en sus rostros la incertidumbre, en algunos también el miedo. Estos últimos son sobre todo los de los de los judíos, de quienes se dice que simplemente mirándolos se adivina su ascendencia; su tristeza, dicen, les delata.*

—¿De nuevo por aquí? ¿Qué se le ha perdido por estos lares en momentos tan ingratos?

Sam salía de la frutería cuando tropezó con un viejo profesor de historia, vecino de Montmartre, que ya lo era también cuando su abuelo vivió allí y al que había conocido cuando estuvo en París con Martha y Dieter.

Sam enseguida le reconoció y entablaron una amistosa charla. Jean Morel, que así se llamaba el profesor, le preguntó por Martha y Dieter y Sam a este por su mujer. Todavía se acordaba del excelente conejo a la mostaza con que les obsequió durante los días previos de su marcha a Nueva York. Morel —hombre educado y sumamente cordial— le invitó enseguida a repetir la experiencia en su casa. *Mi mujer presume mucho de su manera de cocinar, estará encantada, y yo aprovecharé para charlar con usted.* Sam aceptó complacido y se ofreció a llevar el conejo, a lo que Morel se negó en redondo. *De ninguna manera, ¡qué clase de invitación sería esa!* Sam sabía que empezaba a ser complicado encontrar carne en París y que los precios habían subido una enormidad, pero sobre todo quería evitar el gasto al viejo profesor cuya economía, le había confesado, era bastante exigua desde que se jubiló. Pero Morel era un hombre con un alto concepto de la dignidad, decoroso en su manera de expresarse y en su aspecto, siempre pulcro, aunque a sus pantalones y chaquetas se les notaba el paso de los años. Conservaba prácticamente toda la cabellera, uniformemente blanca, al igual que su barba de chivo que, con su aguda mirada y las gafas redondas que usaba, hacían que físicamente recordara a Trotsky, lógicamente algo más avejentado. *Estoy pensando en afeitarme, no es la primera vez que me lo dicen y no sé si es una imagen muy adecuada en los tiempos que corren*, dijo a Sam no sin sorna cuando este le comentó el parecido.

Morel y su esposa —una entrañable mujer algo más joven que él, bajita pero de apariencia enérgica y decidida— vivían justo al lado de la casa de su abuelo, en un inmueble que se había compartimentado en tres pisos, una casa sin lujos pero confortable, llena de libros, sobria y cálida como ellos.

Acudió puntual. Llevó una botella de vino y otra de coñac Paradis Extra, de Hennessy, uno de los mejores que se podían encontrar. Morel se quedó mirando el coñac, cogió la botella y con parsimonia leyó la etiqueta.

—Sabía que existía, pero no creí que lo probara nunca. Debe haberle costado una fortuna. Como a su abuelo, veo que también le gustan los buenos licores.

—Era suya, estaba por casa. Como el coñac no se hace malo con el paso del tiempo, sino todo lo contrario, he pensado que sería una buena ocasión para bebérselo. ¿No le parece?

Cenaron el conejo con mostaza con unas patatas gratinadas y una ensalada. Sam se deshizo en halagos con su anfitriona, que tal como había comentado Morel se sintió henchida de orgullo por las palabras que le dirigió tan agradecido comensal. Después de cenar abrieron la botella de Hennessy.

—¡Qué delicia! —exclamó Morel saboreando lentamente el pardo licor.

Morel no paraba de preguntar a Sam sobre su experiencia en España y, especialmente, sobre su apreciación acerca de cómo podrían evolucionar los acontecimientos. Sam trató de mostrarse algo más optimista de lo en verdad opinaba. Ya estaban bastante preocupados.

—Por supuesto esto lo han iniciado los nazis, pero en mi modesta opinión el apoyo al nazismo, o al racismo cuanto menos, no es exclusivamente alemán, ni de otros países del centro de Europa, como Austria. No está por desgracia tan focalizado, se halla mucho más extendido, está entre nosotros. Cuéntale qué te paso el otro día —dijo el profesor a su esposa.

—Me encontré en la pescadería una vecina, algo habitual, y regresamos juntas a casa, como tantas otras veces. No recuerdo cómo salió el tema de los judíos y yo dije algo así como *Nosotros, los judíos...* Entonces me dijo ella: *¡Ah!, ¿pero es usted judía?* Y añadió: *Haré como que no la he oído. No debe usted ir diciendo a nadie que es judía tal como están las cosas.* ¿Qué le parece? *Haré como que no la he oído,* dijo. Mejor no saber por si acaso, es decir, en caso de que fuéramos víctimas de una persecución como en Alemania, apáñense como puedan, a mí no me metan en sus cosas. Eso vino a decirme.

—A mi esposa le sucedió algo parecido en Berlín poco antes de que decidiéramos marcharnos.

—El poder alimenta la identificación en un grupo concreto para desviar la lógica animadversión del pueblo respecto a sus gobernantes y nosotros. Somos un blanco fácil. La cuestión de Hitler se les ha ido de las manos a los Gobiernos occidentales. El pavor que sienten al establecimiento de la clase obrera en el poder les puede. Contemporizan con los partidos socialistas, pero solo porque los comunistas los rechazan. ¿Cómo explicar que hayan ilegalizado al Partido Comunista Francés? Hay demasiados intereses económicos en juego, y demasiado miedo.

—¿Quiere decir que sin Lenin no habría existido Hitler?

—Probablemente.

2

Las noticias del desarrollo de la guerra eran cada vez menos esperanzadoras para los franceses. El domingo 2 de junio aviones de la Luftwaffe bombardeaban Billancourt y otros distritos periféricos de París causando importantes daños en las fábricas de Renault y Citroën y ocasionando un centenar de heridos. El 3 la misma capital era objeto de las bombas por primera vez y al día siguiente el ejército alemán lanzaba una ofensiva al sur del Somme, en dirección a París. La caída de la capital era cuestión de semanas, tal vez de días. La inquietud empezaba a dejar paso al miedo, nadie sabía qué podría pasar, aunque casi todo el mundo hacía sus conjeturas. La mayoría de ellas solo eran meras manifestaciones en voz alta de los deseos o los temores de los parisinos y buscaban otras opiniones para convencerse a ellos mismos de que no eran unos ilusos quienes todavía confiaban en que se detendría la ofensiva —cada vez menos, eso sí—, o unos derrotistas los que consideraban inevitable una inmediata hecatombe. Entre estos últimos, muchos hablaban de irse, de abandonar la ciudad lo más pronto posible.

Recorriendo la ciudad en busca de información para sus artículos, Sam vio cómo se empezaba a proteger los edificios institucionales o más significativos con hiladas de sacos de arena. Frente al Louvre, un grupo de obreros se afanaba en la tarea de cubrir la fachada ante la vigilante mirada de un par de gendarmes. A su alrededor unas cuantas personas en corro contemplaban su trabajo. Todos eran mujeres y hombres mayores; los jóvenes varones estaban en el frente y muchos niños cuyas familias tenían parientes fuera de París habían sido mandados por sus padres con sus abuelos, tíos o demás parentela a lugares alejados del campo de acción de las tropas alemanas. Sam se acercó a ellos para escuchar la opinión de la gente de la calle como un curioso más, como habitualmente solía proceder.

—Ya pueden amontonar sacos, ya —decía un veterano de la contienda de 1914-1918 que lucía en su solapa la Cruz de Guerra; un señor mayor, exento por la edad de ser movilizado—. Esta guerra la tenemos perdida. Dentro de nada los alemanes se plantan aquí como si nada y únicamente les quedará Inglaterra, que poco podrá aguantar aislada y sola.

—¿De qué ha servido la línea Maginot[7]? ¿Y nuestro ejército? —cuestionaba otro hombre de edad más o menos parecida.

—Nuestro ejército se hunde estrepitosamente —respondió el excombatiente con gravedad—. Está obsoleto, nuestros

---

[7] Nombre que recibió el sistema de fortificaciones levantado en los años treinta en la frontera francesa con Alemania a iniciativa del ministro de defensa, André Maginot. Tras haber construido veinte kilómetros, no se continuó hasta la frontera belga y en 1940 se mostró ineficaz para contener el avance alemán.

gobiernos no se han preocupado de modernizarlo, han estado demasiado ocupados en sus asuntos. Los alemanes, en cambio, tienen un ejército moderno y preparado. ¿Para esto luchamos en el Catorce? Es una vergüenza, señores.

Unos cuantos curiosos se arremolinaban junto al veterano. La circunspección con que hablaba, su voz sonora y potente, la vehemencia con que se expresaba y la seguridad que parecía tener —no levantaba la voz a pesar de su patente enojo— daban un halo de credibilidad a todo cuanto cualquiera.

Enseguida empezaron a preguntarle su opinión sobre el desarrollo inmediato de los acontecimientos. ¿Cree que podrán llegar hasta aquí? ¿Nuestro ejército logrará hacerles frente? Si lo hace, ¿cuál será el resultado? ¿Una carnicería? ¿Qué pasará cuando lleguen? ¿Destruirán París? Había una gran desinformación, nadie sabía a ciencia cierta qué estaba sucediendo más allá de que las tropas alemanas estaban a las puertas de la capital. Alguien trató de quitar hierro al asunto.

—Si los alemanes ocupan París al menos podremos encender la luz por la noche sin tener que cerrar las ventanas a cal y canto. Se acerca el calor y hay noches que ya se nota a faltar el aire fresco.

—Ese, señor, imagino que será el menor de nuestros problemas —dijo visiblemente alterado el excombatiente de la primera guerra, que por primera vez perdía la compostura.

Durante los días siguientes, París parecía ser la capital de la incertidumbre. Con su bloc de notas y una cámara de fotos Brownie Réflex, el último modelo que Kodak había sacado al mercado solo un par de meses antes de que partiera a París, Sam seguía recorriendo la capital francesa en su anhelo de captar todo, consciente de asistir a un momento histórico a partir del cual ya nada podría ser igual.

Un grupo vitoreaba a los soldados franceses hasta que uno se dio cuenta que iban en dirección contraria al frente. Hubo entonces quien los tachó de cobardes, quien dijo sentirse avergonzado y acusó a los mandos de ser tan nazis como los alemanes, pero también quien estimó que era lo mejor que se podía hacer para evitar un inútil y escandaloso baño de sangre. Las calles de París, las que desembocaban en las salidas hacia el sur especialmente, empezaron a llenarse de gente que prefería que le contaran más tarde lo que fuera a suceder a ser testigo presencial de una batalla que prometía ser cruenta y en la que el ejército francés tenía todas las de perder. Refugiados y potenciales víctimas del ideario nazi cargados con todas sus pertenencias, en coche, en camión, en carro, en bicicleta, como buenamente podían, huían de la ciudad: hacia Tours y, posteriormente, Burdeos unos; hacia Toulouse y Marsella otros. Hacia el sur todos.

La gente marchaba apresurada, cargada con cuantas pertenencias hubiera podido amontonar en su vehículo o sobre sus espaldas. Algunos, pocos, se tomaban la situación con cierta flema y parecía que estuvieran dando un paseo en un soleado día; iban a pie y solo las maletas y bultos que llevaban consigo desmentían que así fuera. Los niños, ajenos a la dramática situación, andaban dando brincos y jugando entre ellos, entreteniéndose en recoger hierbas y flores de las cunetas. El desenfado que exhibían tenía su contrapunto en los pesarosos rostros de los adultos, a muchos de los cuales se les escapaba alguna que otra lágrima.

Regresó hacia el centro. Un señor de unos cincuenta años, bien vestido, estaba de pie frente al portal de un lujoso edificio del bulevar Malesherbes con varias maletas. En la calle, frente a él, se hallaba aparcado un lujoso coche, nada menos que un Type 41 Royale de Bugatti. El chófer, perfectamente uniformado, trataba de convencerle de que era imposible conseguir gasolina.

—¿Tú has dicho al prefecto que era para mí?

—Bueno, a su secretario. Y este ha entrado al despacho a preguntar y al poco ha salido diciendo que no hay gasolina, que de parte del prefecto le dijera a usted eso, que no hay, que nada se puede hacer.

—¿Y en el mercado negro, has preguntado en el mercado negro?

—Por supuesto. Estos días ni pagando con oro, me han dicho.

—¡Maldita sea! ¿Y ahora qué?

Un taxi pasó en esos momentos. No se veían muchos circulando. El elegante caballero lo llamó. El taxista paró enseguida y el hombre dijo a su chófer que empezara a cargar las maletas, pero cuando el taxista supo que pretendía ir a Floirac, cerca de Burdeos, se las hizo bajar enseguida de la baca.

—Lo siento mucho, señor, pero con la gasolina que me queda no llegaríamos ni a Versalles.

El hombre insistía, no quería creer que ni siquiera un taxi careciera de gasolina. Llegó a ofrecerle hasta tres mil francos si conseguía llevarle a Burdeos.

—Ya me gustaría ganar tres mil francos así de rápido, pero ni por tres, ni por diez, señor, es totalmente imposible.

El taxista prosiguió su camino, es de suponer que a su casa. Otros hacían el gesto de pararlo, él los ignoraba.

Tras tomar nota de cuanto acababa de presenciar, Sam se acercó a las estaciones de tren. La del Norte estaba tranquila, casi vacía, nadie quería encontrarse con los alemanes y muchos trenes habían cancelado el servicio. En aquellas cuyos trenes circulaban hacia el sur, como las de Austerlitz y Lyon, el desbarajuste era tremendo. Entre la más absoluta confusión la gente, nerviosa, preguntaba por los horarios y por los billetes. Algunos trataban de subirse al primer convoy que veían, fuese a donde fuese. Los soldados intentaban poner orden. A la estación de Austerlitz ni siquiera dejaban entrar. No hay billetes, no hay trenes, se cansaban los soldados de repetir a una multitud enfebrecida que no les hacía el mínimo caso.

Los aviones de la Luftwaffe sobrevolaban París y los alrededores cómo les venía en gana. Llegaban tan rápidamente que no daban tiempo a dar la alarma. De vez en cuando se oía el estruendo de una fuerte explosión sin que nadie pudiera precisar si se debía a una bomba o a un puente que los propios franceses habían volado para impedir el avance alemán. El fuego de cañón no cesaba y pocos dudaban ya que el ejército nazi entraría pronto en París. Y así fue. El 14 de junio de 1940 las tropas alemanas ocupaban la capital. Les recibió un sol radiante. Grupos de germanófilos aplaudían su paso. Pocos, la ciudad estaba prácticamente desierta. Desde el noreste y el noroeste largas columnas de soldados confluían en los Campos Elíseos y pasaban por el Arco de Triunfo. Los tanques retumbaban y los aviones surcaban el cielo. Quienes no habían evacuado la capital permanecían en sus casas con las ventanas cerradas, mirando entre las cortinas o las tablillas de las láminas. Apenas había gente por la calle, lo que confería un mayor dramatismo al hecho, intensificando el seco y rítmico ruido de las botas de los soldados. Todas las tiendas, todos los negocios, estaban cerrados. El transporte público no funcionaba ni se veía circular coches o taxis. Las tropas francesas se habían retirado para evitar una batalla que hubiera podido suponer la destrucción de la capital. Ninguna estrategia puede justificar el sacrificio de París, afirmaba el alto mando francés. A mediodía la esvástica era izada en el Hôtel de la Ville sustituyendo la bandera tricolor. Poco después el mariscal Phillipe Pétain se dirigía a los franceses: *Con el corazón partido, tengo que decir a todos que hay que abandonar la lucha. Anoche me dirigí al enemigo para preguntarle si estaba dispuesto a buscar conmigo, como hacen los soldados tras una batalla honrosa, los medios de poner fin a las hostilidades.*

Tres días más tarde Pétain, nuevo jefe del Gobierno francés, firmaba un armisticio con Hitler y Francia pasaba a ser un Estado títere de los alemanes, a cuya causa poco antes, el 10 de junio, se había sumado Italia.

Ese día amaneció nublado y los soldados alemanes, cámara fotográfica en ristre, se quejaban de la falta de luz, sus instantáneas saldrían demasiado oscuras. A no ser por el uniforme, hubieran parecido turistas que ávidamente recorrían los lugares más emblemáticos de la ciudad y se fotografiaban ante los mismos con idéntica intención que los ocasionales visitantes de la ciudad: tener un recuerdo de su paso.

—Hace un día magnífico, tan sombrío, solo falta que se ponga a llover a cántaros.

El profesor Morel confundía a Sam con estas palabras mientras tomaban unos vinos en uno de los cafés de la plaza Du Tertre, en cuyas mesas, como en las de las calles próximas, los clientes eran mayoritariamente soldados y oficiales alemanes que ocupaban las que contaban con mejor ubicación. Saludaban a las chicas que pasaban frente a ellos con lisonjas sobre su aspecto y las invitaban a sentarse a su mesa. Muchas hacían oídos sordos; otras, en cambio, veían en ellos, en mayor medida cuanto más alto era su rango, nuevos benefactores como antes hubieran hecho las *grisettes* que conociera el abuelo de Sam en tiempos de la Belle Époque. Alguna mirada de repulsa se adivinaba por parte de algunos viandantes, pero pocos, nadie prácticamente la mantenía ante un alemán.

—¿Le gustan los días lluviosos, melancólicos?

—En absoluto. Prefiero los días soleados, pero creo que serán pocas las ocasiones en que podremos contemplar la frustración en los rostros de los soldados alemanes.

Montmartre fue uno de los distritos de París en los que menos personas abandonaron sus hogares ante el peligro nazi. Sus calles y plazas seguían repletas de gente, pero hablaban poco y miraban a todas partes.

—Aunque se venía venir, a los montmartrenses al menos nos ha pillado por sorpresa la caída de París. Todo ha ido demasiado rápido, ha sido demasiado fácil para los alemanes. Y es que, amigo Sam, no consigo desterrar de mi pensamiento la idea de que había una especie de resignación colectiva ante la pujanza del nazismo, que por otra parte cuenta con más adeptos de lo que parece. La mayoría únicamente quiere evitar problemas y seguir su vida. Los demás, simplemente nos negábamos a creer que esto terminaría por suceder. Nos dormimos en los laureles. Veremos cómo salimos de esta, si salimos.

—Pues habrá que salir como sea, no tenemos otra opción.

—Los nazis de uniforme se identifican enseguida, los que no lo llevan son más peligrosos, nunca se sabe quién puede estar escuchando, qué escuchará, en qué se quedará de lo que escuche y, sobre todo, qué uso hará de ello. Creo que subestimamos el impacto que podría tener en la gente lo que creímos que solo era obra de un grupo de exaltados. Y no es así. Mire, ¿ve esa pareja de respetables ciudadanos que juegan con un niño pequeño, su nieto? Una pareja normal, como tantas, disfruta de un rato de asueto, se les cae la baba con el niño, se les ve contentos y no sabemos si se sienten así porque han logrado un instante de felicidad en medio de tanta desgracia o si, por el contrario, se muestran ufanos porque creen que por fin ha llegado el orden y la estabilidad a su país, que definitivamente abandona sus veleidades revolucionarias. ¿Usted qué diría?

—¿Sobre qué?

—Sobre esa pareja. Por qué se muestran satisfechos, si es que le parece que lo están.

Sam se fijó en ellos: entre cincuenta y sesenta años, correctamente vestidos, sin signo alguno de ostentación y aspecto afable.

—Pues me parece ver una pareja como tantas otras que ha salido a dar una vuelta con su nieto. No hace muy buen día para pasear, pero a ver quién aguanta a un niño pequeño dentro de casa mucho tiempo.

—Él es militante de Acción Francesa, uno de sus dirigentes. Tanto como los soldados me preocupan los civiles, los que apoyan el nazismo con su acción o su indiferencia. Se ha considerado el nacionalsocialismo como una ideología demencial y, por tanto, obra de dementes, de locos. No es eso. Claro que es demencial, para nosotros. Para ellos es perfectamente lógica. Los nazis sin uniforme son como nosotros, no tienen rabo, ni cuernos.

3

Nadie quería un conflicto armado al tiempo que todos estaban convencidos de que por la vía pacífica no se conseguiría frenar al nazismo. Entre pareceres y cábalas, la guerra estalló y a casi todo el mundo pilló de improviso. De pronto la gente quería abandonar París. ¿Por miedo a los alemanes? Creo que más bien por miedo a la guerra. Largas colas de vehículos se veían en las salidas de la ciudad hacia el sur. Primero de automóviles, después de motocicletas, más tarde de bicicletas, finalmente de gente a pie. Los trenes estaban al completo y no había billetes para todos. Vi a un hombre que llegó a ofrecer a un taxista tres mil francos si lo llevaba a Burdeos. Francia cayó como un castillo de naipes, con la misma rapidez; al parecer su defensa era tan consistente como los cimientos que sustentaban los naipes. Se ha firmado el armisticio. Los partidarios de poner fin a las hostilidades, vista la abrumadora superioridad de la Wehrmacht, han acabado por imponerse en el Gobierno francés. El presidente hasta este momento, Paul Reynaud, ha sido sustituido en el cargo por el mariscal Pétain, que ocupaba la cartera de Estado y era veterano de la gran guerra. Francia ha quedado dividida en dos grandes zonas, separadas por una línea de demarcación que sigue a grandes trazos el curso del río Loira: al norte, la zona ocupada, bajo la autoridad del gobernador militar de París, que cubre el cincuenta y cinco por cien del territorio; al sur, la zona libre, controlada por el Gobierno colaboracionista, con sede en Vichy. De Gaulle ha pronuncia-

do un discurso a través de la BBC llamando al pueblo francés a la resistencia. La mayoría de los que se fueron han vuelto, los judíos no. Entre los que han vuelto y los que se quedaron ¿cuántos seguirán el llamamiento de De Gaulle? De momento todo parece tranquilo y la ciudad recobra la actividad. Todos los días empiezan a ser iguales, casi diría a riesgo de parecer frívolo que París resulta en estos momentos aburrido.

Sam anotaba sus impresiones para redactar luego sus artículos cuando recibió una visita inesperada. Se trataba de un hombre de edad algo mayor que la suya, pasaría de los cuarenta, algo obeso, correctamente vestido, pero que no paraba de sudar, motivo por el que Sam desconfió de él nada más verle.

—Permítame que me presente —en una mano sostenía el sombrero que terminaba de quitarse y con la otra le entregaba una tarjeta de visita—. Me llamo Maurice Pagnol, soy conservador del Jeu de Paume. No quisiera que pensara que me meto donde no me llaman, pero he creído conveniente avisarle del peligro que corren los cuadros que tiene en su casa.

—¿Los cuadros que hay aquí? ¿Qué peligro corren? ¿Y cómo sabe usted eso?

—No creo descubrirle nada nuevo si le explico la opinión que el nacionalsocialismo tiene del arte moderno. Lo llaman "arte degenerado". Lo destruyen.

—Sí, lo sé. Desgraciadamente, he tenido la oportunidad de contemplarlo con mis propios ojos. Pero no veo la relación conmigo.

—Desde que han ocupado París, y con mayor ahínco que en otros lugares, cosa lógica por otra parte dada nuestra mayor riqueza cultural, los alemanes buscan obras de arte, cuadros sobre todo.

—¿Por qué me cuenta esto?

—Sé que en su casa, o en la de su abuelo, hay cuadros muy valiosos.

—Aún no me ha respondido a una pregunta. ¿Cómo lo sabe?

—Porque vivo cerca. Lo sé igual que lo sabe mucha gente que vive en Montmartre, como sé que hay una panadería en aquella esquina y que su dueño colecciona sellos. No crea usted que me dedico a husmear por ahí, es algo conocido. Yo, además, soy un apasionado del arte moderno, pero por desgracia la opinión de los nazis es otra. Hasta ahora confiscan sobre todo las colecciones privadas de los judíos, pero no solo de los judíos. Mi intención no es otra que lograr que los cuadros que tenga en su poder no terminen siendo destruidos. Y, por supuesto, que usted no tenga por ello ningún tipo de problema.

—Agradezco su interés, pero, ¿cómo conseguirá usted salvar los cuadros?

—Véndamelos.

—¿Usted compraría unos cuadros que los nazis consideran una provocación?

A medida que aquel hombre hablaba, Sam se reafirmaba en su primera impresión acerca de él: no era de fiar. Nadie era fiar aquellos días. Podía ser sumamente peligroso hablar de determinadas cosas con según quien, como le argumentó Morel cuando vieron a aquella aparentemente feliz pareja que disfrutaba de la compañía de su nieto. Veía en Pagnol un tipo baboso y servil que no miraba a los ojos cuando hablaba y exhibía una falsa sonrisa. El conservador se dio cuenta de que su presencia y sus palabras incomodaban a Sam; también de que difícilmente sacaría algo de él. Seguían en el portal, Sam no le invitó a pasar, no quería que inspeccionara el interior, pues deducía de su comportamiento que sabía que poseía una serie de cuadros, pero desconocía su número y su autoría. Sam manifestó que, efectivamente, algún que otro cuadro de principios de siglo conservaba, herencia de su abuelo. Pagnol decidió expresarse con más precisión.

—Le hablaré con la mayor claridad que me sea posible. Los alemanes acabarán sabiendo de la existencia de las obras de arte en su poder. Entonces se las confiscarán y las habrá perdido para siempre. Sabe quién es Göring, ¿verdad? —Sam asintió—. Pues bien, es un enamorado del arte moderno. Con la superioridad que le da su cargo está formando una importante colección privada. Hay mucha codicia más allá de la consideración que tienen sobre el arte.

—¿Y?

—Le propongo lo siguiente. Usted me los vende temporalmente. Quiero decir: me los cede a cambio de una cantidad durante un periodo de tiempo de unos años, los que convengamos entre ambos que pueda durar esta situación. Si pasado ese tiempo las cosas siguen igual los cuadros pasarán a ser de mi propiedad, si no se los devolveré y usted me retornará el dinero más una compensación por habérselos custodiado. ¿Qué le parece?

Sam hacía rato que estaba harto del sibilino proceder de aquel oscuro funcionario que le parecía dispuesto a trepar a toda costa. Váyase a la mierda estuvo a punto de decirle. Se contuvo no obstante y, considerando el estado de cosas, se limitó a decir *Déjeme que lo piense*.

Fue a ver a los Morel. Si era cierto que Pagnol había nacido en Montmartre y residido allí toda su vida lo conocerían. Así era. Los comentarios que sobre su persona hicieron le reafirmaron en su primera y desfavorable impresión. Por su profesión de historiador, Jean Morel había coincidido alguna vez con él. *Un lameculos*, dijo el profesor. *Un sujeto codicioso, un aprovechado*, añadió su esposa.

4

A mediados de agosto Sam recibió noticias de Martha: *Querido Sam, hemos conseguido crear, entre diversos grupos civiles, un Comité de Rescate de Emergencia para ayudar a de los perseguidos por el régimen nazi tras la rápida caída de*

Francia, que no esperábamos fuera tan precipitada. Tenemos entendido que los acuerdos del régimen de Pétain con los nazis incluyen una cláusula mediante la cual Francia se compromete a entregar aquellos alemanes refugiados en París que Berlín reclame. Se han recaudado fondos y, gracias a ellos, ha podido establecerse en Marsella Varian Fry con la misión de organizar un centro de ayuda para salvar de la persecución de Hitler el mayor número posible de antifascistas y judíos. Varian lleva con él unas listas con doscientos nombres de refugiados buscados por los nazis que han elaborado expertos en diversos campos. Creemos que, si tus obligaciones te lo permiten, en todo caso cuanto antes, acudas a Marsella y te pongas en contacto con él. Está desbordado y toda ayuda es poca.

Sam decidió marchar inmediatamente, pero antes acudió de nuevo a casa de los Morel, preocupado por su situación, y aconsejarles que abandonaran París. Cuando se lo comentó, ambos le dijeron que todas sus amistades les recomendaban que se fueran lo antes posible.

—Yo, sin embargo, igual que a usted, a todos les digo lo mismo. A estas alturas de la vida, nosotros, que siempre hemos vivido en Montmartre, ¿adónde vamos a ir ya? Además, ¿qué van a hacerles a un par de viejos? ¿Matarnos?

El profesor parecía abandonarse a su suerte. Se le veía abatido. En los últimos días, dijo la señora Morel a Sam, ni siquiera salía de casa y había perdido el apetito. A Sam no le extrañó el estado de ánimo del profesor, se le habían quedado grabadas las palabras que le dijo la última vez que estuvieron charlando: *No hay reacción, la gente no quiere problemas.* Por eso llevaba consigo una octavilla llamando a la desobediencia y denunciando al gobierno fantasma de Pétain —*Vichy fait la guerre*, se leía— que había recogido del suelo.

—¿Ve? Y si saliera conmigo a la calle contemplaría también pintadas en contra de los nazis. Es evidente que hay quien está dispuesto a resistir y plantar cara al enemigo. No puede venirse abajo ahora. Y no puede, no pueden, no deben, poner-selo tan fácil a los ocupantes y sus colaboradores. Han iniciado ya la expulsión de los judíos de Alsacia y Lorena, se ha levantado la prohibición a la propaganda antijudía. No van a dispensar un mejor trato a los judíos franceses que a los demás. Es solo cuestión de tiempo. Abandonen París, háganme caso.

—Tiene razón —manifestó la señora Morel—. No podemos hacer otra cosa, Jean.

—¿Y dónde demonios vamos a ir? —replicó un tanto contrariado el profesor, que por primera vez consideraba la posibilidad de huir.

—Podríamos ir con mi familia a Nimes.

—Se te olvida que para cruzar la línea de demarcación es necesario un salvoconducto. ¿Cómo lo obtendríamos?

—Yo podría conseguírselos. ¿Por qué no se vienen conmigo a Marsella? Una vez allí ya veremos cómo salir del país.

—Solo seríamos una carga para usted.

—No pensaba llevarles sobre mi espalda —observó Sam tratando de minimizar las cosas—. Ni tampoco a cambio de nada: antes hemos de disfrutar de otro estupendo conejo a la mostaza. Es más, conseguiré algún que otro buen artículo con el viaje.

Con algo de reticencia, el profesor acabó cediendo y salió de nuevo a la calle para intentar conseguir un hermoso conejo.

Esa noche, Sam escondió un dibujo que Toulouse Lautrec había realizado a Camila cuando empezaba a ser conocida como soprano, sabía cuánto lo estimaba su madre y cómo se arrepentía de no habérselo llevado antes con ella. En el forro de la maleta, con sumo cuidado, ocultó otro (por si acaso), de Dérain. El resto para Pagnol, se los cambiaría por salvoconductos para los Morel.

Fue a verle al Jeu de Paume. La entrada principal estaba custodiada por dos *judías verdes* y el lugar lleno de *ratones grises*, que era como los parisinos llamaban a los soldados alemanes de acuerdo con el color de sus uniformes. No dejaban pasar a nadie sin la correspondiente autorización. Solicitó ver a Pagnol y entregó a uno de ellos la tarjeta de visita que aquel le dejara en su día. El soldado se la dio a otro, que entró en el edificio. Al cabo de un rato salió Pagnol.

—Celebro verle.

Dio la mano a Sam, una mano flácida que denotaba frialdad. Sonreía con el mismo mal disimulado fingimiento. A Sam le pareció todavía más falso que cuando le conoció.

—Le hablaré sin rodeos —espetó—. Me da igual lo que haga o deje de hacer con los cuadros. Se los vendo en las condiciones que usted me propuso, pero no por dinero, a cambio de una autorización para poder traspasar la línea de demarcación.

—Usted es americano, no creo que le haga falta.

—Espere, que no he terminado. Una autorización para las dos personas que quiero que vengan conmigo. Dos amigos. Debe conocerlos, son casi vecinos suyos, el profesor Morel y su esposa.

—¿Los Morel? ¿Por qué quieren marchar los Morel?

Era obvio que Pagnol desconocía la ascendencia judía de la señora Morel, dedujo Sam del tono de su voz; Pagnol era un tipo sibilino pero simple en extremo.

—No es que quieran marchar, es que yo quiero que vengan conmigo. Dejémonos de divagaciones —Sam se sentía incómodo ante su interlocutor y quería terminar cuanto antes—. Usted me proporciona los correspondientes salvoconductos, los billetes de tren y yo le entrego los cuadros.

En tres días Sam consiguió los salvoconductos emitidos por la Kommandanturen y los billetes. Dejó que Pagnol entrara en su casa, examinase las obras y se las llevase. Firmaron como única señal del acuerdo un documento privado mediante el cual, y atendiendo "a las extraordinarias circunstancias" que se vivían, Sam cedía en usufructo, "mientras no cambien los factores que determinan tal coyuntura", cinco cuadros de conocidos pintores, aunque un par de ellos no llevaban firma.

CAPÍTULO VI

1

LA ESTACIÓN de Lyon estaba bastante tranquila el 21 de septiembre, día que Sam y los Morel abandonaron París. Eso sí, llena de parejas de soldados de la Wehrmacht que paseaban arriba y abajo, algunas acompañadas de un perro pastor alemán. Hacía solo dos días que se había reanudado el servicio de ferrocarril París-Marsella tras haberse reconstruido el puente metálico sobre el Isère, destruido el 24 de junio durante el avance alemán. El reloj de la torre de la estación marcaba las 17:21, faltaban solo nueve minutos para la salida del tren. No lograron encontrar taxi y llegaron con el tiempo justo. Tenían billetes de primera clase. El revisor les acomodó en un compartimento en el segundo vagón; el primero estaba completamente ocupado por oficiales nazis, que también viajaban en primera. Agentes de la Gestapo de civil recorrían los pasillos de los vagones pidiendo la documentación a todo el mundo. Los compartimentos eran de seis personas. Sam y los Morel viajaban en compañía de una mujer belga y sus dos hijos, una joven de doce años, sordomuda, y un chico de cuatro, que se dirigían a Saint-Etienne. De mirada afligida, porte distinguido y cálida voz, mostraba cierto desasosiego, como si no creyera que por fin iba a abandonar París. Hablaba dulcemente a sus hijos, de los que estaba en todo momento pendiente, abrazada a ellos. Puntual, el convoy inició el trayecto, lentamente.

A la altura de la Puerta de Orleans —aún no habían salido de París— el revisor entró en el compartimento para pedirles los billetes. Le acompañaban dos individuos de aspecto frío y hosco. Evidentemente, se trataba de dos agentes de la Gestapo. *Documentación*, dijeron en tono imperativo. Se notaba que estaban acostumbrados a ordenar sin ser replicados. Solo una palabra —documentación— y el miedo les entró a todos en el cuerpo. No dijeron nada más. Hieráticos, comprobaron la documentación, miraron detenidamente el rostro de cada uno de los ocupantes, y se fueron.

Pronto el paisaje fue otro en el que predominaban los tonos verdes y marrones, se respiraba tranquilidad incluso con las ventanillas del compartimento bajadas. Todos parecían más distendidos. Hasta entonces, prácticamente no habían hablado entre ellos. Ahora charlaban, si bien de cosas intrascendentes. La señora Morel comentaba lo guapos que eran los niños y su madre, satisfecha con los halagos, explicaba lo travieso que era el pequeño. Sam afirmaba saber lo que era bregar con un crío, pues tenía un hijo de parecida edad, un poco mayor. El señor Morel se sumó a la conversación, la cual fue adquiriendo familiaridad a medida que el tren avanzaba. No obstante, en ningún momento llevaron la misma a cuestiones políticas ni se refirieron a los motivos por los que habían subido a ese tren ni cómo consiguieron los salvoconductos; nadie hablaba de esas cosas.

El convoy continuaba despacio, parecía no tener prisa, al contrario que los pasajeros, algunos de los cuales salían al pasillo algo intranquilos. Inmediatamente los soldados que vigilaban el vagón les mandaban que regresaran a sus asientos. El ambiente se volvió algo más relajado, aunque las medidas de seguridad seguían siendo las mismas, con dos soldados en cada una de las entradas de los respectivos vagones y los oficiales de la Gestapo recorriendo el tren una y otra vez e inspeccionando los compartimentos. Llevaban más de cinco horas de viaje y todavía no habían llegado a Dijon, una de las paradas donde el convoy debía cambiar de locomotora. Sam tomaba notas, el señor Morel leía, los demás dormían.

Habían apagado las luces del compartimento, excepto una pequeña lámpara auxiliar situada junto a sus cabezas. De pronto se abrió la puerta, sin llamar antes. De nuevo la Gestapo, tan sigilosos y displicentes como la vez anterior. Sin pronunciar palabra encendieron la luz. *¡Documentación!*, volvieron a exigir. La señora Morel se despertó enseguida, también la mujer belga y su hijo, sobresaltados; no así la muchacha, que continuaba dormida con la cabeza ladeada sobre su hombro derecho. Su madre había entregado la documentación de los tres, la suya y la de sus dos hijos, a los agentes de paisano. Como la vez anterior que inspeccionaron el compartimento, permanecieron un rato mirando los rostros de cada uno y comprobando que se correspondía con el que figuraba en la fotografía del salvoconducto. No podían apreciar bien la cara de la joven, el pelo se la tapaba. Uno de ellos se acercó a la muchacha y, cogiéndola de la mandíbula, giró su cabeza. Asustada, dio un respingo y se puso a chillar, emitiendo un sonido inarticulado que asustó a todos. El tipo a punto estuvo de darle un bofetón. Su madre, expeditiva, la abrazó a su pecho.

—¡Es sordomuda, es sordomuda, no le hagan daño! —gritó.

—Controle a su hija, señora, contrólela —vociferó aquel, que salió con su compañero.

—¡Malditos boches! —exclamó la señora Morel.

—No digas eso en voz alta, pueden oírte —le advirtió su marido.

—Esas no son maneras. Pobrecita. No te asustes, hija —dijo a la muchacha con una gran sonrisa a fin de hacerse comprender.

El tren se detuvo en Dijon. En un mal francés los soldados gritaban por los pasillos que no bajara más que quien hubiera llegado a su destino. Descendieron pocos. Sam, que estaba al lado de la ventanilla, solamente vio apearse a dos personas, un sacerdote y un hombre bien vestido cartera en mano. Todavía estaban en zona ocupada. Cambiaron la locomotora entre el apremio de los oficiales alemanes a cargo del convoy, impacientes por el retraso. *Schnell, schnell!*, se oía desde el compartimento.

Pasados unos veinte minutos se reanudó el viaje. Una hora después volvían a parar. Habían llegado a Chalon-sur-Saône, el último municipio de la Francia ocupada, por donde pasaba la línea de demarcación cruzándolo y dividiéndolo en dos, uno de los principales corredores entre las dos zonas en que había quedado dividida Francia. Les hicieron bajar a todos del tren, documentación en mano. Agentes de la Gestapo registraban minuciosa-mente los vagones, compartimentos, equipajes y cualquier bulto que les resultara sospechoso o por el que simplemente sintieran curiosidad por averiguar qué contenía. A una y otra parte de las vías dos largas líneas de soldados vigilaban que nadie se acercara al convoy ni se moviese del andén. Junto a la máquina, cuya caldera repostaban de agua, había igualmente varios soldados, con perros. *Krieg, gross malheur!*, se quejaba un oficial al que el agua mojó en la operación.

En la parte opuesta del andén un grupo de miembros de la Legión de Voluntarios Franceses contra el Bolchevismo —fuerza autorizada por el Gobierno de Pétain que recogía a voluntarios enrolados en las SS u otras unidades alemanas, como la División Totenkopf— parecían esperar un tren en dirección a París. La mayoría eran jóvenes y se les veía satisfechos con su uniforme negro, su boina y su fusil.

—¿Y estos? ¿Dónde irán? —decía Sam a Morel lamentando su presencia.

—Supongo que a hacer oposiciones para esbirro de los nazis.

—¿Qué les moverá a enrolarse en una fuerza de este tipo? ¿La ignorancia, la falta de conciencia o el convencimiento de que luchan realmente por una causa que consideran justa?

—El odio hacia ellos mismos y, en consecuencia, hacia los que son como ellos, amigo mío.

Varios pitidos de silbato y voces de *Al tren* indicaron, al cabo de una hora, que el convoy iba a reanudar la marcha. *Schnell, schnell!*, repetían otra vez los soldados. En cuestión de minutos todos estaban otra vez en sus correspondientes asientos. Unos treinta kilómetros más y el tren volvió a detenerse. Habían llegado a Tournus, la primera estación de la zona libre. Tocaba ahora control por parte de las autoridades francesas. Esta vez no les hicieron bajar del tren, unos gendarmes se limitaron a comprobar los papeles. Los controles franceses eran bastante más flexibles y en menos de media hora el tren estaba de nuevo circulando. Cerca de las cuatro de la madrugada, nueva parada. Se hallaban a las puertas de Lyon, sus luces se distinguían perfectamente en medio de la oscuridad. ¿Qué pasa ahora?, se preguntaban los pasajeros al verse de nuevo estancados. Los ferroviarios franceses, menos reservados que sus colegas alemanes, les informaron que debían arreglar un tramo de vía en mal estado; parte del tendido eléctrico había caído sobre ella. Poco tiempo, les dijeron. Les permitieron apearse, recomendándoles que no se alejaran.

—¿Habrá sido un acto de sabotaje? —preguntaba la señora Morel.

—¡Ojalá! —exclamó su marido—. ¡Así se los lleve a todos un atentado! Aunque yo vaya con ellos. Lamentaría la compañía, pero me sentiría feliz, les haría burlas durante el viaje al otro mundo.

—Cállate. ¿No ves que nuestros amigos —refiriéndose a la mujer belga con quien compartían viaje y a sus hijos— van a Saint-Etienne y han de bajar en Lyon?

—Perdón, no me había dado cuenta. La guerra nos vuelve insensibles y egoístas.

—No diga eso. No tiene importancia. Es más —manifestó la mujer en bajo y cómplice tono de voz—, le confieso que no me importaría el retraso si fuera por un motivo como ese.

Porque estaban en la "Francia libre", por la tensión acumulada, por los reiterados y exhaustivos controles de los alemanes, porque ya llevaban un buen tiempo juntos, por todo ello posiblemente, la conversación adquirió un tono cada vez más confidencial. La mujer belga se llamaba Elisabeth y estaba casada con un reconocido oftalmólogo que se había alistado en el ejército, en el cuerpo médico, y que tras la capitulación de su país se dio a la fuga. Llevaban en París desde mayo, al ser ocupada Bélgica en solo dieciocho días, viviendo en casa de unos amigos. En Saint-Etienne otros amigos les alojarían hasta que su marido consiguiese llegar. Entonces pensaban irse a Estados Unidos. Sam le dijo que era neoyorquino y les ofreció su casa en Nueva York. Estuvieron charlando un buen rato. El tren seguía sin moverse. Sam bajó a averiguar cuánto tiempo deberían esperar todavía. No supieron precisárselo, un buen rato le dijeron. Apagaron la luz del compartimento, los niños se habían dormido y ellos también tenían sueño. Además, en poco amanecería. La luz de la luna, en cuarto menguante, era de momento la única iluminación. La primera en despertar fue Elisabeth. Empezaba a romper el día. Su hijo no estaba.

—¿Han visto a Pierre? A mi hijo.

—¿A su hijo? ¿Qué pasa?

Sam, como los demás, adormecido todavía, se sobresaltó.

—No está. He mirado en el pasillo, en el váter, por las ventanillas, no lo encuentro.

—Tranquilícese. No estará lejos.

Sam, el señor Morel y Elisabeth bajaron a buscar al pequeño. La señora Morel se quedó con la chica, que estaba muy asustada. No lo encontraban. El tren estaba a punto de reanudar la marcha. Los ruegos de la señora Morel para que esperaran unos momentos no surtían efecto alguno.

—Señora, el tren tiene unos horarios que cumplir y ya vamos con retraso.

—No puede andar muy lejos, es un niño. Entiéndalo. Unos minutos, solo unos minutos.

—No insista.

En eso llegó Sam con el niño en brazos, corriendo. Le seguían Elisabeth y el señor Morel. Consiguieron subir al tren, ya en movimiento. El pequeño sangraba, se había subido a un árbol y caído al suelo. No era gran cosa, un rasguño en la rodilla izquierda. No había nada para poder desinfectar la herida, ni apósito alguno ni vendas. Lavaron la herida con un poco de agua y la vendaron con un pañuelo limpio que llevaba la señora Morel. Sam salió al lavabo, a asearse, tenía la camisa manchada de la sangre del chico. Dos gendarmes que patrullaban por el pasillo, de uno a otro extremo, le ordenaron detenerse y le pidieron explicaciones sobre las manchas de sangre de la camisa. Sam explicó lo sucedido.

—Acompáñenos.

—Pero ya les he dicho lo que ha pasado. ¿No me creen? Pueden comprobarlo ustedes mismos. Ahí, en ese compartimento, está el chico. Verán que tiene una herida en la rodilla. Además, el revisor puede confirmar lo que les digo.

—¡Acompáñenos!

—¿Tanto les cuesta verificar mi versión?

—Lo haremos, no le quepa duda, pero ahora venga con nosotros y se lo explica a nuestro superior.

—No pienso moverme de aquí.

—No ponga las cosas difíciles.

—¡Ustedes son quienes ponen las cosas difíciles! ¡Que no, que ya está bien de avasallar! Su inseguridad es su problema, no el mío.

Al escuchar los gritos, el señor Morel salió del compartimento. Alcanzó a ver al revisor en el vagón de al lado y fue en su busca. Finalmente, los gendarmes inspeccionaron el compartimento, vieron que efectivamente el niño tenía una herida en la rodilla y aceptaron la palabra del revisor de que las cosas habían ocurrido como Sam les explicaba.

—Está bien. Vaya a cambiarse de camisa. Pero otra vez sea más correcto. Su comportamiento deja mucho que desear. Solo por la manera dirigirse a nosotros hubiéramos podido detenerle. Guarde las formas.

—Todos son iguales. Estos puede que más apocados, pero, a lo mejor por eso, serviles a más no poder. Pobre Francia— se lamentaba el señor Morel nada más ocupar de nuevo su asiento.

Llegados a Lyon, donde de nuevo se cambiaba de locomotora, varias personas descendieron, parejas con niños la mayoría. Habían llegado a su destino. Una sensación de alivio se desprendía de sus semblantes. No esperaron más de diez minutos, la nueva locomotora enseguida se puso a arrastrar los vagones en dirección a Aviñón, la siguiente estación antes de llegar a Marsella. Elisabeth bajó con sus dos hijos. Previamente, agradecida, regaló a Sam un pañuelo de batista bordado con las iniciales del pequeño. *Para que se acuerde de nosotros y de su buena acción, es poca cosa, pero es de lo poco que me queda.* Sam lo conservó hasta el final de sus días.

Esta vez el tren no se detuvo en tres horas, hasta llegar a Aviñón. Dos más, como mucho, y estarían en Marsella. Daba la impresión que a medida que avanzaban hacia el sur iban disminuyendo las medidas de control, al menos la presencia policial era menor, nadie les molestó desde que salieran de Lyon.

2

Marsella parecía concentrar toda la vigilancia que habían notado a faltar en el último tramo del trayecto. La estación de Saint-Charles se hallaba fuertemente custodiada, había mucha policía y agentes de paisano que pedían la documentación a la mayoría de cuantos circulaban por ella. Descendieron la escalinata de Saint-Charles.

Eran casi las diez de la mañana y la ciudad presentaba un ajetreo que ni París antes de declararse la guerra. Todos parecían tener prisa. Marsella se había convertido en una babel donde se juntaba un alto e indeterminado número de perseguidos por el Reich en Alemania y los países ocupados por sus tropas y de refugiados españoles. Enseguida, prácticamente a los pies de la escalinata, vieron el rótulo del hotel Splendide, el mismo en que se hospedaba Varian Fry, el representante del Comité Americano de Rescate de Emergencia.

El hall estaba abarrotado de gente de todas las edades que, en fila, aguardaban pacientemente alguna cosa. Habitación no, pues no había, les dijeron en recepción. Sam, entonces, preguntó por Varian Fry.

—¡Ah! Ustedes también vienen a ver al americano. Está en su habitación. Pónganse a la cola —dijo el recepcionista.

—¿Todas estas personas esperan para hablar con el señor Fry? —preguntó Sam, asombrado.

—Hay días que más. Ya le hemos dicho que busque algún piso por ahí para establecer su oficina. No podemos ni pasar.

Nada más establecerse Fry en el Splendide y comenzar su tarea, se corrió la voz de que un americano acababa de llegar a Marsella, tenía dinero —tres mil dólares en efectivo— y ayudaba a escapar a los perseguidos por el nazismo. Recibía en su habitación a los que figuraban en sus listas, unos pocos cada día, pero en una semana a lo sumo comenzaron a formarse largas colas frente a la misma. Y es que la atestada Marsella se hubiera quedado casi vacía de la noche a la mañana si los allí concentrados contasen con los papeles preceptivos para poder abandonarla. Muchos eran los que de buena mañana hacían cola en cualquiera de las oficinas de las organizaciones que atendían a los refugiados, y luego en otra, y en otra más, y así día tras otro, esperando que la fortuna les sonriese, vestidos con sus mejores ropas para causar buena impresión.

En medio de las protestas de los refugiados, que creían que pretendía saltarse la cola, Sam subió a la habitación de Fry.

Se presentó como el americano que esperaba. Fry lo saludó afectuosamente y expresó su alegría por verle, ya dudaba de obtener refuerzos y se hallaba ciertamente desbordado. Cuando bajaron a recepción —Fry tenía una habitación reservada en previsión de cualquier eventualidad— al director del hotel casi le da un síncope al enterarse de que su nuevo huésped era un colaborador suyo. ¿Más gente todavía? Fry le explicó que, ahora que estaba Sam y contaban con más recursos, en breve dejarían de utilizar el hotel como oficina. Conseguir alojamiento para los Morel no era fácil, el Splendide estaba lleno, también los demás hoteles, tampoco entre los particulares que alquilaban habitaciones había posibilidad alguna. Finalmente, el director del hotel accedió a acondicionar un cuarto destinado a otros menesteres.

Varian Fry, periodista de treinta y dos años, delgado, más alto que la media, moreno, de ojos verdes, que había estudiado en Harvard, era un hombre cuyo aspecto —gafas redondas y amplia frente— no engañaba. Afable, dinámico e inteligente, creía firmemente en los derechos humanos. Hablaba un correcto francés y algo de alemán. Había pedido cuatro semanas de permiso en su trabajo como editor en el Foreign Policy Association's Headline Books. Sam se entendió enseguida con él. Fry le explicó que no le llevó mucho tiempo darse cuenta de que no todos los miembros de la lista se hallaban en peligro mortal. Había muchos artistas "degenerados" que gozaban de gran celebridad y, por lo tanto, de cierta protección en la Francia de Vichy, pero existían otros que carecían de nombradía y se hallaban en verdadero peligro. Sin consultar con nadie, siguió contándole, cambió la táctica del Comité y se dispuso a ayudar al mayor número de personas que reuniesen los requisitos de la ley acerca del visado especial, estuvieran o no en la lista.

La casualidad quiso que ambos, siendo de la misma nacionalidad, vivieran en Berlín parecidos episodios de la brutalidad nazi que influirían decisivamente en sus trayectorias vitales. Sam le contó su vivencia con Helmut —de quien hacía tiempo que no sabía nada— y cómo se sintieron forzados su mujer y su suegro a expatriarse, marchando con él a Nueva York.

La complicidad entre Sam y Fry fue inmediata. Fry encargó a Sam poner orden entre toda aquella gente que se agolpaba en el hall del Splendide y buscar un sitio donde establecer una oficina. Consiguió alquilar un apartamento en el número 60 de la calle Grignan, estableciendo allí el Centro Americano de Socorros. Casi enfrente del mismo, Sam contempló una papelería en cuyo escaparate había dos carteles: uno decía *Comercio judío*, el otro anunciaba que *A partir del 1 de noviembre la dirección de esta casa será católica y francesa, así como su personal.*

El primer día en las nuevas oficinas fue especialmente agotador, una larga cola se formó desde el despacho hasta la calle. Doscientas o trescientas personas calcularon que habría. Desde las ocho de la mañana no pararon de recibir gente —cada día entrevistaban entre sesenta y setenta personas—, solo habían podido hacer un par de breves descansos para comer alguna cosa. Aunque contaban con la colaboración de unos pocos expatriados estadounidenses, ciudadanos franceses y refugiados, era imposible atender a todo el mundo.

Era tarde, más de las once de la noche. Casi todos habían marchado ya. Sam y Varian se disponían a cerrar el despacho. Un hombre de mediana edad, con un traje cruzado gris marengo, camisa blanca con el cuello recién almidonado, corbata a rayas en tonos azules, bien afeitado y peinado, al que había entrevistado Sam a primera hora de la tarde y denegado por el momento el visado puesto que entendía que había casos más urgentes, permanecía sentado en una silla en el recibidor del oscuro piso en que habían establecido la oficina. Con la cabeza gacha, la mano derecha sobre la frente y el codo apoyado en la rodilla, pensaron que se había quedado dormido. En cierto modo así era, no parecía consciente cuando le avisaron de que iban a cerrar, se mostraba un tanto perplejo. Al reconocer a Sam se puso de rodillas, implorando. *Por favor, tengan compasión, no puedo quedarme aquí, y mi mujer está embarazada*, suplicaba entrecortadamente. Varian y Sam trataban de calmarlo sin resultado alguno. Le decían que estudiarían su caso con mayor detenimiento, que igual —dijo Sam— se había precipitado en sus conclusiones, que marchara tranquilo, que al día siguiente hablarían.

—Vengo escuchando la misma cantinela todos los días. En embajadas, consulados, oficinas de repatriados. De entrada, ya te dicen que no es posible, y si insistes que ya veremos mañana.

El hombre estaba visiblemente alterado, fuera de sí.

—De verdad se lo digo. Mañana...

—Mañana, mañana... Mañana me dirán lo mismo. Claro, como no soy uno de esos artistas a los que protegen. Yo soy un simple comerciante de provincias, como yo hay miles. ¿Vale más su vida que la mía?

—Tranquilícese, hombre. Vamos a hablar, pasemos dentro.

Varian se disponía a abrir de nuevo la puerta del despacho cuando de pronto el hombre empezó a sudar y a respirar con dificultad. Dijo sentirse mareado, le faltaba el aire, no podía pronunciar palabra. Se agarró fuertemente el brazo izquierdo y cayó al suelo inconsciente. Varian lo cogió, estaba muerto.

—Es terrible. No dejo de pensar que podría seguir vivo si le hubiera prestado mayor atención —confesaba Sam a Varian después del incidente—. Me siento culpable.

—No puedes pensar así. Has de blindar tus sentimientos, no puedes ser víctima, así tu ayuda no valdrá para nada.

—Temo no servir para esto. ¿Cómo decir que no a quienes carecen de otra salida, a los que han recorrido ya todos los centros de ayuda sin éxito?

—Es difícil saber quién está en peligro inminente y quién no. Pero ante la duda, no podemos hacer otra cosa creer en lo que nos dicen, que realmente están en peligro.

—Eso intento hacer, pero tengo dudas con todos.

—Ya te acostumbrarás. Por desgracia, es imposible contentar a todo el mundo. Los doscientos visados de emergencia que concedió Roosevelt prácticamente se han terminado. He solicitado más a la Secretaría de Estado.

—¿Y qué te han dicho?

—Ni siquiera me han contestado.

—¿Y en el consulado?

—Dicen que no pueden hacer nada.

—Habrá que ingeniárselas, pues.

—Algo habrá que hacer. Echaremos mano de los Contactos con falsificadores y pasadores. Hoy ya es muy tarde y hemos tenido demasiadas emociones, mañana terminaremos más pronto y nos acercaremos al puerto. Sé cómo encontrar allí a un caricaturista vienés que ya ha falsificado algún documento a varios refugiados que no podían obtenerlo de ningún modo, yo mismo les indiqué cómo localizarlo.

3

El viejo puerto de Marsella concentraba una muchedumbre aún mayor que la que vieron al descender del tren y tanto les sorprendió. Los bares, sobre todo, estaban llenos. Era un verdadero *cul-de-sac* que, no obstante, suponía para muchos refugiados la última esperanza de conseguir escapar. Descartados los conductos oficiales, el floreciente mercado negro ofrecía un completo muestrario de todo tipo de falsificaciones y cualquier producto imposible de encontrar en las tiendas. El puerto y sus alrededores nunca estaban vacíos de gente. Algunos, que no habían conseguido alojamiento, llevaban consigo el equipaje; al menos en el café estaban a resguardo del frío mientras permaneciera abierto, luego ya veríamos, aunque en el ínterin igual conseguían habitación y quién sabe si los documentos necesarios. En tiempos de desgracia siempre hay quien saca tajada. Se debía ir de todos modos con sumo cuidado, nunca se sabía si se estaba hablando con un policía de paisano o con uno de los tantos truhanes que por allí pululaban vendiendo papeles falsos a precio de oro.

Fueron a Le Brûleur de Loups, café que solía frecuentar el caricaturista vienés del que había hablado Fry, el que con tanta destreza falsificaba documentos. En una mesa estaban sentados un grupo de hombres y una mujer, bebiendo y en animada conversación.

—Esa mujer... Me suena su cara —dijo Sam a Fry.

—Es posible. Es compatriota nuestra, y bastante conocida. Peggy Guggenheim.

—¿La famosa coleccionista de arte?

—La misma.

—¿Y qué hace aquí?

—Por lo que sé, estaba en París reuniendo fondos para un museo arte moderno que quiere montar cuando estalló la guerra. Con los alemanes a las puertas huyó y al final ha acabado aquí con un grupo de pintores.

—¿Los que la acompañan?

—Y algunos más. Los que ahora están con ella son André Breton, Marcel Duchamp y Max Ernst. Este último es su amante.

—Imagino que su estancia en Marsella, la de todos ellos, obedece a los mismos motivos que tienen los refugiados que atendemos todos los días. ¿Cómo es que no los he visto hasta ahora?

—Es que se hospedan en Bel-Air, una villa en el barrio de la Blancarde de ocho habitaciones. Se alquiló ante la falta de espacio en el Splendide.

—Vaya, veo que incluso aquí hay clases.

—¿Y dónde no, Sam? Ellos podían contribuir al pago de Bel-Air, pero también, y, sobre todo, de ese modo podían mantenerse alejados de Rodellec du Porzic, el retorcido intendente de policía de Marsella que les odia especialmente y trata de aplicarles siempre que puede el artículo 19 del armisticio franco-alemán que concede a los nazis el derecho a exigir la extradición de todos los alemanes y enemigos del Reich en Francia.

Llegó el caricaturista. Discretamente, en un rincón del café, lograron asiento y, en voz baja, tanto que ellos mismos apenas se oían, pues el café estaba repleto de gente, abordaron el delicado tema para el que habían ido allí. El hombre se mostró dispuesto a colaborar, ya lo había hecho en otras ocasiones sin más recompensa que la gratitud del comité y de los benefactores de su habilidad. Sin embargo, no todo podía hacerlo, le faltaban medios.

—¿Conoce a alguien que pueda? Alguien de fiar, claro.

Encontrar un falsificador en Marsella era relativamente fácil, pero también lo era que en realidad resultara ser un confidente o un simple delincuente calculador y desaprensivo.

—Sí, conozco. Ahora bien, no se mueven más que por dinero. Lo harán bien y pronto, pero piden mucho.

—Ya veremos cómo nos arreglamos con ellos —dijo Fry.

—Esperad aquí. Ahora vuelvo. Acabo de ver a alguien.

El caricaturista se acercó a una mesa, le dijo algo a un hombre que la compartía con otros dos y ambos salieron del local. Al poco, regresó.

—Ha habido suerte. Si queréis ir ahora, un hombre os espera en esta dirección —y les pasó un papelito con las señas donde le encontrarían.

—¿En la calle de la Catedral? ¿Es su casa? —preguntó Fry.

—Es un burdel. En los cafés y casas no es seguro, demasiada policía, demasiado confidente capaz de todo por ganarse unos cuartos o simplemente el favor de la gendarmería.

Él va para allá, esperará una media hora. Preguntáis por madame Moreau.

Estaban relativamente cerca, pero aun así marcharon enseguida. El prostíbulo se ubicaba en un discreto piso. Llamaron al timbre y preguntaron por madame Moreau.

—Síganme. Y sean prudentes, que nadie sospeche.

La mujer que les recibió, mayor, con aspecto de ser la madama, les condujo a una habitación sin más mobiliario que un viejo camastro y una silla, de paredes desnudas e iluminada por una luz mortecina, con su correspondiente bidé, pila y una toalla.

—Esperen aquí.

Poco después entró un hombre, un tipo malcarado que fue directamente al grano, un perfecto rufián que, no obstante, sabía de qué hablaba, pues debía llevar tiempo trapicheando con toda clase de productos de manera ilegal. Era evidente que podía resolver su problema, pero les pedía nada menos que ocho mil francos por documento.

—No puede cobrar esas cantidades de dinero, es una tarea humanitaria.

—Humanitaria. Ya, humanitaria. ¿Saben ustedes el riesgo que corro si hago lo que me solicitan? ¿Imaginan que me pasaría si descubrieran que falsifico pasaportes alemanes? ¿Qué acción humanitaria harán entonces por mí? Lo siento, pero es lo que hay. No puedo hacerlo por menos, he de comprar el material que necesito en el mercado negro, sobornar a funcionarios... O eso o nada.

—Está bien, adelante —resolvió Sam ante la estupefacción de Fry, quien, no obstante, no le contradijo.

De nuevo en la calle Fry preguntó a Sam los motivos por los que había cedido a las pretensiones de aquel individuo, no tenían dinero suficiente. Sam le explicó entonces que había llevado un cuadro con él de principios de siglo. Se lo vendería, o malvendería, a Peggy Guggenheim. No había otra solución, dijo. Podía pedir dinero a sus padres, pero era imposible hacer transferencias a causa del bloqueo.

—¿Cómo pudiste pasar un cuadro por la línea de demarcación?

—Con paciencia conseguí descoser el forro de la maleta y coloqué allí el lienzo, cabía justo y tuve que doblar las esquinas. Después, la señora Morel me ayudó a coser el forro de nuevo. Que la Guggenheim me perdone. Y, si no, que se joda. Ya sabrá ella cómo solucionar lo de las dobleces, que lo restauren. Lo comprará, no te preocupes. Por mucho menos que lo le costaría en el mercado, por supuesto. Así que lo hará. Ya le gustaría tener propuestas como esta todos los días.

Regresaron al café y Sam habló con la famosa coleccionista de arte estadounidense.

—Todo arreglado. Mañana la señora Guggenheim examinará el cuadro y fijaremos el precio. Algo sacaremos, por lo menos para ir tirando.

4

Unos días después la policía francesa detuvo a Fry, que había pasado a residir en Bel-Air. Rodellec du Porzic se presentó en la villa con varios agentes para efectuar un registro. El motivo obedecía a la próxima visita de Pétain a Marsella; era necesario tomar medidas de seguridad. Inspeccionaron todas las habitaciones, encontrando en la de Breton un dibujo con la inscripción *Le terrible crétin de Pétain*. La burda excusa de Breton de que se trataba de un error gramatical y que en realidad lo que allí ponía era *putain* (puta) obviamente no sirvió de nada.

Llevaron a ambos, a Breton y Fry, a bordo del barco Sinaïa, amarrado en el muelle de la Joliette, al norte del puerto viejo. No eran los únicos. El tenaz intendente había ordenado una redada de todos los elementos "indeseables" de Marsella, encontrando nada menos que seiscientos, que igualmente fueron arrestados y encerrados en el Sinaïa, donde debían permanecer hasta que Pétain abandonara la zona.

Cuando Sam tuvo noticia de la detención de Fry acudió inmediatamente al consulado de Estados Unidos. Entendía que Porzic se había excedido en sus atribuciones y confiaba en la ayuda del cónsul para obtener su inmediata puesta en libertad. La opinión del cónsul, sin embargo, difería bastante de la de Sam.

—Haré cuanto esté en mi mano, pero no creo que pueda ser mucho. ¿Qué sentido tiene hacer dibujos insultantes del mariscal? ¿A quién beneficia? No son precisamente unos chiquillos quienes hospedan ustedes en Bel-Air. Ha sido una ligereza totalmente innecesaria.

—No volverá a suceder nada parecido. Además, como ha dicho usted, se trata de una ligereza, una veleidad sin duda.

—Todos ustedes, todos, deben ser más comedidos. Está bien ayudar a quien lo necesita, es una tarea digna de encomio, pero hay que actuar de acuerdo con la legalidad. Y ustedes se la saltan cuando les conviene. Con sus acciones comprometen incluso al Gobierno estadounidense y dificultan las relaciones entre ambos países. Intentaré que sus amigos queden libres, pero no puedo prometerle que sea inmediatamente. De todos modos, no será mucho después. Estamos a 2 de diciembre, mañana llega Pétain y permanecerá en Marsella hasta el jueves, hasta el 5. Como mucho el viernes estarán fuera.

Sam abandonó el consulado con la sensación de haber recibido una regañina en vez de la ayuda que precisaba. Notó que su presencia no era del agrado del cónsul. Tenía ganas de terminar la reunión cuanto antes, poco cabía esperar de él. Hasta el 5 no salieron libres Breton y Fry. Sam comentó a Fry sus impresiones sobre el cónsul, que coincidían con la opinión que este hacía tiempo que se había formado sobre el representante diplomático de su país en Marsella. Cuanto menos contasen con él, mejor, concluyeron. El consulado estadounidense siempre les había puesto trabas: para financiarse, para obtener visados, en sus relaciones con el régimen de Vichy, para desarrollar su labor en definitiva. Pero ahora les acusaba abiertamente de deslealtad con el Gobierno norteamericano.

A principios de enero de 1941 Fry acudió de nuevo al consulado para renovar el pasaporte, que estaba a punto de caducar. Para su estupefacción, no se lo renovaron. Las presiones de las autoridades francesas eran cada vez más insistentes y habían hecho mella en la administración Roosevelt, que no escatimaba críticas acerca de su proceder. El Gobierno estadounidense había dejado de mirar con buenos ojos sus actividades. La negativa a renovar el pasaporte a Fry era una muestra evidente y posiblemente una señal de que tenían los días contados. Tenían que espabilarse, trabajar todavía más y más aprisa. Habían ayudado a escapar a casi mil personas hasta entonces y contaban con un buen número de documentos falsificados, nuevos contactos entre falsificadores y pasadores y el dinero que Peggy Guggenheim les entregaría en días. Alquilaron un local en el número 18 del bulevar Garibaldi, más espacioso y luminoso, y consiguieron nuevos refuerzos, aumentando el número de entrevistas diarias.

Transcurrieron de ese modo casi tres meses de febril actividad en los que multiplicaron sus esfuerzos. A finales de mayo Fry recibió noticias de su esposa. Se había puesto en contacto con Eleanor Roosevelt, la mujer del presidente estadounidense, a raíz de que le denegaran el pasaporte. *Me temo que tendrá que volver a casa porque ha hecho cosas que el Gobierno no cree estar en posición de respaldar*, había sido su respuesta. En parecidos términos se expresaba poco después John Lary a Sam, que confiaba en que su amigo podría hacer alguna cosa desde la Casa Blanca. *Siento decirte que el presidente considera intolerables algunos de los excesos que habéis llevado a cabo y de los que ha sido informado por la embajada. Créeme que he intentado persuadirle de lo contra-*

rio, pero no ha servido de nada. También Martha lamentaba el poco resultado de las gestiones en Nueva York del grupo que sostenía el Comité. Estaba claro que podían echar a Fry de Francia en cualquier momento y que la suerte del Centro Americano de Socorros pendía de un hilo.

Un soleado día de junio, Sam se estaba afeitando antes de salir del hotel para acudir bien temprano, como todas las mañanas, al Centro Americano de Socorros. Acababan de dar las siete cuando oyó un gran escándalo en el pasillo al que daba su habitación. Salió inmediatamente. Había gendarmes por todas partes, ordenaban a los huéspedes que abandonaran inmediatamente sus aposentos documentación en mano, ni siquiera permitían que se cambiaran. La mayoría estaba aún durmiendo, por lo que casi todos vestían pijama, bata o camisón; algunos estaban en paños menores. Unos inspectores, de paisano, inspeccionaban detenidamente pasaportes, salvoconductos, carnés, mientras los guardias registraban las habitaciones una por una. Había una gran confusión.

—¿Qué sucede? —preguntó Sam al director del hotel, que acompañaba a la policía.

—Nada, señor, no se preocupe. La policía, que está reagrupando a los judíos.

A aquellos en cuya documentación constaba que eran judíos se les permitía que recogieran sus cosas rápidamente y bajaran al hall. Allí, otros gendarmes los ponían en fila. Sin ningún miramiento. Era palpable su mal humor, tal vez por haber tenido que madrugar. *Allez, allez. Vite, vite.* Los metieron en furgones y el hotel volvió a estar tranquilo. Eso sí, con menos huéspedes. En el hall Sam se encontró con Peggy Guggenheim, aterrada.

—¿Ha visto usted? ¡Qué manera de tratar a la gente! ¡Qué falta de humanidad! ¿Qué será de estas pobres personas?

—Supongo que los internarán en un campo de concentración.

—Voy a abandonar Marsella. Mañana mismo le daré el dinero que acordamos. Me llegó hace un par de días. No aguanto más. Me da igual si no podemos salir en barco desde aquí, pasaremos a España y de allí a Lisboa, donde cogeremos un avión para Nueva York. Por cierto, ¿y el matrimonio que quería que llevara conmigo? —Sam había puesto también como condición a la Guggenheim que se llevara con ella a los Morel.

—Se quedan.

—¿No me dijo que eran judíos?

—Ella sí.

—¿No tienen miedo a lo que les pueda pasar?

—Les puede más la dignidad.

A la mañana siguiente, Peggy Guggenheim entregó a Sam veinticinco mil francos y se llevó el cuadro de Sam, y a Max Ernst.

—Imagino que este dinero se utilizará para financiar sus actividades. Espero que el consulado no se entere de ello.

A finales de agosto Fry fue detenido de nuevo por la policía francesa. Esta vez de nada sirvieron las gestiones de Sam ante las autoridades estadounidenses en suelo galo y las que a instancias suyas hizo su amigo Lary ante la propia Casa Blanca.

—Verá usted, señor Sutherland —decía Rodellec du Porzic a Sam—, se han creído que pueden ir más allá de la legalidad por no sé qué extraña razón. Están en un país que no es el suyo y no respetan sus leyes ni a sus autoridades. Comercian con traficantes de la peor canalla, colaboran con los comunistas, con traficantes, con terroristas. ¿Es que están ustedes por encima del bien y del mal? ¿Se creen superiores a todos los demás?

—Yo únicamente trato de hacer lo que considero correcto, y ayudar a quienes piensan o actúan de modo diferente al ideario del nacionalsocialismo o a los que son perseguidos por pertenecer a una comunidad distinta. No solo es correcto, sino de obligado cumplimiento.

—Yo también trato de hacer lo correcto, ¿sabe usted? ¿O es que los malhechores somos nosotros y no aquellos con los que se junta quebrantando la legalidad?

—Pues mire, sí.

—¿Sabe que podría hacerlo arrestar?

—Lo hará más pronto o más tarde. Lo desea desde hace tiempo.

El intendente soltó una sonora carcajada.

—No, hombre, no. Si por mí fuera les dejaría permanecer en Marsella indefinidamente. Al final acabarían por descubrirnos más de una guarida de indeseables. Si en el fondo son una ayuda. No son profesionales y, créame, se nota. Seguirles la pista es bastante fácil.

—Los alemanes sabrán agradecerle tanto desvelo. Veo que es usted un fiel colaborador suyo.

—¿Que colaboro con los alemanes, dice? Pues sí, colaboro. ¿Y sabe qué significa eso? Que tengo derecho a contribuir con mi pensamiento y mi esfuerzo individual a una causa común. Una cosa es colaborar, otra muy distinta seguir el dictado de nadie. Yo no recibo órdenes del Reich. Trabajo, como muchos otros, para Vichy, y algún día seremos reconocidos como verdaderos patriotas, como constructores de una sociedad unida en la defensa de los auténticos valores: la patria, la familia y el trabajo.

—¿Ha olvidado aquello de igualdad, libertad, fraternidad?

—No sea impertinente. Por fortuna, ni su Gobierno ni el mío piensan como usted. La expulsión de su amigo ha sido decretada por el Ministerio del Interior en coordinación con su embajada.

Sam no quiso seguir escuchando por más tiempo al intendente. Era como hablar con una pared, sin ningún tipo de realimentación, dijese lo que dijese no solo no modificaría un ápice sus ideas, más bien le reafirmaría en ellas. Se arrepentía incluso de haber ido a verle, hubiera evitado la frustración que siempre causa la impotencia.

Querida Martha,

hoy he acompañado a Varian Fry a la estación. Solamente le han dado una hora para hacer el equipaje. El día ha sido gris y lluvioso, como si quisiera solidarizarse con nuestro estado de ánimo. Esto se acaba. Qué decepción tan grande ha supuesto comprobar que, por encima de las personas, de sus derechos y libertades, sigue primando el "orden internacional", los intereses de Estado. Nuestro Gobierno ha dejado de ayudarnos, dicen que comprometemos la política exterior de la Casa Blanca con nuestras actividades "ilícitas", que es como ellos califican nuestro trabajo. ¿Acaso es lícito abandonar a su suerte a miles y miles de personas en aras a una supuesta estabilidad internacional ya destrozada? ¿O es miedo a Hitler? En esta guerra estamos ya metidos desde hace tiempo, incluso con anterioridad a su estallido, no podemos permanecer ajenos. Habrá que trabajar mucho para que el pueblo estadounidense entienda esto, pero a pesar de todo creo que lo conseguiremos. Si no ya me habría marchado de aquí. Por falta de ganas no será, ansío estar contigo y con Egon, volver a ver a mis padres. Hay veces que me siento dominado por ese individualismo tan característico entre nosotros y pienso que ya está bien, que bienvenida sea la denegación de renovar el pasaporte. Eso me alarma. De todos modos, independientemente de mi voluntad, no hay duda de que a mí tampoco me renovarán el pasaporte y que, como Fry, acabaré siendo expulsado de este país. Mientras, sin embargo, seguiré con la tarea, noble donde las haya, de ayudar a las víctimas de esta barbarie. Me siento orgulloso de saber que he colaborado en salvar la vida a más de dos mil personas.

Te quiero.

5

A principios de octubre de 1941 Sam tenía la certeza de la inmediatez de la orden que le obligaría a abandonar Francia. Así se lo había comunicado extraoficialmente un funcionario del consulado estadounidense en Marsella. Sabía que nada podía hacer para evitarlo. Marcharía, pues, a Nueva York, volvería a ver a los suyos y seguiría su vida. No llegarían a detenerlo y mucho menos a entregarlo a los alemanes. Era un contratiempo, pero solo eso. Para él. Pero ¿y para los miles de personas que seguían tratando de poner tierra de por medio huyendo del nazismo? No conseguía quitarse ese pensamiento de la cabeza y se debatía entre su deseo de regresar a casa y el desasosiego que le producía la sensación de que ello no dejaba de ser una retirada en toda regla, una vuelta a la normalidad en un mundo anormal.

Antes de marcharse fue a despedirse de los Morel. Habían marchado a Nimes con los familiares de la señora Morel a finales de noviembre. Mantenían contacto de vez en cuando. La familia de la señora Morel, que tenía una pequeña plantación de vides, nunca se había significado políticamente, pero había simpatizado siempre con posiciones de izquierda. De hecho, encubrían a un par de exiliados españoles, a los que hacían pasar por trabajadores de su viñedo.

El día que fue Sam había también un joven matrimonio alemán, de unos treinta años, con una niña que acababa de cumplir los cinco, una pequeña de dulce sonrisa y cálida mirada, despierta, vivaracha, siempre alegre.

—¿Ve? —le decía la señora Morel—. ¿Cómo vamos a irnos? ¿Te gusta? —preguntó a la nena, que se deleitaba con una rebanada de pan con mermelada de grosella y movió la cabeza varias veces de arriba a abajo enérgicamente en señal de complacencia, pues tenía la boca llena—. Esa mermelada la he hecho yo esta mañana. Fíjese, es feliz. Después de tantas privaciones y calamidades, y las que le quedan por pasar a la pobre criatura, ¡qué menos que un momento de dicha!

La señora Morel cocinó el conejo con mostaza que tanto gustaba a Sam. Pudieron acompañarlo de un buen vino de la cosecha de la finca. El día era magnífico y comieron bajo el emparrado que cubría un porche adosado a un lateral de la casa. La pequeña —también sus padres se sentaron a la mesa— correteaba tras unos patos a los que estaba empeñada en darles de comer.

—Vivíamos en Múnich, en Isarvorstadt —refería a Sam la mujer alemana, de nombre Heike, explicándole los motivos que le había llevado hasta allí con su marido y su hija—. Teníamos una lavandería y nos iba muy bien. No había otra regentada por judíos en todo Isarvorstadt ni en los barrios vecinos, por lo que todos los judíos acudían a la nuestra necesariamente, ya que los judíos solo podíamos ser clientes de negocios judíos. El ambiente hacía tiempo que se había vuelto hostil, cada vez más. Poco después de promulgarse las leyes raciales, un tío mío que pasaba unos días con nosotros, vivía en Budapest, nos aconsejó que nos fuéramos. Por desgracia, no le hicimos caso. Económicamente estábamos mejor que nunca y creímos que todo lo que estaba sucediendo sería pasajero. Nos equivocamos. Al ser yo rubia nadie sospechaba que era judía, pero algunas vecinas lo sabían y al cabo de poco por la calle me insultaban, me decían "judía de mierda", "puerca judía" y otras lindezas por el estilo. Llegó noviembre de 1938 y la locura se desató con más fuerza que nunca. La noche del 9 al 10 fue terrible, espantosa. No se me olvidará jamás. No dormimos siquiera un instante, encerrados en casa, con las luces apagadas, las persianas echadas, ni a respirar nos atrevíamos para no hacer ruido, temerosos de que llamaran a la puerta o la derribaran a golpes. Oíamos gritos que venían de la calle, de los nazis atemorizando a los judíos, de estos implorando piedad. La Gestapo efectuaba razias en los barrios judíos, muchas personas eran sacadas de la cama y conducidas a las delegaciones de policía. Grupos perfectamente organizados recorrían las calles atacando sistemáticamente almacenes y tiendas propiedad de judíos sin que la policía interviniese para nada. Escuelas y sinagogas eran incendiadas, saqueaban y destrozaban los comercios, entraban en las viviendas y destruían el mobiliario. Las calles estaban llenas de cristales rotos a la mañana siguiente. Entonces nos enteramos de que en plena orgía de devastación habían asesinado a muchos judíos. Unos hablaban de decenas, otros afirmaban que más de un centenar. Muchos trataron de huir ese mismo día en sus coches, pero en las gasolineras se negaban a venderles gasolina. Nosotros tuvimos suerte, dentro de lo que cabe. Salvamos nuestras vidas, aunque no el negocio. Cuando nos acercamos a él, dos enormes nazis ordenaron que lo cerráramos, indefinidamente. Así lo hicimos. Era obvio que teníamos que huir, nuestro tío no andaba equivocado. Vendimos lo que pudimos y marchamos a Ámsterdam. Pensábamos que allí estaríamos a salvo, pero tras la ocupación por los alemanes todo volvió a empezar. Hemos estado desde entonces dando tumbos. Ahora, por fin, parece que esto va camino de terminar. O eso espero, o deseo más bien.

La esperanza, el deseo, de aquella mujer pasaba por La Organización, una red de evasión de fugitivos del nazismo que funcionaba desde diciembre de 1940, probablemente la mejor organizada de todas. Colaboraba con La Organización un grupo de exiliados españoles que dirigía Francisco Ponzán, un ovetense criado en Huesca, maestro de profesión y militante de la CNT, que había recalado en Toulouse para escapar de la represión franquista. Ponzán y su gente ayudaban a los fugitivos pasar la frontera con España y Fry se servía habitualmente de la destreza de sus miembros en aquellos casos que no podían salir por mar. Contaba La Organización con una extensa red de guías que conocían perfectamente los Pirineos y a los que unía la lucha contra el fascismo y la solidaridad con los perseguidos. Se les conocía como pasadores y tenían contactos en diversos lugares a ambos lados de la frontera donde resguardarse durante la arriesgada travesía.

Sam se quedó esa noche en la masía. A la mañana siguiente acudiría a por el matrimonio y la pequeña el contacto de La Organización en Nimes y quería hablar con él. Le conocía, en más de una ocasión había requerido sus servicios en el complejo sistema de evasión del que ambos participaban. Patrice, nombre ficticio tras el que ocultaba su verdadera identidad aquel intermediario, era el hombre de confianza en Nimes de Francisco Ponzán.

—Quiero viajar con el próximo grupo que salga y cruzar la frontera con España —dijo Sam a Patrice, quien se mostró extrañado ante su petición.

—Tú tienes los documentos en regla, puedes salir de Francia cuando te plazca. ¿Qué sentido tiene hacerlo furtivamente?

—He de vivirlo, necesito ser parte. Es el único modo que conozco de poder escribir sobre ello. Pasaré la frontera y saldré por Barcelona.

—Demasiado peligroso. Es un riesgo innecesario.

—Estoy en mejores condiciones físicas que muchos de los que habitualmente lleváis.

—Cierto. Pero ellos lo necesitan, tú no. Riesgos, los justos. No creo que Ponzán acepte.

—Lo único que pretendo es que el mundo sepa el calvario que sufre esta pobre gente en su camino a la libertad, o en su huida del terror siendo más precisos. Y hablar de la solidaridad, cada vez más necesaria.

—Puedes escribir igual, sabes muy bien cómo funciona esto.

—Tú habla con Ponzán. La Organización necesita dinero y yo pagaré bien.

—¿Y si te decimos que no?

—Os ayudaré igual. No debería haber dicho eso.

—Vale. Te diré algo.

6

Una semana después, uno de los hombres de La Organización visitó a Sam en la sede del Centro Americano. Aun con reticencias, Ponzán había aceptado su irregular salida de Francia. Llevaba instrucciones precisas. Un grupo reducido integrado únicamente por un matrimonio de París —él un eminente abogado que no era judío, pero sí un destacado militante comunista— y otro hombre serían sus acompañantes, además del guía, por supuesto. A Sam le extrañó que no fueran con ellos el joven matrimonio alemán y su hija que había conocido al visitar a los Morel. El enviado de La Organización le explicó que habían optado por otra fórmula para que saliesen de Francia. Con una niña tan pequeña el paso de los Pirineos no era aconsejable. No le dio más detalles.

También le dijo que debía estar en Toulouse el lunes siguiente, pues ese mismo día saldría en dirección a Seix. Allí se entenderían con un tal Antoine, que les indicaría que debían hacer y cómo actuar. Sam haría el trayecto como un fugitivo más, sin preguntas que no tuvieran relación directa con las incidencias que pudieran darse en el mismo.

—No debes decir a los demás que te acompañarán el motivo de tu presencia. Huyes, como ellos porque no tienes más remedio. Nadie hará preguntas, pero por si acaso eres escritor y te persiguen por tus artículos contra el nazismo. A Antoine le entregarás el dinero acordado.

Sam tomaba nota de cuanto el hombre le decía.

—Nada de escribir. Memorízalo todo. No solo ahora, durante todo el viaje.

—¿No puedo tomar notas? Naturalmente quiero decir notas de cosas aparentemente intrascendentes pero que a mí me servirán luego.

—No hasta que estéis todos a salvo.

Sam aceptó; cualquier precaución en este tipo de asuntos era poca. Los del grupo de Ponzán eran sumamente eficaces, nunca habían tenido percance alguno, él podía dar fe de ello: más de quinientas personas, a través de sus gestiones, habían confiado su destino a La Organización y todos habían conseguido cruzar la frontera. Tal vez por ser tan precavidos. No sería él quien tentara la suerte. Ni podía ni debía.

Se despidió de sus compañeros del Centro, a los que rogó que no comentaran a nadie su marcha, y menos aún a Porzic, y que cuando les fuera posible mandaran sus cosas, pocas, a Nueva York. Acudió a Toulouse el día anterior al acordado, pues tenía que estar temprano en la dirección que le habían dicho. Llevaba consigo la documentación, algo de ropa de abrigo, unos cuantos calcetines de gruesa lana que había conseguido en una tienda a precio exorbitado, sus enseres personales y poco más, ni libreta ni lápiz. A las nueve de la mañana, hora convenida, se dirigió a un piso de la calle Belfort. Llamó al timbre de la puerta y cuando le abrió una pecosa joven pelirroja, como le habían indicado que hiciera, preguntó por la señora Cocteau.

—Se ha equivocado.

—Mi sobrina debe haberme informado mal. Es tan despistada...

—Entre —dijo la joven al reconocer la contraseña.

Le acompañó al comedor, donde sentado en la mesa había un individuo que se presentó simplemente como el encargado de llevarle hasta Seix. Permanecieron casi una hora en la casa y fueron luego al hotel Paris, a un paso de la calle Belfort, donde recogieron a otro individuo, un hombre de unos cuarenta años extremadamente reservado, no sabía Sam si por la lógica prudencia con que debían actuar o por simple timidez. Lo cierto es que prácticamente no abrió la boca durante todo el trayecto hasta Seix, que efectuaron en una destartalada camioneta haciéndose pasar por comerciantes de madera, pues la zona donde Seix se ubica, la región de Midi-Pyrénées, está rodeada de bosques. Obviamente, contaban con documentación que avalaba tal condición; falsa, por supuesto. Nadie, sin embargo, les molestó y antes del mediodía llegaban a Seix. El hombre que conducía la camioneta les dejó en una casa de campo a las afueras del municipio, pasado este, en dirección a Salau, su próximo destino.

Estaban a punto de comer cuando llegó la pareja que completaba el grupo, el matrimonio parisino del que había hablado el hombre de La Organización a Sam en su despacho del Centro Americano de Socorros. Él, un larguirucho que pasaría del metro ochenta, con apariencia de unos cuarenta años, grandes entradas canosas y gafas redondas que le daban cierto aire de intelectual. Ella, algo más joven, morena, pelo lacio a lo *garçon* y ojos oscuros, alta, de rostro expresivo. Ambos eran sumamente educados. Llevaban solamente una maleta cada uno, pero una gran carga de fiascos. Se sentaron también a la mesa. Se comportaban con discreción y hacían pocas alusiones a su situación personal, pero no eran tan herméticos como su compañero de viaje desde Toulouse, incluso se permitían alguna que otra broma respecto a su situación.

La señora de la casa había preparado un *cassoulet* en el que no faltaba de nada, aunque predominaban las alubias y el tocino. Sirvió una abundante ración a cada uno e insistió para que repitieran. *Les vendrá estupendamente, han de estar bien alimentados, esta noche les espera un duro trayecto*, argumentaba la mujer mientras trataba de llenarles los platos de nuevo. *Y ahora a descansar*. Facilitaron una habitación al matrimonio, otra a Sam y una tercera al restante compañero de evasión. *Traten de dormir*.

A última hora de la tarde llegó Antoine, su guía hasta Andorra. Mientras tomaban una sopa caliente, huevos, queso y bastante café —tenían que estar despiertos y bien espabilados hasta el amanecer— este les explicó el itinerario a seguir esa noche —ya sabían que el viaje duraría unos cinco o seis días— y repasó con ellos los detalles más importantes.

—Saldremos cuando den las once, antes podríamos tropezarnos con algún rezagado que regresa al pueblo. A esas horas ya está todo tranquilo. Iremos hasta el puerto de Salau. Está a unos dos mil metros de altura y unos catorce kilómetros. Calculo que tenemos ocho horas de camino hasta allí. Así que abríguense bien, si es posible con ropa cómoda, y lleven buen calzado. Ya sé que se lo han dicho varias veces antes, pero es imprescindible que me hagan caso en todo cuanto les diga. Hemos de ser muy escrupulosos con este tipo de cosas, no podemos sufrir retrasos, la noche dura lo que dura y no se puede alargar, y viajar de día es demasiado arriesgado.

—¿Podremos descansar en algún momento? —preguntó la mujer.

—Por supuesto. Somos conscientes de que ustedes no están acostumbradas a estas caminatas. Tenemos varios sitios seguros donde reponer fuerzas. No se preocupen. Todo irá bien.

—¿Y si nos encontramos con los gendarmes?

—No es probable. La red funciona perfectamente. En cinco días, un aviador que haya caído en las Ardenas se encuentra en la frontera vestido de paisano. Yo ya he perdido la cuenta de los viajes como este que he hecho y todos han terminado felizmente. Estén tranquilos, que no confiados, y hagan caso de todo cuanto se les diga.

Sonaron las once y emprendieron el viaje. El camino ascendía continuamente, pero no era una pendiente muy pronunciada. La luna estaba en cuarto creciente, casi llena, suficiente para distinguir los obstáculos del camino. Mejor así, no harían uso de las linternas. Un par de horas y llegó el primer descanso en una destartalada caseta de piedra seca que los pastores utilizaban como refugio. A la mujer le había salido una rozadura en el pie, nada importante. Sam le dio un par de gruesos calcetines de los que había comprado en Marsella.

Antes de empezar a enfriarse reanudaron la marcha. Un par de veces más se detuvieron a descansar y comer algo. El cansancio comenzaba a hacer mella, pero se soportaba. Amanecía cuando Antoine les comunicó que pasada la última pendiente que tenían ante ellos habrían cruzado el puerto de Salau. Hacía mucho frío. Por fin, llegaron a una masía aislada en la que un hombre les recibió con café y leche calientes. Se sentaron alrededor del hogar y luego subieron a la planta superior, en la que había dos grandes habitaciones con jergones en el suelo. *Acomódense como puedan*, les dijo el hombre.

Durmieron hasta primera hora de la tarde. Cuando se hizo de noche reemprendieron el viaje. Les esperaban tres largas jornadas hasta llegar a La Massana, en Andorra. Tres largas noches de largas caminatas, a cada cual más dura, más pesada. El tiempo empeoraba y la orografía les parecía cada vez más agreste y escarpada. Las fuerzas empezaban a fallar. Costaba mantener el silencio para no quejarse. El guía era muy estricto en la observancia de las normas a respetar, básicamente dos: silencio y nada de detenerse excepto en caso de extrema necesidad. El miedo no contribuía precisamente al ánimo, que iba decayendo. Cualquier ruido era percibido como una amenaza y les recordaba el peligro que les acechaba. Tras muchos momentos de desánimo, de cansancio y desaliento, que el guía cortaba enérgicamente no permitiendo que descansaran mientras no considerara que las fuerzas flaqueaban, las psíquicas especialmente, y en una noche especialmente dura, rodeados de hielo y sin parar de nevar, escucharon al fin en boca del pasador: *Ahí delante, ¿Ven esas luces? Es La Massana. Casi hemos llegado. Mañana cruzaremos la frontera.*

En La Massana se alojaron en el hostal Palanques, un edificio levantado en 1935 propiedad de los hermanos Molné, quienes tenían un taxi y llevaban en él a los evadidos hasta Sant Julià de Lòria, a poco más de tres kilómetros de la frontera con España. El hostal Palanques era una "casa segura", pero había que ir con cuidado, espías de los nazis y colaboradores de Vichy se hospedaban en él haciéndose pasar por cualquier otra cosa; también soldados que huían de Francia. Allí otro guía —Batet, un catalán nacido en el Alt Empordà buen conocedor de la orografía pirenaica, también anarcosindicalista como Ponzán, que ya había hecho infinidad de travesías— tomaría el relevo.

El taxi estaba estropeado y se vieron obligados a realizar el trayecto hasta Sant Julià a pie. De La Massana a Sant Julià se tarda algo más de cinco horas caminando a buen ritmo, pero a esas alturas del viaje poco importaba ya. Llegaron a Sant Julià poco antes del amanecer, mejor esperar hasta la noche siguiente para cruzar la frontera. Su nuevo destino era Arcavell, en Lleida. Ese sería el primer pueblo que pisarían en tierra española. Les quedaba muy poco, unos siete kilómetros, pero era la parte más delicada del trayecto, corrían el riego de topar con la Guardia Civil, había una caserna relativamente cerca de por donde necesariamente debían pasar.

La noche se presentó lluviosa, una lluvia tenue, una llovizna más bien que no impedía seguir avanzando pero que hacía las cosas más difíciles. La temperatura era gélida. El clima de los próximos días, no obstante, auguraba ser peor aún. Emprendieron, por tanto, el ansiado último tramo a pesar de las adversas condiciones. Faltaba poco y el grupo parecía contar con más ánimos que en los días anteriores, incluyendo el de la partida de Toulouse. El terreno era accidentado, algo más del que hasta entonces habían cruzado; también empezaba a ser más peligroso a causa del persistente sirimiri, era fácil resbalar.

—Ahora sí puedo decirles que ya prácticamente hemos llegado —dijo el pasador en lo alto de una cima desde la que se divisaba las luces, escasas, de un núcleo habitado—. Aquello de allí es Arcavell. En cuanto descendamos estaremos en España.

El alivio que sintieron al oír las palabras del guía duró poco. Un desprendimiento de tierras a causa de la lluvia les sorprendió, un gran pedrusco golpeó al guía en una pierna.

—No sé si me la he roto, me duele mucho el tobillo y se está hinchando por momentos, no puedo seguir. Conservemos la calma. Queda poco, a mí me acercáis a esa caseta que hay nada más pasar esas rocas. Vosotros seguís el camino que os marco en este mapa. Deberéis esperar a que haya algo de luz, pues tenéis que distinguir bien los puntos que os señalo. Entonces bajáis por el camino que estoy dibujando y enseguida estaréis en Arcavell. Es un pueblo pequeño, no os vais a perder. Poco antes de entrar a él hay una casa con un pozo, esta que marco, se ve enseguida de todos modos. Fijaos bien, si sobre el pozo hay un cubo es que no hay peligro, si el cubo no está esperáis, no entréis ni os acerquéis hasta que lo veáis. Una vez seguros, preguntáis por Miquel El Ferrat, así como suena. Le explicáis lo que me ha sucedido, él se encargará de mí y os ayudará a llegar a La Seu d'Urgell. En La Seu no tenéis ya de qué preocuparos, los policías reciben cincuenta pesetas por persona por hacer la vista gorda, no tendréis problema para coger el tren para Barcelona.

Hicieron lo que Batet les indicaba. Le dejaron en la caseta y siguieron el camino que les había señalado sobre el mapa. El frío era intenso y de pronto se puso a nevar, copiosamente. Se refugiaron en un recoveco de las montañas que les rodeaban, ateridos y asustados. No lograban en esas condiciones precisar con exactitud donde se encontraban ni entender el mapa que les había hecho Batet.

—Esto es una locura, no puede acabar bien —lamentaba el abogado parisino.

—Locura o no, no hay vuelta atrás —dijo Sam.

—¿Y si volvemos al hostal?

—¿Cómo? ¿Por dónde? Si ya tenemos dificultades para poder interpretar lo que este buen hombre nos ha señalizado sobre plano. ¿Usted acaso recuerda el camino de vuelta?

—No puedo más. Nunca escaparemos.

La mujer rompió a llorar. Demasiada tensión, demasiada fatiga. No podía ser. Cuando estaban tan cerca.

—Volvamos tú y yo. Por aquí acabarán cogiéndonos.

—¡De aquí no se mueve nadie! Nos pondrían en peligro a todos. Después de lo que hemos pasado no pueden venirse abajo ahora. ¿No ven que tenemos a tiro de piedra nuestro objetivo? No sé las circunstancias que les han traído hasta aquí, pero estoy seguro que han sido muy poco agradables. Los que huimos de los nazis o sus colaboracionistas franceses hemos sufrido ya mucho. No creo que ustedes sean la excepción. ¿Van, pues, a echarlo todo a perder? ¿Ahora les va a poder el miedo? Si dan media vuelta se perderán. Entonces sí es fácil que les detengan y, luego, a los demás. Tranquilícense. Miren, está a punto de amanecer, ya casi no nieva. Hay que seguir.

Las palabras del hombre que habían recogido en el hotel París de Toulouse y que había permanecido callado prácticamente desde que iniciaran el camino causaron un efecto balsámico, tal vez por inesperadas. Nadie dijo nada más. La pareja se limitó a permanecer abrazada. Las primeras luces del alba iluminaron un paisaje completamente blanco y también los ánimos. Recuperada la confianza, que no la seguridad, desde lo alto de un peñasco, mapa en mano, trataban de reconocer sobre el terreno el itinerario marcado por Batet. La nieve dificultaba la observación.

—Este, este es el camino, por aquí, miren —dijo jubiloso el hombre que había conseguido calmar la situación.

—¿A ver? Sí, este es, no hay duda —confirmó el abogado.

—Vamos, antes que se haga completamente de día.

Todo parecía indicar que estaban en lo cierto: unos metros en línea recta, una curva, una subida, una bajada, todo cuanto divisaban se correspondía con las indicaciones marcadas en el mapa por Batet. Hasta que llegaron a una bifurcación.

—No estoy seguro de si es por aquí. Mirad, hay dibujado un sendero y ante nosotros hay dos.

Se detuvieron a analizar el mapa.

—Es este. ¿Ven? Aquí, esta línea, ese es el otro sendero —señalo Sam al poco.

—Es verdad, ese es. Vaya mierda de mapa, apenas se distingue la línea.

—Lo hemos manoseado demasiado.

—*Shhh...* Cállense. —dijo de repente el abogado—. ¿Oyen?

Por el sendero que casi les confunde, se acercaba alguien. Inmóviles, guardaron un absoluto mutismo. Eran más de uno, pues escucharon voces. Sam y el otro hombre subieron al ribazo que separaba ambas sendas hasta su punto de convergencia, donde se hallaban. Se trataba de una pareja de guardias civiles, que al parecer también había advertido su presencia. Cargaban sus fusiles, hablaban en voz baja y miraban a uno y otro lado. Ya más cerca les escucharon decir: *Quien sea debe estar por ahí, en el camino de al lado.*

—Escóndanse tras esos arbustos y guarden silencio, ni respiren. Es la Guardia Civil, en un par de minutos estará aquí. Saben que hay alguien, han oído algo —indicó Sam a sus compañeros de viaje.

—¿Y usted?

—No se preocupen. A mí poco pueden hacerme. O me cogen a mí o nos cogen a todos. Yo, en realidad, no huyo de los nazis. Soy escritor. Pero ahora no hay tiempo para explicaciones. Venga, rápido, que no tardarán. Ahora ya estamos seguros de cuál es el camino. Y de que ya estamos en España. Márchense cuando nos hayamos alejado. ¡Vamos! Háganme caso. Ustedes se juegan la vida, yo no.

Con mucha precaución hicieron lo que Sam decía. La mujer le dio un beso en la mejilla.

Sam, como si no se hubiera dado cuenta de nada, se puso a caminar sendero arriba. No quería que sospecharan que no estaba solo y que los ruidos que los guardias habían escuchado creyeran que se debían a la típica ligereza de quien, sintiéndose seguro, cree que nada le va suceder.

¡Alto a la Guardia Civil!, se oyó de pronto. Sam se limitó a levantar los brazos.

Capítulo VII

1

—¿PERO CÓMO que han detenido a Sam en España? —preguntaba sorprendido Dieter al comunicárselo su hija.

—No sé gran cosa. Lo que Lary, su amigo de la Casa Blanca, me ha dicho. Él fue quien me dio la noticia. Vino adrede desde Washington, ayer. Hace un mes que está en la cárcel de Barcelona. Es posible que ya lo hayan sacado de allí e internado en un campo de concentración.

—¿William y Camila lo saben?

—Se lo dije inmediatamente.

—¿Y cómo están?

—Imagínatelo. Abatidos.

—¿Pero por qué le han encarcelado?

—Por cruzar ilegalmente la frontera con Francia.

—¿Cruzar la frontera? ¿Ilegalmente? No lo entiendo. ¿No iba a regresar ya desde Marsella?

—No sé nada, no sé por qué lo ha hecho, pero le conozco bien y sé que tendría sus razones.

—Ya nos lo contará cuando le veamos. Tranquila, que será pronto. Ya verás cómo lo sueltan enseguida.

—Eso mismo me ha dicho Lary, que no me preocupe, que si no enseguida no tardarán en ponerle en libertad. Está haciendo cuantas gestiones están en su mano.

—¿Entonces, de él no sabes nada? Directamente de él, quiero decir.

—Nada desde su última carta desde Marsella, cuando ya habían expulsado a Fry y era seguro que no le renovarían el pasaporte.

—¿Y Fry? ¿Has hablado con Fry?

—Fry tampoco entiende qué puede haber pasado. De todos modos, él nada puede hacer. Me dijo que desde que regresó controlan todos sus movimientos.

—¿Y nosotros? ¿Qué podemos hacer nosotros?

—Nada. Lary ha insistido en que mejor no hagamos nada. Podría perjudicarle, no hay que dar ningún argumento al régimen de Franco. Esperemos un tiempo, se lo prometí a Lary. Es mejor hacerle caso. Sam lleva un año en Europa y tengo demasiadas ganas de volver a verle. Yo misma sugerí su nombre al Comité cuando se habló de encontrar ayuda a Fry, que estaba desbordado, consciente de lo que suponía, de que iba a permanecer en Marsella el tiempo que fuera necesario. Hay cosas que han de hacerse cueste lo que cueste, pero ya me había hecho a la idea que en breve regresaría, y esto de la cárcel en Barcelona ha sido un duro golpe. Debe estar pasándolo mal, muy mal.

2

La cárcel Modelo de Barcelona albergaba más presos que nunca, muchos más de los que en un principio calculaban quienes la planificaron y quienes aprobaron el proyecto. Pretendía ser una cárcel "modelo", de ahí su nombre, con unas condiciones y un trato más humanos, pero enseguida fue una prisión más. Pensada para que cada preso tuviera su celda —cada una medía unos cuatro metros de larga, poco menos de dos y medio de ancha y algo más de tres de altura— el reducido espacio pronto fue compartido, por dos, por tres, por cuantos cupiesen al final. La capacidad del centro debía ser de ochocientas cincuenta personas, pero siempre fueron más, aunque nunca tantas como cuando encarcelaron a Sam. Más de diez mil se hacinaban entre sus muros tras la victoria franquista y la desaforada represión que siguió.

La vida en la prisión era aburridamente rutinaria, más para los extranjeros. Había grupos de trabajo, pero la mayoría no hacía nada. A las 7 de la mañana tocaban diana, media hora después se procedía a un primer recuento, se izaba bandera y se permitía asearse a los reclusos. A las 8:30 se servía el desayuno y luego unos se incorporaban a los talleres y otros, los más, daban vueltas por los patios —cada galería contaba con un patio de forma triangular vigilado por una torre con un guardia civil— o permanecían en sus celdas. A las 12:30 había otro recuento, se comía de una a dos y otra vez, hasta las ocho de la tarde, los reclusos volvían a la misma situación de la mañana. Un tercer y último recuento tenía lugar un cuarto de hora después. De 20:30 a 21:30 cenaban, a las diez de la noche tocaban retreta y a las diez y media silencio.

Sam estuvo casi un mes en la Modelo de Barcelona. Compartía celda con cinco reclusos más, todos ellos presos políticos. En su opinión, claro; para la dirección de la cárcel y las autoridades eran criminales de la peor especie, gente al servicio del comunismo internacional y el entramado judeo-masónico para los que la patria no significaba nada, pues la entregarían a Moscú si caía en sus manos. Una gente así no era merecedora de nada, y nada tenían, ni siquiera lo indispensable; eso sí, amenazas, insultos y todo tipo de vejaciones estaban a la orden del día. No había que mostrar la más mínima conmiseración con ellos, solo desprecio.

En las celdas, en toda la prisión, hacía un frío de mil demonios. No había jergones para tanto recluso, por lo que en la que se hallaba Sam se turnaban para que cada día dos de ellos durmieran en el suelo. El espacio era tan escaso que uno no podía darse la vuelta sin tropezar con el otro. Para cubrirse solo contaban con una manta, nada de sábanas. Sam dormía acurrucado, pues si se tapaba hasta la cabeza le quedaban los pies fuera. Los más afortunados poseían trozos de arpillera. La comida estaba en consonancia con el resto: unos caldos calientes, aguados, a los que llamaban sopa, hechos con productos en mal estado que ninguna tienda vendería, ni siquiera en momentos de escasez de alimentos y hambre generalizada como los que atravesaban los españoles de posguerra, y partes desechables de vegetales y hortalizas, algún mendrugo de pan negro, elaborado con maíz o cebada, y poco más. Cuando podían, los familiares llevaban comida, ropa e incluso colchones. Debían hacer sus necesidades en la misma celda, en una vieja lata oxidada. Sam —que hasta entonces desconocía qué era una chinche— no podía contener las arcadas los primeros días, el hedor era insoportable. Los enfermos compartían celda con los que todavía no lo estaban. Todos, sin embargo, parecían aquejados de alguna de dolencia, la mayoría estaban extremadamente delgados y muchos padecían de diarrea por la mala e insuficiente comida.

La primera noche, poco después de haberse acostado, Sam despertó al oír los murmullos de sus compañeros de celda y pisadas y ruidos de puertas que se abrían o cerraban en el corredor de su galería. Era aún de noche y todo el mundo estaba en las celdas. Preguntó qué sucedía.

—Shh! Calla —dijo uno en voz baja.

Los seis permanecieron en silencio. Sus miradas, todas, clavadas en la puerta. También la de Sam, que instintivamente seguía el proceder de sus compañeros. La puerta de una celda próxima se cerraba. El ruido del cerrojo resonó como el estampido de un cañonazo, seco, preciso, en medio del más absoluto silencio, roto de vez en cuando por algún grito de rebeldía o desesperación. Más pisadas. Nadie hablaba ni se movía. Sam miró a quienes compartían celda con él. Contenían la respiración, estaban petrificados. Quienes fueran los del pasillo estaban cerca. *Ja són aquí*, fueron las únicas palabras que se escucharon en la celda. Las pronunció Arnau, un joven de un pueblo de Lleida, militante del Partit Republicà d'Esquerra, que apenas sabía hablar castellano y estaba condenado a muerte por rojo y separatista. No se detuvieron, pasaron de largo, parándose de nuevo un instante después en otra celda cercana. Respiraron aliviados, Arnau sobre todo, por cuyo rostro se deslizaban un par de lagrimones. España, Ismael España, a quien todos conocían por el apellido —motivo de escarnio por parte de los funcionarios de la Modelo. *Mira que apellidarse España un separatista*, le decían—, compañero también de celda, miembro de Acció Catalana Republicana, puso su brazo sobre los hombros del joven. Paradójicamente, pues Arnau tenía Català por apellido, era su mejor amigo en la cárcel.

—Bueno, un día más —dijo con voz trémula Arnau—. Vamos a dormir.

—Malditos hijos de puta.

—¿Quiénes eran los de afuera? ¿Qué quieren? —preguntó Sam confundido.

—Los recaderos de la muerte, americano. Todas las noches, sobre estas horas, vienen con la lista de los que van a ser fusilados a la mañana siguiente. Van celda por celda y se llevan a los que van a matar en el Campo de la Bota. Las celdas de los sentenciados a muerte están tan llenas que los condenados han de compartirlas con los que no. Arnau es uno de ellos. Los bajan a capilla y al cabo de una hora los entregan al piquete de ejecución. ¡Qué hijos de la gran puta!

A Sam le impresionó hondamente el proceder que describía el militante republicano.

La noche siguiente, como si ya llevara allí un tiempo y conociera la aterradora rutina del centro, se puso a mirar la puerta cuando los mortíferos emisarios comenzaron la funesta visita diaria. Los otros estaban igualmente pendientes de si ese día se abriría o no la puerta. Sam miraba a Arnau, estaba asustado, con la mirada fija en el cerrojo. *Como vengáis a por mí, regresaré de ultratumba y os arrancaré los huevos*, gritó uno desde una celda cercana. Rieron.

Se oyeron pasos. De nuevo el silencio, aterrador. ¿Dónde se detendrán? Un breve instante, eterno. Pasaron de largo. Respiraron aliviados. Un día más. A dormir. A intentarlo al menos.

Además de Arnau y España, Sam compartía la celda con un anarquista valenciano que enseñaba esperanto a los reclusos —era habitual entre ellos compartir conocimientos—, un militante del PSUC y otro de la Izquierda Republicana de Azaña, que había sido concejal en su pueblo, un pequeño municipio aragonés, y condenado por ello a diez años de cárcel al entender que de ese modo había prestado "auxilio a la rebelión". Este último, carpintero de profesión, llevaba bastante mal su estancia en la cárcel, estaba casado y tenía una hija deficiente mental. No hacía más que lamentarse por su suerte y era el único de los seis que conversaba con el capellán que regularmente les visitaba.

—Usted sabe —le decía— que yo no he cometido ningún crimen, ni matado a nadie ni robado nada. ¿Por qué he de pasar diez años encerrado?

—Es muy sencillo. Usted estaba en el bando que perdió la guerra. Si hubiera sido al revés el que estaría aquí dentro posiblemente fuera yo.

—¿Y a mí por qué han de matarme? —exclamó Arnau, que no soportaba las visitas del cura.

—Muchos que cometieron asesinatos siguen vivos y muchos que no los cometieron han sido fusilados. Son cosas de la guerra y de la justicia humana. La justicia de los hombres no puede ser absoluta como la de Dios. Ten fe, Dios te juzgará como realmente merezcas. Mira, muchacho, todo el mundo se pregunta ¿cuándo voy a morir? El único hombre que tiene la incomparable fortuna de poder responder a esta pregunta es el condenado a muerte. ¿Es posible conceder una gracia mayor a un alma que pasó la vida apartado de Dios?

—Señor cura, ¿puedo decirle una cosa? —preguntó el anarquista.

—Por supuesto, hijo mío. ¿Es en confesión?

—No, pueden oírlo todos.

—Dime, pues.

—Váyase a la mierda. A la puta mierda.

El cura salió sin decir nada más, pero con evidentes muestras de enojo.

—Yo no he hecho nada, yo no he hecho nada —prosiguió aquel—. Todo el mundo con la misma cantinela. Pues yo sí he hecho, y no me arrepiento. Y lo volvería a hacer. Mil veces más que naciera haría lo mismo.

Al poco llegaron un par de funcionarios de la prisión y se lo llevaron. Los demás, ya veteranos de la cárcel, explicaron a Sam que a una celda de castigo, donde permanecería aislado el tiempo que creyeran conveniente.

Sam deseaba un lápiz y un cuaderno, se arrepentía de no haberlo llevado consigo, aunque seguramente se lo habrían quitado y puesto en un compromiso aún mayor. Los consiguió en la cantina de la cárcel, donde se podía encontrar casi cualquier cosa; eso sí, a precio de oro. Le costaba, sin embargo, escribir sus impresiones. Anotaba todo cuanto veía, detalladamente, como si fotografiara las situaciones y las cosas, pero no conseguía centrar el pensamiento, que continuamente le remitía a Nueva York. Al ser detenido lo condujeron a la cárcel de La Seu d'Urgell y a la mañana siguiente lo trasladaron a Barcelona, a la Modelo. Allí le dijeron que ya le informarían de los cargos que había contra él y si sería o no juzgado. Pasaban los días y nadie le decía nada. Casi dos semanas estuvo incomunicado con el exterior hasta que recibió la visita del cónsul de Estados Unidos en Barcelona. El consulado, le dijo, solicitaría inmediatamente su excarcelación, sería puesto en libertad y ni siquiera llegarían a juzgarle. El aislamiento internacional a que estaba sometido el régimen franquista obligaba, por "conveniencia nacional" en sus relaciones internacionales, a simplificar y agilizar los trámites en los casos de detenidos extranjeros, sobreseyendo su causa o siendo indultados por el propio Franco. Luego, eran automáticamente expulsados. Así pues, no sería mucho el tiempo que permaneciese en la Modelo, le aseguró el cónsul, aunque los trámites eran lentos y no exentos de arbitrariedad. Lo más probable sería que lo llevaran al campo de concentración de Miranda de Ebro, donde solían internar a la mayoría de extranjeros. No pudo el cónsul precisarle más.

Escribía Sam acerca de la desinformación que tanto él como los demás padecían, sobre todo Arnau, esperando su fin noche tras noche, torturado siempre. De su entrevista con el cónsul ya se habían cumplido diez días sin que nadie le hubiera informado del momento por el que atravesaba su situación. En eso entraron a la celda dos funcionarios para realizar uno de los habituales y frecuentes registros. Le ordenaron a Sam que les entregase la libreta y al ver que estaba escrita en inglés se la requisaron. *Aquí solo se puede hablar y escribir en español*, le dijeron. Veinticuatro horas después se la devolvieron y le comunicaron que el director quería hablar con él. Este, Isidro Castrillón López, no se caracterizaba por su benevolencia, más bien al contrario. Solía dirigirse a los presos con frases del tipo *Tenéis que saber que sois la diezmillonésima parte de una mierda.*

—Hemos recibido notificación para que sea trasladado a Miranda de Ebro. No sé si sabe lo que eso significa. En su caso, que le expulsarán enseguida de España. El Ministerio del Ejército ha examinado su situación y como quiera que no entró con armas se le considera solamente un indeseable. Ahora es la Dirección General de Seguridad la que tramitará los papeles necesarios. Podrá, pues, irse a su país y alistarse en su ejército. ¿Deseaba vivir aventuras? Pues ahora disfrutará de la oportunidad y sabrá si tiene o no cojones. Eso no será lo mismo que cruzar la frontera.

Sam estaba desconcertado con las palabras del director. ¿Alistarse en el ejército estadounidense? Castrillón se dio cuenta de que desconocía que Estados Unidos había entrado en guerra.

—Creo adivinar que usted no sabe que su país está en guerra desde ayer mismo, o anteayer.

—No, no lo sabía.

—¿Y qué le parece?

—Que un día u otro acabaría sucediendo.

—¿Se alegra?

—Yo ahora solo pienso en abrazar a mi esposa y mi hijo, a mis padres, a mis amigos.

—¡Cuánta sensiblería! Ustedes nunca podrán ganar una guerra. Ande, retírese.

Regresó a la celda. Sus compañeros le esperaban expectantes, cuando el director llamaba a alguien nada bueno cabía esperar. Sam les contó el contenido de la conversación.

—¿Que Estados Unidos ha entrado en la guerra? Ya era hora —dijo España—. Esto habrá que celebrarlo —y sacó una botella de coñac medio llena que tenía escondida.

—Si crees que los americanos nos sacarán de aquí vas listo —estimó el anarquista que enseñaba esperanto.

—No seas simple. Los americanos, directamente, puede que no. No vendrán hasta Barcelona a rescatarnos, pero su participación en la guerra es probable que determine el curso de la misma. Y si Hitler y Mussolini son derrotados, ¿cómo van a consentir los países occidentales que siga existiendo un bastión del fascismo en Europa? No, amigo mío, no lo tolerarán.

—O sí —añadió el militante del PSUC—. Tienen demasiado miedo al poder del pueblo.

—¿Tú qué dices, americano? —preguntó España a Sam.

—Creo que tal y como están las cosas es una buena noticia. Y desde luego no imagino una Europa con Franco en el poder si Hitler y compañía son derrotados.

—Claro, los yanquis nos salvarán. ¡Viva el capitalismo! —replicó el anarquista.

—Pero bueno, ¿qué hacéis discutiendo? Haced el favor, que no todos los días os invito a coñac. Será por tiempo aquí en la cárcel. Ya discutiréis más tarde.

Pensó que había sido por el coñac, pero eran seis para media botella. Por débiles que estuvieran no podía haberles hecho tanto efecto. ¿Se habían quedado dormidos y no habían percibido la llegada de los esbirros del terror franquista? ¿O es que no habían pasado ese día por su diaria ración de venganza? Sus compañeros estaban tan desconcertados como él, era la primera vez que sucedía algo así.

—Esto debe ser cosa de los americanos. ¿Veis? Han entrado en la guerra y ya se notan los cambios —decía con sorna el comunista catalán mientras salían al patio para el primer recuento.

—No digas tonterías —le recriminó España.

Formaron como todas las mañanas. Había unos militares, unos soldados y un oficial, o suboficial, Sam no supo adivinar la graduación. En cuanto les vieron todos sabían que estaban esperando a los que iban a fusilar en el Campo de la Bota. O casi todos, a Sam se lo tuvieron que explicar. Por algún motivo no habían podido llegar antes. Luego se enteraron de que se les había estropeado la camioneta y no tenían otra, despertando a mitad noche al mecánico para que la arreglara. El deber ante todo, eran muchos los rojos a liquidar.

Antes de pasar lista, el oficial se dirigió a los presos.

—Los que vaya nombrando que salgan de la formación y se sitúen donde están aquellos soldados.

Sacó un sobre del bolsillo. Parsimoniosamente lo abrió, desplegó la cuartilla que había en su interior, se puso las gafas, se quedó mirando los nombres que en ella figuraban, miró luego a los reclusos, todos con los ojos puestos en el papel, esperando que su nombre no figurara en la lista, pronto necrológica. Encendió un cigarrillo, dio una honda calada y se puso a leer en voz alta.

—José... —hizo una pausa.

José es un nombre muy común y obviamente un número elevado de presos se llamaba así. Los rostros de los que no se llamaban José mudaron la expresión, los tensos músculos se relajaron. Solo unos instantes, pues no sabían cuántos nombres incluía esta vez la lista, aunque desde luego más de uno. Los que se llamaban José, en cambio, estaban rígidos, nerviosos.

—José Martínez... —y otra pausa.

Cuatro se llamaban José Martínez. La mayoría giró la vista buscándolos. ¿Cuál de los cuatro sería? En la fila de delante de Sam un hombre no mucho más mayor que él se puso a temblequear, sus piernas parecía que no le sostendrían mucho tiempo. Era uno de ellos, de los cuatro que respondían por José Martínez. Faltaba el último apellido.

—¡La vista al frente, coño! —gritó el oficial—. ¡Vaya panda de miedicas! No me extraña que estéis todos aquí. Sigamos —y volvió a dar una calada al cigarrillo, lenta, recreándose con el humo, jugando con él en su boca.

—¡Será cabrón! —dijo España, que estaba al lado de Sam.

—¡Silencio, hostias! ¡A ver! José Martínez Riutort.

Nadie se movió. El hombre que estaba delante de Sam, más petrificado todavía, empezó a decir con voz entrecortada y entre sollozos *No, no, no...* Era el seleccionado.

—¿Qué pasa? ¿Nadie se llama José Martínez Riutort? —clamaba el oficial—. ¿O es que no tenéis lo que un hombre debe tener? ¡Sois todos unos maricones!

El militar se dio cuenta inmediatamente de donde estaba. Seguía temblando de miedo y repitiendo *No, no, no...* Lloraba.

—Vaya por Dios, ahí está. Miradlo. Como una nenaza. ¿Así defiendes tus ideas? ¿Ese es tu compromiso? ¡Sal de ahí, inmediatamente!

Se dirigió hacia él y lo sacó de la fila a empujones. Dos soldados se lo llevaron. Continuó leyendo. Tres nombres más. Cuatro reclusos menos. Se fueron y el funcionario de turno procedió al habitual recuento.

3

Cuarenta y ocho horas después Sam era conducido a Miranda de Ebro con otros extranjeros más, dos belgas, dos polacos, un holandés y un checoslovaco. Les custodiaban cinco militares, un sargento y cuatro soldados. El sargento iba delante, junto al conductor, los demás con ellos. Los casi seiscientos kilómetros que separan la localidad burgalesa de Barcelona les resultaron interminables. Viajaban en una camioneta sin cubrir, hacía un frío espantoso, propio del mes de diciembre. Se tapaban con unas mantas, como podían, pues solo tenían cuatro y eran siete. Se daban con los pies unos a otros para calentárselos, como si estuvieran practicando el fútbol. Los guardianes les reprendían por ello. El día era gris, pero afortunadamente no llovía. La humedad, sin embargo, penetraba en los huesos y les atería; no dejaron de tiritar durante todo el trayecto. La destartalada y vieja camioneta, afortunadamente, no podía alcanzar mucha velocidad. El viento era así menos cortante; el viaje, sin embargo, más largo. Salieron de buena mañana, antes del primer recuento, y llegaron ya de noche, sin haber comido más que un trozo de pan negro y una lata de sardinas cada uno. Se detuvieron varias veces, nunca les dijeron por qué, ni les dejaron descender ni les quitaron las esposas. Fusil en ristre, uno se quedaba vigilándolos.

Entumecidos, bajaron del vehículo. *Habéis tenido suerte, todavía podréis cenar*, les dijo el sargento mientras hacía entrega de "la mercancía" al oficial de turno. Los destinaron a unos barracones en los que todos eran extranjeros, a los de los países aliados en uno, a los demás en otro. Allí había gente de todas las nacionalidades: entre otras, alemanes, argentinos, austriacos, muchos belgas y canadienses, checoslovacos, cubanos, franceses, holandeses, ingleses y apátridas, es decir, judíos bajo el dominio del Reich que habían perdido la nacionalidad a causa de las leyes raciales. Por supuesto, el grueso de la población reclusa era español. Según los informes sobre cada interno, se les clasificaba como afectos, desafectos o dudosos. A todos ellos se les "desinfectaba" de las perniciosas ideas que les habían conducido hasta el centro con estrictas normas —charlas religiosas, obligación de cantar el *Cara al sol* y otros himnos fascistas, de asistir a misa, de saludar con el brazo en alto...— y el trabajo en batallones de trabajadores, o lo que es lo mismo: mano de obra barata con la que reconstruir las infraestructuras dañadas con la guerra. Su organización seguía el modelo alemán, no en balde el responsable de la regulación de la vida en el campo era el alemán Paul Winzer, alto oficial nazi, jefe de la Gestapo en España.

La "internacionalización" cada vez mayor del campo de concentración —en aquellos momentos Depósito de Concentración— pretendía suavizar la mala consideración que el exterior se tenía de la España franquista. Todos se regían por los mismos preceptos, pero con los extranjeros el trato era otro. A no ser que se tratara de brigadistas internacionales, lógicos desafectos al régimen, no se les integraba en los batallones de trabajo y había cierta permisividad con ellos. Sam pudo comprobarlo la primera mañana en el campo. Se había levantado este en el solar de la fábrica Sulfatos Españoles SA, junto a la línea férrea Madrid-Bilbao. Uno de sus laterales estaba separado de la vía del tren por una alambrada. Por el espacio entre la vía y la alambrada pasaba gente que tenía algún bancal cercano. Esa mañana, un hombre caminaba tranquilamente con su burro cuando un grupo de extranjeros —aliados, del barracón al que Sam había destinado— al ver el animal se miraron entre sí. Fue suficiente. Al instante levantaron el brazo haciendo el saludo fascista y empezaron a gritar *¡Franco, Franco, Franco!* Ni que decir tiene que los arrestaron, pero su castigo consistió simplemente en raparles el pelo.

El campo de Miranda de Ebro ocupaba una extensión de cuarenta y dos mil metros cuadrados y se preveía una ocupación "óptima" de mil doscientos prisioneros, pero siempre superó esta cifra. En el momento del internamiento de Sam, casi el doble se hacinaba en treinta barracones —dos hileras de quince, paralelas—, no había siquiera suficientes colchones para todos y muchos se veían obligados a dormir en el suelo.

—No he podido pegar ojo en toda la noche. Es terrible, al menos en Barcelona el suelo estaba seco, aquí te duermes un rato y te despiertas al poco. Está siempre húmedo y frío —explicaba el holandés, compañero de viaje de Sam y de barracón.

—No te quejes —objetaba un veterano prisionero que ostentaba el dudoso honor de haber sido uno de los primeros ocupantes del campo—. Llegué aquí en noviembre de 1937, a principios. Me capturaron el 20 de octubre, cerca de Gijón, un día antes que fuera tomada por los fascistas. Con otros muchos me llevaron a Oviedo y de allí, en tren, hasta aquí, en vagones de esos que se usan para transportar ganado. Un día entero estuvimos dentro, el tren paraba muchas veces. No nos dejaron salir para nada, ni para hacer nuestras necesidades. Nada más llegar, nos hicieron formar en dos bloques, los que teníamos manta y los que no. Entonces nos obligaron a cortar la nuestra por la mitad y dar esta a quienes no tenían. Apenas podíamos taparnos. Así que nos moríamos de frío, unos y otros.

—Dos días estuvimos nosotros, en vagones de esos que dices, de madera. Vinimos desde Barcelona. Seríamos más de quinientos, puede que un millar. A la mayoría nos habían hecho prisioneros en la batalla del Ebro. Llegué aquí más o menos por estas fechas, pero de 1938. ¡Menudo frío pasamos! Ahora no sé si es porque tengo manta y el tabardo que me dio uno cuando le soltaron o porque me he acostumbrado, pero aquellos primeros meses... ¡La hostia aquellos primeros meses!, que espanto. Hubo quien no puedo resistirlo. Más de uno.

—El invierno anterior fue aún más crudo. Y la comida... Bueno, la comida era igual de mala que ahora, pero es que no había cantina ni modo de conseguir nada más. Caían como moscas. Ahí, junto a esa alambrada, sacábamos a los muertos. Todos los días un camión venía y se los llevaba. No sé adónde.

Sam tomaba nota de todo en el barracón mientras había luz. Tenía tiempo de sobra. Sin embargo, no se prodigaba en detalles ni hacía comentarios de ningún tipo, no quería que le volvieran a quitar la libreta que le habían devuelto antes de salir de la Modelo, si bien con un par de hojas arrancadas. Había hecho buenas migas con el holandés, con quien compartía un pequeño rincón en una de las sucias e inhóspitas naves en que el franquismo almacenaba sus cautivos. Ambos sabían que pronto o tarde, pronto más bien, saldrían de allí, pero su situación era bien distinta. Sam sería expulsado de España, entregado a la legación estadounidense en Madrid, y marcharía a Nueva York. El holandés, en cambio, temía ser repatriado. Holanda era territorio ocupado y él, teniente del ejército de su país, había sido hecho prisionero por los nazis cuando la invasión. Consiguió escapar del tren que iba conducirle a un campo de concentración alemán y los nazis lo reclamaron a España por si hubiera cruzado ilegalmente la frontera. Localizado casualmente en Barcelona en una inspección rutinaria por el puerto, fue detenido y se dictó orden de expulsión sobre él que, no obstante, por el momento no se había llevado a cabo.

—A los yanquis os liberan pronto. No estarás aquí mucho tiempo —le decía a Sam—. Te expulsarán y podrás luchar con tu país contra el criminal fascismo. En cambio, yo... Espero que no acaben repatriándome y me destierren a las colonias. Quiero seguir combatiendo. Estoy casado, tengo dos niños, de cuatro y dos años, una preciosidad. Por ellos, quiero hacerlo por ellos. ¿Qué mundo les espera si no conseguimos frenar el fascismo y borrar para siempre su pernicioso ideario de la sociedad?

—Ha pasado ya mucho tiempo desde que se decidió tu repatriación, ¿no? Verás cómo no llega a hacerse efectiva.

—¿Y qué hago? ¿Esperar aquí la resolución del conflicto, impotente? ¿Hasta cuándo? ¿Hasta que ganen unos u otros? ¿Y si finalmente es Hitler el vencedor? No soporto este apartamiento, esta especie de limbo en que me hallo. ¿Sabes? Hay unos belgas en la misma situación que yo y están planeando una fuga. Me voy a sumar a ellos.

—¿Y si te capturan?

—Sam, en la vida hay que correr riesgos, y en tiempos como estos más. ¿Conformarse con la suerte? Eso nunca. Mira esos desgraciados.

Un grupo de cuatro hombres, sentados en el suelo, se despiojaban u-nos a otros. Dos levantaban los brazos y los otros dos escarbaban en los sobacos. Sus cabezas rapadas denotaban que allí ya se habían alojado tan incómodos huéspedes. Los estrujaban con los dedos. Uno cantaba en voz alta el número de piojos arrancados.

—Es todo cuanto hacen. Así pasan las horas. ¿Qué será de ellos si algún día los piojos dejan de existir?

—A saber desde cuándo llevan aquí, sin conocer qué les espera, sin que nadie les diga nada sobre su situación jurídica, si es que tienen alguna. Eso puede con la entereza de cualquiera.

—Yo no quiero acabar así. Los hombres han de saber afrontar el sufrimiento —el espíritu militar del holandés parecía salir a flote—. No me refiero a la idea cristiana de un sufrimiento redentor. El sufrimiento no redime, no puede haber dios alguno que condene a los humanos a tanta atrocidad. No aguanto a quienes se escudan en él para resignarse. ¡Qué desdichado soy, cuánto infortunio! Se quejan, se lamentan continuamente, se relamen en la desgracia hasta autoconvencerse de que un conjunto de circunstancias ajenas a su conducta se han confabulado para arruinarles la vida. Las cosas no son así, Sam. Nada nos puede ser impuesto si no aceptamos ser dominados. Pero es más cómodo regodearse en la apatía. ¿Y yo qué puedo hacer? ¡Qué horror, qué mundo me ha tocado vivir! Pura falsedad. Aprendí un refrán español en el frente: Unos por otros y la casa sin barrer. He de salir de aquí, he de escapar, intentarlo es mi deber, es un deber de todo prisionero. Aunque no sé si esta maldita cagalera no acabará antes conmigo. No debería haber abandonado la cola, creo que voy a cagarme encima.

Acuciado por la necesidad de evacuación de su vientre, que se presentaba de repente nada más sentir el primer retortijón, con las manos sobre sus tripas, se puso rápidamente en la cola que había siempre formada frente a las letrinas. En el campo de Miranda de Ebro se hacía cola para casi todo, hasta para defecar. La colitis era una enfermedad común entre los prisioneros a consecuencia de la mala comida. La escasez de las raciones estaba en abierta contraposición con su calidad. A las patatas ni les quitaban los ojos, las habichuelas no había manera de que se deshicieran en la boca, y cuando había carne la de los gusanos predominaba sobre la que supuestamente comían. Había así quien nada más haber terminado de evacuar se ponía otra vez en la cola, pues sabía que en un rato volvería a tener ganas. Las letrinas eran una simple zanja abierta en un extremo del campo que habían cubierto con maderas con un agujero a cada metro y un par de tableros a modo de boxes entre uno y otro.

—¿Ya está otra vez el holandés en la cola? —preguntó a Sam uno de los compañeros de barracón.

—Es la quinta vez en una hora. Ayer ya estaba igual. En la enfermería le han dado unas pastillas, le calman el dolor en el vientre, pero nada más.

—He visto morir así a más de uno. Las pastillas esas que dan no hacen nada. A saber qué demonios serán. A ellos les da igual que muramos, es más, si lo hacemos por una enfermedad como esta mejor, dicen que es muerte natural y un problema menos. ¡Pero si a uno que tenía un cáncer solo le daban aspirinas! Murió como un perro, gritando de dolor, aullando. Lo suyo eran aullidos, aún los tengo aquí dentro, en la cabeza. Aquí no cabemos tantos como abarca su odio.

—Casi tres años que terminó la guerra y siguen matando. Y ahora no me refiero a que te dejen morir como un perro sin asistencia —comentó otro que llegaba en ese momento y se sumó a la conversación.

—¿Y tú qué haces envuelto con la manta? Hoy no hace tanto frío. No te encontrarás mal tú también.

—¿Yo? ¡Qué va! Estos hijos de puta no van a poder conmigo. La manta la llevo porque si no se va sola.

—¿Cómo que se va sola?

—No me digas que la tuya no tiene piojos.

Rieron. Pocas ocasiones tenían de hacerlo. Trataban, pues, de que durase, repitiendo la ocurrencia varias veces. Otro más se acercó.

—¿De qué os reís? ¿Eh? ¿De qué? Decidme, ¿qué os hace tanta gracia?

Buscaba la risa como otros resguardarse del frío. Con la sonrisa en la boca esperó la respuesta para soltar una reconfortante carcajada.

El holandés no llegó a pasar las Navidades. La diarrea remitió a fuerza de no comer. Cada vez más débil, su resistencia a las enfermedades infecto-contagiosas disminuyó tanto como su ánimo. No llegó a luchar como era su deseo. La represalia, disfrazada de tuberculosis, acabó con su vida.

¿Qué hubiera dicho, se preguntaba Sam, de presenciar el obsceno y deprimente espectáculo que ofrecieron unos falangistas el día de Reyes? Llegaron en un par de automóviles seis hombres, a los que acompañaban tres mujeres, con sus camisas azules recién planchadas sobre cuyo lado izquierdo llevaban bordados el yugo y las flechas y con la boina roja de los carlistas. Algunos completaban el aderezo con correajes y botas de montar. Ellas también vestían camisa azul, una también boina roja, coquetamente ladeada hacia la izquierda.

Mandaron a unos confinados que quitaran las maderas de las letrinas y colocaran encima de la zanja un poste, de parte a parte. A continuación, lo untaron con jabón. En un extremo dispusieron un palo y en su parte superior pusieron una gran morcilla de Burgos. Mientras, en un camión llegaron unos músicos, que se situaron detrás de los falangistas y sus acompañantes, instalados en una especie de palco que habían montado a una distancia prudencial para evitar el olor nauseabundo que salía de la zanja. Una vez todo listo, con los músicos interpretando un pasodoble, uno de ellos, megáfono en mano, anunció que iba a empezar el "concurso". ¿Concurso? Sam se acercó a un corrillo de compañeros de barracón, todos extranjeros. Tampoco sabían en qué consistía el concurso que aquel tipo de fino bigote y pelo engominado peinado hacia atrás, caricatura del prototipo falangista, anunciaba, aunque se temían lo peor vista la escenografía. Un español que ya llevaba tiempo internado y conocía la perversa forma con que aquellos sujetos se divertían, les corroboró que iban a asistir a un grotesco espectáculo.

—Claro que no hay espectáculo sin actores —añadió—. Lamentablemente demasiados se prestan. El hambre es muy mala consejera. A ver quién es el desgraciado que aguanta el hambre o tiene suficiente dignidad para no intentar coger los distintos alimentos que van colgando.

Se formó una cola —otra más— en el extremo contrario al palo del que pendía la morcilla. Uno a uno, los hombres trataban de cruzar la zanja sobre el poste enjabonado. Lógicamente había quien resbalaba y caía en las letrinas. Seguían estruendosas carcajadas, gritos de ánimo para el próximo intento, burlas y chanzas de todo tipo, no solo por parte de los organizadores, también de muchos "espectadores". Uno por fin se hizo con la morcilla. Le hincó el diente nada más descolgarla. Los falangistas aplaudían entusiastas; ellas se mostraban más recatadas y trataban de ahogar la risa tapándose la boca con el pañuelo con que se cubrían la nariz cuando alguien caía en la zanja y esparcía el olor de los excrementos al aplastarlos con su cuerpo. Luego colocaron un pan, blanco, de harina de trigo, simple recuerdo para muchos, a saber cuánto tiempo hacía que no habían visto un pan como ese. Más intentos. Unos frustrados —abucheos—, otros fructíferos: aplausos. Risas en todos los casos. Así estuvieron hasta que se agotaron el suministro que llevaban consigo. Marcharon de allí al son de otro pasodoble.

Al día siguiente, Sam asistía al rutinario primer recuento de todas las mañanas, sin duda el mejor rato del día. Una pequeña venganza. El encargado de leer la lista, siempre un español que no tenía ni idea de idiomas, las pasaba canutas cada vez que trataba de pronunciar los apellidos de los extranjeros y de los muchos catalanes y vascos internados. No había quien lo entendiera. Sam esperaba impaciente que leyera su nombre. Ni una vez pronunciaron bien su apellido, Sutherland. Y eso que no era de los más complicados. A su lado, un vasco que se apellidaba Agirregomezkorta había dado ya por bueno que en realidad se llamaba *Aguirrenoséquémás*. Poco después del original repertorio de nombres inexistentes que pronunciaba aquel tipo, Sam volvió a escuchar el suyo —*Chuterlan*— por los altavoces del campo. Presintió que la llamada para que acudiera a la dirección del campo significaba su inmediata puesta en libertad, su entrega a la embajada estadounidense y su posterior repatriación. No se equivocaba, por los altavoces no llamaban a nadie a no ser que hubiera cometido una falta grave —y no siempre, pues los guardianes no solían esperar a que alguien por encima de ellos determinara el alcance de la infracción y sabían que no les quitarían la razón— o que la autoridad competente hubiese estimado que podía abandonar el campo.

Aún pudo presenciar el mismo día de su traslado a Madrid un triste episodio que marchó con él en su memoria. Conocía al desgraciado protagonista, un ingenioso gallego siempre con un chiste en la boca por mal que fueran las cosas. ¿Qué habría hecho? ¿O qué habría dicho? Al pobre gallego le habían castigado a permanecer frente la pared aguantando con la frente una moneda contra la misma. No podía apoyarse más que en una pierna, debía aguantar, si se la caía la moneda le golpeaban hasta que volviera a la posición inicial.

—¿Y ahora qué coño miras? ¿Te da envidia el mameluco ese? ¿Quieres hacerle compañía? Venga, tira para delante.

Sam calló. Una camioneta le esperaba. Un par de semanas más y se enconaría de nuevo con los suyos, en Nueva York.

Capítulo VIII

1

ERAN POCO más de las siete de la tarde. William ya había comentado que esperaba un invitado, pero nadie se acordaba. Todos estaban pendientes de Sam. Recobrado anímica y físicamente, hablaba de su experiencia desde que tomó la decisión de cruzar clandestinamente la frontera entre Francia y España.

—Fui un inconsciente. No había motivo alguno para hacer eso. El envanecimiento pudo más, tenía una historia magnífica en mis manos.

—La verdad es que lo has hecho pasar bastante mal a todos sin necesidad —le reconvino Camila.

—Lo lamento. Fue una estupidez.

—Actuaste de acuerdo con lo que creías que debías hacer. La gente debe saber lo que ocurre, los esfuerzos, los sacrificios, los peligros que se corren para ayudar a las víctimas del nazismo. Es importante eso, Sam. ¡Te he echado de menos tantas veces! Al final no sabía ya qué decirle a Egon cuando preguntaba por ti, pero me siento orgullosa de tu comportamiento. Ahora bien, otra vez sé más precavido.

Sonó el timbre de la puerta. Todos, menos William y Camila, preguntaron y se preguntaron quién podría ser. Enseguida salieron de dudas, en cuanto William les recordó que había un convidado para cenar. Se trataba de Ben Webster, a quien Mirliton Jazz Records estaba produciendo un disco. *El*

Rana, como era conocido este excelente músico de jazz por sus ojos saltones, formaba parte de la orquesta de Duke Ellington y anteriormente había sido un destacado componente de la de Cab Calloway, además de haber acompañado en alguna que otra una grabación a Billie Holiday, por quien William y Camila sentían auténtica devoción. En persona era como su música, tierno, cálido, cautivador, un tipo afable de burlona sonrisa que denotaba cierta socarronería de carácter.

El pequeño Egon, ajeno a la los asuntos de sus padres y abuelos y a la presencia de Webster, jugaba con una batuta de William.

Era un niño bastante sosegado e independiente que se distraía con cualquier juguete u objeto que estimara que podía hacer la misma función. Dejó el entretenimiento que tan ocupado le tenía cuando Ben cogió el estuche en que guardaba su saxo. Se quedó mirando, sin decir nada, cómo este lo abría con suma delicadeza —Webster cuidaba su saxo como otros su hacienda— dejando a la vista el dorado instrumento entre el rojo terciopelo de que estaba forrado el estuche. Ben se percibió de la atención que su acción despertaba en Egon, maravillado con el reluciente saxofón que se disponía a tocar, y le preguntó cariñosamente si quería interpretar un tema con él. Egon se encogió de hombros.

—Me ha dicho tu abuelo que eres un excelente pianista. A ver si es verdad.

Sentó al piano al pequeño, que pasaba muchas horas con sus abuelos y, contrariamente a su padre, había mostrado un temprano interés por la música. William pasaba sus buenos ratos con él frente al piano, que a pesar de su corta edad empezaba controlar con cierta facilidad. Puso ante él la partitura de *Bye Bye Blackbird* y le señaló las notas que debía tocar cuando él le guiñara el ojo. Ben se arrancó con los primeros acordes. *Be bop be be bop be bop, bop be pop, bop be bop*, y guiñó el ojo a Egon, que siguió al piano: *Tling, tling, tling, tling*. Repitió Ben el *Be bop be bop be be bop, bop be pop, bop be bop*. Volvió a guiñar el ojo a Egon y este respondió otra vez en el momento preciso con el *Tling, tling, tling, tling*. Los saltones ojos de Webster sobresalían más que nunca y en el fraseo de su saxo se colaba alguna nota discordante al no poder reprimir la sonrisa. Camila y William se pusieron a cantar: *Pack up all my care and woe, / Here I go, singing low, / Bye bye blackbird, / Where somebody waits for me, / Sugar's sweet, so is she, / Bye bye Blackbird*[7]... Al final, con William al piano con su nieto, todos cantaban: *No one here can love and understand me / Oh what hard luck stories they all hand me / Make my bed and light the light, / I'll arrive late tonight / Blackbird bye bye*.

—Fantástico, chico —dijo Webster a Egon al terminar el número—. Tu abuelo tiene un digno sucesor. Y me parece que vas a ser aún mejor que él —y le guiñó otra vez el ojo.

—¿Por qué se despide de los mirlos?

—El mirlo es un pájaro muy curioso. Verás. Era un ave migratoria. ¿Sabes qué significa eso?

Egon negó con la cabeza.

—Que cambia su lugar de residencia en busca de lugares donde pueda vivir mejor. Va, pues, de un lugar a otro en función de las condiciones que cada uno ofrece para su supervivencia. ¿Vale?

—Vale.

—Bien. Como te decía, era un ave migratoria, pero cuando empezaron a levantarse ciudades comenzó a sentirse cómoda en ellas y se convirtió en sedentaria. Sedentario quiere decir que permanece en el mismo lugar en que ha nacido. ¿De acuerdo?

---

[7] Hecho el equipaje con toda mi ansiedad y dolor, / me voy cantando melancólico: / Adiós, adiós, mirlo. / A donde alguien me espera, / donde el azúcar es dulce; también ella. / Adiós, adiós mirlo. / Nadie aquí puede amarme ni comprenderme. / ¡Oh! Qué triste suerte, la de las historias que me han pasado, / hacerme la cama y encender la luz / al llegar tarde por la noche. / Adiós, adiós, mirlo

—De acuerdo.

—Los mirlos, por tanto, dejaron de ir de acá para allá y pasaron a residir en las ciudades. Así, el protagonista de la canción se despide en realidad de la ciudad, deja de ser sedentario y migra, se marcha, en busca de mejores condiciones.

—¡Ah! Ya lo entiendo.

—Todos somos mirlos, no nos movemos si no es por necesidad, somos sedentarios. ¿Sabéis? Los mirlos pueden soportar el ruido de la gente, de los coches, las personas de su entorno, pero no toleran a los extraños —comentó William.

—¿Y aquí en Nueva York los mirlos de qué clase son?

—Aquí hay de todo tipo, hijo mío.

—Venga. Otra vez, que todavía nos puede salir mejor. ¿Te animas, Egon? —dijo Ben.

También Sam y Martha se sumaron. Conocían la canción, Camila Valls and The William Sutherland Orchestra la habían interpretado más de una vez. Era, por otra parte, la preferida de Sam.

No había transcurrido una semana cuando William tuvo que comprarle un saxo a su nieto. Tras interpretar *Bye Bye Blackbird* con Webster, al apacible Egon no había nada ni nadie que le quitara de la cabeza su deseo de tener un instrumento como el de su amigo, pues en esa condición quedaron ambos. Camila y William tampoco se hicieron mucho de rogar, se sentían satisfechos por la nueva afición de su nieto y con tener a alguien tan próximo y querido que pudiera seguir su estela.

2

En junio de 1942 todo eran cábalas sobre el devenir de la guerra. A pesar del éxito de la batalla de Midway, la primera gran derrota japonesa, nada estaba claro. Todo el mundo daba por supuesto que Estados Unidos saldría victorioso, más porque no querían imaginar que su país pudiera ser derrotado que por una verdadera confianza en las posibilidades de sus tropas. En el fondo había mucho temor; se hablaba de supuestos planes de los nazis para invadir Norteamérica vía marítima y se empezaba a ver enemigos por todas partes.

La opinión pública, tras la conmoción por el ataque a Pearl Harbor, apoyó la entrada de su país en la guerra. Ya no era un asunto europeo. Hasta entonces se mostraba reacia a la intervención, pero tras el ataque cambió radicalmente su postura. Si alguien seguía mostrándose en contra es porque era un cobarde o un traidor. Un cambio demasiado drástico. ¿Qué pasaría cuando empezaran las bajas? Había que unir al pueblo en el convencimiento de que no solo se luchaba por una causa justa, también y sobre todo para que América siguiera siendo de los americanos.

La propaganda de guerra se intensificó y ese mismo mes se puso en funcionamiento una Oficina de Información de Guerra con la misión de coordinar los diversos servicios de información gubernamentales y la publicación de noticias sobre el conflicto, además de usar los medios de difusión escritos —la prensa fundamentalmente— y audiovisuales: radio y cine. La idea oficial era que los medios de comunicación debían contribuir antes que nada a ganar la guerra, y para ello debían ser conscientes de que había temas que no se podían tratar para no desmoralizar a la población. Era necesario evitar la circulación de contenidos "inadecuados", especialmente las imágenes de soldados estadounidenses muertos en el frente, y promover el patriotismo. Lary era el nexo entre la Oficina del presidente y la de Información.

Sam escribía sin parar. Eran muchas las experiencias que había vivido, y muy intensas. Publicó artículos y relatos acerca de la persecución de comunistas, homosexuales y judíos en los territorios ocupados por los nazis, criticó el colaboracionismo de los franceses, la indiferencia de su gobierno hacia el "problema judío" y los migrantes en general, la discriminación de las minorías en su país, narró muchas historias de vida de perseguidos que conoció en Marsella, su paso por la frontera, su encarcelamiento, y terminó su segunda novela, *Miranda*, basada en su experiencia en el campo de concentración de Miranda de Ebro. Sus protagonistas eran dos neoyorkinos que se habían enrolado en las Brigadas Internacionales y se negaron a abandonar el frente cuando el Gobierno republicano, en plena batalla del Ebro, dispuso la retirada de los combatientes internacionales. Hechos prisioneros por los fascistas, fueron a parar al campo de Miranda. Uno de ellos fallecía del mismo modo que había visto morir al holandés y el otro en el transcurso de una rocambolesca fuga que nunca tuvo visos de prosperar.

Estaba convencido de que había escrito una buena novela, e igual opinión tenían Martha y otros amigos que la habían leído. Sin embargo, las editoriales no parecían compartir el mismo criterio y *Miranda* era rechazada una y otra vez. La razón última se la explicó, Peter Wood, mano derecha de Max Perkins, descubridor de Fitzgerald y editor de Hemingway, cuando finalmente Charles Scribner's Sons aceptó publicarla. Wood era el responsable de su edición.

—No debes extrañarte dadas las circunstancias que atravesamos. En tu novela das una visión poco "heroica" de los allí detenidos, una perspectiva demasiado desmoralizadora, gente de todas las nacionalidades, sin esperanzas muchos, sin futuro, excesivamente pesimista.

—Hace un par de años, sin objetar nada, publicasteis *Por quién doblan las campanas*, que no es precisamente un canto al patriotismo. No es que quiera compararme con Hemingway, ya quisiera escribir como él.

—Las cosas han cambiado mucho en dos años. Entonces no estábamos en guerra.

La noticia de la publicación de la novela bien merecía celebrarlo. Tras el peregrinaje editorial y cuando ya no confiaba en ver publicada la obra, por fin, a finales de diciembre de 1942, la suerte cambió. Lary —que había roto con su prometida, Barbara— pasaba las navidades en Nueva York con sus padres, que habían dejado Washington al retirarse su padre de la política. Por supuesto, se veía con Sam y Martha. Con el primero tomaba un martini en Pete's Tavern.

—¿Te acuerdas que mañana vienes a cenar a casa, no?

—¡Por favor, Sam! Claro que me acuerdo.

—No te importará si viene también Fry.

—¿Varian Fry? Esto me suena a encerrona. ¿Qué queréis ahora?

—Nada, hombre. Nada en concreto. Me gustaría, no obstante, que escucharas a Fry. De todos modos, la razón última es que él también se va pasado mañana, como tú.

—¡Menuda me espera! Supongo que al menos tendrás tengas un buen vino para poder pasar mejor el trago.

—He conseguido unas botellas de un excelente Pomerol que no creo que te decepcione.

Un año después de que Estados Unidos entrara en guerra, Sam había vuelto encontrarse con Fry, que le contó el hostigamiento a que estaba sometido desde que regresara de Marsella.

—Me siento exiliado en mi propio país —comentaba Fry durante la cena—. Nadie me escucha y todo son trabas. La opinión de los funcionarios con los que me he entrevistado hasta ahora es siempre la misma: nadie puede conocer mejor la realidad de las evasiones europeas que usted. Puedo ser muy útil al país, me dicen. Pero a la hora de la verdad... Razones, disculpas, falsas promesas. Me ofrezco para trabajar por mi país en una causa y me condenan al ostracismo. Les dije que siempre estaría dispuesto a dejar lo que tuviera entre manos en cuanto el Gobierno me llamara. Y nada. Es más, me vigilan constantemente. La Smith Act se ha aplicado más para contener a presuntos comunistas, a la izquierda radical, que a los fascistas.

—¿Quién te vigila? —preguntó Lary.

—¡Quién va a ser! El FBI. Yo confiaba en la política de Roosevelt.

—El presidente te aseguro que nada tiene que ver en ello. Comparte la opinión de que os extralimitasteis en vuestras funciones y que ninguneasteis al propio Gobierno, pero de ahí a ordenar que el FBI os someta a seguimiento hay un abismo.

—No digo que sea él directamente. Cosas más importantes le tendrán ocupado. Pero del presidente depende la Administración.

—Es posible que el FBI haya abierto un archivo sobre tu persona y te vigile. Pero el presidente, insisto, nada tiene que ver. Ni yo, ni ninguno de los que trabajamos directamente con él. Ni el Departamento de Estado.

—¿Significa eso que hay instancias tan importantes como el FBI que la Casa Blanca no controla? —objetó Sam.

—Digo solo que la política es muy complicada y que no se puede actuar como los nazis o los estalinistas. ¿Qué queréis? ¿Que cuando consideráis que la razón está de vuestra parte se actúe desde presidencia saltándose la ley? ¿No es eso lo que criticáis a los totalitarismos?

—Esta es una causa justa.

—¿Y quién decide eso? ¿Quién decide lo que es justo?

—La razón.

—La razón. ¿Quién tiene la razón?

—No entremos en disquisiciones de este tipo —terció Fry, que sacó un papel escrito del bolsillo de su chaqueta—. Los hechos son incuestionables. Casi dos millones de judíos europeos han sido asesinados desde el inicio de la guerra y unos cinco millones viven bajo control nazi esperando las órdenes de Hitler para que sus sangrientos carniceros los eliminen. De los doscientos setenta y cinco mil judíos que había en Alemania y Austria al estallar la guerra quedan menos de cincuenta y cinco mil. Los ciento setenta mil de Checoslovaquia se han reducido a treinta y cinco mil. Las cifras de Polonia, donde el programa nazi de exterminio se ha llevado a cabo con mayor determinación, son inciertas, pero se sabe que cuando la invasión alemana de su territorio superba los tres millones y que a principios de este año dicha cantidad se había reducido en más de un millón a causa de las deportaciones y masacres. En el gueto de Varsovia, donde había unos quinientos cincuenta mil judíos, hoy hay unos cincuenta mil. En la ciudad de Riga, en Letonia, ocho mil judíos fueron asesinados en una sola noche. Una semana después, dieciséis mil fueron llevados al bosque, les despojaron de todas sus pertenencias y los ametrallaron. De los ochenta y cinco mil que había en Bélgica quedan ocho mil, mientras que de los trescientos cuarenta mil de Francia más de sesenta y cinco mil han sido deportados. Los datos no mienten. Y la Administración estadounidense conoce por informes las atrocidades nazis con los judíos. En cuanto a los socialistas, comunistas, homosexuales, gitanos y demás perseguidos, la situación no es mejor, pero no hay datos.

—El problema es que eso no ha podido ser probado, lo que no quiere decir que no sea cierto. Leí tu último artículo "La masacre de los judíos" y no dudo de tus afirmaciones, pero se necesitan pruebas más sólidas.

—Se está llevando a cabo una sistemática política de exterminio ante la impasibilidad de los aliados. Los informes que Jan Karski envió al Congreso Judío Americano son precisos y detallados, yo los he leído. ¿Qué más se necesita? —señaló Martha—. Y, como apuntaba Varian, las mismas atrocidades se cometen con comunistas, homosexuales, gitanos... Lo que sucede es que estos no cuentan con organizaciones como el Congreso. Pero es público y notorio. Ya lo vimos en Berlín, y eso que salimos de allí bastante antes de que comenzara la guerra.

—No lo discuto, pero la mejor forma de salvar a los judíos, a los perseguidos en general, es ganado la guerra cuanto antes.

—¿Y mientras? ¿Y si la guerra se prolonga más de lo esperado?

—Habrá que tomar otras medidas, pero los recursos económicos son los que son, las leyes sobre inmigración son las que son, y otros países deben implicarse también.

—Pues habrá que cambiar las leyes y, por supuesto, buscar una mayor cooperación internacional, efectiva, sí, pero demos ejemplo. Habría que crear un centro para refugiados que coordinara la ayuda. Podríamos...

—No aceptarán ninguna propuesta vuestra, y yo no soy nadie, un simple funcionario, no decido, no estoy en el despacho oval cuando se toman las decisiones, mi capacidad de influir es mínima. De todos modos, haré lo que pueda y me interesaré por tu situación, Varian, pero, insisto, están muy irritados con vuestra manera de actuar. Dicen que la Cruz Roja se ocupará de socorrer a los refugiados, que en las organizaciones no gubernamentales de ayuda no se puede confiar, especialmente en tiempo de guerra.

—Es que hay muchas cosas, Lary. Aquí, entre nosotros. ¿Qué pasa con la discriminación que sufren los trabajadores no blancos en las Fuerzas Armadas? Y en la industria de guerra, que ahora genera gran cantidad de puestos de trabajo a los que no tienen acceso. La tasa de desempleo entre los trabajadores negros supera con creces la de los blancos. Y lo que se hecho con los japoneses, a quienes se interna en campos de concentración y se les despoja de sus bienes, en nuestro propio país. Ciento veinte mil japoneses, la mayoría de la costa oeste, han sido recluidos en campos de internamiento en las desoladoras tierras de Arkansas, Arizona, Colorado y Utah durante la primavera y el verano de 1942. Eso es una flagrante violación de los derechos humanos. Mientras, en el sur siguen los linchamientos.

—También he leído tus artículos, Sam.

—La histeria y el miedo hace tiempo que se instalaron entre nosotros, pero no creí que el Gobierno se contagiara y menos que llegara a la paranoia de dedicar tantos esfuerzos a investigar la posible infiltración de quintacolumnistas a través de organizaciones como la nuestra. Creen que los nazis utilizan los canales de inmigración para infiltrarse entre nosotros y llegar a Estados Unidos y les obsesiona que entre los refugiados pueda haber comunistas. Creo que les preocupa más incluso que la posible presencia de nazis. Ponen toda clase de trabas, no hay ninguna política de rescate y las restricciones de visados no se han alterado apenas a pesar de la persecución nazi. Conseguir visados es cuestión de enchufe, de tener amistades. Solo los que tienen amigos influyentes lo consiguen y, aun así, las sospechas se extienden hasta los protegidos y amigos de personas influyentes —siguió Fry.

—Estamos en guerra, las cosas en tiempos de guerra siempre son diferentes. Y no luchamos solos. No defiendo ninguna de las situaciones que habéis expuesto, al contrario, estoy de acuerdo con vosotros en que es una tremenda injusticia lo que sucede, pero hay pactos, alianzas, y no se puede actuar siempre como se quisiera. Además, los republicanos y muchos demócratas se oponen a medidas como las que sugerís —explicó Lary.

—Ven enemigos por todas partes.

—Bueno, hasta cierto punto ese temor es lógico. Al fin y al cabo, ambos son sistemas totalitarios, el nazi y el comunista. La guerra ha de servir también para afianzar la democracia.

—Esa, Lary, es una interpretación interesada, que la Administración estadounidense y las potencias europeas, Gran Bretaña y Francia, difunden para ocultar su mala política exterior —replicó Sam—. Olvidas que, tras la subida de Hitler al poder, y hasta 1938, la Unión Soviética quiso convencer a Francia y Gran Bretaña de la necesidad de establecer una alianza defensiva contra la agresiva política militar nacional-socialista. Pero, claro, no convenía. ¿Qué esperaban, que se destruyesen entre ellos? Stalin había renunciado al internacionalismo revolucionario y hablaba del socialismo en un solo país, pero pudo más el miedo de Francia a Alemania y el anti-semitismo de franceses y británicos, que el fondo compartían el racismo de los nazis. En su fuero interno pensaban que el mundo estaría mejor sin elementos indeseables.

—Nuestro Gobierno no tuvo nada que ver.

—Pero le venía muy bien que los ingleses siguieran liderando la política diplomática occidental. Eso, además de una estupidez política, es una cobardía moral. Luego, claro, todos pusieron el grito en el cielo cuando Stalin buscó su fórmula propia pactando con Hitler. Actitudes tan tibias, o tan interesadas, solo sirvieron para que Hitler se sintiera seguro, ya no tenía que luchar en dos frentes como le sucedió a Alemania en la anterior guerra.

—¿Y yo qué puedo hacer? No soy el presidente, ni un consejero directo suyo. Ya os he explicado mi función cuál es. Parece que sea el responsable de todo.

—Tienes razón —dijo Fry—, pero eres la persona más próxima al poder que conocemos de la que podamos fiarnos.

—Haré lo que pueda, no creo que sea mucho. Anda, Sam, sírveme más vino. Realmente es excelente, sí. ¡Menuda noche me estáis dando! Aunque ya venía preparado.

3

El 6 de junio de 1944 se iniciaba el desembarco de Normandía y el 24 agosto las primeras tropas aliadas entraban en París. En septiembre los aliados llegaban a la frontera alemana y en diciembre casi toda Francia, la mayor parte de Bélgica y parte del sur de Holanda quedaban libres de la ocupación nazi. En enero de 1945 los soviéticos liberaban Varsovia y Auschwitz, a principios de marzo las tropas estadounidenses cruzaban el río Rin en Remagen y a mediados de abril los soviéticos lanzaban su ofensiva final y cercaban Berlín.

Lary pasaba de nuevo, como hacía regularmente siempre que sus obligaciones se lo permitían, unos días en Nueva York en el momento que se conoció la noticia que, por otro lado, esperaban de un momento a otro. Fueron ese día —Sam, Martha y Lary— a cenar en el Algonquin y luego al Village Vanguard, donde actuaba Pearl Bailey.

—Por fin. Esta guerra parece que se acaba. Hitler no tardará en caer, y los japonenses tienen las horas contadas —manifestaba Lary con alborozo.

—Pero la tragedia no ha terminado —expuso Martha— y ahora es cuando percibiremos en toda su magnitud su alcance, los millones de muertos, las ciudades destruidas, la devastación, la pobre gente que no tiene dónde ir ni sabe qué hacer. Yo era una niña cuando terminó la guerra del Catorce, pero me acuerdo perfectamente del desastre que supuso para todos.

—Hasta ahora las leyes migratorias han sido excesivamente restrictivas y la mayoría de quienes han conseguido entrar en la nación son profesores, artistas, periodistas, científicos, intelectuales... ¿Qué pasará con los demás?

—Puede que ahora precisamente las cosas mejoren, Sam. Sin guerra carecen de sentido las situaciones excepcionales. Habrá que ayudar a toda esa pobre gente. Ha de ser tarea prioritaria. De momento, las cosas no se están haciendo tan mal. ¿No querías hace algo más de un año que se creara un centro para coordinar la asistencia a los refugiados? Pues bien, desde enero funciona un Consejo de Refugiados de Guerra que facilita el rescate de los que están en peligro.

—Quiero pedirte un favor. Lo estuvimos hablando Martha y yo estos días. Mándame a Alemania.

—¿A Alemania? ¿Yo? ¿Cómo?

—Como colaborador del Consejo de Refugiados de Guerra. Como lo que quieras. O puedas.

—Eso no será fácil.

—Ya te he dicho que se trataba de un favor.

—A diferencia de tu colega Fry, a ti no te vigila el FBI. No sé muy bien por qué, pues méritos habéis hecho los dos, y tus artículos y novelas no son precisamente el mejor aval. Según ellos, claro. ¿Por qué quieres ir ahora? Si consigo lo que quieres has de tener en cuenta que no podrás hacer uso de la información que obtengas por lo que veas u oigas.

—No sabemos nada de nuestro amigo Helmut Schneider desde hace años, y es como un hermano para Martha.

—¿Y por qué no vas, o vais los dos, cuando todo acabe? Ya os he dicho que Europa quedará libre del yugo nazi en poco tiempo.

—Martha está embarazada y hay dos razones más que me mueven a ello. No quiero perderme el nacimiento de mi segundo hijo y temo que, si postergo el viaje, sea demasiado tarde. Mi experiencia en España, cuando me detuvieron, me dice que esperar puede ser lo mismo que no encontrarle, al menos con vida. Además, quiero ser testigo de ese momento histórico. Después de lo que contó Karski, de los informes que maneja el Congreso Judío y nos explicaron Varian y Martha, quiero ver esa realidad con mis propios ojos. Lo necesito.

—Lo intentaré, Sam. Sabes que siempre podrás, podréis, contar conmigo. Y enhorabuena a los dos. ¿De cuánto tiempo es el embarazo?

—De tres semanas solo. Ya desconfiábamos. Queríamos tener otro hijo hace tiempo, pero no había manera. Y mira por dónde, cuando menos lo esperábamos...

—Las cosas últimamente parecen suceder siempre así, cuando menos se esperan.

—Mientras sucedan...

—Siempre que sean buenas.

—Vuestro próximo hijo, vuestros hijos, Egon también, conocerán otro mundo muy distinto al nuestro. Ya lo veréis. Tanta calamidad, tanto sufrimiento, tanta barbarie, no pueden caer en el olvido. Me niego a creer que haya sido en balde. No tengo duda, el mundo será mejor de ahora en adelante

—Eso me dijo mi padre siendo un niño cuando termino la anterior guerra —matizó Sam—. Eso me contó que me dijo, yo no me acuerdo, era muy pequeño.

Capítulo IX

1

EL 24 DE ABRIL los primeros barrios de Berlín eran ocupados por los soviéticos. La ciudad estaba prácticamente rodeada por las fuerzas enemigas.

Los estadounidenses habían tomado Jena, Weimar y Erfurt el 13 abril y cinco días después ocupaban Magdeburgo, desde donde avanzaban hacia Múnich. Lary consiguió que Sam pudiera incorporarse como miembro de la Oficina de Información de Guerra. El 12 de abril había muerto Roosevelt. Harry S. Truman, hasta entonces vicepresidente, se hizo cargo de la presidencia. Truman pidió a todos los miembros del gabinete de Roosevelt que permaneciesen en sus puestos, no esperaba llegar a presidente tan pronto y de ese modo y confesaba sentirse abrumado. En ese estado de cosas, a Lary le fue fácil, mucho más de lo que creía, complacer a su amigo.

Sam partió para Alemania el 24 de abril a bordo de un Clipper que llegó el 25 al aeródromo de Foynes, en Irlanda. Desde allí, en un Skymaster C-34, en compañía de otros, viajó hasta Hamburgo, y el 28 llegaba a Großinzemoos, a unos cuarenta kilómetros de Múnich, donde se hallaba establecido el Tercer Batallón del 157 Regimiento de Infantería de la División 45 (Thunderbird) de los Estados Unidos que asediaba Múnich, el gran bastión nacionalsocialista, en su avance hacia Berlín. Felix L. Sparks, comandante de dicho batallón, tras inspeccionar sus credenciales, le dio la bienvenida. *Si es que así se puede saludar a quien se le abren las puertas del horror*, añadió.

La noche de su primer día con las tropas estadounidenses —como si hubieran estado esperando su llegada— un constante ajetreo hacía prever que algo importante sucedía y que difícilmente iban a conciliar el sueño. La aviación, le comunicó Sparks, acababa de recibir orden de dirigirse a Dachau con la misión de allanar el camino a las tropas de infantería. Ellos, con el apoyo de tanques, saldrían a las 7:30 para ocupar el campo de Dachau.

—Yo estuve en Dachau en 1933 con motivo de la apertura del campo de concentración. Escribí un artículo sobre ello.

—¿Estuvo usted en el campo? ¿Lo visitó?

—Sí, guiado por un oficial nazi, con un grupo de periodistas. Una visita rápida, no nos permitieron hablar con nadie.

—Vendrá conmigo entonces. No comente nada, no sabemos qué podemos encontrarnos allí. Esté preparado.

A las siete y media en punto de aquel soleado domingo del 29 de abril, tal como había manifestado Sparks, las tropas estadounidenses salieron de Großinzemoos camino a Dachau. Sam iba en un jeep con el comandante, los ayudantes de este y el chófer. Tras eliminar las bolsas de francotiradores que les hacían frente, a las nueve y media entraban en la ciudad de Dachau con el 101 Batallón de Tanques. Mucha gente en la calle les saludaba entusiastamente. Sam recordaba perfectamente el lugar y los elogios hacia el campo de concentración recién inaugurado, gran fuente de ingresos que dinamizaría la economía local. Estaban a un kilómetro y medio del campo. A la salida del municipio, Sparks ordenó el reagrupamiento de las tropas a la espera de instrucciones.

A las diez y cuarto se recibió la orden de ocupar el campo. Se inició el avance. Los tanques pasaron un puente sobre el río Amper y lo volaron a continuación, muriendo un gran número de soldados alemanes que no consiguieron cruzarlo a tiempo.

Una media hora después, una patrulla de Inteligencia y Reconocimiento llegó a las afueras del campo de concentración. El paisaje era ciertamente bello y resultaba difícil imaginar que pudiera ser escenario de la brutalidad nazi. El campo se había levantado en una antigua colonia para artistas, atraídos por la luz difusa que hubiera hecho las delicias de los miembros de la escuela de Barbizón.

Unos soldados se aproximaron a la *Jourhaus*, como se denominaba el edificio de acceso al campo que albergaba las dependencias administrativas y de mando, la única entrada al campo, presidida por una gran águila sobre una cruz gamada en el centro de una corona de laurel, por donde todos los prisioneros tenían que pasar necesariamente y cruzar las puertas de hierro forjado que exhibían la leyenda *El trabajo te hará libre*. Sam continuaba con Sparks en el jeep, en una avenida rodeada de soberbios cipreses desde donde el comandante seguía los movimientos de sus hombres. Sus recuerdos no eran de gran ayuda, el campo había sido remodelado en 1937 para dar cabida a las oleadas de nuevos prisioneros. Había nuevas instalaciones, nuevos edificios que no conocía, como la propia *Jourhaus* o los inmediatos a ella, dos moles grises, cerradas a cal y canto y abandonadas.

La avanzadilla se acercaba despacio, mirando a uno y otro lado, inquieta. Se oía un runrún indescifrable de voces, en distintos idiomas y distinta intensidad, mezclado con gemidos. A cierta distancia de la *Jourhaus*, tras el muro con alambradas que rodeaba el campo, unos seres de apariencia espectral, de enormes ojos que no parpadeaban y se salían de las órbitas, se movían como zombis en dirección a los soldados. Uno de ellos, de repente, esquelético, con una agilidad impropia de su estado físico, con la fuerza que puede llegar a dar la desesperación, saltó sobre la alambrada tratando de escalarla. No llegó a asirla con las dos manos, una tremenda descarga eléctrica lo dejó prácticamente cosido a la misma, con la mano derecha fuertemente sujeta a uno de los filamentos. Desde las torres de vigilancia, los soldados alemanes dispararon su metralleta. Los estadounidenses contestaron y los sometieron rápidamente. En ese preciso instante un teniente llegó a toda prisa al jeep de Sparks, sumamente alterado.

—Señor, creo que debería acompañarme. Allá detrás, en las vías del tren, hay estacionados unos veinte o treinta vagones llenos de gente. Parece que están muertos. Todos.

Sparks detuvo la operación y se dirigió rápidamente al lugar por un camino asfaltado a cuya derecha, en la dirección que dirigían, se veían los bloques de viviendas de la SS, desiertos. Bajaron del jeep, cruzaron una de las carreteras del campo y se toparon con un convoy estacionado de más de veinte vagones atestados de cadáveres. Los soldados, arma en mano, como si temieran que el causante de aquella atrocidad les vigilara, desconfiando del aterrador silencio que les envolvía, miraban instintivamente a todas partes.

—Creíamos que estaban desvanecidos, a causa del hambre seguramente y que el olor se debía al tiempo que llevaban ahí sin poder lavarse. Supusimos que el tren no habría podido salir al haber cortado nosotros las comunicaciones. A saber el tiempo que llevarían ahí. Tran-quilos, venimos a liberaros, les gritamos, pero nadie contestaba. Nos acercamos y... Mejor mírelo con sus propios ojos, señor.

Sparks se acercó. Sam con él. Cadáveres. Todos los vagones repletos de cadáveres, de hombres, mujeres, niños, viejos, jóvenes, de todas las edades, amontonados, en todas las posiciones posibles, esqueletos revestidos de piel la mayoría, de rostros demacrados y expresión horrorizada. Faltaban unos vagones por abrir, nadie se atrevía a hacerlo. Esperaban al comandante como los niños a sus padres cuando temen adentrarse en la oscuridad. *Ábranlos*, ordenó Sparks. Los cuerpos caían en avalancha, eran ligeros, livianos, y estaban apelotonados sobre las puertas, llenas de arañazos. Les habían dejado encerrados sin comida ni bebida. Así murieron. Uno a uno, que no todos a la vez, contemplando unos como agonizaban los otros, los que tenían a su lado, sus familiares, sus amigos, sus conocidos del campo, sin poder hacer otra cosa que esperar desesperando el fin.

—¡Dios mío! ¿Cuánta gente habrá ahí? ¿Mil? ¿Dos mil? —exclamó Sparks.

—Es dantesco —dijo Sam con el gesto descompuesto.

—Es más que eso. Es más que todo. Dante al lado de esto era un simple aprendiz de cuentos.

Un joven soldado vomitaba, otro lloraba. Todos estaban perplejos, vacilantes, e iban cobrando fuerzas de nuevo desde el odio que les inspiraban los responsables de tal monstruosidad, desde la rabia. ¿Quiénes serían? ¿Cómo serían? ¿Quién podía llegar a hacer algo así? ¿Qué les movería a actuar de ese modo? ¿Sus ideas? ¿Podrían justificarse a sí mismos? ¿Cómo? ¿A qué puede recurrir uno para poder seguir viviendo después de ser partícipe de una atrocidad semejante? Los pensamientos se apiñaban en la mente de Sam como aquellos cuerpos en los vagones. ¿Estará aquí Helmut? ¿Será uno de estos despojos? ¡Si Martha viera esto! O Dieter. No, mejor no. Yo tampoco quisiera haberlo visto. Atrocidad, monstruosidad, crueldad, brutalidad, bestialidad... Todos los calificativos que vienen a mi intelecto me resultan insuficientes, vacíos. No podré narrar lo que estoy viendo nunca, ni explicarlo, pues antes he de explicármelo a mí mismo. ¿Realmente han sido seres humanos los que han cometido tal ignominia? ¿Personas? ¿Tendrán familia? ¿Serán padres, o hijos, o hermanos de otros? ¿Y esos otros? ¿Cómo serán esos otros? Aquello superaba todo lo que hasta entonces había visto, incluyendo su estancia en el campo de Miranda del Ebro, cuanto le hubieran contado y cuanto hubiera podido imaginar.

En el vagón ante el que Sam se detuvo, espeluznado, desorientado, desconcertado, el cuerpo de una niña estaba asido fuertemente a una mujer que la rodeaba con sus brazos. Sobre su cabeza el pie de un infortunado prisionero que en sus últimos momentos creyó encontrar una salida entre las grietas

del techo del vagón. Sus últimos momentos. ¿Cómo serían?
¿Cuánto durarían? ¿Cuándo empezaron los últimos momentos? ¿Con la agonía? ¿Al ser encerrados en el tren? ¿Al ser
conscientes de lo que les esperaba? ¿En el mismo instante de
ser confinados en Dachau? ¡Y aún había quien no creía a
Karski!

Sparks parecía tan turbado como Sam, como todos.
Imposible estar preparado algo semejante.

—¿Qué hacemos, señor? —preguntó el teniente.

Sparks cerró los ojos un instante, luego levantó la cabeza
y miró hacia arriba como esperando una respuesta. Se ajustó el
cinto.

—Vamos a entrar ahí dentro —refiriéndose al campo—.
Usted permanezca aquí con los suyos y que vengan enseguida
los médicos.

—¿Los médicos, señor? Están todos muertos, señor.

—Por eso mismo. ¿Sabe usted las enfermedades que
pueden propagarse en esta situación? Que vengan inmediatamente y vean qué medidas debemos adoptar. Los demás que
se incorporen al resto de la tropa.

Eran las once de la mañana cuando un destacamento,
comandado por el propio Sparks, que obligó a Sam a quedarse
en el jeep, llegaba a la puerta principal. Ni un tiro. Los SS que
habían disparado durante la primera aproximación seguían en
fila con las manos sobre la cabeza, tras la alambrada, vigilados
por los infantes norteamericanos. Solo voces: *Die sind da! Die
Amerikaner! ... Die Amerikaner! ... Die sind da!* Un par de SS
les abrieron. Saludaron. Sparks entró con los soldados.
Transcurrieron unos minutos, no muchos, dos o tres, y salió de
nuevo con varios alemanes manos en alto. Se rendían.
Entregaban el campo. Los soldados de la Primera Compañía,
siguiendo sus órdenes, penetraron en las instalaciones. El resto
del batallón permanecía en una inmediata explanada habilitada
para las SS, junto a sus oficinas centrales. Llegaron otros jeeps
con oficiales. Descendieron rápidamente. Sam iba con ellos. En

la misma entrada se encontraban los primeros presos libe-
rados, miembros del Comité Internacional de Prisioneros que
estos habían puesto en marcha el mismo mes de abril ante los
continuos rumores de una pronta intervención aliada. Se
abrazaron.

Nada más cruzar la *Jourhaus* se accedía a una amplia
explanada en la que se pasaba lista varias veces al día a los
prisioneros. Estaba vacía. De los treinta y dos barracones que
se alineaban frente a la misma en dos largas hileras de dieciséis
cada una, empezó de pronto a salir gente, y más gente. De
cualquier lugar aparecían prisioneros, casi todos con el
uniforme de franela a rayas azules y blancas, rapados la
mayoría. Los primeros en ocupar la explanada gritaban locos
de alegría y se abrazaban a sus libertadores; su aspecto era
bastante saludable. *Libres, somos libres*, exclamaban, mientras
confraternizaban con los soldados que les ofrecían cigarrillos,
chicles, agua, lo que llevaran encima. Les manoseaban, eran
reales, al fin habían llegado. A medida que el recinto iba
llenándose la apariencia de los prisioneros se volvía más
enclenque, sus fuerzas ya no daban para más y caminaban
pausadamente, arrastrándose prácticamente. Pronto estuvieron rodeados de cadáveres vivientes, esqueléticos, famélicos.
Todos parecían ser muy viejos. Algunos los miraban extra-
ñados, es posible que no se dieran cuenta de lo que estaba
sucediendo. Seguían existiendo, pero habían dejado de vivir
hacía mucho tiempo, eran idénticos a los muertos que habían
descubierto en los vagones, los mismos ojos, inmensos, más
grandes que las órbitas que tanto impresionaron a Sam, la
misma mirada perdida.

Avanzaron por la calle central, adornada a una y otra
parte por álamos que habían plantado los propios presos.
Entraron en un barracón. Docenas de seres mugrientos que no
se podían mover se hacinaban en los camastros de tres pisos,
en unas celdillas, nichos, donde apenas cabían; algunos
tumbados en el suelo. Un pestilente olor, desconocido para Sam

y para la mayoría de quienes iban con él, embotaba los sentidos. Había gente que gemía sin cesar y entre los que estaban tumbados resultaba difícil saber quién estaba muerto y quién no. Sam, aturdido, fumaba sin parar. Uno, tendido sobre la primera altura de las literas, le tiró de la pernera de sus pantalones. Sam se dio la vuelta. Quedó paralizado. Nunca había visto a nadie así. Una osamenta parecía querer alguna cosa, pero resollaba cuando quería decir algo y más que hablar emitía ininteligibles y quejumbrosos sonidos. Lentamente extendió su brazo hacia él, movía la mano indicándole que se acercara. Sam era preso de sentimientos tan encontrados que se sorprendió al ver cómo afloraban de su interior al mismo tiempo la repugnancia y la compasión. Se agachó. El mortecino individuo le asió de la mano. *Cigarette*, consiguió entender. Encendió un cigarrillo y se lo dio. El hombre cerró los ojos, era el primero al que veía cerrar los ojos, pues nadie allí parpadeaba, todos tenían los ojos como platos. ¡A saber qué habrían visto! Necesitaba salir del barracón urgentemente, estaba aturdido, demudado, tenía ganas de vomitar. En su precipitación tropezó con algo, era un cadáver. Un chiquillo se puso a reír al ver el susto que se llevó.

Otros que habían entrado se mostraban tan desconcertados como él e igual de asqueados. Siguieron avanzando entre los barracones. Algunos prisioneros se movían de acá para allá buscando un lugar tranquilo, parecía que les molestaba tanto ajetreo. Esqueléticos, con la barriga hinchada como un balón, daban la sensación de ser indiferentes a cuanto estaba sucediendo. Cuerpos descomponiéndose, basuras, toda clase de inmundicias, se alineaban en el tétrico recorrido entre los barracones.

Un destacamento que había accedido al campo por la parte de atrás informó que habían descubierto más cuerpos.

—Hay cadáveres por todas partes, completamente desnudos. Centenares. A montones.

De pronto, a sus espaldas escucharon repetidas ráfagas de metralleta. Unos soldados estadounidenses habían disparado contra un grupo de Waffen SS que permanecían escondidos y los habían detenido. Al llegar a la explanada junto a la *Jourhaus* Sam vio cómo los infantes estadounidenses encañonaban con sus armas a unos cuarenta soldados alemanes. Los prisioneros avanzaban hacia ellos. Los norteamericanos no sabían qué hacer, asustados al ver aquella marea de gente silenciosa y decidida con la mirada fija en sus captores. El teniente al mando les dijo que bajaran las armas y se apartaran de allí. Los prisioneros siguieron aproximándose, lentamente, para ver bien los rostros de aquellos criminales, para comprobar si también sentían miedo, si al igual que ellos temían una muerte cruel y puede que injusta, o innecesaria. El cerco se estrechaba. Sam dejó de ver a los guardianes, la masa que los rodeaba se lo impedía. Sí oyó claramente los gritos, de unos y de otros, las imprecaciones y las lamentaciones. Al poco, con idéntica parsimonia, los prisioneros volvieron a sus barracones. Los cuarenta alemanes habían sido linchados.

—Sinceramente —comentó Sam a un cabo que le acompañaba—, no puedo decir que esté ahora más horrorizado que hace unos minutos.

Sobre el mediodía la situación parecía estar totalmente controlada. Casi cuatrocientos soldados alemanes eran ahora los prisioneros; algunos estaban heridos. Sam se encontró de nuevo con Sparks, que le confirmó que el campo estaba bajo su mando. Un soldado ametrallador que se encontraba a su lado gritó de pronto *Están tratando de huir* y abrió fuego. Cayeron un par de alemanes antes de que Sparks la emprendiera a puntapiés con él para separarlo de la ametralladora. Mientras le decía: *¿Qué demonios estás haciendo?* Creyendo que los SS presentaban batalla de nuevo, Marguerite Higgins —corresponsal del *Herald Tribune* de Nueva York, que como Sam había conseguido los correspondientes permisos para seguir al ejército norteamericano en los instantes finales de la guerra— abrió una de las puertas del recinto interior para que los presos escaparan. Unos cuantos salieron corriendo. Sparks se puso frenético. Los prisioneros no debían marchar así como así, con sus enfermedades y su sed de venganza, podían propagar cualquier epidemia y descargar su ira, lógica por otra parte, contra la población civil. Ordenó a sus soldados que fueran a por ellos. Minutos después eran devueltos al campo en medio de abucheos y gritos de repulsa. *¿Vosotros sois los libertadores? ¿Por qué nos encerráis de nuevo? ¡Dejadnos marchar! ¿Es que todavía no hemos sufrido bastante?*

Retornó la confusión. Por megafonía, el comandante se dirigió a los treinta y dos mil prisioneros que poblaban el campo explicándoles que eran libres pero que era necesario esperar la llegada de los sanitarios y se necesitaba tiempo y control para organizar la evacuación de todos ellos. No esperaban encontrarse con una situación tan espeluznante. Se oyeron nuevas ráfagas de ametralladora. Alguien dijo que un teniente había ordenado disparar sobre los soldados alemanes junto a las vías de ferrocarril. Sparks partió para allá. Sam ni siquiera hizo ademán de seguirle.

Llegaron al poco los sanitarios. Llevaban consigo unos depósitos de DDT a los que iban incorporados unos aspersores y empezaron a rociar con el desinfectante a todo el mundo, soldados y prisioneros, por todo el cuerpo, por entre las mangas, las perneras, por debajo de la ropa. Otros, mientras, fumigaban los barracones. Comenzaron luego a poner inyecciones contra el tifus, la disentería, contra cualquier enfermedad infectocontagiosa para la que tuvieran un posible antídoto. Pronto, sin embargo, se acabaron las existencias.

Los prisioneros de mejor condición física ayudaban a los soldados en la penosa tarea de sacar muertos de todas partes apilándolos para no sabían muy bien qué finalidad posterior. El número de cadáveres parecía no terminar nunca; en los vagones, junto al crematorio, entre las hileras de barracas de madera, por todas partes yacían cuerpos descomponiéndose.

Todo el mundo tenía algo que contar, desgraciadamente. No todos, en cambio, lo hacían, la mayoría no podía siquiera articular palabra, muchos habían borrado de su mente los recuerdos para siempre. Sam anotaba en su cuaderno las experiencias —a cuál más dolorosa— de unos pocos que a pesar de todo mantenían la entereza.

—¿Sabe una cosa? —le dijo uno— ¿Sabe que es lo que me ha mantenido en vida todos estos años? ¿Lo que hacía que cada día pensara que tenía que seguir pese a todo? La llegada de un momento como este. La posibilidad de contar al mundo entero las aberraciones y los crímenes que he tenido que presenciar y de los que he sido víctima. Sí, todos los días me decía: esto lo ha de conocer la gente, esto no puede quedar para siempre sepultado con nosotros dentro de estos muros. Y no solo por justicia, o por venganza, ¿sabe?, también para que nos demos cuenta de hasta dónde puede llegar el ser humano cuando transita por el camino de la perversión. ¿Mi delito? Ser gitano.

Sam le dio los cigarrillos que le quedaban y prometió que le llevaría más cuando le autorizaran a entrar de nuevo. El campo quedó declarado en cuarentena y debía marchar. Esa noche, en Dachau, en el colegio de enseñanza secundaria en que los estadounidenses habían apostado sus tropas, Sam no pudo dormir. Demasiadas impresiones, no se quitaba de la cabeza las últimas palabras que le dirigió aquel hombre sobre la importancia de que el mundo supiese lo sucedido.

2

Un par de días después consiguió permiso para regresar al campo. Llevaba con él varios paquetes de Chesterfield, no dejaban entrar nada de comida. Los víveres del municipio de Dachau habían sido requisados por el ejército estadounidense para poder alimentar a los internos del campo. También sus habitantes habían sido movilizados para las labores de limpieza y saneamiento, debiendo sacar los centenares de cadáveres que seguían apiñados en los vagones de la muerte y el crematorio. Con las manos desnudas, en volandas, los depositaban en un carromato. Treinta y dos carros habían sido llevados del pueblo a tal efecto. Se llenaban rápidamente, los cuerpos eran solo huesos y piel, pero seguía habiendo montones de muertos. Algunos empezaban a estar medio descompuestos. Sam vio como dos vecinos trataban de cargar un cadáver en el carromato. Uno lo cogió de las piernas, otro de los brazos, pero al tirar de él se partió por la mitad. Una vez lleno el carro con unos cincuenta cadáveres, o más, y antes de enterrarlos en una fosa común, este recorría la ciudad, descubierto, para que todos pudieran contemplar la iniquidad de los que allá por 1933 fueron considerados grandes benefactores de su cada vez más próspera economía.

Ese mismo día se conoció el suicidio de Hitler. En el campo hubo muestras de júbilo, aunque fueron más las de contrariedad porque no pudiera responder en vida por sus crímenes. Los vecinos de Dachau recibieron con satisfacción la noticia, el fin de la guerra era cuestión de días. No hubo, sin embargo, grandes manifestaciones de alegría entre ellos, conmocionados como estaban por la espantosa realidad que se veían obligados a afrontar. Además de obligar a los vecinos a vaciar de cadáveres del campo y exhibir por las calles de la localidad los cuerpos de aquellos infelices, los soldados estadounidenses empezaron a exigir a la población civil la visita al campo para que por sí mismos constatasen hasta qué punto, con su apoyo al nazismo y su indolencia, habían colaborado en la que consideraban la mayor monstruosidad perpetrada por los seres humanos en toda la historia. No creían que estando tan cerca del campo les hubiera podido pasar desapercibida tanta salvajada. Nadie lo creía. Evidentemente Sam tampoco. ¿Cómo era posible que nadie supiera nada? ¿Nadie oyó jamás un grito, un lamento, una queja, un disparo? ¿Nadie vio cómo llegaban los trenes atiborrados de aquella pobre gente? Resultaba inconcebible. Sam recordaba los parabienes con que fue recibida la inauguración del campo. ¿Para qué pensaban que lo habían diseñado? ¿Cuál suponían que era su función? Eso entonces no importaba, era una fuente de riqueza, la existencia de los habitantes de Dachau mejoraba día a día desde que los nazis tuvieran tal "deferencia" con ellos. No sentía lástima alguna al contemplar los semblantes desencajados de los moradores de Dachau frente a las enormes pilas de epidermis adheridas a los esqueletos, las arcadas y vómitos que les Ocasionaba la visión de los muertos, los llantos y muestras de espanto.

Sam estaba bajo disciplina militar, por lo que tenía prohibido confraternizar con la población civil. Consternado por cuanto había visto y por los testimonios que había escuchado, necesitaba hablar con los vecinos de Dachau, quería comprender su actitud. Intentaba entablar conversación cada vez que podía acercarse a uno de ellos. Pero nadie quería hacerlo. El comportamiento de los soldados estadounidenses dejaba bien a las claras que les consideraban responsables de lo ocurrido; la vergüenza y el sentimiento de culpa hacían lo demás. La gente de Dachau, en consecuencia, hablaba poco; nada con los forasteros a ser posible. Si alguien hablaba era para decir que no sabía nada, que cómo imaginar tal cúmulo de crueldades. *¿Realmente esto se debe a una época y un país?*, escribía Sam en su cuaderno de notas. *Quiero creer eso, quiero creer que tanta monstruosidad responde a un momento muy concreto de la historia y no se puede extrapolar al género humano como tal ... Me cuesta escribir ... es un acto casi obsceno ...*

La última visita de Sam al campo fue para indagar sobre el paradero de Helmut. También para entregar unos cuantos paquetes más de cigarrillos a aquellos hombres que le habían hecho partícipe de sus vivencias. Las cosas empezaban a mejorar, le dijo un capitán médico; habían conseguido reducir a menos de la mitad la mortalidad entre los prisioneros; ahora solo morían unos setenta al día. Los prisioneros de Dachau habían ido registrando cuanto acontecía a su alrededor y llevaban su propio archivo de altas y bajas. Escondido entre las vigas ahuecadas, nunca fue descubierto por las SS. Habían conseguido reunir de ese modo una valiosa información. Advertido de su existencia por un teniente —Sam había comentado en varias ocasiones su deseo de encontrar a su amigo—, le permitieron examinarlo. Encontró su nombre: Helmut Schneider, y una anotación a su lado: *Trasladado a Mauthausen, segunda semana abril 1943.*

Ese día, 6 de mayo, corrían rumores de que la rendición absoluta de Alemania se produciría en cuestión de horas. Berlín había capitulado el 2 de mayo con la entrega de la ciudad a las tropas soviéticas por parte del general Helmuth Weidling. Dos días más tarde, las fuerzas alemanas en Holanda, Alemania Noroccidental y Dinamarca claudicaban ante al general británico Montgomery. Los rumores pronto dejaron de serlo. A las 02:41 de la mañana del 7 de mayo de 1945 se firmaba en Reims, en el Cuartel General del Comandante Supremo Aliado, la rendición incondicional del Reich.

Sam recibió el encargo de marchar enseguida a Berlín para cubrir el acto formal de la capitulación alemana, a celebrar el día siguiente, 8 de mayo, en el Cuartel General Soviético.

Torgau es una pequeña ciudad, a unos ciento cincuenta kilómetros al suroeste de Berlín, en la que el 25 de abril de 1945 se habían encontrado las tropas estadounidenses y soviéticas en su avance hacia la capital de Alemania. Sam debía estar allí antes de las cuatro de la tarde del 8 de mayo. Un jeep del ejército le condujo hasta la villa sajona. Al llegar le sorprendió la gran cantidad de periodistas que habían sido convocados en el mismo lugar, en el mismo momento y con idéntico objetivo. La escenificación de la capitulación alemana era un acto de enorme trascendencia que había de ser recogido debidamente para mostrarlo al mundo. El Reich, por medio de su jefe del Estado Mayor del Alto Mando, el general Alfred Jodl, había firmado ya en Reims el día 7 que todas las fuerzas bajo el mando alemán cesarían las operaciones activas a las 23:01 horas, hora de Europa Central, el 8 de mayo de 1945. Pero no era lo mismo Reims que Berlín. Stalin había montado en cólera al conocer la noticia, restaba protagonismo al Ejército Rojo, esencial en los más difíciles momentos de la guerra y de la lucha por la capitulación de Berlín, donde consiguió entrar en solitario.

En vehículos militares entraron en la capital alrededor de las nueve de la noche. La ciudad estaba a oscuras, solo alguna esporádica fogata iluminaba montones de escombros y ruinas. No había un alma por las calles. Jamás imaginó Sam que el bullicioso Berlín de principios de la década de 1930 pudiera conocer tan tétrico silencio. Sin más obstáculo que los cascotes repartidos por doquier, que los conductores sorteaban con la habilidad de quien está acostumbrado a transitar por caminos torcidos, cruzaron la ciudad en dirección al cuartel general soviético, ubicado en el casino de una antigua escuela de ingenieros militares de Karlshorst, al este de Berlín.

Pasadas las diez de la noche, los representantes de los países aliados fueron los primeros en entrar en una sala en la que se había dispuesto una larga mesa rectangular y ocupar sus asientos. Eran el general Spaatz, por Estados Unidos; el británico Arthur William Tedder, subcomandante de la fuerza expedicionaria aérea aliada; el francés Lattre de Tassigny, comandante del I Ejército galo, y el mariscal soviético Zhúkov. A las once en punto, coincidiendo con la hora marcada para el fin de las operaciones alemanas, hicieron su aparición los jerarcas alemanes: el mariscal de campo Wilhelm Keitel, el almirante Von Friedeburg y el general de aviación Stumpf. Se sentaron frente a los primeros. El acto fue sucinto y solemne. En medio de un general mutismo que amplificaba los carraspeos el chasquido de los flashes de los numerosos fotógrafos y el rodar de las cámaras cinematográficas Keitel entregó un documento firmado por Karl Dönitz, el heredero de Hitler según su testamento, en el que se estipulaba la capitulación sin condiciones de las fuerzas alemanas. Todos estamparon su firma en el acuerdo y a la medianoche la delegación alemana marchó. Se sirvió entonces una cena a los plenipotenciarios de los aliados en la que no faltó el caviar y el vodka ni un improvisado escenario sobre el que virtuosos soldados cantaron y bailaron.

Berlín estaba bajo control soviético. No se podía entrar ni salir de la capital alemana sin la correspondiente autorización. Robert Stern, teniente de la Oficina de Información de Guerra, conocido como Bob, su superior inmediato, tenía la misión de examinar la ciudad y buscar buenas localizaciones para que las cámaras filmaran el momento de cubrir la entrada del ejército norteamericano, pendiente de llegar a un acuerdo con los soviéticos. Bob no hablaba alemán y le pidió a Sam, tras aprobarlo Sparks, que le acompañara. Conocía la ciudad, chapurreaba el idioma y, además, ambos eran amigos de Lary.

Nadie les paró en el trayecto desde Torgau, fue un viaje tranquilo en el que apenas se cruzaron con un par de vehículos rusos. Las huellas de los recientes combates, sin embargo, les acompañaron durante todo el itinerario, más evidentes y devastadoras a medida que se acercaban a Berlín. Unos kilómetros antes empezaron a ver carros de combate y otros vehículos desvencijados abandonados en las cunetas. A su izquierda, el barrio de Steglitz estaba prácticamente arrasado, la mayoría de los edificios carecía de ventanas y puertas y en todas sus fachadas se apreciaban los impactos de los proyectiles. Un poco más adelante, el aeropuerto de Tempelhof y sus alrededores eran poco menos que un montón de escombros custodiados por patrullas soviéticas. Sin duda, había sido escenario de una lucha encarnizada, como todo Berlín.

El día que llegaron para cubrir la ceremonia de capitulación del Reich era de noche y no pudieron apreciar en toda su amplitud la auténtica dimensión del desastre. La ciudad estaba a oscuras —obviamente no había electricidad— y lo poco que se podía apreciar a la luz de alguna que otra fogata, que no sabían si eran rescoldos de un incendio mayor provocado por los proyectiles que aún no se había extinguido o un improvisado hogar, denotaba que había sido asolada casi por completo. Su fantasmal aspecto, contrariamente a lo habitual, no era potenciado por la lobreguez de la noche. Ahora, a mitad mañana, con un sol radiante, resultaba mucho más estremecedor. Tras meses de bombardeos, y desde el 20 de abril, día en que Hitler cumplía 56 años y recibía como regalo de los rusos los primeros obuses que alcanzaban Berlín, se había luchado palmo a palmo, casa a casa, cuerpo a cuerpo.

—No puedo creer que estemos en Berlín —dijo Sam, horrorizado.

—Es espeluznante, sabía que los combates habían sobrepasado aquí los límites de cualquier lucha. Me han contado toda clase de incidentes, a cual más espantoso, me han hablado de muertes horribles, de otras inútiles, de violaciones en masa, de suicidios por no poder aguantar la situación, de pillaje, de un sinfín de atrocidades que uno relaciona con la locura propia de toda guerra, pero esto... Nuestros servicios de información no exageraban.

—¿Sabes que dijo Hitler en 1935? "Dadme diez años y no reconoceréis Alemania". Diez años se cumplen ahora.

Cuanto su vista abarcaba era un montón de ruinas, de escombros, de hierros retorcidos y personas tan astilladas como los cascotes esparcidos por doquier. Sam no reconocía Berlín en aquella especie de descuidado ya-cimiento arqueológico contemporáneo en que se había convertido la ciudad. Le resultaba difícil orientarse. Los rótulos de las calles no existían o estaban agujereados por balazos, y estas se hallaban llenas de escombros, bloqueadas algunas por antiguas trincheras y derrumbes, con manzanas convertidas en un descampado.

Tras pasar un par de controles llegaron a la puerta de Brandeburgo. Parecía la de acceso al túnel del horror, aunque desde luego no se trataba de ninguna atracción y carecía de salida. Frente a ella, Pariser Platz era un inmenso solar, y Unter den Linden una pista de aterrizaje mal conservada.

Restos de trincheras de artillería, fosos para los cañones, habían sido tomados por los niños en Pariser Platz. Desde la cabina de un camión destrozado un par de muchachos, que no pasarían de los doce años, "dirigían" los movimientos de una docena de chiquillos y chiquillas que jugaban con ellos. Se quedaron mirándoles, no adivinaban qué tipo de juego era aquel: los niños hacían de soldados, eso era obvio, pero las niñas se limitaban a permanecer en corro simulando ignorar sus maniobras hasta que un par de chicos se dirigían a una de ellas y le ordenaban que les siguieran hasta la cabina del camión, lo que hacían obedientes. Una vez allí, desde su posición ya no podían ver qué pasaba.

—¿A qué juegan? —preguntó Bob.

—No estoy seguro. Supongo que a ser adultos. Los niños, que hacen de soldados, van a donde están las niñas y dicen a una: *Frau, komm mit!*

—¿Y eso qué significa?

—¡Mujer, ven conmigo! Les dicen eso y ellas les siguen hasta los restos de aquel camión. ¿Ves? Juegan a lo que ven a su alrededor. Mimetizan, más que imitan, lo que hacen los adultos, como todos los niños.

—Ya. La mayoría de estos chicos solo ha conocido la guerra y todos han sido educados bajo el nazismo. Los rusos han hecho de las mujeres parte de su botín, han violado sistemáticamente. Jóvenes, viejas, niñas... Les daba lo mismo. Entraban en los búnkeres y con linternas alumbraban los rostros de las mujeres para poder elegir. Ahora han descendido mucho las violaciones, pero siguen siendo una amenaza diaria. Muchas han optado por tener un amante fijo. Cama por protección. Otras se ofrecen antes de que las fuercen. Cama por comida. También ha habido comportamientos exquisitos, sobre todo por parte de los oficiales, pero desde luego no ha sido la tónica general.

En medio de aquella desolación, la puerta de Brandeburgo se veía animada, como en un día festivo. Era punto de encuentro de quienes se dedicaban al trueque y al mercado negro. Se detuvieron. Sin llegar a bajar del coche, enseguida se vieron rodeados de gente que les pedía cualquier cosa de comer a cambio de relojes, joyas u otros objetos personales, aunque la mayoría de los relojes no funcionaban y las joyas eran baratijas. No había un solo hombre joven, y de mediana edad muy pocos, los lisiados o inválidos. Continuamente les pedían cigarrillos. El valor de un pitillo era el mismo que el cien gramos de pan.

Unter den Linden, explicaba Sam a Bob, era un hermoso bulevar, arbolado de tilos.

—Paseo de los tilos, significa. Por esta época empezarían a estar en flor. Despiden un suave y fresco aroma, puede que un tanto dulzón, pero ya me gustaría olerlo ahora.

El estrépito de un edificio, o de lo que quedaba de él, al ser demolido les sobresaltó. Fueron los únicos. Los demás ni se inmutaron. Cada uno siguió con lo suyo, fuera mujer, niño u hombre. Bastante tenían con preocuparse de sí mismos. Era uno de los edificios de la contigua Wilhelmstrasse, sede de varios ministerios, del partido nazi y de la Cancillería del Reich, y escenario de alguno de los más cruentos combates. La calle estaba llena de cráteres.

Grupos de mujeres se afanaban desescombrando; sobre los montones de ruinas, en fila, se pasaban una a otra un cubo lleno de ladrillos que habían recogido de entre los escombros, depositándolos en la calle ordenadamente para su posterior reutilización.

Muy cerca de la puerta de Brandeburgo, en Oberwallstrasse, el edificio en que se hallaba su antiguo apartamento estaba cortado en sección, una bomba lo había destrozado. Unos cuantos niños subían y bajaban por los destartalados tramos de escalera que permanecían en pie, brincando de un sitio a otro sin preocuparles el peligro, acostumbrados a convivir con él. Un señor mayor les echó a cajas destempladas.

Siguieron por Unter den Linden hasta Alexanderplatz. Mirasen donde mirasen, el paisaje era siempre el mismo. Berlín estaba uniformemente destruido. Más chiquillos entre las ruinas, grupos de mujeres que seleccionaban ladrillos y colas, largas colas de mujeres junto a las bombas de extracción de agua para llenar sus vasijas, cubos y palanganas, frente a una de las cantinas móviles desde la que los soviéticos servían diariamente sopa caliente, o ante las panaderías, que precisamente ese día habían vuelto a abrir para elaborar un pan negro y húmedo del que, no obstante, nadie se quejaba. Al detenerse de nuevo frente a una de estas colas, un par de muchachas que se hallaban en los últimos lugares, los más próximos al vehículo en que estos viajaban, salieron corriendo al ver que paraban.

—¿Por qué huyen?

—Temen a los militares. Los rusos, te decía, han cometido muchas salvajadas.

Al apercibirse por los gritos de las demás que no se trataba de soviéticos, regresaron a sus puestos.

—Se han asustado al verles —les explicaba una mujer—. Como observarán son unas muchachas hermosas y robustas, y las muchachas así, rollizas, son las preferidas de los rusos. Ha sido ver que un vehículo se detenía y salir pitando. Cuando llegan los rusos no dan tiempo para preguntar acerca de sus intenciones. Las mañanas son más seguras, por eso las colas son también más largas. Por la mañana los rusos están durmiendo la borrachera de la noche anterior o todavía resacosos, o enfrascados en sus tareas de soldados, pero a medida que avanza el día van bebiendo y el peligro aumenta.

—No sé yo si son más peligrosos ebrios o sobrios —intervino otra—. Para ellos solo somos parte de la recompensa que les corresponde por haber ganado la guerra, como los relojes que tanto les gustan, o los mecheros, o las joyas.

—Son unos animales, eso nada más, unos animales —replicó una tercera—. ¿Saben que cuando ven una bombilla encendida se la llevan consigo creyendo que la luz está en su interior?

—Conmigo se portaron muy bien —dijo una mujer de treinta y tantos años—. Estaba escondida con mis dos hijas en una buhardilla cuando de repente entraron. Asustada, me ofrecí enseguida para evitar que le hicieran nada a mi hija mayor, de 12 años. No solo nos tocaron a ninguna, sino que nos dejaron la comida que llevaban.

—A saber qué les harías —espetó otra de edad parecida.

—No, si todavía hay quien quiere defender a esos bárbaros —se quejaba una anciana.

Alguien dio el aviso en ese momento de un accidente en el que había muerto un caballo, a un par de manzanas. Rápidamente, muchas mujeres abandonaron la cola. *¿Tienes un cuchillo?*, se preguntaban. Esa noche, las que consiguieran llegar más pronto y dispusieran de algún instrumento cortante podrían cenar unos suculentos filetes. Una ocasión así no se presentaba todos los días.

También algunos niños marcharon corriendo al lugar del siniestro. Como si de conejos se tratara, empezaron a salir por los boquetes de los muros medio derruidos, estrechas aberturas que solamente sus menudos cuerpos podían cruzar. Se mostraban tan recelosos como las lozanas muchachas que habían salido despavoridas al verles. Con inusitada rapidez desaparecían de la vista nada más adivinar la intención de dirigirse a ellos. Volvían enseguida a sus agujeros, de los que solo salían para mendigar o escarbar en la basura en busca de comida. Sucios, famélicos, desconfiados —algunos también mutilados—, iban provistos de palos o barras de hierro cogidas de entre los escombros.

No habían pasado cuarenta y ocho horas cuando Bob comunicó a Sam que tenía dos noticias para él, aunque, lamentablemente, muy distintas. William, su padre, había caído enfermo, no sabía muy bien especificarle de qué, pero estaba grave. Lary, en todo caso, sugería que partiera cuanto antes para Nueva York. Pero no se iría con las manos vacías. Había conseguido localizar a Helmut. Se hallaba en un hospital en Sankt Ottilien, a treinta kilómetros de Múnich, un antiguo monasterio que durante la guerra había sido transformado en sanatorio y que ahora estaba en manos de los estadounidenses tras conducir a los enfermos alemanes a otros lugares y concentrar allí a exprisioneros de los campos.

Bob le acompañó a Sankt Ottilien. Helmut ya estaba advertido.

—¡Sam! ¡Eres tú, Sam! —se aferró a su cuello llorando nada más verlo—. ¿Por qué habéis tardado tanto? Pasaban aviones, y más aviones, siempre de largo. ¡Sam!

Estaba bastante bien de salud dadas las circunstancias, aunque muy débil y envejecido, pero podría llevárselo con él. Bob, con el consentimiento de Lary, había hecho las gestiones oportunas, y conseguido los permisos necesarios. En medio del caos, de tantos y tantos desgraciados que carecían de documentación alguna, le hicieron pasar por hermano de Martha.

Con Helmut, pues, marchó Sam de Alemania a finales de mayo. Y con el recuerdo de la última situación que vivió en Berlín. En Alexanderplatz, un grupo de ciudadanos hacía corro delante de uno de tantos pasquines que los aliados habían empezado a pegar en las calles de las principales ciudades alemanas, en los lugares más concurridos. El que contemplaban, en silencio, con gestos de incredulidad, moviendo la cabeza a uno y otro lado, sobrecogidos, llevaba impresas unas fotografías del campo de concentración de Dachau que a Sam le resultaban desgraciadamente familiares. Podían verse los montones de cuerpos esqueléticos que horrorizaron a los soldados estadounidenses y dieron lugar a los episodios de venganza del primer día de su ocupación. Las imágenes eran de lo más explícitas y bajo ellas, en gruesos caracteres, figuraba impresa la pregunta *¿Quién es el culpable?* Nadie decía nada. Compungidos, se alejaban parsimoniosamente. Un poco más adelante les esperaba otro cartel que respondía a la pregunta del primero: *¡Esta ciudad es culpable! ¡Vosotros sois culpables!*, se leía.

Capítulo X

1

NO PARECÍA el lujoso y selecto hotel Waldorf Astoria el lugar más indicado donde encontrar a los maquiavélicos estalinistas en su cruzada para extender el comunismo por todo el mundo. Sin embargo, durante los últimos días de marzo de 1949 lo más florido del pensamiento, la ciencia, la cultura y el arte del rojerío mundial debatía en sus salones acerca del futuro de la humanidad. Y es que el día 25 se había inaugurado el Congreso Cultural y Científico por la Paz Mundial. El responsable de su organización, el Consejo Nacional de las Artes, Ciencias y Profesiones, era para la izquierda antiestalinista y para parte de la intelectualidad estadounidense —en líneas generales, especialmente antes de la guerra, siempre complaciente con las propuestas de la izquierda radical— una tapadera de la Kominform, que consideraban la verdadera impulsora del evento.

Personalidades como Albert Einstein, Charles Chaplin, Leonard Bernstein, Dimitri Shostakovich, Paul Éluard, Lillian Hellman, Arthur Miller, Norman Mailer o Dashiell Hammett, entre otros muchos, habían sido invitadas a participar y exponer su opinión ante los asistentes a la reunión. También Sam, que gozaba de cierta reputación en los ambientes izquierdistas por sus actividades a favor de las libertades civiles y como escritor cuya obra, fueran artículos o novelas, reflejaba un evidente compromiso con los desfavorecidos en general, con las minorías, los perseguidos, los marginados.

En 1945, solo seis meses después de haber regresado de Alemania, Sam había publicado —tras consultar con Lary de qué información podía hacer uso y de cuál no— *Cielo negro*, un libro de testimonios sobre las experiencias de los prisioneros en los campos de concentración nazis que había conseguido gracias a Bob. No había olvidado las palabras de aquel hombre en Dachau, debía contarlo. Se limitó a transcribir las revelaciones de los protagonistas, los antiguos prisioneros, sin añadir nada de su cosecha, ni un simple comentario, más allá de una introducción en que manifestaba: *Lo que presencié en Alemania mientras residí en Berlín hacía presagiar lo peor, y llegó la guerra y el horror, los millones de muertos, la destrucción sistemática de ciudades e infraestructuras, la desolación. Nos estremecimos ante tanta brutalidad, ante tanta barbarie. ¿Somos seres humanos? ¿O simplemente alimañas de aspecto humano? ¿Cómo puede el hombre llegar a cometer tanta atrocidad, tanta bestialidad, tanta acción cruel? ¿Cómo puede albergar tanta inhumanidad? Todavía no he digerido lo que vi a mi regreso vísperas de la rendición de Hitler y sus secuaces, lo que vi en Dachau y en otros campos de exterminio que visité luego. Demasiado espanto, demasiada rabia. Los testimonios que aquí se reproducen son lo suficientemente explícitos, sus palabras duelen hasta encoger el ánimo y llenarnos de dudas acerca de hasta dónde puede llegar el ser humano cuando se deja llevar por el miedo, cuando es capaz de abrazar causas que no solo nos envilecen, cuestionan la propia esencia del ser. No me siento con fuerzas para añadir nada, sería una falta de respeto. Solo quién ha experimentado el horror, quien ha coexistido años y años con la monstruosidad, quien ha conocido la aberración como norma y ha conseguido sobrevivir a la vesania más repugnante y perversa, tiene en estos momentos derecho a expresarse. Los demás debemos escucharlos, es nuestro deber.*

Dejemos, pues, que hablen ellos. Y desde lo más profundo de nuestro ser reflexionemos acerca de sus testimonios —es imposible ponerse en su lugar— y escuchemos lo que nuestro interior dice. Mejor sintamos.

La crítica recibió *Cielo negro* como un libro valiente, duro, que debería leerse incluso en las escuelas *para que nuestros jóvenes conozcan las atrocidades de que son capaces los totalitarismos y puedan construir un futuro mejor*, dijo *The New Yorker*.

Poco después, en la primavera de 1947, veía la luz *Livianos cadáveres*, donde novelaba algunas de las experiencias recogidas en *Cielo negro* vividas desde el punto de vista de un mísero trabajador de la morgue berlinesa que de repente, sin saber muy bien cómo, terminó en el campo de exterminio de Auschwitz. Alguien le acusó de ser comunista y condescender con los judíos, y un tribunal, mediante un pobre y anodino procedimiento formal que se hacía pasar por juicio, le condenó a ser recluido en Auschwitz. Allí pasó a formar parte de un sonderkommando y tuvo que "trabajar" para los nazis. Debía conducir a los prisioneros a la cámara de gas, engañándoles para que creyeran que les iban a duchar para desinfectarlos, escuchar los gritos de desesperación cuando se daban cuenta de lo que realmente sucedía, retirar los cuerpos de hombres, mujeres y niños —a alguno de los cuales conocía—, arrancarles si se daba el caso sus dientes de oro e incinerarlos en los hornos crematorios. Añoraba su trabajo en la morgue, los cadáveres de ambos sexos y de todas las edades que contemplaba día a día. Aunque muchos estaban desfigurados por heridas, fortuitas o deliberadas —deliberadas gene- ralmente—, aunque estaba habituado a contemplar en sus rostros rictus de dolor e incluso pánico en aquellos que había encontrado una muerte abrupta y violenta, aunque movía de acá para allá criaturas de rostro angelical que parecían dormidas, añoraba la morgue, el peso de los cadáveres, sobre todo; los que en Auschwitz recogía a manos llenas no pesaban, les habían vaciado el alma. Todo esto se lo planteaba el protagonista una vez terminada la guerra, tras ser liberado y regresar a Berlín, sin hogar, sin oficio ni beneficio y con un enorme sentimiento de culpa por haber sobrevivido. La crítica consideró ahora a Sam un escritor en la más pura tradición de los *tough writers*, de discurso realista y directo, prosa seca, dura, aparentemente simple, pero de exquisita construcción, pues —decían los críticos— dominaba a la perfección el ritmo narrativo. Aunque la novela no llegó a ser un superventas, no pasó desapercibida por el público ni mucho menos.

Su intensa actividad literaria —también había publicado algunos relatos y numerosos artículos— no le impidió participar activamente en el movimiento por la defensa de los derechos civiles. En 1946, junto a Martha, colaboró en la fundación del Congreso por los Derechos Civiles y el Congreso por los Derechos Civiles de Nueva York, entidades que pronto fueron tachadas de subversivas y comunistas.

Una nueva novela de Sam había visto la luz antes del Congreso del Waldorf, en diciembre de 1948, *El desahucio*. Su tercer título tras el fin de la guerra no tuvo, sin embargo, la misma acogida ni por parte de la crítica ni del público. La trama de *El desahucio* —una novela breve que apenas sobrepasaba las ciento cincuenta páginas— transcurría en Nueva York, en Harlem, en 1932, en plena crisis, y se centraba en una familia —padre, madre y tres hijos, el mayor de los cuales tenía siete años— que había perdido toda fuente de ingresos y se veía obligada a abandonar la pequeña y pobre estancia de dos piezas que habitaban al no poder pagar el alquiler. En Harlem, no obstante —y esto era verídico—, se creó un Consejo de Desempleados que organizó grupos de defensa para resistir los desalojos. Cuando llegaban los alguaciles para hacer efectiva la orden, decenas, centenares, incluso miles de personas se concentraban en el lugar para impedirlo bajo el lema *Si no hay trabajo, no hay renta*. Los alguaciles sacaban a la calle el mobiliario, y nada más irse estos, los grupos contra desahucio los volvían a subir al apartamento. Nada podían hacer frente a la cohesión y la fuerza del movimiento popular. Si el asunto llegaba al juzgado, asistían en masa para influir en los jueces. Así las cosas, la resistencia sumaba éxitos y eran muchos los desahucios que no prosperaban, entre ellos el de los protagonistas de la novela de Sam.

La manera en que Sam abordó el asunto no gustó. Que sus protagonistas fueran negros no dejaba de ser algo secundario en la obra. Si bien dejaba patente que el segregacionismo estadounidense hacía que la comunidad negra fuera más vulnerable a los efectos de la crisis —más de dos tercios de los habitantes de Harlem estaban en paro en el momento en que se contextualizaba la acción, pero las cifras del Lower East Side, donde predominaban los judíos y los europeos del este, no diferían apenas— no diferenciaba entre unos y otros. No era, pues, la negritud la causa última de su sufrimiento. De este modo, Sam igualaba blancos y negros y centraba el tema en el conflicto de clases. *Mi patrón era blanco, mi casero era negro, ambos me jodieron, ambos son ricos*, decía el protagonista antes de terminar en la cárcel por subversivo. La novela no se quedaba ahí, su denuncia de la especulación cuestionaba el derecho a la propiedad privada en situaciones de manifiesta injusticia social. *¿Su casa?*, decía Lester —el protagonista—, *que esté a su nombre no significa que sea suya*. Abogaba igualmente por el derecho a la resistencia civil y la desobediencia: *Su ley es la misma que la de hace cien o doscientos años, o más, la ley de los poderosos, la de la opresión, la que garantiza el dominio de los que tienen sobre los que no tienen. Su ley es una vergüenza, y usted debería avergonzarse por defender lo que defiende*, decía Lester en otro momento al juez.

El Consejo de Desempleados de Harlem se consideraba que había sido auspiciado por el Partido Comunista y los protagonistas eran negros, ¡y procomunistas! Los más conservadores vieron en *El desahucio* un ataque a la propiedad privada, una llamada a desobediencia civil. *Una novela propia del realismo soviético*, dijo algún crítico. *Gorki lo hacía mejor*, dijo otro. Le llovieron acusaciones de hacer el juego a los comunistas y entonces todos empezaron a ver detalles en sus obras que les habían pasado inadvertidos en los que no había duda que mostraba sus simpatías por el comunismo. También tuvo críticas favorables, las menos. *The Nation*, por ejemplo, destacó la valentía de decir las cosas por su nombre.

Poco antes de inaugurarse el Congreso, sin embargo, el *Saturday Evening Post* rechazó un cuento suyo —*El día que August Lingg fue a vender pescado a Haymarket Square*, sobre los conocidos sucesos del 1 de mayo de 1886 en Chicago— por *no ser su contenido apto para una lectura, digamos, familiar*. No era la primera vez que no le aceptaban una obra, sí que lo hicieran aduciendo razones morales.

La intervención de Sam en el Congreso Cultural y Científico por la Paz Mundial resultó polémica. Abogó por un socialismo humanista que garantizara la capacidad de los seres humanos de ser dueños de sus vidas, un socialismo que, dijo, debía estar alejado tanto de la burocracia soviética como de los intereses de las elites económicas estadounidenses que lo utilizaban para desviar la atención de los verdaderos problemas que aquejaban a la sociedad, que no eran otros que los derivados de la tremenda desigualdad entre quienes tomaban las decisiones y se beneficiaban de ellas y quienes las sufrían.

Con tal declaración de principios consiguió poner de acuerdo por una vez a los organizadores y a los partidarios de reventar la conferencia, que se habían infiltrado entre los asistentes. La mayoría abucheó a Sam, que antes de dejar el estrado comentó: *Estamos condenados a entendernos. La derrota del nazismo solo ha sido un paso en la lucha contra la iniquidad, un paso muy importante pero no definitivo. No podemos, no debemos, servirnos de la victoria para imponernos sobre los demás, para adueñarnos del mundo, o de una*

buena parte de él, y seguir perpetuando la injusticia que
supone que unos, sea el aparato del Estado, sea el capital
privado, controlen la vida de los demás y mantengan la eterna
división entre los que tienen mucho y los que no tienen nada.
Y tanto me da que esto se dé bajo un régimen que dice ser
comunista o bajo otro que defienda los principios del
capitalismo.

Como la práctica totalidad de los participantes en el
Congreso, Sam —que acudió en compañía de Martha— hubo de
pasar, tanto al entrar como al salir, por entre medio de una
muchedumbre que clamaba contra el complot comunista.
Connivente con el régimen de Moscú hasta lo intolerable, para
los WASP[8] —los estadounidenses "de bien" que se consideraban
a sí mismos los únicos depositarios de los verdaderos valores
de la nación— el Congreso era una auténtica declaración de
intenciones de los comunistas, cada vez más próximos a
infiltrarse en la sociedad estadounidense. Militantes de
organizaciones "patrióticas" y religiosas manifestaban a las
puertas del conocido hotel su oposición a tan inaudito desafío.
Comunistas a Rusia, Comunistas fuera de nuestra patria,
Fuera de nuestros hogares, Marchaos a Moscú, eran algunas
de las leyendas que podían leerse en las pancartas que los
manifestantes de la Legión Americana y otras asociaciones
afines exhibían frente a la entrada.

Del Waldorf al apartamento de Martha y Sam, en la calle
53, había menos de diez minutos a pie. Sam sugirió dar un
pequeño paseo —la temperatura era agradable cerca del medio-

---

[8] White Anglo-Saxon Protestant. El concepto comenzó a generalizarse
en la década de 1950.

día— y comer en Louis and Armand, un restaurante francés de la calle 52, algo caro, pero de excelente cocina.

—Al menos démonos una alegría. Nos lo merecemos después de lo de esta mañana.

—Me parece una excelente idea.

A punto de entrar, una mujer se acercó a saludar a Martha. Era Diane. Se conocían de Central Park. Si el tiempo y sus obligaciones lo permitían, Martha iba con frecuencia con los pequeños. Sam y Martha habían sido padres por segunda vez. El 2 de febrero de 1946 había nacido Bill. Le pusieron por nombre William, en recuero de su abuelo, que había fallecido en julio de 1945, pero como a él con respecto a su abuelo todos le llamaban Bill. En septiembre de 1947 nació Hannah. Martha solía dar un largo paseo y marchaba antes de que oscureciera, no sin previamente sentarse en un banco junto a la salida que da a la calle 59, cruce con la Sexta Avenida, a fumarse un pitillo. Diane, Diane Sullivan, tenía los mismos hábitos, aunque no tenía niños, no podía tenerlos a causa de una alteración en las trompas de Falopio que impedía que el óvulo llegara al útero, le contó una vez. Solía pasear a un sobrino suyo que tenía un par de meses más que Bill, le gustaban mucho los niños. Ambas se veían casi todos los días, solían hacer más o menos el mismo recorrido. Empezaron por saludarse, un día cruzaron unas frases, otro unas cuantas más, hasta terminar paseando juntas al tiempo que intercambiaban confidencias.

Diane era unos pocos años más joven que Martha y trabajaba en el MoMA, de conservadora. Iba acompañada de su marido, Gregory Adams, de edad parecida a la de Sam, al que todos llamaban Greg, sociólogo de formación que era adjunto a la dirección de la Oficina de Estudios Especiales de la Fundación Rockefeller. Casualmente tenían la misma intención que ellos, comer en Louis and Armand. Martha sugirió compartir mesa. Greg y Diane aceptaron gustosamente.

—¿Entonces has intervenido hoy? Lástima. Nos hubiera gustado escucharte. De hecho, nos acercamos al Waldorf a mitad mañana, pero aquello era una locura y desistimos entrar. ¿Qué tal ha ido? —preguntó Greg.

—No muy bien, la verdad.

—¿Y eso?

—Ha habido un momento en que incluso le han abucheado —dijo Martha—. Unos y otros. Ha sido bastante desagradable.

—¿Unos y otros? ¿Quiénes son los otros?

—En la sala había reventadores que solo querían provocar y llevar el Congreso al fracaso —explicó Sam—. Y al parecer estaban bien coordinados. Dashiell Hammett, a quien me une una cierta amistad y por quien siento un gran respeto, me comentó después que un grupo de intelectuales de esos que se declaran profundamente antiestalinistas dirigían el boicot desde una de las suites del Waldorf.

—Debe ser cosa de los del Comité por la Libertad de la Cultura —dijo Greg.

—Pero eso, ¿en realidad qué es? —preguntó Martha—. Dicen oponerse a cualquier totalitarismo y defender la libertad individual para crear, la universalidad de la cultura... ¿Quiénes controlan realmente esa asociación?

—Bueno, ahí hay un conglomerado un tanto heterogéneo. Digamos que su impulsor y una de las personalidades más influyentes en su seno es Sidney Hook.

—Hook. Como el capitán pirata de *Peter Pan*. Adecuado nombre. Si fue el responsable de aquello, su actuación en el Waldorf es digna de un pirata. Aunque es filósofo ¿no?

—Así es, Sam. De la Universidad de Nueva York. Mantengo cierta relación con él, por la fundación. Sinceramente, creo que es un hombre bienintencionado al que le pierde su aversión por Stalin. Cuenta con una larga trayectoria de lucha por las libertades, participó activamente en la campaña contra la ejecución de los anarquistas Sacco y Vanzetti cuando era comunista, pero después rompió con ellos, con los comunistas, a principios de los treinta si no recuerdo mal, y se unió a los trotskistas del Partido de los Trabajadores de América. Formó parte del comité de defensa de Trotsky, pero su odio a Stalin es visceral, demasiado visceral. Yo, os confesaré, era miembro del Partido Comunista. Lo fui hasta la Gran Purga, la gran traición de Stalin, pero mi pensamiento no ha cambiado, sigo creyendo, como dijera Trotsky, que el gran mal del movimiento obrero mundial es la burocracia, los métodos totalitarios que emplean sus dirigentes. Los partidos y sindicatos que dicen representar a la clase obrera han sido corrompidos por esa burocracia. Así nunca se construirá una sociedad socialista, una verdadera democracia obrera. El socialismo no es únicamente una construcción económica. También yo odio a Stalin, pero no comparto las tesis de Hook, para quien cualquier cosa vale con tal de combatir el estalinismo.

—Veo que lo conoces bien.

—Mi trabajo en la fundación me obliga, trato con muchos como él.

—¿Sabes, Sam? —terció Diane—. Greg es un admirador tuyo. Ha leído casi todo lo que has escrito, le entusiasma tu estilo y los temas que abordas.

Sam no sabía cómo responder ante palabras tan halagadoras. Pensó que era un cumplido y agradeció el comentario. Pero era cierto. Greg conocía sus obras. Había leído sus novelas, sus artículos y varios de sus relatos. Su opinión, además, coincidía a grandes rasgos con la que el propio Sam tenía de su obra.

—A pesar de lo que digan los críticos, que parecen estar más preocupados por su propio metalenguaje que por la manera de expresarse de los demás, yo, si tuviera que elegir, me quedaría con la primera y la última de tus novelas, *En tierra ajena* y *El desahucio*.

El comentario de Greg agradó a Sam. También su apreciación acerca de lo sucedido en el Waldorf y la histeria anticomunista que se extendía por el país cual río de lava que avanza lenta e inexorablemente arrasando cuanto encuentra a su paso y modificando el paisaje para siempre. Era evidente que congeniaban.

—Todos esos que tanto odian a Stalin... No sé, no seré yo quien defienda a Stalin, pero creo que confunden comunismo con estalinismo, y que más de uno lo hace interesadamente.

—Completamente de acuerdo —dijo Greg—. La Unión Soviética, por mucho que se diga, no representa en estos momentos una amenaza seria de ninguna clase, aún no se ha recuperado de la guerra, su economía está exhausta, sus infraestructuras seriamente dañadas y ha perdido millones de hombres en edad de trabajar durante el conflicto. Sabe, además, que la economía norteamericana es infinitamente superior, y eso equivale a decir que cuenta con una industria armamentística mucho más potente. Pero, claro, hay que aprovechar el momento. La histeria anticomunista resulta, así, muy útil. Tener un enemigo exterior es algo muy práctico.

—En este país —argumentó Sam—, donde el culto al individualismo y al lucro está tan extendido, la propaganda anticomunista goza de un excelente caldo de cultivo. En la Unión Soviética sus líderes no han de preocuparse por elecciones ni por ganarse el favor el favor de los congresistas, aquí en cambio constituye la base de la acción de gobierno. ¿Qué mejor que aglutinar en torno a él a los ciudadanos en la defensa del país, de su seguridad, de su modo de vida, que frente a una amenaza exterior? Creo que la alternativa no puede ser capitalismo o comunismo, identificando el primero con Estados Unidos y el segundo con la Unión Soviética. Es una disyuntiva falsa. Ni una cosa ni otra, dicen. Democracia. Y eso es lo mismo que decir: este es el mejor mundo de todos cuantos podamos construir. Es posible que así sea, pero la democracia, al menos como yo la entiendo, no es lo que representa nuestro país en estos momentos, ni veo que vayamos en esa dirección. Pero, y disculpa si me entrometo en lo que no es de mi incumbencia, ¿cómo, pensando así, te dejan trabajar en la Rockefeller?

—Cuidando qué cosas digo y cuáles me callo. En la fundación no soy tan locuaz con estos asuntos —respondió Greg entre risas.

Tras más de dos horas de conversación, tan interesante como inesperada, ya a punto de despedirse, Greg les invitó a cenar con él y su esposa la semana siguiente, en su casa. Sam y Martha aceptaron encantados. Habían sintonizado en muchas cosas. Más allá de los elogios que ambos habían mostrado por el trabajo de Sam —sinceros y con conocimiento de causa—, sus preocupaciones sociales eran las mismas: la evolución de la posguerra europea, la defensa de una serie de derechos inalienables, la mayor participación ciudadana en los asuntos de Estado para preservar la esencia de la democracia y la necesidad de construir un futuro sobre la paz, la solidaridad y la igualdad. Sam, por otra parte, no había encontrado hasta entonces a casi nadie que defendiera con tanta claridad lo que él mismo sostenía desde hacía tiempo: la aviesa confusión entre comunismo y estalinismo. Eran, además, de agradable trato, educados y tolerantes. Puede que un tanto habladores, comentó Sam de regreso a casa —a quien sorprendió en principio la prontitud con que les había declarado su posicionamiento político; luego apreció su gesto, pues como les había dicho ni Martha ni mucho menos Sam eran para él unos desconocidos, aunque nunca se hubieran visto en persona—. Una pareja estupenda, encantadora, concluyeron los dos.

2

Camila, que había cumplido setenta y cinco años que no aparentaba, vivía entregada a sus nietos. Quedó muy abatida al morir William. Toda una vida juntos, las mismas ilusiones, los mismos propósitos... Es difícil sobreponerse a una pérdida así, no solo muere la persona que amas, es una parte de ti que desparece para siempre.

Egon seguía estudiando música y sus progresos con el saxo eran cada día más notables. Entre abuela y nieto se estableció pronto una especial complicidad. Aunque alejada del mundo de la música —tras la muerte de William había vendido Mirliton Jazz Records a Otto Wulff a un precio más que razonable—, Camila estaba al tanto de las novedades —especialmente en lo que al jazz concernía— y eran muchos quienes no se habían olvidado de ella y le mandaban sus discos.

Egon, con quince años, prometía ser —al menos ese era el parecer de Camila— un virtuoso del saxofón. Empezaba a dominar el instrumento, pero Camila le aconsejaba que no tuviera prisa.

—La impaciencia es muy mala compañera. Por momentos empiezas a hartarte de tanta preparación, de tanto ejercicio, horas y horas repitiendo lo mismo. Cansa. Pero no hay otro modo. No seas impaciente. Ni vanidoso, nunca creas que ya lo sabes todo y que estás listo. El mundo es tuyo, piensas. No lo hagas, te equivocarás. Sé humilde, esto es un aprendizaje continuo. ¿Sabes por qué? Porque la música es vida. La capacidad de hacer que lo que unos componen y otros interpretan despierte sentimientos entre el público, y que seas tú quien transmita esas sensaciones, no está al alcance de cualquiera. Hay que creer en lo que se hace.

—A mí me gusta lo que hago, me apasiona.

—No es suficiente. A uno le puede gustar mucho una cosa, entusiasmarse con ella, pero ser incapaz de hacerla, bien al menos.

—¿Entonces? ¿Hasta cuándo tendré que seguir así?

—Hasta que sea necesario, Egon. Eres muy joven aún. Pero un buen día se presentará tu primera oportunidad, lo que no quiere decir lo primero que te ofrezcan. No la desaproveches. Piensa antes de aceptar si se adecua a tus capacidades, si dominas lo suficiente el instrumento para la empresa que se te requiere y, sobre todo, si vas a sentirte a gusto sobre el escenario. Esto es muy importante, pero, claro, de nada sirve sin lo demás. ¿Me explico?

—Sí, creo que sí. ¿A ti te costó llegar a ser cantante, una buena cantante?

—Estudié mucho. Pero mucho. Desde que llegué a París con apenas catorce años hasta que debuté diez años después no hice otra cosa. Solo te diré que, con veinticuatro años, fue mi padre quien me descubrió el verdadero París. Así que sigamos practicando.

—¿Más? Llevamos toda la tarde.

—Vamos a ver si reconoces tu sonido en alguno de los discos que vamos a escuchar. ¿Te parece? Y, entre tanto, tomamos un batido y unos *brownies*.

Muchas eran las tardes que los dos dedicaban por entero a la música, hasta que llegaban Sam o Martha. Primero, repasar cuanto había aprendido en la Juilliard School of Music por la mañana, después ensayar —Camila le daba el tono con su voz y le acompañaba para que siguiera adecuadamente la cadencia y ritmo, las frases y los silencios— y finalmente —merienda de por medio— la audición de grabaciones de los grandes saxofonistas de jazz, los clásicos y los más innovadores.

Fíjate cómo pasa de la suavidad de su timbre, parece que acaricia el instrumento, que es una prolongación suya, natural, al sonido fuerte y potente del metal, le decía mientras sonaba *All Too Soon* por Webster y la orquesta de Duke Ellington. *¡Qué elegancia! ¿Te das cuenta de su sutil fraseo cuando acompaña a Sarah Vaughan?* Escuchaban a Lester Young y Sarah, que interpretaban *The Man I Love*. *Fíjate ahora en ese sonido, fresco, sin apenas agudos, sin vibrato, y contraponlo al de antes de Webster o Young, o al de Hawkins o Parker, duro, sin ornamentaciones.* Esta vez de Stan Getz. El tema, *Early Autumn*.

—¿A ti cuál te gusta más?

—No sé qué decirte. Es como si yo te pregunto si quieres más a tu padre o a tu madre. Cada estilo tiene sus cosas buenas.

El jazz ha cambiado mucho. Este, el de ahora, desde luego no es el de mi época, es más "intelectual", no sé si me entiendes. Las melodías no son nada fáciles y la improvisación es fundamental, se requiere un mayor virtuosismo. Mira, a mí me gusta la música. Yo empecé como cantante de ópera y acabé cantando jazz. Olvídate de estilos y modas. Siente, crea, toca con el alma.

—¿Hoy no viene Helmut?

—A estas horas ya no creo. ¿Querías algo de él? ¡Ah!, ya sé por qué lo dices, tunante.

En casa de Camila se escuchaba mucha música, y no solo jazz. El plato del tocadiscos casi siempre estaba activo y, si no, la radio puesta. Menos cuando la visitaba Helmut. Necesitado de afecto y comprensión tras diez largos años consumiéndose en campos de concentración, se había convertido en un ahijado para Camila.

Helmut tenía a todos preocupado. No era el mismo que conocieran en Berlín. Si no fuera por el físico y el recuerdo de los momentos que habían pasado juntos, se diría que Sam se equivocó de persona cuando lo encontró nada más finalizar la guerra y consiguió llevárselo a Nueva York. Abatido, deprimido, turbado, ausente, hablaba pocas veces, y cuando lo hacía era, generalmente, para no decir nada.

Sam, Martha y Camila habían tratado varias veces de animarle para que siguiera su carrera musical, tan dramática como injustamente interrumpida. Camila tenía buenos Contactos y hubiera podido conseguir fácilmente —era un buen músico— que formara parte de alguna importante orquesta como las de Benny Goodman o Tommy Dorsey. Pero Helmut se negaba, en redondo, no quería saber nada de orquestas y poco de la música en general. No podía volver a tocar, decía, le resultaba demasiado doloroso. Le habían obligado a hacerlo en Dachau y en Mauthausen muchas veces para disfrute de sus criminales captores o para acompañar a los pobres desgraciados en el último trayecto de su vida, el que conducía a la cámara de gas. Hablaba poco de lo sucedido, no explicaba más, tampoco le preguntaban, era obvio que el simple recuerdo de lo vivido le desquiciaba hasta desordenar sus sentimientos y anular su raciocinio. Esa etapa de su vida —decía— era cosa del pasado, que no quería remover bajo ningún concepto. Solo algunas veces —especialmente al principio de su llegada a Nueva York— había hecho referencia a lo sucedido.

—Era el verano de 1939, aún no había estallado la guerra. Un día vino la Gestapo. Dos tipos. Ásperos, secos, autoritarios. Me dijeron que les acompañara. ¿Para qué?, les pregunté. No lo sabemos, respondieron. Una comprobación. ¿Comprobar qué?, volví a preguntar. ¿Usted ha hecho algo malo?, dijo uno. Yo no, respondí, jamás en mi vida. Entonces no debe temer venir con nosotros, sea lo que sea debe tratarse de un malentendido. Yo creí que así sería. Nunca pensé que sucedería lo que pasó a partir de entonces. Ya en la Gestapo me preguntaron si era homosexual. Respondí que sí. Entonces uno me dio unos papeles. Lea, dijo. Era un informe de la policía de hacía años. Allí ponía que ya había sido detenido en una ocasión, sin consecuencias, lo que, seguía diciendo, debía obedecer a un desliz de los funcionarios competentes de evaluar mi "peligrosidad social". Peligrosidad social, recuerdo muy bien esas palabras. Yo era un peligro social a su juicio. Seguía el informe explicando que era judío y se sospechaba que también comunista, es decir, que tenía todos los números de la rifa. Hemos de arrestarle por esto, me dijeron. No me dejaron siquiera hablar más, ya no para protestar o defenderme, ni siquiera me permitieron regresar a casa, custodiado, para recoger alguna de mis pertenencias. Nada. Me llevaron a Dachau, directo, sin juicio siquiera. Estaba solo, no podía hablar con nadie, no me permitieron que me pusiera en contacto con nadie. Creí que me volvía loco. ¿Cuánto tiempo? ¿De cuánto es mi condena? Si al menos tuviera condena. En Dachau me enteré al cabo de unas semanas de que la guerra había estallado. Pensé que por fin le plantaban cara a Hitler, que mi lucha clandestina con antiguos miembros del KAPD[9] había servido para algo y que todo terminaría pronto. Bueno, ya sabéis que no fue así. En mi expediente figuraba que era músico. ¡Oh!, músico, tenemos una orquesta excelente, los mejores profesionales de entre ustedes, formará parte de ella, me dijo un oficial, no recuerdo su rango. Esto es bastante monótono y aburrido, contamos con usted para amenizar el tedio de cuantos nos vemos obligados a estar aquí por las circunstancias que atravesamos. Me correspondió el violín. Éramos unos veinte, y teníamos buenos instrumentos. Amenizábamos a los gerifaltes. Cuando lo ordenaban, para conmemorar cualquiera acontecimiento o sus victorias en el frente, o el cumpleaños del comandante, cuando les venía en gana. Hacían muchas fiestas, con mujeres. Bebían mucho, y comían como cerdos. Tenían de todo. Entreteníamos también a los compañeros. Fue terrible. ¡Qué os voy a contar! Sam estuvo en Dachau. Ya sabéis lo que era eso. Y luego Mauthausen. El horror. En fin...

El recuerdo de la experiencia seguía vivo y continuaba lacerando su ser. Seguía tan vivo que había que ignorarlo con la amnesia de los sentidos, su vida estaba rota y el recuerdo no la iba a recomponer. ¿Ordenar de nuevo las cosas en la mente? ¿Qué cosas? ¿Las desdichas, las desgracias, los horrores? Mejor no intentarlo siquiera. Sabía que los recuerdos de su vivencia le acompañarían siempre y le dolía ser consciente de ello. Primero luchó por eliminarlos, pero pronto se dio cuenta que solo lo conseguiría si él también se eliminaba. Trató luego de convivir con ellos, pero era demasiado doloroso. Mejor no hablar, hacer el esfuerzo de olvidar.

---

[9] Siglas del Kommunistischen Arbeiter-Partei Deutschlands (Partido Comunista Obrero Alemán).

3

Sam y Martha cenaban en casa de Greg y Diane. No era la primera vez desde que la casualidad hiciera que se encontraran a la puerta de Louis and Armand. Martha apreciaba a Diane desde que empezaran a confraternizar en sus paseos por Central Park. Por fin tenía alguien con quien departir sobre arte contemporáneo, alguien que conocía la realidad artística norteamericana, con la que intercambiar ideas y juicios —Diane profesaba una abierta admiración por la abstracción que Martha no compartía del todo, al menos de manera tan entusiasta— y con la que posiblemente colaborar en un futuro si esta conseguía, como era su propósito, que a Martha la contrataran en el MoMA. Greg, como advirtieran desde el principio, era un hombre que se apasionaba enseguida ante cualquier iniciativa propicia al debate crítico y la acción social en la vida pública, transmitiendo su entusiasmo y dinamismo a los demás.

—Lamento que vuestro amigo Helmut no haya venido. Es una lástima, nos hubiera encantado conocerle.

—Al final su desánimo ha podido más. Estamos francamente preocupados por él. Hay momentos que se le ve emocionalmente equilibrado y otros en que se muestra de lo más inestable e inseguro y no quiere salir de casa para nada.

—Con lo que debe haber pasado el pobre no me extraña, Martha. En su situación yo no creo que hubiera podido sobrevivir a un infierno como aquel —dijo Greg.

—¿Cómo se puede llegar a tal extremo de perversidad, como puede el hombre ser tan cruel consigo mismo? Recuerdo lo que contabas en tu libro sobre aquellos que habían logrado salvar la vida, sobre las ejecuciones en masa, las cámaras de gas, y lo que explicabas de los niños a los que cogían como fardos y arrojaban a los vagones sabiendo que su destino era ser exterminados. ¿Cómo, cómo es posible?

—Imagino, Diane —terció Greg—, que todos llevamos un fascista dentro. Y también un comunista, ¿no, Sam?

—Creo que fue Heráclito quien dijo que bien y mal son la misma cosa. Los dos están en nosotros, pero el bien requiere un mayor esfuerzo de comprensión. Por eso el fascismo es más fácil de seguir. El fascismo, al contrario que el marxismo, se fundamenta en los sentimientos más primarios del ser humano, la pertenencia a un grupo diferenciado es lo que hace que nos sintamos integrados en sociedad. ¡Qué mejor que sentir esa pertenencia en contraposición a otros que son distintos! Nosotros somos los "normales". El pensamiento fascista es simple, esquemático, banal, parte de una verdad absoluta que no busca respuestas sino culpables, no examina el pasado, no le preocupa el análisis, se limita a juzgar y condenar. Cuando las cosas van mal, lo que equivale a decir cuando la economía va mal, la incertidumbre acerca del futuro se apodera de nosotros y tendemos a conservar lo que tenemos, por poco que sea. El miedo nos paraliza y nos volvemos egoístas, y egocéntricos. Cualquier otro intento de construir una sociedad justa y ecuánime requiere de la solidaridad, de la unión, del sacrificio. Y eso, en momentos de crisis, es difícil.

—Lúcido análisis el tuyo. Mientras el individuo se mueva solamente por la inmediatez de lo material y le preocupe poco menos que un bledo los intereses de la generalidad nada hay que hacer. Si no existiera ese miedo al futuro, a llegar a una situación aún peor, en momentos de crisis económica las masas empobrecidas abrazarían la revolución social, y ya hemos visto que no es así.

—Cuando se afirma que esta es una sociedad democrática, en realidad se está diciendo que las instituciones, los partidos, las leyes del capitalismo, la forma de vida que este ofrece, eso que ahora está tan de moda denominar Estado de bienestar, es la única alternativa posible. O eso, o el totalitarismo. Quieren identificar democracia con capitalismo, y no es así: la democracia, tal como yo la entiendo, y presumo que tú también, se acerca más a una sociedad comunista que a una capitalista. De ahí el interés de identificar comunismo con estalinismo. Claro que, todo sea dicho, Stalin está poniendo las cosas muy fáciles para que así sea. No duda en utilizar métodos fascistas para acabar con cualquier oposición. Una burocracia se ha instalado en la Unión Soviética, ha usurpado el poder a los obreros y olvidado que la revolución socialista ha de tener necesariamente un carácter internacional. Ahora bien, si las personas no cambiamos, abrazamos unos valores y defendemos unos derechos que estimamos irrenunciables porque sin ellos no podemos, no sabemos vivir, poca cosa haremos.

—Es necesaria, pues, una vanguardia que aglutine los sectores más conscientes y activos del proletariado, capaz de orientar el movimiento espontáneo de las masas hacia al triunfo revolucionario.

—Ahí discrepamos. Una vanguardia, dices. Una minoría política que canalice la insatisfacción de la mayoría. ¿Y después? Esa vanguardia llega al poder, con loables intenciones, las más nobles, las que van a instaurar una sociedad justa, igualitaria, socialista, comunista, verdaderamente democrática, llámala como quieras. Llega al poder y ¿qué pasa? Que se burocratiza, como ha sucedido en la Unión Soviética, y aparece de nuevo la desigualdad, la insatisfacción, regresan los privilegios, las clases.

—Sé que suena extraño, pero la vida intelectual de Estados Unidos ha cambiado mucho desde los tiempos del New Deal. Una nueva generación entiende ahora que este país cuenta ya con una tradición cultural propia lo suficientemente consolidada y muchos intelectuales creen que pueden aportar aire fresco a los viejos debates europeos. Además, después de la guerra el escenario es otro. Creo que es una buena oportunidad para consolidar una izquierda que impulse una verdadera democracia, es decir, un auténtico socialismo. No podemos mantenernos al margen. De lo contrario, la iniciativa puede, efectivamente, acabar haciendo el juego al sistema.

–¿Qué propones, una especie de infiltración cultural, o intelectual?

–Llámalo como te parezca. Lo importante es hacer cosas. Esto no es nuevo, ni es una "táctica trotskista", ni se ha de circunscribirse solamente a los grandes partidos de masas y sindicatos. ¿Sabéis quién fue Florence Kelley?

–Sí, por supuesto. Una incansable luchadora de los derechos civiles, firme defensora del sufragismo y una de las inspiradoras de la Asociación Nacional para el Progreso de las Personas de Color[10].

–También tradujo la obra de Engels *La situación de la clase obrera en Inglaterra* y se carteó con él. Pues bien, en una de esas cartas Engels, no recuerdo el motivo, decía a Kelley respecto a la Orden de los Caballeros de Trabajo que no se debía vilipendiar su tarea desde fuera, aunque propugnara la colaboración de clases, sino revolucionarla desde dentro. Y añadía que esperar que los norteamericanos emprendan un movimiento con plena conciencia de la teoría formada en los países industriales más antiguos es esperar lo imposible.

–¿Y eso no es entrismo, no es lo que hacen Hook y compañía?

–Hook no entiende nada, le puede el rencor. Lo que sucedió en el Waldorf es un ejemplo de lo que no se debe hacer.

–No acierto a ver cómo sacar adelante lo que dices con dinero de quienes se suponen son los mayores capitalistas del país. No lo veo claro.

–Sin dinero no se puede hacer nada en esta sociedad. Hay que aprovechar, aprovecharse si quieres, de los mecanismos del sistema. Veamos, Sam, yo también tengo mis reservas, pero la realidad es la que es. Y sí, se pueden hacer cosas.

–¿Desde el Congreso por la Libertad de la Cultura por ejemplo?

---

[10] National Association for the Advancement of Colored People, fundada en 1909.

—Por ejemplo, y más que desde otras instancias. La situación, queramos o no, ha cambiado. Nuevos intelectuales han surgido que no creen ni en el comunismo ni en el capitalismo tal como lo representan las grandes potencias. De cómo se articule este movimiento depende en buena parte que esa nueva izquierda juegue uno u otro papel. La idea de organizar un Congreso por la Libertad de la Cultura que siente las bases del papel de los intelectuales, de la cultura, desde la más escrupulosa libertad individual, empezando por la de pensar, exponer y defender las ideas, contrarrestarlas con las de otros, desde el convencimiento que nadie posee la verdad absoluta, no es una mala propuesta. Pero, insisto, siempre y cuando todo esto no quede en manos de Hook y otros como él. En el proyecto hay implicada gente como Bertrand Russell, Igor Stravinski, Tenesse Williams, Arthur Koestler y otros muchos de cuya integridad no cabe dudar.

—No sé, Greg, no sé...

Capítulo XI

1

UN AÑO DESPUÉS Helmut —que se había mudado a un pequeño apartamento en Greenwich Village— parecía otro. Se le veía más animado, con más energía y más comunicativo. Trabajaba con Wulff en Mirliton. Camila se lo pidió a Otto cuando le vendió la discográfica. Otto no puso objeción alguna, sentía un gran afecto por ella. Helmut, sin embargo, solo aceptó trabajar en tareas administrativas, no el departamento de producción, donde Otto le propuso a instancias de Camila. Poco después dejó de rehuir los locales con música y empezó a ir con Sam y Martha a clubes de jazz, en los que causaba furor el *bebop*. Soportaba bien el sonido de la nueva música, tal vez por eso, por ser nueva, distinta a la que él interpretara en su momento. Martha y Sam, no obstante, nunca sabían si realmente le gustaba o bien aguantaba estoicamente, harto de inspirar compasión. Un día, en el Minton's Playhouse, en Harlem, Martha se dio cuenta a pesar de Helmut, que disimulaba como podía sus emociones, que lloraba al escuchar a Thelonious Monk y Kenny Hagood interpretar *I Should Care*.

A veces también iban Greg y Diane, cuya relación con Sam y Martha era excelente y habían aceptado a Helmut como un amigo más. Y Dieter, que definitivamente parecía haber roto con el pasado, aunque se encolerizaba tanto o más que recién llegado cuando se hablaba en su presencia de los nazis o de la colaboración del pueblo alemán en su ascenso y durante la guerra. Regularmente salían juntos a cenar, al teatro, a algún club de jazz.

Sam y Martha estaban muy agradecidos a Greg y Diane por la ayuda prestada a Helmut. Se interesaban por él, por su maltrecho ánimo, y procuraban en todo momento animarle. Greg le puso en contacto con buenos psiquiatras del Instituto Psicoanalítico de Nueva York. El tratamiento comenzaba a dar sus frutos, Helmut disfrutaba de una paz interior como no recordaba haber vivido.

No solo por su actitud hacia Helmut tenían motivos para el agradecimiento. Martha hacía poco que había comenzado a trabajar en el MoMA. Se lo ofreció Diane al enterarse de que había un puesto libre en su departamento, tras hablar con el director y ensalzar la valía de Martha. Martha no se lo pensó dos veces, era la primera oportunidad que tenía para trabajar como historiadora del arte, estaba encantada con su nuevo cometido.

Para ir desde su despacho al de Otto Wulff, en la sede de Mirliton, Helmut atravesaba un largo pasillo que daba a un amplio recibidor, donde estaba su secretaria. Quería consultar con Wulff un par de dudas. Al final del pasillo vio un hombre que se dirigía a la mesa de esta. Fue un instante, lo que el individuo pudo tardar en cruzar los dos metros de anchura del corredor, pero aún le sobró tiempo para reconocerlo. Solo le vio pasar, de perfil. Suficiente. Imposible olvidar aquella larga y afilada nariz y aquel mentón prominente. Se quedó en el pasillo, quieto, donde estaba ni la secretaria de Wulff ni el recién llegado podían verle. Claro que él tampoco les veía, pero no importaba, les oía. Era su voz. Aunque dijo a la mujer que se llamaba Gregor Zimmermann no había duda. Naturalmente que era su voz. Nunca había dejado de oírla, aunque no supiera nada de su emisor desde 1944. Era Kurt von Lewinski, el directivo de IG Farben gracias al cual evitó un problema con la Kripo hacía más de diez años, cuando él y Sam tuvieron el incidente con un par de camisas pardas. No sospechaba entonces que unos años después volvería a encontrarse con él en Mauthausen, como "invitado" del comandante del campo, Franz Ziereis, con quien debía unirle una buena amistad a tenor de las "fiestas" que le organizaba. Von Lewinski parecía tener gran ascendencia entre los oficiales de mayor rango.

No le hacía falta recurrir a la memoria, ni a la imaginación, ni hacer esfuerzo intelectual alguno para verle repantigado en un sillón junto a los altos oficiales del campo en torno a una larga mesa rectangular llena de toda clase de manjares y de las mejores bebidas y licores. Habían sido muchas las veces que, como músico de la orquesta del campo, tuvo que acompañar —él y una decena de músicos más— a los altos mandos de las SS y sus invitados en sus orgiásticas veladas, en ocasiones acompañados de jóvenes arias, o de aspecto ario. Entonces les obligaban a tocar de espaldas a ellos, si se volvían lo mejor que podía pasarles era que les matasen de un tiro allí mismo. Pero siempre se ven cosas, incluso en la oscuridad, y lo que Helmut pudo ver y escuchar le bastó para que la imagen y la voz de cualquiera de ellos se quedasen para siempre con él. Especialmente la de Von Lewinski. La primera vez que le vio, recién llegado a Mauthausen, estuvo a punto de pedirle ayuda, pero enseguida rectificó. Lo más probable era que a Lewinski no le gustase reencontrarse con nadie de su etapa de asiduo de Eldorado y negaría saber quién era si le preguntaban de qué conocía a un judío homosexual. Que alguien en ese momento le pegara un tiro por molestar u ordenara que le infligieran cualquier otro castigo, puede que hasta peor, era algo que le había enseñado su experiencia de los años pasados en Dachau. Afortunadamente, al menos ese era el deseo de Helmut, Lewinski no le reconoció. Tras su largo cautiverio estaba muy desmejorado y Lewinski trataba con mucha gente. Además, ellos, los prisioneros, no eran nada. Ya les habían avisado de que valían menos que los instrumentos. No hubiera hecho falta la aclaración de todos modos.

Zimmermann había dicho que se llamaba. Era evidente que utilizaba un nombre falso. La secretaria de Wulff dijo a Lewinski al cabo de poco que podía pasar. Este respondió con un simple "gracias", arrastrando la erre como hacía siempre. Helmut seguía en el mismo sitio, paralizado, nervioso. No sabía qué hacer. Dio media vuelta y abandonó el edificio, ni siquiera cerró su despacho. Caminó sin dirección, turbado. Había hecho un día raro, igual llovía que lucía un sol radiante. La tarde, sin embargo, ya en su cénit, se había beneficiado de luz diáfana que deja la lluvia cuando limpia la atmósfera. El tiempo era tan apacible que le molestó. La gente parecía confiada, incluso alegre. Paseaba desenfadadamente. ¡Ignorantes! No os dais cuenta del peligro. Siguen ahí. En su cabeza retumbaba la voz de Lewinski. No escuchaba nada más que la voz de Lewinski, no veía otra cosa que soldados de las SS. Se cruzó con una mujer que paseaba un perro, tropezó con la correa y el animal se puso a ladrar. Era un *foxhound*, pero Helmut veía un fiero pastor alemán como los del campo de concentración. Comenzó a gritar, histérico. Todos le miraban, incluso el perro, que había dejado de ladrar. *No pasa nada, me dan fobia los perros, perdonen*, dijo nada más darse cuenta de que estaba junto a Bryant Park, en la Sexta Avenida. Se sentó en uno de sus bancos.

Consiguió serenarse, pero sentía miedo. Era absurdo, ya no podían hacerle nada, todo aquello había pasado, pensaba, pero seguía atemorizado y cualquier cosa le sobresaltaba. Pasó ante él un joven llevando un estuche de cello y comenzó a sofocarse, le costaba respirar, un sudor frío le empapaba. Intentaba valerse de nuevo de la razón, pero esta no le escuchaba, la música sonaba demasiado fuerte. ¡Cuánto tiempo sin oír *Plegaria*! ¡Cuántas veces había interpretado *Plegaria* en Mauthausen! Lo tocaba con los demás miembros de la orquesta cuando llegaban los trenes repletos de judíos. Lo último que esperaban era ser recibidos con música. Nada malo nos puede suceder, pensaban. Y confiados avanzaban hacia la cámara de gas creyendo que iban a las duchas para ser desinfectados. Les sonreían, les saludaban. Ellos sabían dónde iban, pero no podían decir nada. Un día uno de los músicos reconoció entre aquella pobre gente a una mujer de su pueblo. Lloraba desconsoladamente porque a sus dos hijos les habían hecho formar en otra fila, gritaba que se los devolvieran, desconocedora de que si así lo hacían seguirían con ella, pero solo hasta la cámara de gas. El músico, mediante gestos, le hizo comprender lo que sucedía, pero con tan mala suerte que un SS se dio cuenta. Entonces apartó a la mujer de la fila y la puso aparte con sus hijos. Nada más sus compañeros marcharon a la cámara de gas llamó al músico, hizo que se arrodillara y delante de ella y los niños le descerrajó la cabeza de un tiro. Después se llevó a la mujer y a sus hijos hacia el crematorio. Ellos continuaban tocando *Plegaria*. Como alguien se detuviera ya sabía que era su fin.

2

—¿Estás seguro de que era Lewinski?

—Era, era él, era Lewinski. No tengo duda.

Martha albergaba la esperanza de que Helmut se hubiese equivocado y en uno de sus momentos de ofuscación confundiera a cualquiera con Lewinski.

Diane, que estaba con Martha cuando llegó Helmut, les dejó enseguida solos. Helmut se encontraba demasiado alterado y resultaba patente que su presencia le incomodaba. Egon estaba con Camila. Al poco llegó Sam. Igual que Martha, con la misma intención, le preguntó si realmente era Lewinski a quien había visto en las oficinas de Mirliton.

—¿Seguro? ¡Pues claro que estoy seguro! ¿Creéis que podría olvidar su aspecto? ¿Su voz? Ni la de él ni la de los otros mandamases que le acompañaban. Esas cosas se quedan grabadas a fuego en el corazón, solo cuando este deja de funcionar se olvidan. Si digo que era Lewinski es que era Lewinski.

—Cálmate, Helmut. De acuerdo. Era Lewinski. Disculpa que haya dudado. Solo que hubiera preferido que no fuera así. Pero te creo, naturalmente que te creo.

—Disculpad vosotros. Vuestras reticencias son lógicas. Apenas os he contado nada de aquel suplicio.

—No pasa nada. No tienes por qué hablar de lo que te hace daño.

—El primer día en Mauthausen preguntaron si había peluqueros y músicos entre nosotros. No entendía la relación; luego supe de la trascendencia de ambos cometidos. No sabía si manifestar que era músico o callar-me. Al entrar al campo tomaban nota de todo, aunque allí ya constaba mi profesión. ¿Habían perdido las fichas? ¿No tenían ganas de buscar en ellas? ¿Era una simple estratagema para castigar a los que no quisieran colaborar? ¡Piensas tantas cosas en esos momentos! Decidí dar un paso al frente. Tres más lo hicieron. Venid conmigo, dijo el guardia. Nos llevaron a una habitación, a los cuatro. Al cabo de un rato trajeron otro preso más. Permanecíamos en silencio, teníamos prohibido hablar entre nosotros. Una hora más tarde, o así, llegó un oficial. Nos llevó con él, preguntó cuál era el instrumento que tocábamos cada uno de nosotros. Yo dije que el violín, en Dachau ya tocaba el violín. Nos dio el instrumento y nos dijo que lo cuidáramos mejor que si fuéramos nosotros mismos. Ese mismo día empezamos a ensayar con los otros compañeros que ya formaban parte de la orquesta. Creí que sería como en Dachau, pero fue mucho peor. Cuando nos ordenaron tocar ante aquellos desdichados que llegaban hacinados en los trenes... Fue terrible.

Helmut se emocionó con el recuerdo. Se detuvo, tragó saliva y pidió a Martha un vaso de agua. Sam le dijo que no continuara. Helmut, sin embargo, tranquilizó a Martha y Sam. Podía hablar, les dijo. Es más, necesitaba hacerlo.

—Los años que pasé en Dachau se convirtieron poco a poco en mera rutina. Uno acaba por acostumbrarse a todo. Lo peor fue al principio. No sabía muy bien por qué estaba allí. Bueno, sí, por ser homosexual, comunista y judío, pero nadie me dijo nunca cuánto tiempo tendría que permanecer recluido ni me dio razón alguna. Preguntaba sobre mi situación, no había sido juzgado. ¿Y si se había traspapelado mi expediente? Ni caso. Como mucho se reían, o me golpeaban si insistía. Llegó un momento que dejé de interesarme por mi estatus jurídico. Como por todo lo demás. Primero éramos todos alemanes, homosexuales y comunistas la mayoría, después de todos los sitios. Venían de uno u otro lugar a medida que los alemanes iban ocupando territorio. De pronto llegaron muchos austríacos, después muchos polacos, y españoles, muchos también, luego soviéticos... Así nos enterábamos de lo que pasaba fuera. Primero había pocos judíos, al final eran los más. Conocí a mucha gente, y vi morir a más aún. Unos morían, a otros los mataban, a otros los mandaban a diferentes campos, y yo seguía allí. En Dachau ser de la orquesta significaba tener más probabilidades de sobrevivir. No teníamos trato alguno de favor, pero no sufríamos las inhumanas condiciones de trabajo de la gran mayoría. Los que trabajaban no duraban mucho. Daba igual que fuera verano que invierno, con nieve, en Dachau nieva mucho en invierno, trabajaban hasta que ya no podían más. Cuando dejaban de ser útiles simplemente los dejaban morir, o los mataban. Nosotros, los músicos, estábamos exentos de trabajar. Por lo demás, para ellos, éramos igual en todo, una mierda. Cuando los SS tenían ganas de divertirse no había otra que tocar, hasta que se cansaran. A veces nos daban cigarrillos, a veces las sobras de la comida, que tiraban al suelo. Y las recogíamos. Al final era yo el encargado de coordinar las actividades de la orquesta. Conocía a la perfección nuestras principales obligaciones como músicos y los gustos de los guardianes. Por supuesto ello no me libró de las humillaciones, las arbitrariedades, los castigos, los golpes. La vida no valía nada. La muerte tampoco. Daba igual lo que acabaras de ver o vivir, ¡a tocar! Y tocábamos, lo que quisieran, cuanto quisieran, sin desafinar y tratando de hacer ver que te centrabas en ello. Al salir de sus fiestas y regresar al barracón veíamos los cadáveres de los que acababan de fallecer, los sacaban al exterior y a primera hora de la mañana los recogían. De la rabia que sentía las primeras veces pasé al alivio de ver que difícilmente sería uno de ellos. Suerte a que era músico. En la chaqueta llevaba cosido un triángulo de tela de color rosa invertido sobre otro amarillo. ¿Sabéis qué significaba eso? Lo peor: que era homosexual y judío. A los que son como tú habría que exterminarlos a todos, me decían. No dudé nunca de su voluntad al respecto, daban muestras suficientes de su ansia por librar al glorioso Reich de toda clase de "elementos peligrosos e indeseables". A un joven que no tendría más de veinte años que llevaba el triángulo rosa, un verdadero adonis de rasgos delicados, lo violaron con un palo y luego se dedicaron a arrojarle jeringuillas como si fueran dardos. Fue al poco de llegar. El palo estaba astillado y le perforaron los intestinos. Murió. Como tantos otros. ¿La razón? Me preguntaba al principio por los motivos de tal conducta. Al principio, luego la razón acaba claudicando y lo ilógico, lo que en otras condiciones nos parecería fruto de la demencia, termina por ser la norma. Entonces llegas a un punto en que los rostros y comportamientos de tus captores son tan familiares que te acostumbras. Solo quieres sobrevivir, y no es que te igual lo que le pase a tu compañero, no es eso, simplemente has asimilado que hay otras reglas. No había más. Bueno, eso creía yo, que no había más. Hasta que me trasladaron a Mauthausen. En 1944, no sé el día, no sé nada, solo que hacía frío, y sé que era 1944 porque alguien dijo en qué año estábamos. Vuelta a empezar. En Mauthausen las pautas eran otras. Pero a estas no me acostumbré. Aquello sobrepasaba mi capacidad de imaginar, ya de por sí bastante deteriorada. La cámara de gas... Al explicarme uno nuestra función mientras tocábamos a la llegada de los trenes cargados de prisioneros sentí asco de mí mismo. Yo, músico, que antes de que los nazis controlaran vidas y destinos veía cómo la gente se divertía y bailaba al son de las melodías que interpretábamos estaba ahora al servicio de la más absoluta tristeza. Llegaban los convoyes, cada uno tendría sesenta o setenta vagones, o más, atestados de gente, no paraba de salir gente de allí, parecía imposible que cupiesen tantos en un espacio tan reducido. No todos bajaban, algunos habían muerto durante el trayecto, y los que bajaban lo hacían a toda prisa, acuciados por los guardianes y los perros. Asustados, temerosos... ¿Qué nos espera? Y allí estábamos nosotros, tocando valses y tangos, sabiendo que nuestra música sería lo último que muchos oirían antes del amortiguado sonido de las espitas de gas al abrirse. Se tranquilizaban al escucharnos. Trataba de tocar lo mejor posible, que al menos ese último contacto con el mundo fuera afectuoso. Eso quería transmitir, afecto. Podíamos estar horas, y por la noche, si les venía en gana o tenían algún invitado al que quisieran agasajar, otra vez. Nos comportábamos como autómatas. En una de esas "fiestas" vi por primera vez a Lewinski. Debía ser un pez gordo, alguien de importancia, le trataban a cuerpo de rey.

El sonido de la puerta al abrirse interrumpió a Helmut, para su alivio y el de sus amigos. Eran Camila y los chicos. Sam y Martha empezaban a preocuparse por cómo pudiera afectar a Helmut, que nunca hablaba de estas cosas, la larga disertación que cerró la llegada de Camila. Se le veía sereno, hablaba con la lógica emoción desencadenada al recordar aspectos tan espantosos, pero estaba tranquilo. Su esfuerzo le costaba enfrentarse a un pasado que no hubiera querido rememorar, mas la impresión causada al volver a encontrarse con Lewinski había sido demasiado fuerte. Al verle, todos los logros alcanzados estuvieron a punto de venirse abajo. Helmut era consciente de que su ánimo no podría soportar otra derrota, ya no se levantaría y le había costado mucho librarse de las pesadillas y paranoias que tanto le atormentaban. Sin embargo, llevaba un buen rato hablando y su resistencia empezaba a flaquear.

La llegada de Camila y los chicos, pues, resultó oportuna para todos. Le explicaron a Camila la situación y tanto ella como Helmut se quedaron a cenar. Los cuatro —Egon practicaba el saxo en su habitación, los pequeños estaban acostados— coincidían en que Lewinski no podía quedar inmune de su colaboración con los nazis, que a tenor de lo manifestado por Helmut debía ser considerable. Discrepaban, sin embargo, sobre la estrategia a seguir.

—No creo que haya que decirle nada a Wulff —opinaba Helmut.

—Otto es una persona honesta, le conozco desde hace más de treinta años, era amigo de William, y sé que nada tiene que ver con el nazismo y que bajo ningún concepto se avendría a cualquier componenda con los nazis.

—¡Oh!, no, no lo digo por eso. No dudo de Wulff, ¡ni mucho menos! Solo que mejor que no sepa nada por ahora. Yo también estoy convencido de que con los últimos que simpatizaría Wulff sería con los nazis, pero desconocemos quién cree él que es Lewinski, o qué es. Podríamos ponerle en peligro sin querer. Si sabemos que Lewinski colaboró con los nazis o fue uno de ellos, y además alguien significativo, es posible que Otto sea víctima de alguna de sus tretas.

—Por eso, por amistad, deberíamos advertirle.

—Esperemos un par de días, a ver si puedo averiguar algo mientras. Igual Lewinski vuelve por allí. Estoy de acuerdo contigo, mamá, pero también con Helmut cuando dice que con toda la buena intención del mundo podríamos sin querer poner a Lewinski al corriente de que sabemos quién es y comprometer a Otto.

—Está bien, un par de días no es mucho tiempo.

No tuvieron que esperar tanto. A la mañana siguiente, cuando fue a su despacho como todos los días —este algo más tarde, pues se había quedado con Sam y Martha charlando y bebiendo hasta las tantas—, advirtió un gran revuelo frente al portal del edificio donde se ubicaba Mirliton. Una ambulancia salía a toda prisa y un coche policial, con las luces de emergencia rotando, se hallaba aparcado en el lugar. Un agente de paisano hablaba con la señorita Shelton, la secretaria de Otto Wulff, a la que se veía consternada. Ella fue quien explicó a Helmut lo sucedido. Wulff había caído fulminado al suelo, un ataque al corazón. Se desplomó cuando iba a cruzar la puerta de entrada. La señorita Shelton creía que estaba muerto. Y así era, se lo confirmaron poco después.

—Me resisto a creer que se trate de una casualidad —decía Helmut a Sam y Martha a las pocas horas del suceso.

—El portero lo ha visto todo, ¿no? Tú mismo nos lo has dicho. Fue un infarto, una muerte súbita.

—Demasiado previsible.

—¿Qué crees, pues, que ha pasado?

—Lo han asesinado.

—¿Quién?

—Ni idea, pero seguro que todo esto tiene que ver con Lewinski.

—Pero, Helmut, el portero lleva trabajando en ese edificio toda la vida. Si él lo ha visto... Hay otro testigo, además. ¿No es así?

—Sí, un hombre que pasaba y al que casi se le cae encima. ¿Quién era ese hombre? ¿Qué hacía allí? Solo la policía lo sabe.

—Veamos, Helmut. Razonemos un poco. Wulff, que no paraba un momento, como tú has dicho muchas veces, llevaba una vida muy ajetreada y no era precisamente alguien que se cuidara. ¿No le has oído nunca decir que a las personas solo se las puede evaluar debidamente cuando han tomado unas co-pas? Las justas, decía, las que hacen que uno esté lúcido, es decir, libre de ataduras sociales y morales. ¿No le has escuchado nunca hablar así?

—Muchas veces. ¿Y qué?

—Pues que no es de extrañar que le diera un ataque al corazón.

—Ya. Un ataque al corazón. Justamente ahora. Insisto en que algo ha tenido que ver la visita de Lewinski, y no poco. Lo sé. Hacedme caso.

—No hay base alguna en la que apoyar esa afirmación.

—¿Y si Helmut está en lo cierto? —terció Martha.

—De acuerdo. Está en lo cierto. ¿Qué hacemos? No tenemos información suficiente siquiera para jugar a hacer de detectives. Helmut vio ayer a Lewinski, que para nosotros es Lewinski, pero no creo que lo sea para los demás. Lewinski es un nazi, o un colaborador de los nazis, todo lo significativo que queráis. ¿Dónde está? ¿Dónde se aloja? ¿Cómo localizarlo? ¿Dónde vamos con tan pobres indicios? Si hasta la señorita Shelton te ha dicho que nunca antes lo había visto y que nada sabe de él. ¿Le denunciamos? ¿A quién? ¿Quién es Lewinski? ¿Qué denunciamos?

—¿Y si hablas con Lary? —sugirió Martha

—Será lo mejor. Tal vez Lary sepa decirnos qué hacer en un caso como este. Lewinski no puede quedar impune, y si era tan importante debe contar con apoyos a cierto nivel.

Lary había abandonado la Oficina presidencial poco después del lanzamiento de las bombas atómicas sobre las ciudades japonesas de Hiroshima y Nagasaki. No se entendía bien con Truman, al que consideraba un hombre sin apenas formación política. La masacre de ciudadanos japoneses le pareció tan atroz como innecesaria, además de un enorme error político. Alegando razones de salud solicitó el traslado a su antiguo puesto de funcionario de carrera en el Departamento de Estado.

3

—¿Leíste la declaración que te pasé?

Greg se refería al manifiesto aprobado en la sesión de clausura del Congreso por la Libertad de la Cultura, cuya preparación había anunciado Greg que se estaba llevando a cabo y que finalmente tuvo lugar en Berlín a finales de junio de 1950. Semanas después de la reunión del Waldorf, destacados miembros de la izquierda no estalinista empezaron a organizar la cita de Berlín. La delegación estadounidense fue la más numerosa, figurando en ella James T. Farell, Tennessee Williams, Sol Levitas, Arthur M. Schlesinger, Sidney Hook, Nicolas Nabokov, el oficial de origen estonio Michael Josselson —que conocía Berlín como la palma de la mano—, Melvin Lasky —periodista neoyorquino que residía en Alemania desde finales de la guerra y fue el secretario general de la reunión—, el teórico político de orientación trotskista James Burnham, o el novelista y ensayista de origen húngaro Arthur Koestler. El "comité de apoyo" reunía a personalidades como el filósofo alemán Karl Jaspers, el socialista francés Léon Blum, o los también franceses André Gide y François Mauriac. Tras varios días de debate acordaron una serie de puntos que conformaron el manifiesto a que se refería Greg. En él se afirmaba que *la libertad intelectual es uno de los derechos inalienables del hombre,* que esta se definía antes que nada y sobre todo por *el derecho de todo hombre a sostener y expresar sus propias opiniones, particularmente aquellas que difieren de las de sus gobernantes, pues desprovisto del derecho a decir "no", el hombre se convierte en esclavo,* y que libertad y paz eran conceptos inseparables.

Sam había declinado la propuesta de Greg de ir a Berlín. Le parecía una reacción pueril a la iniciativa de la conferencia del Waldorf Astoria, tensar innecesariamente las distintas posiciones políticas de la izquierda. Greg no estaba de acuerdo con su apreciación, pero, como siempre, aceptó su decisión.

—¿Y qué opinas?

—Bueno... Bien.

—¿Eso es todo? Sam, es una buena base desde la que construir una sociedad nueva, distinta, desde la libertad del individuo, desde las necesidades de cada uno.

—Sí, una sociedad nueva.

—¿Qué te pasa? Te noto ausente. Estás preocupado por algo. ¿Es por Helmut?

—¿Por Helmut? ¿Por qué dices eso?

—El otro día me dijo Diane que llegó a vuestra casa muy alterado, descompuesto. Pero, perdona, no quiero meterme donde no me llaman. Ya sabes que soy un hablador compulsivo, y eso puede hacer que parezca un fisgón. Disculpa, no es de mi incumbencia. Lo que pasa es que te veo raro, pero todos tenemos nuestros días ¿no?

Sam le contó entonces lo sucedido. Para su sorpresa, Greg no mostró el asombro con que Sam esperaba que reaccionase. Es más, estaba de acuerdo con todas y cada una de las apreciaciones de Helmut.

—¿Qué piensas hacer?

—Hablar con Lary. A lo mejor él puede averiguar alguna cosa. Al menos, algo que tranquilice a Helmut y, a ser posible, consiga descubrir a Lewinski.

—¿Tu amigo del Departamento de Estado? ¿Aquel que me presentaste una vez? Se le ve un hombre de fiar. ¿Estás seguro de su discreción?

—Absolutamente. Tanto como de ti.

—Verás, Sam, se sabe que algunos científicos nazis, o al servicio de los nazis, fueron reclutados al final de la guerra por la Administración para que, a cambio de la inmunidad, colaboraran con sus conocimientos al desarrollo armamentístico de la nación. ¿Por qué no iba a ser...? ¿Cómo era? Lewinski,

¿no? ¿Por qué no iba a ser uno de ellos? Eso explicaría su nueva identidad, entre otras cosas.

—¿Quieres decir que el Gobierno se sirve de esos asesinos porque pueden aprovechar sus conocimientos para, por ejemplo, mejorar la bomba atómica y pueda esta ser aún más mortífera que las arrojadas sobre Hiroshima y Nagasaki?

—Exactamente eso. Supongo que, a través de la CIA, la organización que creó Truman hace unos años sustituyendo la Oficina de Servicios Estratégicos, o del propio Departamento de Estado. Los intereses de las industrias química y armamentística, y de otras, como la metalúrgica, por ejemplo, dependen en buena parte de ello. Por eso te decía antes lo de Lary.

—Insisto: Lary es de los hombres más íntegros que conozco.

—No lo dudo, Sam, no lo dudo. Me parece un buen tipo con el que es fácil poder entenderse. Volviendo a lo de antes, ¿qué me dices del manifiesto de Berlín?

—Sigo desconfiando. No de las buenas intenciones que animan la declaración, sino de que iniciativas como esta puedan hacer algo más que el caldo gordo a la reacción.

—Eso es lo que hay que evitar. Se está organizando un Comité Americano por la Libertad de la Cultura con sede aquí, en Nueva York. Hay mucha gente implicada, desde trotskistas, antiguos comunistas desencantados con el régimen soviético, demócratas, socialistas...

—Vaya mezcolanza.

—No menos extraña que la que formáis los del Congreso por los Derechos Civiles. Entiendo tus suspicacias, Sam, y comparto en buena parte los motivos de tu reticencia, pero el Comité saldrá adelante y tendrá un peso importante en el desarrollo del Congreso por la Libertad de la Cultura, en la vida intelectual de este país y en la de las democracias capitalistas europeas. Va a tener una sede permanente en París. Uno y otro pueden ser utilizados con fines espurios o, por el contrario, ser una excelente plataforma para las ideas de la izquierda verdadera, la que sigue firme a los principios revolucionarios. Además, has leído los nombres que firmaban el manifiesto de Berlín. Hay gente de gran integridad intelectual, verdaderamente comprometidos con la libertad y el socialismo, o con una sociedad más justa e igualitaria, gente con la que se puede cooperar y discutir. No hay que dejar pasar una oportunidad como esta.

—Pues no la dejes pasar, Greg. Qué quieres que te diga.

—¿Que me ayudarás, por ejemplo?

—¿Yo? ¿En qué?

—Sé que soy muy pesado en estos temas, pero estamos atravesando un momento difícil. Todo esto de la guerra fría puede desembocar en otro gran conflicto, y caliente, muy caliente. ¿Vamos a permitir que organizaciones de la significación que sin duda va a tener el Congreso queden en manos de unos arribistas, de unos ineptos y unos interesados? ¿Vamos a permitir eso?

—¿Y cómo quieres que yo lo impida?

—Sería importante tu presencia en el Comité.

—Vamos, Greg, yo ahí no pinto nada. No soy un intelectual, ni un pensador, solo un simple escritor. Mi trayectoria, las circunstancias, la vida, me han conducido a defender los derechos civiles desde la creencia que solo quien aprecia la libertad, quien la conoce, sabrá defenderla.

—Pues por eso, por eso sería importante tu presencia. Faltan voces que digan cosas así.

—No es lo mismo.

—Piénsalo bien, Sam. Reflexiónalo y verás como sí.

—De acuerdo, lo pensaré.

Desde principios de 1950 el senador por Wisconsin Joseph McCarthy se sumaba a la "cruzada" anticomunista y emprendía su propia campaña. En febrero denunció una infiltración comunista en el mismo Departamento de Estado, acusando nada menos a doscientos cinco funcionarios —Lary entre ellos, si bien, en su caso, la denuncia no prosperó— y consiguiendo una repercusión inesperada. Las posiciones anticomunistas cobraron más auge que nunca. El socialismo era cosa del pasado, la tiranía impuesta por Stalin demostraba su fracaso. Todo el mundo parecía estar convencido de la existencia de una conspiración comunista, incluso entre buena parte de la intelectualidad de la "izquierda democrática".

Uno de los primeros en verse arrastrados por el vendaval anticomunista fue Dashiell Hammett, quien el 9 de julio de 1951 —un par de semanas después de que Greg propusiera a Sam que entrara a formar parte del Congreso por la Libertad de la Cultura— resultó condenado a seis meses de prisión federal por desacato al Tribunal Federal del Distrito Sur de Nueva York. Meses antes, cuatro miembros del Congreso por los Derechos Civiles de Nueva York habían sido arrestados y encarcelados por actividades subversivas, obviamente tachadas de procomunistas. Hammett consiguió reunir la cantidad suficiente para la fianza, nada menos que doscientos sesenta mil dólares. Sam aportó buena parte, o mejor dicho Camila, a quien pidió dinero una vez más. Una vez en libertad, los cuatro escaparon y el Tribunal Federal del Distrito Sur de Nueva York citó a Hammett. Debía saber dónde estaban, pues era su valedor. Lo supiese o no, no quiso colaborar. Se negó a proporcionar la lista de quienes habían contribuido al fondo de fianza, acogiéndose a la Quinta Enmienda en más de ochenta ocasiones. Sus amigos —Sam entre ellos— se mostraron dispuestos a hacer frente a la fianza, pero no había fianza que valiera, el juez denegó tal posibilidad. El 10 de julio, Hammett ingresaba en la Federal House of Detention de Nueva York para ser transferido a una penitenciaría federal.

Sam fue a ver a Greg y le pidió hablar con Hook antes de tomar cualquier decisión respecto a su propuesta.

—Ya sabes lo que opino de él.

—Lo sé. Y tú sabes que comparto tu opinión. Pero es quien corta el bacalao, quien en realidad controla todo.

Ya en su presencia Sam pidió la adhesión del Comité a una petición de libertad para Hammett y una declaración de denuncia contra los métodos que empleaba el Comité de Actividades Estadounidenses y el senador McCarthy, instigadores de la histeria anticomunista que había acabado con Hammett en la cárcel, entre otros tantos.

—El problema es que su actuación es contraria al ordenamiento jurídico y, en consecuencia, no se puede hacer otra cosa respetar las decisiones del tribunal, por mucho que se discrepe.

—Lo que no queréis es denunciar arbitrariedades interesadas por miedo a ser tachados de comunistas y actuar a las órdenes de Stalin.

—Reconoce que el comunismo representa una amenaza para la mente libre.

—¿Cómo? El estalinismo querrás decir, el régimen soviético.

—Los totalitarismos en general. Un régimen comunista es más plenamente totalitario que cualquier despotismo en la historia, porque cada campo de la cultura, desde el ajedrez hasta el circo, está reorganizado y politizado para servir los propósitos de la dictadura de partido.

—Confundes comunismo con estalinismo. El comunismo, el marxismo, el socialismo en general, es una idea, una utopía que nos ayuda a creer que podemos avanzar hacia un mundo mejor. Una sociedad completamente igualitaria no creo que se consiga nunca, pero sí una más justa, más equitativa y más libre.

—Por favor no hagáis causa de las diferencias, es mucho más lo que nos une.

Las palabras de Greg tratando de apaciguar los ánimos no hicieron mella en ninguno de los dos.

—Os cuesta mucho aceptar la realidad de las cosas —siguió Hook.

—Hablo por mí, no uses el plural. Y yo, lo que me resisto a creer es que la realidad sea tan simple. Hemos acabado con el nazismo, ahora vamos a terminar con el comunismo, que es el otro gran totalitarismo, y nos quedamos nosotros solos, pues somos los únicos que sabemos lo que le conviene a la humanidad, poseemos la verdad absoluta. Eso es una forma de totalitarismo como otra, por mucho que se disfrace de democracia. Yo conozco el camino correcto, solo por el que yo ando conduce a buen puerto, no hay otro, y a quien va por uno distinto le niego incluso la facultad de que por sí mismo se dé cuenta de su error, no, o avanza conmigo o va directo al abismo.

—¿Cómo puedes decir eso? Este Comité, como el Congreso por la Libertad de la Cultura, ha dado pruebas en los actos que ha organizado de respetar la pluralidad de pensamiento. No seas ingenuo. La antinomia socialismo-capitalismo está en proceso de perder rápidamente su sentido, mientras permanezca esa dualidad el futuro seguirá lleno de falsas expectativas que nunca podrá resolver y no podrá, en consecuencia, esperar solución constructiva alguna a sus problemas. Nuestro reto es saber estar a la altura de los tiempos.

—Lo estáis, Sidney, lo estáis. Quien al parecer no lo está es Hammett y, ahora si utilizo el plural, otros que compartimos una realidad distinta a la vuestra.

Capítulo XII

1

A PRINCIPIOS de abril de 1952, Billie Holiday — que acababa de grabar el álbum *Billie Holiday Sings*— actuaba en el Birdland con una excelente formación. No era fácil verla actuar en Nueva York. Su turbulenta vida y su dependencia a las drogas psicoactivas la convertía a los ojos de las autoridades y las mentes biempensantes en un "peligro social". Su New York City Cabaret Card, la tarjeta imprescindible que los artistas necesitaban para poder trabajar, le era revocada constantemente. Billie no olvidaba que el trato que William, y Camila, le dispensaron; el primero la ayudó en la producción de su primer disco. William, como ahora Norman Granz, productor de su último disco, no solo trataban igual a negros que a blancos —pagando lo mismo a ambos, y bien— sino que tenían una postura activa contra el racismo. William y Camila habían llevado en su orquesta músicos negros. William decía siempre de las leyes Jim Crow que eran una vergüenza y le ponían frenético las normas sobre la segregación racial en lugares públicos: escuelas, bloques de viviendas, transportes, hospitalles, restaurantes, hoteles... En una ocasión, terminó siendo multado por negarse a que los miembros de su orquesta, en la que había blancos y negros, viajaran en vagones separados, y a punto estuvo de ser encarcelado por desacato. Billie invitó a Camila a su primera función en el Birdland. Camila celebró el detalle y animó a los suyos a acompañarla.

Sam, Martha, Egon, Helmut, Greg y Diane fueron con ella. Llegaron de los primeros. Camila quería saludar a Billie antes de empezar su actuación. No estuvieron mucho rato con ella, terminaba de chutarse y estaba demasiado relajada. Se sentaron en una mesa frente al entarimado donde se situaban los músicos, una de las primeras de las quince que se ubicaban en medio del local, entre la barra y unas filas de sillas para quienes solo quisieran ver la actuación. En las mesas —vestidas con mantel a cuadros rojos y blancos y con la única decoración de ceniceros de plástico de color negro con el nombre y la misma leyenda que figuraba a la entrada en blanco— se podía tomar una copa o comer alguna cosa. Egon, en principio, por ser menor de edad, no podía sentarse con ellos, pues en las mesas se servían bebidas alcohólicas y la ley no le permitía consumirlas —el límite de edad para ello era de veintiún años—, pero los encargados del Birdland hicieron caso omiso a la prohibición: era el nieto de Camila.

—¿Veis ese escenario? —dijo Egon—. Algún día, y a no mucho tardar, actuaré aquí. Espero que también vengáis a verme.

—Aquí y en los mejores sitios del mundo —agregó Camila, orgullosa de los avances musicales de su nieto.

En un descanso de la actuación, Sam le dijo a Greg que definitiva-mente no quería saber nada del Congreso por la Libertad de la Cultura.

—¿Sigues molesto por la reacción de Hook?

—No es eso, o no exactamente. Aun a riesgo de parecer petulante, te diré que mi conciencia no me permite hacer otra cosa.

—No voy a insistir más. Respeto tu postura, la entiendo.

—Celebro que así sea.

—De todos modos, deja que te diga una cosa. Creo que te dejas llevar demasiado por las emociones. Fíjate el momento que has elegido para decírmelo.

La última canción que había interpretado Billie antes del descanso era *Strange Fruit*. No hacía mucho, en diciembre de 1951, el Congreso por los Derechos Civiles había elevado a la Naciones Unidas una petición de condena a la política discriminatoria de los Estados Unidos con los negros. El título era bien explícito: *Acusamos de genocidio: El crimen del Gobierno contra el pueblo negro*. Denunciaban al Gobierno federal de no hacer todo lo posible para terminar de una vez por todas con los linchamientos, aportando un listado con centenares de acusaciones sin base legal, encarcelamientos injustos, condenas arbitrarias, ejecuciones y linchamientos. También de hacer todo lo posible para impedir el voto a los afroamericanos. Definía el genocidio como *todo intento de destruir, total o parcialmente a un grupo nacional, racial o religioso*. Y concluía del siguiente modo: *Los oprimidos ciudadanos negros de los Estados Unidos, segregados, discriminados, siempre en el blanco de la violencia, sufren el genocidio como el resultado de la constante, consciente y uniforme política de todas las ramas del Gobierno*.

—Emoción y pensamiento deben ir de la mano, siempre, hay que ser coherentes y no separar lo que pensamos de lo que sentimos. Es posible que tengamos igual o similar objetivo, pero prefiero luchar por él desde otras instancias. Así lo siento —concluyó Sam.

—Me parece muy bien. Por encima de todo está nuestra amistad, que en definitiva se basa en aceptarnos mutuamente como somos. Si todo el mundo actuara así, otro gallo cantaría.

2

Cuando Lary llamó a Sam diciéndole que tenía novedades respecto al "asunto de tu amigo" —era evidente que se refería a Helmut y al caso Lewinski, pero no quiso especificar nada más por teléfono—, Sam se desplazó inmediatamente a Washington.

—¿Qué has averiguado? ¿Sabes algo de Lewinski?

Estaba impaciente por conocer los resultados de las indagaciones llevadas a cabo por su amigo. Cuando hablaron del tema, Lary no estaba muy seguro de poder conseguir información alguna sobre Lewinski, las cosas en el Departamento de Estado andaban revueltas desde que McCarthy acusara a doscientos de sus funcionarios de traición por ser comunistas infiltrados y escarbar en determinados asuntos sobre los que uno carecía de competencia directa podía resultar raro o sospechoso. De eso hacía ya más de un año y nada parecía indicar que el misterio pudiera resolverse.

La llamada de Lary fue tan inesperada como esperanzadora, si bien no quiso decirle nada a Helmut hasta no saber el alcance de las revelaciones que le hiciera, no quería que se llevase otra desilusión. Finalmente, Lary, que poco a poco había ido discreta y prudentemente recabando informaciones de aquí y de allá de otros funcionarios de su completa confianza, consiguió más datos de los esperados sobre el caso.

—Ante todo, una vez más te ruego tengas en cuenta que lo voy a contarte es confidencial, no hagas ningún uso de ello que permita descubrir tu fuente de información. Enseguida sabrían que fui yo y, tal como están las cosas, no es aconsejable. Me joderían vivo.

—Sabes que de mi boca nunca saldrá una sola palabra que pueda perjudicarte.

—Lo sé. No dudo de ti, de lo contrario no te contaría nada. Pero el asunto es peliagudo y requiere tacto. En fin, veamos. No sé si Zimmermann y Lewinski son la misma persona, aunque todo parece indicar que así es. Está el testimonio de Helmut, que no pongo en duda, aunque no se pueda demostrar. Como Zimmermann no he conseguido saber apenas nada. Como Lewinski, en cambio, la información es ciertamente jugosa y creo saber qué pasó con él. Efectivamente, Lewinsk. era uno de los consejeros de la dirección de IG Farben; es más, fue el director de la empresa Degesch.

—¿Degesch?

—Una empresa subsidiaria de IG Farben que fabricaba el Zyklon B, el gas venenoso que los nazis utilizaron para aniquilar a millones de prisioneros en los campos de exterminio. IG Farben, como sabes, era un conglomerado de empresas del sector químico: Basf, Bayer, Agfa, Hoechst... Pues bien, Degesch era una más, pero fundamental; de ahí que, como pudo observar Helmut, Lewinski se paseara por el campo de Mauthausen como Pedro por su casa. Es posible que también tuviera el mismo trato de favor en otros, como Auschwitz. Allí IG Farben llegó a tener una filial: IG Auschwitz, donde se producían las mayores cantidades de gasolina sintética y goma que necesitaba el ejército alemán. Sus instalaciones eran más grandes que el propio campo. Llegó a tener una mano de obra de trescientos mil "esclavos", de los que murieron al menos treinta mil.

—Lewinski, pues, jugó un papel relevante.

—Ya lo creo. Como tantos otros que ahora viven entre nosotros como un americano más. Digamos que ninguna guerra puede ya no solo ganarse, sino desarrollarse, sin el debido apoyo financiero, y que IG Farben fue el mayor apoyo de Hitler. Nada más finalizar la guerra, las investigaciones de nuestro Gobierno determinaron que sin IG Farben no hubiera sido posible la guerra. Ya un año antes de que Hitler se hiciera con el poder, IG Farben donó nada menos que cuatrocientos mil marcos al partido nazi. Iniciada la guerra, sus responsables aseguraron a Hitler que podían fabricar gasolina artificial, solucionando así el problema de la escasez de petróleo, y todos los explosivos y toda la gasolina sintética que empleaba la Wehrmacht procedían de IG Farben. Es más, cuando se ocupaba un territorio, automáticamente se hacía cargo de sus industrias. El poder de la Farben era, por tanto, enorme. Parece ser que su rama farmacéutica llegó incluso a experimentar sus medicamentos en los presos.

—¿Y no se actuó contra ellos al terminar la guerra?

—Sí, claro. El caso de IG Farben fue uno de los tres que Estados Unidos presentó contra los gerifaltes de la industria y las finanzas alemanas. Nada más caer Hitler, el consorcio fue desmontado y el Tribunal de Núremberg juzgó en 1947 a los directivos de IG Farben, acusados de participar en la planificación, la preparación, la iniciación y el desarrollo de la guerra. Se les juzgó y se les condenó, pero ya están todos fuera; este año liberaron a los últimos. Muchos han vuelto a ocupar puestos de dirección en algunas de las empresas en que el Tribunal de Núremberg dividió el consorcio: Basf, Bayer y Hoechst.

—¿A cuánto se condenó a Lewinski?

—Lewinski nunca fue juzgado. De los veinticuatro miembros que componían el consejo de dirección de IG Farben, comparecieron veintitrés. Al otro, Lewinski, se le eximió por razones de mala salud.

—¿Y qué pasó? ¿Se recuperó después milagrosamente?

—Murió. Oficialmente al menos.

—Y resucitó como Zimmermann.

—Al parecer. Te explico. IG Farben recibió a finales de la década de 1920 importantes préstamos de banqueros estado-unidenses y Henry Ford y la American Standard Oil, propiedad como sabes de la familia Rockefeller, fusionaron sus activos con la IG Farben. IG Farben llegó a ser la accionista principal de la Standard Oil, y viceversa. Se creó, así, American IG Farben, en cuya dirección figuraban destacados financieros de este país. Las conexiones entre Wall Street y el nacionalsocialismo vienen de lejos, como bien sabéis tú y Martha; ya hemos hablado otras veces de los intereses de los Rockefeller, los Ford, los Bush o los Harriman con los Krupp o los Thyssen y las vinculaciones de estos últimos con los nazis. Nada ha cambiado.

—¿Quieres decir que Lewinski consiguió salir indemne gracias al apoyo de los magnates la industria y las finanzas de este país?

—¿Has oído hablar de la Operación Overcast?

—Nunca.

—¿Y Wunderwaffen? ¿Sabes qué significa Wunderwaffen?

—Algo así como "armas milagrosas", ¿no? Estoy casado con una alemana, un poco sé de su idioma. No mucho, la verdad.

—Bien. Pues la Operación Overcast se puso en marcha nada más cerciorarse altas instancias de la Administración de que se iba a ganar la guerra. La llevó a cabo el servicio de Inteligencia del Estado Mayor sin el conocimiento de Roosevelt. Tenía como misión, en principio, interrogar a los científicos nazis expertos en esas "armas milagrosas", bombas, cohetes, es decir, expertos en energía atómica y química. Pronto, no obstante, se modificó el objetivo. Muchos científicos eran demasiado valiosos, no se quiso desaprovechar la oportunidad de que sus conocimientos contribuyeran al desarrollo de nuestra industria armamentística. La excusa, la de siempre: la seguridad nacional. Se decidió entonces "reconvertirlos". Vamos, negociar con ellos desde la supremacía del vencedor: o te avienes a mis condiciones o hasta aquí ha llegado tu trayectoria. Obviamente, estos dijeron: lo que queráis con tal de seguir en libertad y disfrutar del nivel de vida que supone tendrá un experto en cuestiones de tanta trascendencia. Fue así como más de setecientos científicos alemanes, o que habían servido al régimen nazi, llegaron aquí, en secreto, sin el conocimiento siquiera del Departamento de Estado, ya que ninguno reunía los requisitos exigidos para obtener el visado de entrada.

—Y uno de ellos fue Lewinski.

—Sus conocimientos se consideraron de alto valor. Los nazis son unos hijos de puta, pero los hijos de puta también son inteligentes. De hecho, no conozco ningún hijo de puta que no lo sea. Pero, bueno, razones de Estado. El trabajo puede hacerlo cualquiera, pero crear conocimiento está al alcance de pocos. Uno de esos pocos parece ser Lewinski.

—Algo recuerdo haber leído en la prensa al respecto. Hace unos años, puede que dos o tres, el *New York Herald Tribune* creo que era, recogía una información que antes había publicado un periódico de El Paso en el que se afirmaba que unos dieciocho científicos alemanes expertos en cohetes V-2 estaban allí destinados, en Fort Bliss.

—Más, muchos más, y no solo en El Paso. Entre ellos algunos como Von Braun, el inventor del V-2, que utilizó numerosa mano de obra esclava de los campos de concentración en condiciones más que penosas; de hecho, muchos murieron. Recién finalizada la guerra, nuestro ejército encontró en la Universidad de Colonia una lista con más de mil quinientos nombres de científicos e ingenieros con detalles sobre sus respectivos campos de conocimiento. Se les ofreció hacer borrón y cuenta nueva, olvidar su pasado nazi a cambio de colaborar en la política espacial, nuclear y científica de Estados Unidos. No solo el Gobierno americano los buscaba, también los servicios secretos británicos y los rusos, e incluso grandes empresarios de las industrias asociadas a dicha política. Uno de ellos fue, naturalmente, Lewinski. Me ha resultado imposible averiguar su paradero, pero sé que pasó por allí. En esa enorme instalación militar compartió sus conocimientos con militares y científicos nuestros. Ya no sigue en El Paso, y en sus archivos, como es obvio, no consta registrado ningún Lewinski. Sí, Zimmermann.

—¿Y dónde está ahora?

—Ni idea.

—Entonces ¿no podemos denunciar que Lewinski está en Nueva York, o que se le ha visto en Nueva York, explicar quién es? Lo que me cuentas es muy grave.

—No serviría de nada. Bueno, sí, para que me metieran en la cárcel puede que de por vida si descubren todo esto. ¿Qué pruebas hay? ¿Que lo ha visto Helmut? Una vez, y ni siquiera cara a cara. Además, Lewinski, oficialmente, está muerto.

—Así pues, ¿lo dejamos estar? Ese individuo es un criminal que además abusó de su posición. A Helmut se le revuelve el estómago cada vez que habla de él, y sé, le conozco, que no cuenta todo lo que vivió porque le aterra el simple recuerdo. ¿Cómo puede alguien así quedar impune?

—Peores que él se han librado, Sam. Las guerras siempre terminan con extrañas alianzas.

—No sé cómo le diré esto a Helmut.

—Sé discreto. Insisto. No le cuentes más de lo necesario. Aparte de Martha ni una palabra a nadie. A Helmut lo justo, y a nadie más.

—No te preocupes. Sabes que puedes confiar en mí. Pero me preocupa Helmut. Ha hecho de localizar a Lewinski una cuestión personal. Nunca cerrará la herida si no lo encuentra.

—Dile que se ponga en contacto con Wiesenthal.

—¿El que se dedica a localizar criminales de guerra nazis?

—El mismo. Estuvo también en Mauthausen y dirige el Centro Judío de Documentación Histórica en Austria, en Linz concretamente. Es la vía más efectiva para poder encontrar a Lewinski. Ya sé que suena fuerte en un caso de estos sugerir que se recurra a instancias extraoficiales, pero así están las cosas. De todos modos, extraoficialmente cuenta con la ayuda de los servicios secretos israelís e incluso de los nuestros. Siempre, claro, que la búsqueda resulte conveniente a los "intereses generales".

—Puede que no sea mala idea. Es probable que nada consiga, pero al menos se sentirá útil colaborando en una iniciativa como esa.

—O le frustrará más todavía.

—Mi obligación es decírselo.

3

Algo muy trascendente tendría que haber ocurrido en la vida de Sam para que no acudiese a la primera representación de *The Crucible*[11], una obra de teatro escrita por Arthur Miller que se estrenaba el 22 enero de 1953 en el Martin Beck Theatre, en Broadway. Debía ser, además, ese día, el del estreno. Sam respetaba mucho a Miller, como dramaturgo y como persona. Le tenía en gran consideración y las pocas veces que habían coincidido y conversado estaba de acuerdo en más de una apreciación sobre la situación política y cultural de su país. Miller era uno de los pocos intelectuales estadounidenses que no se dejó tentar ni por el Comité ni por el Congreso por la Libertad de la Cultura. *A mí también quiso persuadirme Greg* —le dijo en una ocasión—, *le contesté que la vida es como una nuez, no puede cascarse entre almohadones de plumas. Creo que no lo entendió, pero no volvió a sacar el tema.* Miller no parecía tener a Greg en gran estima. A juicio de Sam porque no le conocía lo suficiente.

—¿Qué te ha parecido la obra, Sam?

Se lo preguntaba Dieter a la salida. Había ido con él y a Martha al estreno.

—Los cielos y los infiernos caerán sobre nosotros y nos despojarán de nuestros disfraces —respondió Sam.

—¿Cómo dices?

—Es una frase que decía unos de los personajes.

—Eso quiere decir que le ha gustado mucho —aclaró Martha.

—Ha sido genial, una obra valiente, excelentes diálogos, buena interpretación, extraordinaria —dijo Dieter.

---

[11] *Las brujas de Salem* es el título con que se conoce en español.

—Las similitudes con la histeria anticomunista que vivimos son evidentes, es una denuncia de la persecución sistemática organizada contra quienes no se pliegan incondicionalmente al *establishment*.

—Un auténtico alegato contra el fanatismo y la intolerancia, contra el integrismo moral y religioso, contra los abusos del poder. Una obra más que oportuna en los tiempos que corren, diría que hasta necesaria. Estoy de acuerdo con papá en que es una obra valiente. Me ha entusiasmado, sí, ya lo creo —dijo Martha.

—El teatro, la literatura, el arte en general, la creación intelectual, no puede separarse de la realidad. Es vida, habla de la vida y se alimenta de ella. Hay que ser ciego y sordo para no reconocer en las brujas a los comunistas o simpatizantes del comunismo, o, mejor dicho, a quienes discrepan del poder establecido. Se les acusa de ser comunistas como antes se les acusaba de brujería. En ambos casos la mayor parte de los testimonios o son falsos o son alentados desde el mismo poder, y es la credulidad de la gente, su ignorancia y también, por qué no decirlo, su desinterés por los problemas generales y su individualismo, lo que hace que los habitantes de Salem vieran brujas volando sobre escobas como ahora se ven comunistas por todas partes.

—Somos brujas, pues.

—Y mucho temo, Dieter, que lo seguiremos siendo —añadió Sam—. La victoria de Eisenhower y los republicanos se ha basado en una campaña que tenía entre sus principales ejes poner fin a la "subversión comunista".

—Pues esta vieja bruja —dijo Dieter— ha decidido que hoy va a hacer de su capa un sayo y se va por ahí a tratar de pasar un buen rato antes de que la quemen. Si es que definitivamente os vais a casa.

—Sí, nos vamos, estoy muy cansada.

—Pues nos veremos mañana. Comemos con Camila, ¿no?

—Sí, claro. Ve con cuidado y fíjate dónde te metes.

—Tranquila, soy zorro viejo. O zorra, no estoy seguro.

Dieter rió su propia ocurrencia y marchó en dirección contraria a la que tomaron Sam y Martha para ir a su casa. Hacía tiempo que había dejado de ser el hombre taciturno de sus primeros tiempos en Nueva York. Aunque el ambiente homosexual de la capital le parecía sombrío e hipócrita, visitaba con cierta regularidad algunos de los locales que solía frecuentar la clientela masculina que buscaba la compañía de otros hombres, como el St. Mark's Baths, unos baños turcos situados a escasas manzanas de Broadway, lugar muy conocido en el mundo gay neoyorquino.

Pagó el dólar que costaba entrar, le dieron una toalla y se dirigió al vestuario. Allí se desvistió, dejó sus cosas en una taquilla, ajustó la toalla a su cintura y pasó a la contigua sala de vapor. No era la primera vez que acudía. Una tenue luz arropaba a algunas parejas que estaban charlando amistosamente hasta que abandonaban la sala para ocupar alguna de las habitaciones privadas que ofrecían los baños entre sus servicios. Se sentó en el extremo de un banco. De pie, frente a él, se hallaba un joven de aspecto latino, bien formado, con abundante vello en el pecho, atractivo. Dieter no le quitaba ojo, le parecía un auténtico adonis. No sabía si podría ser un prostituto de los que diariamente se dejaban ver en los entornos homosexuales. Prefería que lo fuera, le gustaba y solo quería sexo. Era el mejor modo de obtenerlo, de que no se negase a mantener relaciones con él. El joven se dio cuenta de las intenciones de Dieter, se acercó y rápidamente intimaron, o, mejor dicho, llegaron a un acuerdo económico, pues efectivamente ejercía aquel la prostitución.

Estaban en una de las habitaciones, en la que tanto se daban masajes profesionales como se alquilaba a los clientes por horas o fracciones de media hora. Habían mantenido sexo durante un buen rato y conversaban amigablemente. Dieter fu-

fumaba un Raleigh. De repente oyeron un silbato y gritos de *¡Todo el mundo fuera!*

Se trataba de una redada de la policía. Entre los clientes se hallaban cuatro detectives de incógnito que habían pasado desapercibidos hasta el momento. Abrieron la puerta de la Salita donde estaba Dieter con su amigo.

¡Cúbranse, so guarros!, les ordenó un tipo grandote vestido solo con una toalla y con la placa identificadora de policía en la mano. Enseguida llegaron unos agentes de uniforme y los llevaron a trompicones hasta el vestíbulo. No admitían ninguna protesta, no dejaban hablar a nadie y trataban a todo el mundo con absoluta displicencia. Seguían saliendo hombres medio desnudos de las distintas salas, conducidos a empujones y pata-das. El hall, aun siendo amplio, pronto se llenó. Las puertas estaban cerradas y el local rodeado de policías.

Der ganze Reichtum gehört mir allein, / Die Augen, der Mund, und Du selbst bist mein![12]. Dieter se puso de pronto a cantar un tango alemán que solía interpretar en Eldorado berlinés cuando era Charlotte Von Laster, *Zwei Dunkle Augen*.

Ninguno de los presentes sabía alemán, ni entre los clientes y empleados ni entre los policías, pero los primeros rieron a mandíbula batiente mientras se irritaban los segundos. Los gestos atrevidos y burlescos de que hizo gala, recordando sin duda sus buenos tiempos de artista de cabaret, eran lo suficientemente explícitos y sarcásticos. Un policía se le encaró, se quedó mirándole fijamente y le dio un empujón contra la pared. A Dieter se le cayó la toalla. Entonces los policías empezaron a hacer guasa sobre el tamaño de sus genitales. *Mira, mira qué pequeña la tiene*, decía uno. *Por eso es maricón, ¿qué va a hacer una mujer con eso?*, comentaba otro para regocijo de sus

---

[12] Toda riqueza pertenece a mí solo, / Los ojos, la boca, tú mismo eres mío.

compañeros. *¿Tú qué, eres de los que solo recibe? Porque ya me dirás si no...* Un detective llamó al orden. *Pónganse sus ropas, rápido,* conminó. Varios policías acompañaron al vestuario a un total de quince hombres, de mediana edad la mayoría, avergonzados, asustados los jóvenes, chaperos casi todos. Aparte de Dieter, solamente uno plantó cara a la policía.

—Ustedes no pueden hacer esto. Soy un ciudadano honrado y no hago daño a nadie viniendo aquí.

—¡Cállate, maricón! —gritó uno de los policías de paisano.

Fueron introducidos a empujones en el furgón policial, los quince, y llevados a comisaría. Una vez allí, los metieron en los calabozos. Empezaron a identificarles. Sacaban a uno, le tomaban las huellas digitales, le hacían las fotografías de rigor y les anunciaban que ya tendrían noticias del juez. A Dieter y al otro hombre que protestó lo que consideraba un atropello por parte de la policía, los dejaron los últimos. Dieter, así, salía de comisaría de madrugada, sin haber podido hasta entonces comunicarse con nadie.

Un par de semanas después trece de los quince arrestados eran condenados a veinte dólares de multa o diez días de trabajo comunitario en un asilo. Dieter y el otro individuo justo al doble: cuarenta dólares de multa o veinte días de trabajo.

—Sí, aquí la pena es menor, pero existe. No iré a un campo de concentración. Pero hay muchas maneras de joder la vida a uno. Cada cual tiene la suya —manifestó Dieter dando fin a la conversación que mantenía con su hija y Sam respecto a la sentencia.

Veinte días más tarde encontraron a Dieter muerto en su apartamento. Un derrame cerebral. Tenía sesenta y dos años.

4

—Wiesenthal estuvo también prisionero en Mauthausen, sabía algo de las repetidas visitas que Lewinski y otros como él hacían al campo y de su implicación como directivo de IG Farben en la elaboración del gas Zyklon B. Esta también la declaración de otro prisionero, un español militante de la Resistencia francesa que igual que yo fue músico en Mauthausen. Le conocía, me alegró saber que se encontraba con vida.

Helmut había regresado el día anterior de la ciudad austriaca de Linz, donde se había entrevistado con Wiesenthal y explicaba a Martha los progresos que entendía se estaban produciendo para localizar a Lewinski. Lo hacía de camino a Union Square, donde iban a participar en una concentración en solidaridad con Julius y Ethel Rosenberg, un matrimonio que había sido condenado a morir en la silla eléctrica acusados de espiar para la Unión Soviética revelando secretos acerca de la bomba atómica. Egon iba con ellos. Sam se hallaba en Washington como miembro del Congreso por los Derechos Civiles de Nueva York para tratar que se concediera el indulto. Todos los intentos llevados a cabo hasta entonces habían fracasado. Era la última oportunidad. Si no había indulto serían ejecutados a las ocho de esa misma tarde del 19 de junio de 1953.

—Desde el primer momento, Wiesenthal se tomó muy serio la posibilidad de que la muerte de Wulff efectivamente no respondiera a ninguna causa natural, sino que hubiera sido asesinado. Es más, me habló de la existencia de una organización secreta de antiguos miembros de las SS que mantiene una tupida red de contactos para ayudar a escapar a destacados nazis a otros países más seguros para ellos, fundamentalmente España y los países latinoamericanos. Sinceramente va a ser muy difícil dar con Lewinski, pero no imposible.

Confío en que no morir sin dar con él, pero si no, como me decía Wiesenthal, son muchos, muchísimos más, los Lewinski que siguen en libertad. Iremos a por ellos. Volveré a Linz y trabajaré con él. Lo que quieren hacer hoy en Sing Sing es una atrocidad que sin los Lewinski y quienes les han encubierto probablemente no hubiera tenido lugar. Ya no es cuestión personal, y eso me mueve más.

—No sabes cuánto me alegro de que pienses así. Por supuesto que distan mucho de ser lo mismo, pero aquí y ahora se dan muchas situaciones que me recuerdan aquellos tiempos en Berlín, la parte sombría de los mismos. Investigan e interrogan a miles de personas solo por creen o suponen que son comunistas, o procomunistas, o porque interesa a bastardos intereses, como el matrimonio Rosenberg. Para ser citado no hace falta haberse destacado demasiado; es suficiente tener amigos negros o mostrarse en desacuerdo con la intervención de Estados Unidos en Corea. Unos incluso han acabado en la cárcel, a otros se les ha retirado el pasaporte o se les ha expulsado del país. Lo de Hammett ha sido una humillante venganza. Ya sabes cuánto lo aprecia Sam. Y lo de investigar la compra para bibliotecas públicas de libros escritos por autores comunistas es inconcebible se mire como se mire.

—¿A qué te refieres? ¿Qué es esa investigación sobre libros?

—¡Ah!, no lo sabías. Claro, fue mientras estabas en Linz. Nada menos que se investigaron los fondos de las bibliotecas de la Agencia de Información en siete Estados y se llegó a la conclusión de que de los dos millones de libros que conformaban sus depósitos treinta mil títulos era de escritores "comunistas" o "procomunistas". Se retiraron y se prohibió la presencia en sus bibliotecas de las obras de toda persona polémica, comunistas, compañeros de viaje, etc. Libros de escritores como Sartre, Hammett, Gorki, Reed... Se da la circunstancia, no me atrevo a calificarlo de casualidad, que algunas de las obras prohibidas en su día ya fueron quemadas por los nazis. *La montaña mágica* de Mann, las *Obras escogidas* de Paine, *La teoría de la relatividad* de Einstein, los escritos de Freud... También alguna de las novelas de Sam. Y de Hammett, claro, y de muchos más.

—¿La que me mandaste? ¿*2014*? Es fantástica, me entusiasmó.

—No. Pero porque salió después de dictarse la medida. De lo contrario, posiblemente.

Sam había publicado una nueva novela, *2014*, que había dedicado a Hammett. El título obedecía a que situaba la acción en dicho año, 2014. Cuarenta años antes, en 1974, todo el hemisferio norte, incluyendo las zonas septentrionales de África y Latinoamérica, había sido destruido por una guerra nuclear. De los dos mil setecientos cincuenta millones de habitantes que poblaban el planeta apenas un diez por cien consiguió sobrevivir y solo en las tierras situadas más al sur la vida pudo continuar. Una nueva sociedad, poblada en su práctica totalidad por negros, mestizos y mulatos, surgió en dichas zonas. Su organización era muy distinta y recordaba las utopías renacentistas de Moro o Campanella. Se puso a la venta a finales de mayo de 1953 y era ante todo una reflexión sobre el sentido del deber y la amistad, pero no fue esto lo que los críticos más conservadores vieron en ella. Tal como Sam describía esa nueva sociedad en la que enmarcaba la acción, las analogías con una sociedad comunista fueron pronto establecidas. Un ataque a la civilización estadounidense en toda regla, un panfleto procomunista a juicio del crítico literario de *The American Mercury*. Otras críticas, por el contrario, fueron elogiosas y resaltaron la calidad narrativa de *2014* por encima de todo, destacando de la obra la disyuntiva que Sam planteaba entre el bien común y el interés individual. División de opiniones. Dividida estaba la sociedad.

— A los del Congreso por los Derechos Civiles os tienen en el punto de mira.

—No solo a nosotros, pero sí. Para ellos somos un nido de comunistas. Dicen, lo han escrito en un informe, que en realidad no nos dedicamos a la defensa de las libertades civiles en su más amplio sentido, sino a la defensa individual de comunistas y del Partido Comunista, que estamos controlados por miembros del partido o leales al mismo y que todo ello forma parte de una campaña de desprestigio contra el Gobierno.

Un par de manzanas antes de Unión Square, en la esquina de la calle 20 con la Quinta Avenida, Martha había quedado con Diane. Greg estaba Washington con Sam; se había empeñado en acompañarle.

—¿Sabes algo del indulto? Ayer Greg me dijo que lo veía difícil, pero ya no he tenido más noticias.

—He hablado hace unas horas con Sam. No se mostraba muy optimista. Me ha contado que esta misma mañana ni siquiera les han dejado entrar a él y a Bloch, el abogado de los Rosenberg, a la Casa Blanca. Querían entregar las miles de firmas solicitando el indulto que recogimos los del Congreso por los Derechos Civiles en los últimos días para que se añadieran a los otros muchos millares que ya se habían mandado desde que se conoció la nueva fecha para la ejecución. No les dejaron siquiera franquear la puerta de entrada, nadie quería recibirlos. Consiguió, no obstante, dárselas en mano a Sherman Adams, al que vio tras la verja y llamó; lo conocía de cuando Lary trabajaba en la oficina del presidente. Adams no estuvo especialmente amable, me dijo. Para la Casa Blanca no hay duda de su culpabilidad. Si los Rosenberg reconocen su culpa podría llegar el indulto, en caso contrario no hay nada que hacer.

No cruzar. Línea de policía, se indicaba en las vallas de madera tras las cuales debían colocarse en fila centenares de personas que querían rendir un último homenaje al matrimonio Rosenberg ante sus cuerpos en la funeraria J.J. Morris, donde habían sido velados toda la noche, entre otros, por la señora Sophie Rosenberg y la señora Tessie Greenglass, madres de Julius y Ethel respectivamente. Sam y Martha —que por la noche había estado en la funeraria para darles el pésame— regresaron al mediodía para asistir al sepelio. Con ellos iban Egon y Helmut.

—¿Tú crees que eran culpables? —preguntó Egon.

—Creo que no, pero ahora eso es lo de menos —respondió Sam—. Una muerte dictada es siempre un asesinato. Sinceramente, en estos momentos me importa un bledo su culpabilidad. Asesinándolos han tratado tanto de castigar a los supuestos culpables como de dejar bien patente que no se juega con el sistema. Eso es fascismo, terrorismo de Estado. Querían matarlos. Por la seguridad de la nación, alegan. Esto nada tiene que ver con la seguridad nacional. Muy endeble debe ser esta si un matrimonio como los Rosenberg puede ponerla en entredicho. El asesinato de los Rosenberg, pues eso es, un asesinato, por mucho que se revista de legalidad solo resulta más abominable, tiene más que ver con la voluntad de destruir los movimientos políticos anteriores a la guerra que con la supuesta seguridad nacional. Eliminado Hitler, el gran enemigo es ahora el comunismo, ni siquiera la Unión Soviética. Que la gente crea que únicamente cuando no tengamos rival en el mundo, ni político, ni armamentístico, ni económico, ni ideológico, y hayamos impuesto nuestras normas y nuestro modo de concebir la existencia, conseguiremos la paz. Y para ello hay que atemorizar a la población con misterios, secretos, traiciones y la gran amenaza: otra guerra. Confía en el Gobierno, deja hacer, no pienses, ese es el mensaje que se esconde tras todo este montaje. Si no llega a ser por el Gobierno, vigilante... ¡Si eran personas normales! ¡Quién lo iba a decir! No te fíes, pues, de nadie, el enemigo puede ser quien menos lo esperes, tu vecino, por ejemplo. ¿Por qué será que esta situación me recuerda otras ya vividas?

—Eso mismo comentábamos Martha y yo ayer.

—No creo que seamos los únicos en tener esa percepción. Aunque, lamentablemente, puede que seamos lo menos. Lo que más me preocupa es la facilidad con que la gente apoya, por acción u omisión, ideas y conductas políticas despreciables, de la más baja condición humana. No lo entiendo. Muchos pedían a gritos la muerte de los Rosenberg. La mayoría de la opinión pública, concepto que, dicho sea de paso, no sé muy bien qué significa porque no sé cómo se determina, estaba a favor de que los mataran. Había pancartas en las que se leían cosas como Matad a los cochinos espías, Enviad sus huesos a Rusia, Matad a esos hediondos y repugnantes rojos... Ya pasó con Hiroshima y Nagasaki. Según las encuestas más del ochenta por cien de los norteamericanos estaban de acuerdo con que se lanzaran las bombas atómicas. ¿Qué nos pasa? ¿Qué empuja a los seres humanos a dejarse a arrastrar por el primer ilusionista de turno que con cuatro trucos baratos asegura bálsamo de Fierabrás para todos? ¿El miedo? ¿A qué? ¿A la libertad? ¿Al futuro? ¿La inseguridad? ¿La indolencia? ¿La codicia? ¿El egoísmo? No lo sé. Me cuesta entender las razones. La humanidad es cada día más inhumana. ¿No hemos aprendido nada?

Llegado el momento, poco antes de las dos de la tarde, los policías empezaron a apartar a la gente y a hacer sitio para que pudieran salir los féretros en sendos coches fúnebres. Sus familiares se colocaron detrás y la gente les siguió. Las aceras estaban igualmente llenas de personas, varias filas se situaban a ambos lados de la calzada. Había muchos policías y guardias a caballo.

El cortejo emprendió camino al cementerio de Wellwood en Pine Lawn, en Long Island, a poco más de tres kilómetros de distancia. Más de dos mil personas los acompañaron hasta allí. Sam, Martha, Egon y Helmut entre ellos. La policía llegó a hablar de siete mil vehículos en línea, cifra que, sin duda, exageró para justificar las innumerables trabas que ponía a quienes querían llegar hasta el cementerio escudándose en problemas de tráfico. Llegados a Pine Lawn, bajaron los ataúdes de los vehículos. Ramos y coronas de flores fueron depositados inmediatamente junto a ellos. Sophie Rosenberg, madre de Julius, se deshacía en llantos. Emanuel Bloch, el abogado del matrimonio y tutor de sus hijos, con traje negro, la sujetaba y trataba de reconfortarla. Bloch pronunció el panegírico. Reivindicó su inocencia y calificó de asesinato lo ocurrido.

—He visto muchas cosas en estos últimos años Martha, muchas, más de las que hubiera imaginado y deseado. Vi esqueléticos cadáveres apilados junto a los barracones de Dachau, los amontonaban en el exterior con el resto de desperdicios, pues eso eran para sus captores: basura. Vi aquel maldito tren lleno de muertos y la reacción furibunda de los soldados americanos que mataron a sangre fría, aunque la suya debía estar muy caliente, a SS que habían perpetrado o consentido tales abominaciones. Vi Berlín destruido y a la gente batallar desesperadamente por sobrevivir, a las mujeres asustadas por el temor de ser violadas. He visto muchas cosas, y de algunas de ellas, como la matanza de guardias alemanes en Dachau, he guardado escrupuloso silencio, como le prometí a Lary que haría, ¿y sabes? no me ha costado demasiado tener la boca callada. Pero esto, estas muertes tan innecesarias como absurdas no encuentro manera de explicarlas, no digo justificarlas, simplemente entenderlas. Y me resulta imposible el silencio, inaguantable.

Sam trataba de buscar razones que le ayudaran a salir de la conmoción que le había causado la ejecución de los Rosenberg.

—¿Cómo puede alguien pedir así, fríamente, la muerte de un semejante? ¿Cómo puede haber quien sienta que puede hacerse justicia de ese modo? ¿De dónde sacan tanto odio? Haya hecho lo que haya hecho nadie merece un castigo tan atroz, al que además de la muerte se asocia la tortura de la espera del final. Más horrible que la muerte misma deben ser esos momentos anteriores, esos días, esas horas que van transcucurriendo inexorablemente mientras se resuelven los recursos. Ha de ser espantoso. Lo pude comprobar cuando estuve preso en Barcelona, ¿recordáis? Y llaman a eso justicia. La justicia no tiene nada que ver con la venganza y el rencor. No hemos derrotado al fascismo, o al nazismo, hemos vencido a un régimen que llevó esa ideología a extremos impensables pero las ideas que lo sustentaron siguen ahí, entre nosotros.

—Vamos a dormir, anda. Necesitas descansar.

Sam no conseguía conciliar el sueño. Martha encendió la luz de la mesita de noche.

—No puedes dormir, ¿verdad?

Martha se abrazó a él.

—Esto se está convirtiendo en un estado policial. Me siento impotente, rabioso. Pero apaga la luz, es tarde y tú mañana tienes que madrugar.

Sam dio un beso a Martha. De nuevo a oscuras. El silencio. Con la oscuridad y la tranquilidad de la noche Sam veía las cosas más claras. No paraba de dar vueltas en la cama. *Estate quieto*, susurró Martha, medio dormida. Sam la besó de nuevo y se levantó. Fue al comedor. Encendió un cigarrillo que consumió en apenas un par de minutos, con las luces apagadas. Miraba por la ventana. Calma, quietud, pocas luces encendidas, la gente reparaba fuerzas para afrontar otro día más. ¿Cómo sería? ¿Peor aún? Encendió otro cigarrillo. Se dirigió a su despacho. Encendió el flexo. Regresó al comedor a por un vaso y la botella de whisky. Sacó la máquina de escribir. No solía escribir a esas horas, en eso era muy metódico, prefería las mañanas. Pero la indignación le podía. Tenía que volcar toda su rabia, vomitar en algún sitio su empacho de indignación, y ese sitio era el papel. Golpeaba, más que pulsaba, las teclas de la máquina de escribir.

Cuando Martha se levantó lo encontró dormido, apoyado en la mesa, con el cenicero lleno y un whisky a medio consumir. En la máquina de escribir estaba aún puesto un folio, el segúndo de los dos de un artículo que había terminado de unas mil palabras.

—¿Has estado toda la noche escribiendo?

—Hasta que terminé el artículo. Empezaba a amanecer. Me quedé dormido pensando si rectificaba o no alguna cosa.

—¿Me dejas leerlo?

—¿Tú qué crees? Siempre has sido la primera persona en leer mis cosas y ya sabes cuánto valoro tu opinión. Si prácticamente eres mi editora.

Martha sonrió. Sacó el segundo folio de la máquina y se puso a leer el artículo. Se titulaba *Quo Vadis, America?* y era un durísimo alegato contra la pena de muerte y el sistema que la sustentaba. Entre otras cosas decía que *el principal enemigo está entre nosotros y se llama intolerancia, se manifiesta diariamente en nuestra vida cotidiana y en nuestros comportamientos excluyentes y constituye el verdadero caldo de cultivo para el desarrollo de las ideologías totalitarias como el fascismo.* Calificaba a Estados Unidos de país racista y lo comparaba con la Alemania nazi: *en Alemania se obligaba a los judíos a llevar un distintivo amarillo que los diferenciara de los demás; a nosotros no nos hace falta con los negros, los distinguimos enseguida, y a los 'comunistas' los reconocemos todavía más pronto, su hedor maligno lo invade todo.* Hacía igualmente un paralelismo entre los grupos perseguidos por el nazismo —judíos, comunistas y homosexuales, principalmente— y los colectivos objeto de persecución o marginación en su país: *los que son físicamente distintos (los negros, los negros pobres, sobre todo) y aquellos que no piensan como 'se debe pensar' (los comunistas, los supuestos comunistas y quien quiera seguir pensando por sí mismo).* Las semejanzas entre el régimen nazi y la sociedad norteamericana no terminaban aquí: *los nazis utilizaban la cámara de gas, nosotros también, y la silla eléctrica,* afirmaba, para concluir con la siguiente frase: *Hitler escribió en* Mi lucha: *'¿Quién puede negar mi derecho a exterminar a millones de eslavos, que se multiplican como in-*

sectos?'. Cámbiese 'eslavos' por 'comunistas' y la frase podría haberla pronunciado el mismo McCarthy, supongo que todavía orgulloso, como los que siguen sus ridículas y perniciosas ideas, de la inútil muerte —asesinato— de Julius y Ethel Rosenberg.

—¿Vas a publicarlo tal cual?

—Depende.

—¿De qué?

—De tu opinión.

—O sea, que lo vas a publicar así. Te van a llover críticas por todos lados, y no precisamente elogiosas.

—¿Qué le vamos a hacer? Ya las recibo, y otros más que yo. Haga lo que haga da lo mismo, si no es por una cosa será por otra, pero no puedo callar, querida, ni sé expresarme de otra forma.

—¿Y dónde vas publicarlo?

—Había pensado mandarlo a *The Nation*.

—Hazlo. Y si se le indigesta a alguien, mejor, buena señal.

Ahora el que sonrió fue Sam.

—Voy a casa de tus padres, a por los niños. ¿Me acompañas?

—Preferiría quedarme y dar los últimos retoques al artículo ahora, todavía está vivo en mi mente, no quiero distancia alguna con lo que ahora siento. Se escribe desde el sentimiento, desde el estado de ánimo, para transmitir sensaciones, no solo para ser leído.

—Nos vemos luego, pues.

Martha marchó a casa de su suegra. Sam se puso a releer el artículo. Lo hizo como un corrector, sin prestar atención a otra cosa que no fueran las faltas de ortografía o el uso inadecuado de determinadas expresiones, como si él no fuera el autor. No tachó ni modificó nada, lo metió en un sobre que cerró inmediatamente y mandó esa misma mañana del lunes a *The Nation*.

Capítulo XIII

1

—No estoy seguro al cien por cien, pero creo no equivocarme si te digo que te están investigando.

—¿A mí?

—El FBI.

—Vamos, Lary, no me jodas.

—Puede que sea una falsa alarma, pero sé cauteloso. El otro día, Morgan me dijo algo así como dile a tu amigo que vaya con cuidado y no se fíe de nadie.

—¿Morgan? ¿El que estaba contigo en la Casa Blanca?

—El mismo. Ahora está en la Agencia. No quiso decirme nada más. Todo el mundo teme las represalias.

—No sabía que yo fuera tan importante y que las cuatro cosas que hago y publico fueran merecedoras de tanta atención. Casi me siento halagado de tener un trato como el de Hammett o Brecht. Porque supongo que los de McCarthy estarán detrás de todo esto.

—No lo tomes a la ligera, Sam.

—¿Crees que le llamarán a declarar los del comité ese de Actividades Antiamericanas? —preguntó Martha, intranquila.

—No lo sé, es posible.

—Imagino que el artículo que publicó denunciando el asesinato de los Rosenberg y los agrios comentarios que la crítica conservadora dedicó a su última novela habrán influido.

—Supongo que la investigación vendría de antes. El artículo y la novela solo han impacientado a los más belicosos de entre esa gentuza que está siempre a la que cae.

Tras la publicación del artículo *Quo Vadis, America?*, Sam había seguido escribiendo como un poseso. En cuatro meses tenía lista una nueva novela, que fue publicada a finales 1953 por una editorial marginal, Ace Books. Se titulaba *El castigo* y narraba la historia de un respetado abogado, uno de los más prestigiosos de la ciudad de Nueva York que veía cómo su carrera se hundía estrepitosamente tras defender a unos jóvenes negros acusados de robar la recaudación del día en una gasolinera. Nadie entendía que alguien con su reputación se hiciera cargo de un caso así, tan irrelevante, tan común, un caso como tantos otros que se juzgaban diariamente. Sin embargo, para él se trataba de una cuestión de conciencia. La madre de unos de los chicos había sido su asistenta y juraba y perjuraba que el muchacho no había salido de casa durante la noche que se cometió el delito, y que su amigo tampoco. El letrado la creyó, la conocía, sabía que decía la verdad y que la justicia funcionaba de manera distinta frente a blancos y negros. Consiguió su absolución, pero pocos volvieron a confiar en su buen hacer para la resolución de sus pleitos. El hecho llevó al abogado a preocuparse por la defensa de los derechos de las minorías, a reflexionar sobre el papel de la justicia en tanto que instrumento del Estado y a involucrarse en la lucha por los derechos civiles. Finalmente, era acusado de comunista, comparecía ante una comisión especial y se le retiraba la licencia.

—El artículo aquel te hizo mucho daño. Ya ves lo que te ha costado publicar la última novela y en qué condiciones lo has tenido que hacer. Se puede decir lo mismo sin tanta visceralidad, midiendo más las palabras.

—Contemporizando quieres decir.

—Quiero decir lo que he dicho: medir.

—Moderar, pues.

—Llámalo como quieras, pero no veo la necesidad.

—La necesidad es catártica. No voy a dejarme contagiar por el clima de miedo que nos invade y, para ello, lo primero es no autocensurarme.

—Yo no sugiero eso, ni mucho menos. Solo que seas un poco más prudente.

—Tal vez si no hubiera tantos que actúan movidos por la prudencia y la moderación no estaría en esta situación.

—Pero ahora la cuestión es que te están investigando. Tiene razón Lary. Te juegas mucho —dijo Martha.

—Seré precavido, no os preocupéis. Y no me juego más, es posible que menos, que otros amigos y compañeros. Por cierto, ¿cómo decías que se llamaba tu nueva novia?

Sam cambió rápidamente de tema. Martha sabía —también Lary— que cuando actuaba de ese modo lo mejor era abandonar cualquier asunto que trataran. Nada ni nadie iba a hacerle cambiar de opinión, más bien al contrario. *Eres como un crío*, solía decirle Martha. Si Camila se hallaba presente sonreía y asentía.

No eran vanas las advertencias de Lary, su amigo en la CIA no estaba equivocado. Apenas una semana después —Lary ya había regresado a Washington— Sam recibió una citación del Comité de Actividades Antiamericanas para comparecer ante sus miembros.

Cuando llegó Sam a casa, Martha sostenía la notificación en la mano. Estaba asustada.

—¿Qué puede pasar, Sam?

—No lo sé, pero no debes preocuparte. Todo saldrá bien.

—Lástima que ya marchara Lary.

—Iré a verle. Ahora vamos a tomar un martini y a pensar en otras cosas. Esto no debe ensombrecer el debut de Egon. Solo faltan tres días, así que de momento ni a él ni a mi madre les diremos nada. ¿Te parece?

—Sí, será lo mejor.

Martha dio un beso a Sam. Se abrazaron.

—¿Vamos a bailar? Sabes que no es mi fuerte, pero hoy me apetece.

—¿Quieres ir a bailar? ¿Ahora?

—Mujer, aún no. Es muy pronto. Primero cenamos en Christ Cella.

—Estás loco. Pero me gustas así.

—No vamos a dejar a estos cabrones del Comité que nos fastidien la noche ni empañen el debut de Egon.

Martha le dio otro beso, esta vez largo y apasionado, un beso de esos que traspasan el alma y nunca marchitan.

Hay ocasiones en que los astros parecen conjurarse para que nada salga bien. Faltaban tres días para la presentación de Egon en el Birdland, como él mismo profetizase cuando acudieron a ver actuar a Billie Holiday, pero la suerte, o la mala suerte, el azar si se quiere, no sabe de componendas. Dos días antes, Camila despertó con un fuerte resfriado. Tenía fiebre y el médico aconsejó que no saliera de casa. A su edad no debía correr riesgos. Podía desarrollar una neumonía, advirtió el facultativo.

—Mamá, sé la ilusión que te hace ver a Egon, pero el médico ha dicho que lo mejor es que permanezcas en casa.

—Vaya, lo ha dicho el médico. ¡Palabra de Dios! ¿Es acaso su nieto el que actúa? No. Pues entonces... No pienso perdérmelo por nada del mundo.

—Lo que dice Sam no es ninguna bobada, si no te cuidas podrías coger una neumonía.

—Lo que voy a coger es un berrinche de tomo y lomo que aún me perjudicará más. ¿Teméis que muera? Yo también temo a la muerte, pero tengo ochenta años, ¿cuántos más creéis que voy a durar? Si me quedo en casa viviré... ¿cuántos más? Seguro que alcanzaré la vida eterna. ¡Anda ya! Me da igual si cojo una neumonía o lo que sea, que no tiene por qué pasar, pero por nada del mundo pienso perderme el debut de Egon. ¡Cómo que si voy a ir a ver a mi nieto! ¡Faltaría más!

Helmut seguía en contacto con Wiesenthal, que se había visto obligado a cerrar el centro de Linz ante el desinterés en proseguir colaborando con su causa por parte de las potencias vencedoras, Unión Soviética y Estados Unidos especialmente. Aun así, Wiesenthal terminaba de localizar a uno de los mayores criminales nazis, Adolf Eichmann, lo que le dio nuevas alas y le estimuló a buscar donaciones para abrir un centro nuevo, tarea en la que Helmut se involucró enseguida. Al mismo tiempo, convencido de que la muerte de Wulff y la aparición, e inmediata desaparición, de Lewinski estaban estrechamente relacionadas, preguntó al portero del edificio frente a cuyo portal Wulff había muerto repentinamente, a la secretaria de este y a otros compañeros de trabajo tratando de encontrar algún indicio que permitiera llevarle hasta Lewinski. Nada nuevo consiguió averiguar, nada relevante al menos, pero su ánimo no decaía y por momentos parecía volver a ser el Helmut que Martha y Sam conocieron en Berlín.

A última hora de la tarde del día antes del debut de Egon, Helmut se presentó de improviso en casa de Sam y Martha visiblemente alterado. Al regresar a su apartamento en Greenwich Village se dio cuenta de que alguien había entrado en él. Todo parecía estar igual que cuando salió por la mañana, pero Helmut jamás hubiera dejado un lápiz en la parte derecha de su escritorio. No es que fuera un obseso del orden, pero tenía sus manías. Así, lápices y bolígrafos siempre los colocaba en el mismo lugar, a la izquierda, junto al papel para escribir. Inspeccionó detenidamente todo. Habían abierto y vuelto a cerrar los cajones, pues siempre los empujaba hasta el fondo, le gustaba que estuvieran perfectamente alineados, como los libros. Ahora, en cambio, unos milímetros deshacían las líneas rectas en que le gustaba que quedaran las cosas.

—No me preguntéis si estoy seguro. Lo estoy. Hay cosas que yo nunca dejo como las encontré esta mañana. Han sido muy cuidadosos, pero os juro que alguien ha rebuscado en mi apartamento.

—¿Se han llevado algo?

—Yo no he notado nada en falta.

—¿Has llamado a la policía?

—¿Para qué? ¿Qué les digo?

—¿No habías notado alguna cosa rara últimamente? Qué sé yo, que alguien te siguiera, algún encuentro o visita inesperada.

—En absoluto.

—¿Sospechas de alguien?

—Mi vida no es muy interesante. Aparte de vosotros, y de Greg y Diane, apenas me relaciono con nadie. Pero no es descabellado relacionar esto con la búsqueda de Lewinski, por quién he estado preguntando estos días, o puede también que con mi colaboración con Wiesenthal. ¿Qué otra cosa puede interesarles de mí que no tenga que ver con Lewinski y el asesinato de Wulff? Mi relación con Wiesenthal. Últimamente he estado buscando fuentes de financiación para un nuevo centro. No puede haber otro motivo.

—¿Pero quienes?

—Ni idea.

Sam y Martha le contaron la citación que había recibido para que el primero compareciera ante el Comité de Actividades Antiamericanas y le pidieron que mantuviera silencio al respecto hasta que Egon hubiera actuado en el Birdland.

2

El viernes 26 de febrero de 1954 llegó el momento de la presentación de Egon en el Birdland. Los sobresaltos, sin embargo, no habían acabado. Habían quedado con Greg y Diane un par de manzanas más allá, pero el resfriado de Camila no remitía y acudieron directamente. Camila, Martha y Helmut se quedaron en el club; Sam fue a por sus amigos. Salió del Birdland. Dejó pasar a una pareja; ella blanca, rubia, alta, imponente; él, negro, era el encargado de sonido del club. Sam lo conocía, había colaborado con William. Se saludaron y el hombre acompañó a la mujer a coger un taxi que había frente a la entrada. Abrió la puerta del vehículo para que entrara la mujer y se quedó despidiéndola con la mano levantada. Un policía se acercó y le pidió la documentación. El hombre no la llevaba encima. Sam se detuvo y se quedó mirando.

—Yo trabajo aquí —decía.

—¿Y a mí qué cojones me importa dónde trabajes? Venga, documentación.

—Lo que intento decirle es que al trabajar aquí tengo la documentación dentro. He salido solo un momento, a acompañar a la señora que debía marchar rápidamente, un instante.

—No llevas la documentación encima, pues.

—La tengo ahí, se lo acabo de decir. Si me deja ir a por ella...

—Vas a tener que acompañarme.

—Es un minuto, apenas un minuto. Se la traigo enseguida.

—Ya, so listo. Yo me creo tu historia y tú te largas por la puerta de atrás o por cualquier otro sitio.

—Le juro que...

—Déjate de historias. Sube al coche.

Sam, a escasos metros, no pudo más que acercarse. Estaba indignado por el comportamiento del policía. Tragó saliva y se dirigió al agente.

—Disculpe, pero no he podido evitar escucharles. Lo que dice este hombre es cierto, trabaja aquí, es el encargado de sonido. Yo respondo por él.

—¿Y usted quién leches es? Muéstreme la documentación.

Sam hizo lo que el guardia le decía.

—¿De qué se conocen?

—Mi madre es cantante, mi hijo actúa hoy en este club, hace tiempo que vengo y sé, por tanto, quién es.

—¿Y dice que responde por él? ¿Es usted uno de esos bolcheviques que predican la igualdad entre blancos y negros? Seguro que sí, aquí —mirando la documentación— dice que es escritor.

—¿Eso es malo?

—Ni malo ni bueno, pero ya sabemos que la mayoría de ustedes, como algunos artistas de la pantalla, son unos radicales. En fin, tire para adentro —le dijo ásperamente mientras le devolvía sus documentos.

—¿Y él?

—Ese no es su problema. Ande, márchese.

—Seamos razonables. Este hombre, como él mismo le decía y yo refrendaba, trabaja aquí. Deje que entre por la documentación, yo esperaré con usted mientras.

—¿Usted de qué va? ¿De salvador de negros?

—¿Acaso tiene algo en contra de los negros?

—En contra de los negros y de los blancos, pero solo de quienes, como usted, se muestran impertinentes. Cuando ponen tantas trabas a la hora de colaborar por algo será.

—¿Trabas? ¿Nosotros? ¿Qué quiere, que le besemos el culo? Es usted un prepotente.

El policía sacó las esposas y en tono amenazante ordenó a Sam y al encargado de sonido del Birdland que se pusieran cara a la pared. Para suerte de ambos, el portero del club había presenciado toda la escena y presintiendo que el asunto acabaría mal había avisado a Camila de que su hijo se estaba metiendo en un lío. Camila sacó enseguida a relucir su genio y se levantó de la silla con tal ímpetu que parecía que iba a salir directamente a la calle a cantarle las cuarenta al policía. De pie, se quedó observando las mesas, fijó su atención en una y con paso decidido —nadie diría que estaba fuertemente constipada y que tenía unas décimas de fiebre— se dirigió a sus ocupantes, entre los que se encontraba Peter Wood, concejal del ayuntamiento al que conocía y a quien apremió delante de todos a que saliera a solucionar el percance *que está ocasionando uno de vuestros polizontes*, le espetó. Un tanto ruborizado, pero sin perder la sonrisa —a una persona de ochenta años se le permiten conductas que no se aceptarían en edad menos avanzada—, salió afuera y solucionó la situación. Todos regresaron a su sitio y Sam fue a por Diane y Greg.

—¿Puede aún pasar algo más? ¡Vaya día! ¡Vaya días que llevamos! —comentó Sam a Martha al regresar con la pareja de amigos.

Ocuparon una mesa frente al escenario. El local estaba a tope, como todos los días desde que actuaba el batería Art Blakey con su grupo The Art Blakey Quintet, una excelente formación integrada por el trompeta Clifford Brown, el bajo Curley Russell, el pianista Horace Silver y el saxofonista Lou Donaldson. A este último, enfermo, sustituyó Egon, que acababa de cumplir veinte años, recomendado por Ben Webster y con el aval añadido de ser nieto de William y Camila. El éxito estaba asegurado, incluso habían grabado unos días antes la actuación para el prestigioso sello discográfico Blue Note Records, una de las primeras grabaciones de un recital de jazz en directo a la que, por poco, no llegó Egon.

Pee Wee Marquette, el maestro de ceremonias del Birdland, que medía menos de metro y medio, con entusiasta voz hizo la presentación de costumbre y señaló la incorporación de Egon, *un excelente músico, joven pero avezado*, dijo. El primer tema, *Split Kick*, empezaba con Clifford y Egon. Un buen día, cuando menos lo esperes, se presentará tu primera oportunidad, no la desaproveches, le había dicho su abuela. La oportunidad había llegado. Su primera larga intervención fue calurosamente aplaudida. Él y Clifford estuvieron sencillamente brillantes, expresó Blakey tras *Split Kick*. En *A Night in Tunisia* y *If I Had You* Egon se mostró como un verdadero virtuoso del saxofón, nadie diría que era la primera que actuaba en público.

Terminó el primer pase y Egon se acercó a la mesa. Camila se lo comía a besos ante el azoramiento del joven y la sonrisa cómplice de los demás y de los ocupantes de las mesas vecinas.

3

El 3 de marzo Sam debía comparecer ante el Comité de Actividades Antiamericanas. Por tal motivo, se había trasladado a Washington un par de días antes con Martha, a quien le habían concedido unos días de permiso en el MoMA, para preparar, en casa de Lary, la estrategia a seguir. Contaba con el asesoramiento del abogado Ben Margolis, defensor de los Diez de Hollywood, como la prensa designó al grupo de ocho guionistas que, con el productor Adrian Scott y el director Edward Dmytryk, fueron llamados a comparecer ante el Comité en 1947 y sentaron el precedente de negarse a declarar al tiempo que denunciaban el ataque a la libertad de expresión y reunión que representaba la "cruzada" anticomunista del Comité. El motivo en que se basaba la notificación de la comparecencia era más bien ambiguo: *testificar acerca de su involucración en actividades subversivas*.

A las diez de la mañana empezó la sesión de comparecencia de Sam ante el Comité. Fue declarada pública, como la mayoría. La publicidad era importante, para el ego de McCarthy y los miembros de la Comisión y para seguir manteniendo, e incrementando a ser posible, el miedo. Era un espectáculo, con un majestuoso y solemne decorado, un estudiado guión y una representación cuya trama prometía suspense e historias de espías y traidores. La sala solía llenarse, entre otros, por amigos y grupos de apoyo al compareciente. Lary, Martha, Margolis y Diane, que acudió ese día desde Nueva York con Helmut —Greg estaba en París por asuntos del Congreso por la Libertad de la Cultura—, figuraban entre los asistentes. Los acompañaban numerosos miembros del Congreso por los Derechos Civiles. Nunca faltaban las cámaras y los periodistas. Unas veces más, otras menos, según la popularidad del protagonista. En esta ocasión, obviamente no había tantos como cuando comparecían las estrellas de Hollywood.

Presidía la sesión Harold Himmel Velde, a la vez presidente del Comité, congresista republicano por Illinois, un tipo áspero y desabrido. Con él, en la mesa, cuatro senadores más, dos republicanos y dos demócratas. También Roy Cohn, jefe de los abogados del Comité, que un año antes había interrogado a Hammett.

El senador Velde declaró abierta la sesión.

—Señor Sutherland —preguntó Velde— ¿jura solemnemente decir la verdad, toda la verdad y nada más que la verdad con la ayuda de Dios?

Sam permaneció en silencio. La noche anterior había hablado con Margolis acerca de la necesidad de tener que jurar para comprometerse a decir la verdad. *Soy ateo*, adujo. Margolis insistió en que se dejara de escrúpulos. *En este país todos creemos en Dios, ¿no lo sabías aún?*, le dijo. Entenderían su postura como una provocación; no era la mejor manera de empezar. Margolis movía la cabeza en señal de disentimiento ante la actitud de Sam, temeroso de que cometiera una imprudencia.

—Lo juro —pronunció instantes después.

—Siéntese. Señor Cohn, tiene la palabra.

—¿Puede identificarse, por favor? —intervino Cohn.

—Me llamo Samuel Sutherland.

—¿A qué se dedica, señor Sutherland?

—Soy escritor.

Siguieron varias preguntas sobre su actividad profesional, el número de novelas que había escrito, sus cuentos, cómo calificaba los artículos que escribía, si como periodismo o como literatura, y otras cuestiones aparentemente menores, si no irrelevantes.

—¿Es usted miembro del Partido Comunista? —preguntó de repente Cohn.

—No.

—¿Lo ha sido alguna vez?

—No.

—¿Simpatiza con el comunismo, o ha simpatizado con esa ideología alguna vez?

—Si se refiere a la Unión Soviética, no simpatizo con su régimen.

—Bien. Se lo preguntaré de otro modo. ¿Ha asistido alguna vez a alguna reunión en la que hubiera presencia de elementos comunistas?

—Es muy probable. Y supongo que usted también, ¿o no hay comunistas por todas partes? Lo dicen ustedes.

—Debería tomarse en serio su comparecencia ante esta comisión y no faltar al respeto a sus miembros —interrumpió Velde.

Margolis volvía a mostrarse inquieto y hablaba con Lary en voz baja.

—No era esa mi intención. Lo único que trato de decir es que si hay tantos comunistas infiltrados como ustedes afirman es difícil no haber coincidido con al menos con uno de ellos en alguna ocasión.

—¿Alguien le pidió alguna vez que se uniera al Partido Comunista? —prosiguió Cohn.

—No, nunca.

—Pero tiene amigos comunistas.

—Yo a mis amigos no les pido que me muestren su filiación política. Me gusta que se expresen libremente.

—¿Colaboró usted con alguno de ellos a sabiendas de que pertenecían al Partido Comunista o simpatizaban con el comunismo?

—Rehúso contestar. Podría incriminarme a mí o a otros. Me acojo a los derechos de la Quinta Enmienda.

—De acuerdo, prosigamos —dijo Velde.

—¿Firmó usted proclamas y manifiestos a favor del derecho de voto para los negros, de apoyo a la International Workers Order, a favor de quienes se han negado a colaborar con este Comité, firmó manifiestos en los que se acusaba al Comité que presidía el congresista Martin Dies de ser demasiado tolerante con el Ku Klux Klan, a favor de los signatarios de peticiones de candidaturas para el Partido Comunista, en contra de la intervención en Corea?

—Sabe que sí, esos documentos son públicos.

—¿Estuvo usted detrás la redacción de alguno de ellos?

—Rehúso a contestar, me acojo a la Quinta Enmienda.

—¿Sabe quiénes fueron sus autores?

—Rehúso a contestar, me acojo a la Quinta Enmienda.

—¿Apoyó la conferencia comunista que se celebró en el Waldorf Astoria en 1949?

—Fui invitado por los organizadores de dicha reunión a manifestar mi opinión sobre la paz mundial, como tantos otros. Y sabrá usted que mis palabras no fueron precisamente bien recibidas.

—¿No es cierto que cuando estuvo en Marsella colaborando con el comité de rescate que dirigía el señor Varian Fry traspasó los límites de la legalidad proporcionando pasaportes y visados falsos a individuos radicales y comunistas para que entrasen en Estados Unidos? ¿Y que para ello trabajó junto a falsificadores de documentos, contrabandistas, comunistas, anarquistas...?

—Sí, es cierto. Pero ayudamos a quienes huían del terror, del totalitarismo nacionalsocialista y sus colaboradores franceses, hombres, mujeres y niños, sin preocuparnos por las ideas, las creencias o la raza de cada uno.

Un rumor en la sala reflejó la sorpresa del público asistente ante la rotundidad con que Sam admitió haber llevado a cabo las actividades que Cohn le reprochaba. De todos modos —era algo que también había hablado previamente con Margolis— aquellas acciones eran sobradamente conocidas por la Administración estadounidense, que ya actuó en su momento. Las preguntas que sobre el tema pudieran hacerle no buscaban otra cosa que mostrar el supuesto pasado tendencioso de Sam.

—¿Reconoce, pues, haberse saltado la legalidad?

—Reconozco que hice lo que cualquier hombre de bien hubiera hecho en mi lugar: salvar el mayor número posible de vidas de los nazis, librarles de una muerte segura y atroz. Y vistas las crueldades que cometieron volvería a hacer lo mismo.

—¿Por qué que fue detenido en España a finales de 1941?

—Por cruzar ilegalmente la frontera entre Francia y España.

—¿Qué pretendía al cruzar ilegalmente la frontera?

—Quería conocer de primera mano las penalidades que debían padecer en su huida aquellos hombres, mujeres y niños cuyo único delito era ser diferentes a los nazis y su ideología, fuera por ser judíos o por pensar de otro modo. También, el sacrificio de los denominados "pasadores", que arriesgaban su vida a cambio simplemente de salvar las de otros.

—O a cambio de dinero. Colaboró asimismo con contrabandistas, lo ha confirmado usted antes.

—Por desgracia, también. Algunos se aprovechaban de la situación. Siempre hay gente dispuesta a lucrase con las desgracias ajenas. De todos modos, en aquellos tiempos eran los menos.

—¿Y cuál era la finalidad de todo ello?

—Escribir sobre el drama que tuvo que vivir aquella pobre gente. Dar a conocer lo que estaba sucediendo, que no cayera en el olvido para que situaciones así nunca se repitieran.

Siguieron una serie de preguntas más acerca de su regreso a Estados Unidos tras ser puesto en libertad por el Gobierno español y su posterior trayectoria política hasta la creación del Congreso por los Derechos Civiles.

—¿Fue usted fiduciario del fondo de fianza del Congreso por los Derechos Civiles?

—Rehúso a contestar, me acojo a la Quinta Enmienda.

—¿Sabe quién o quiénes fueron los fiduciarios de dicho fondo?

—Rehúso a contestar, me acojo a la Quinta Enmienda.

—¿Aportó dinero para la fianza de los cuatro miembros de su Congreso que se fugaron tras estar el libertad bajo fianza?

—Rehúso a contestar, me acojo a la Quinta Enmienda.

—¿Sabía que aprovecharían la situación para huir?

—No.

—¿Supo en algún momento posterior cómo se produjo esta y si alguien les ayudó?

—Rehusó a contestar, me acojo a la Quinta Enmienda.

—¿No sabe, pues, quiénes aportaron el dinero necesario para la fianza?

—Rehúso a contestar, me acojo a la Quinta Enmienda.

—¿Es cierto que ha donado cuadros de famosos pintores de su colección particular para obtener fondos para esas causas que usted llama "de defensa de los derechos civiles" pero que son tapaderas de los comunistas?

—Rehúso a contestar, me acojo a la Quinta Enmienda.

—Rehúsa a contestar a muchas preguntas apoyándose en la Quinta Enmienda —intervino Velde—. Está en su derecho. Este es un país democrático que respeta su Constitución. Pero déjeme que le diga una cosa: ¿no cree que negándose a responder se está autoincriminando?

—No, señor. Pero no voy a decir nada que pueda perjudicar a terceros.

—Luego reconoce —prosiguió Velde— que sabe cosas que no nos quiere contar. Se niega, pues, a colaborar.

—Si me negara a colaborar no estaría aquí.

—Es todo por hoy, señor Sutherland. Mañana reprenderemos la sesión, también en audiencia pública y a la misma hora que hoy, a las diez. Puede retirarse.

Tan puntual como el día anterior, a las diez de la mañana Himmel Velde declaró abierta de nuevo la sesión. Los mismos rostros, el mismo ambiente. Preguntas sin trascendencia alguna, aparente al menos. Al principio, hasta entrar directamente en el tema que iba a protagonizar la segunda sesión: la obra literaria de Sam.

—¿Niega usted que sus obras reflejen posiciones comunistas? ¿O bien tratan temas sociales desde postulados que podrían suscribir los comunistas?

—Mis obras reflejan mis inquietudes, mis vivencias. Tratan temas sociales, sí, pero la literatura, el arte en general, no puede hacer abstracción de la realidad que le circunda, no son entes metafísicos que tienen sus propias reglas fuera de este mundo.

Cohn —también Velde intervenía ocasionalmente— hizo un repaso por la obra de Sam, sus artículos, reportajes y novelas. Daba la impresión de ser el lector más devoto que nunca hubiera tenido. Conocía todos los títulos y citaba frases y párrafos enteros. Quien le hubiera informado sin duda había hecho un exhaustivo trabajo.

—De su última novela, *El castigo*, ¿qué destacaría señor Sutherland? ¿De qué diría que trata?

—De la intolerancia.

—¿Intolerancia ha dicho? ¿Qué es entonces para usted la tolerancia? ¿La connivencia con elementos subversivos y comunistas? ¿Por eso se implicó tanto en la defensa de los Rosenberg cuando su culpabilidad estaba más que demostrada?

—Sin entrar a valorar su mayor o menor grado de culpabilidad, del que tengo mis dudas, entiendo que su ejecución fue un acto inútil. Yo me opongo a la pena de muerte en todos los casos.

—¿Y por qué no denuncia también la aplicación de dicha pena en la Unión Soviética y las terribles coacciones que viven sus ciudadanos?

—Siempre me he mostrado contrario a cualquier totalitarismo. Repito: me opongo a la pena de muerte en todos los casos.

—¿Cree usted, pues, que los países que, de acuerdo con sus leyes, aplican la pena de muerte a contumaces asesinos o enemigos de la patria son totalitarios?

—Creo que la aplicación pena de muerte es una de las características que se dan en los regímenes totalitarios, sean capitalistas o comunistas.

—¿Cree en la democracia, señor Sutherland?

—Creo en la democracia.

—Si así es, ¿por qué ataca este país?

—Yo no ataco este país, es el mío y formo parte de él. Pero no es perfecto, entre otras cosas porque la perfección no existe. Yo solo critico las medidas que, a mi juicio, acarrean un retroceso en las libertades y derechos de sus ciudadanos. Y lo hago desde la voluntad de construir un futuro mejor y, por supuesto, sin considerarme poseedor de la verdad absoluta, dispuesto siempre a discutir con quien sea mis puntos de vista.

—¿Desde su punto de vista y su voluntad de construir ese mejor futuro sería el nuestro un país democrático?

—Tengo mis dudas.

—¿Qué entiende entonces por democracia, la sociedad que describía en su novela *2014*?

—Esa sociedad evidentemente es una sociedad utópica, pero sí, podríamos decir que sí.

—Una sociedad comunista, entonces. Esa es la que retrata en su novela.

—Discúlpeme, pero creo que ha hecho una lectura errónea de mi novela.

—¿Cómo es esa sociedad según usted?

—Democrática.

—Sus circunloquios me dan a entender que no quiere entrar en el fondo del asunto. Está bien. Supongo que no negará que de su pluma han salido afirmaciones como la siguiente: *Creía que había dejado atrás la incomprensión y la persecución hacia quien piensa de manera diferente tras abandonar Berlín. No fue así. Aquí me esperaba más de lo mismo. Por supuesto, sin la brutalidad que caracterizó a los nazis, pero con la misma virulencia.* Esto apareció hace poco en *Monthly Review*, una revista cuyas ideas todos sabemos que son procomunistas y antiamericanas.

—No, no lo niego. Yo escribí eso. Pero no alcanzo a entender qué tiene que ver con el comunismo.

—Y unos meses antes, con motivo de la ejecución de los Rosenberg, usted escribió otro artículo de título poco afortunado en el que calificaba esta de asesinato. ¿Llama usted asesino al presidente de este país?

—Lo que yo sostengo es que matar a un ser humano de forma premeditada se llama asesinato. Me declaro una vez más contrario a la pena de muerte, aquí y en todos los lugares en que se aplica.

—En ese mismo artículo compara nuestra nación con el régimen nazi de Hitler, habla de que aquí se trata a los negros como los nazis a los judíos y que América es intolerante y va camino del totalitarismo. ¿Es así?

—A grandes rasgos podría decirse que sí. Es una apreciación de quien cree que en este país se está cercenando la libertad de expresión.

—¿Libertad de expresión llama usted a insultar y calumniar?

—Yo no insulto ni calumnio a nadie. Me limito a escribir, como sé y en conciencia con lo que creo, que no es otra cosa que el derecho de toda persona a expresarse libremente y tratar de mejorar el mundo en que vivimos.

—Desprestigia a la nación con afirmaciones como esas, sin fundamento alguno. Eso es hacer el juego a los soviéticos. Usted ya lo sabe, no haga que me extienda innecesariamente.

—Pues no, no lo sé. Claro que, si usted confunde la libertad de expresión, el derecho de todo el mundo a ser crítico con el sistema social en que vive para tratar de mejorarlo y contribuir a la consecución de una sociedad más justa, con el comunismo, es otro asunto.

—No voy a entrar en su provocación. Olvidaré su impertinente proceder y le agradeceré que sus respuestas se ciñan más a lo que se le ha preguntado.

—De acuerdo.

—Habrá ganado dinero con sus libros y relatos ¿no?

—Vivo de eso.

—¿Y de esos beneficios que usted obtiene ha dedicado parte de ellos a financiar actividades que esta comisión pudiera calificar de subversivas?

—Me acojo de nuevo a los derechos la Quinta Enmienda.

—¿Conoce a la señora Elizabeth Gurley Flynn?

—Sí.

—¿Qué relación mantiene con ella?

—De amistad. Los dos somos miembros del Congreso por los Derechos Civiles de Nueva York.

—¿Por eso quiso visitarla en la cárcel?

—Sí.

—¿No por cuestiones políticas?

—No.

—Imagino que no sabrá si es o no comunista.

—Me acojo una vez más a los derechos de la Quinta Enmienda.

—Ella también se negó a contestar, a pesar de las innumerables pruebas que demostraban su filiación comunista.

—Ya le he dicho que mi propósito de visitarla era absolutamente de índole personal. De todos modos, ustedes me permitieron que lo hiciera durante la condena de dos años a que hubo de enfrentarse.

—¡Por colaborar con los enemigos de este país! ¿De verdad que no sabe que forma parte del comité nacional del Partido Comunista? Pues si no lo sabe, ya se lo digo yo.

—Ya le he dicho que no pregunto a mis amigos su filiación política.

—Sí, ya nos lo ha dicho.

En ese momento Velde dio por finalizada la comparecencia. Agradeció a Sam que se hubiera presentado ante la Comisión y cerró la sesión.

4

Camila recayó cuando ya parecía haber superado el resfriado. La maldita tos no remitía y volvía a tener fiebre, además de un fuerte dolor torácico que dificultaba su respiración. El médico diagnosticó neumonía. Le recetó penicilina y recomendó reposo y máximo cuidado; con su edad, podían surgir complicaciones nada deseables. *De esta ya no salgo*, dijo Camila a Sam y Martha cuando sugirieron que ingresara en un hospital, a lo que se negó con la fuerza de carácter que la caracterizaba.

—No deberíamos haber permitido que no la trataran en un hospital.

—Fue su decisión, y la tomó conscientemente. No debes sentirte culpable, Sam.

—Pues me siento. Y también furioso. El disgusto que se llevó por culpa de esos cretinosególatras, intrigantes y presuntuosos defensores de los valores patrios no creo que la ayudara mucho. Pero sí, ese fue su deseo, y no podemos hablar de defender las libertades civiles si no incluimos también el derecho a morir como uno quiera.

El funeral de Camila se celebró el viernes 12 de marzo de 1954. Sam deseaba una ceremonia íntima, pero fue imposible. La noticia trascendió inmediatamente y las condolencias empezaron a llegar de todos lados. El propio presidente Eisenhower envió un telegrama en el que lamentaba *la pérdida de un espíritu libre e individual, una artista de fama mundial, un gran talento de generoso espíritu que tanta riqueza ha aportado a la cultura de este país y tanto placer ha dado a nuestras vidas*, al igual que Billie Holiday, de gira por Europa, y Eleanor Roosevelt, una de las primeras en personarse en su domicilio poco después que lo hicieran Ben Webster y Benny Goodman.

Cuando a mediodía partió el cortejo en dirección al cementerio de Woodlawn, en el Bronx, casi diez mil personas se habían congregado en las inmediaciones del edificio de Madison Avenue donde vivía Camila. Durante un par de kilómetros las aceras de la avenida estaban llenas de gente —blancos y negros, generalmente separados— que quería dar su último adiós la gran cantante lírica reconvertida en dama del jazz. Reposar en el cementerio de Woodlawn fue deseo suyo. Allí se erigía un monumento a las víctimas del naufragio del Titanic, desastre en el que había perecido su padre. También William había sido enterrado en el mismo camposanto. También por decisión de Camila, pues él no había manifestado preferencia alguna al respecto.

Además de los miles de admiradores y curiosos, la salida del féretro —entre cuyos portadores figuraban Benny Goodman y Ben Webster—, cubierto con una bandera republicana española, fue seguida por numerosos periodistas, fotógrafos, camarógrafos, así como por la larga fila de vehículos que acompañaron al coche fúnebre. Estos últimos lo hicieron hasta

Woodlawn, como otros muchos músicos, productores, escritores —no faltó Dashiell Hammett—, miembros del Congreso por los Derechos Civiles y el propio alcalde, el demócrata R.F. Wagner, Jr. No hubo responso alguno. La mejor manera de despedir a Camila Valls era con música. Miembros de la orquesta de Goodman y otros intérpretes ya consagrados del mundo del jazz interpretaron *Body And Soul* a un ritmo más pausado del habitual, con arreglos improvisados ese mismo día por el propio Goodman.

Esa noche Broadway bajó la intensidad de sus luces en señal de duelo durante diez minutos. Al día siguiente todos los periódicos destacaron la noticia —muchos en portada, como *The New York Times*— y elogiaron la trayectoria de Camila, *una artista incomparable, una gran voz que siempre estará con nosotros, que nunca olvidaremos y seguiremos escuchando con intenso deleite en sus innumerables grabaciones, cante ópera, opereta o jazz*, señalaba *The Washington Post*.

—Nos vamos. Lo hemos estado hablando estos días. Entre nosotros y luego con Egon. Egon ya es mayor, es un estupendo saxo y seguirá con Blakey o con otras formaciones, actuará aquí y allá, hará giras.

—¿Lo habéis pensado bien? ¿Vais a abandonar todo?

—No todos los mirlos son sedentarios. Estos se marchan.

—¿Cómo dices?

—Nada, Lary, nada. Cosas nuestras, viejos recuerdos.

Lary no compartía la decisión de sus amigos. Sí sus críticas, su desencanto, su resquemor. Estaba convencido que una nueva generación de políticos —*muchas cosas están cambiando en el Partido Demócrata*, les decía— darían un nuevo impulso a la sociedad estadounidense con un mayor papel del Estado, nuevas leyes redistribuidoras de riqueza, el respeto por los derechos civiles, el fin del segregacionismo y una decidida apuesta por la paz internacional.

—Nunca pensé después de abandonar Berlín que volveríamos a pasar por el mismo trance. Me duele, nos duele, pero lo cierto es que vivir aquí es cada día más difícil. ¿Sera verdad que la historia se repite? Es el mismo odio al diferente que se respiraba en Alemania hacia quien discrepa, hacia quien se opone a los dictados del poder, e incluso hacia quien simplemente es distinto físicamente —se lamentaba Martha.

Sam había empezado a sufrir las consecuencias de su comparecencia ante el Comité de Actividades Antiamericanas y convertirse oficialmente en sospechoso de ser comunista o simpatizante del comunismo. Vagas razones atendiendo a la "no conveniencia" o "inoportunidad" de determinadas opiniones en momentos "tan delicados" fueron esgrimidas por algunos medios para no publicar alguno de sus artículos o relatos.

Greg y Diane se mostraron más que comprensivos con Sam y Martha cuando estos les comunicaron su voluntad de abandonar Estados Unidos, como ya antes hicieran otros muchos investigados por los celosos guardianes del anticomunismo. Greg había pasado a ser director internacional de la Fundación Fairfield.

Las discrepancias entre Greg y Sam eran políticas y estratégicas. Greg, sin embargo, fiel a su principio de que, fuese como fuese, lo importante era hacer cosas que favorecieran el avance hacia una sociedad socialista internacional, animaba a Sam a que continuara su tarea a favor de los derechos civiles y a que prosiguiera sus actividades desde París, donde este y Martha habían decidido establecerse. Se respetaban, pues ambos sabían que llegado el momento —si es que llegaba, según Sam; simplemente cuando llegara, a juicio de Greg— estarían del mismo lado. A Greg ni se le pasó por la imaginación sugerir a Sam quehacer alguno en el marco del Congreso por la Libertad de la Cultura, sabía que rechazaría cualquier ofrecimiento. Propuso, sin embargo, a Martha, con la complicidad de Diane, un puesto de trabajo en un proyecto financiado por la Fundación Fairfield para el estudio y catalogación de obras pictóricas de las primeras vanguardias artísticas, proyecto encaminado a dotar de fondos al futuro Museo de Arte Moderno que se pretendía crear en París. A Martha le encantó la idea

—Lo sabían todo, conocían todos mis movimientos y los de los demás miembros del Congreso por las Libertades Civiles, las reuniones, quién asistió y quién no, nombres, filiaciones, todo. Están muy bien informados. Sus métodos poco tienen que envidiar a los de la Gestapo.

Capítulo XIV

1

EL 17 DE OCTUBRE de 1961, martes, Sam había quedado con Martha —que trabajaba en el recién inaugurado Museo de Arte Moderno— en el Harry's New York Bar a las siete de la tarde. El Harry's, en la calle Daunou, tenía fama de servir los mejores cócteles de París; al menos era el más antiguo de Europa en hacerlo. Se hallaba a escasos doscientos metros del teatro Olympia, donde Jacques Brel actuaba desde el día 12; les gustaba, especialmente a Martha, y habían adquirido las entradas hacía tiempo.

Sam salió de casa con antelación previendo que esa tarde se circularía con dificultad por el centro. El Frente de Liberación Nacional de Argelia había convocado a sus compatriotas de la región de París a manifestarse como protesta por el toque de queda que les había sido impuesto. La manifestación debía empezar a las siete y media. Un par de horas antes, por el bulevar Saint-Germain circulaban numerosos grupos de manifestantes y había mucha policía por todas partes. El despliegue policial era enorme, la Prefectura había prohibido la manifestación. Miles y miles de magrebíes, con pancartas, banderas y bufandas con los colores verde y blanco del FLN, desoyendo el mandato, acudieron de todas partes a la concentración para defender la independencia de Argelia y protestar por la agresiva política francesa sobre su pueblo.

La policía pedía la documentación a todo aquel cuyos rasgos físicos denotaran aspecto norteafricano. Naturalmente, a él no le hicieron identificarse. Los gendarmes arrestaban a los sospechosos y los metían en autobuses de la RATP movilizados para la ocasión. Pasaban estos llenos de manifestantes detenidos frente a Sam y entre medio de los grupos cada vez más numerosos que provenían de los barrios periféricos y suburbios situados al norte y noreste de la ciudad. Trató de cruzar por el puente Royal, pero le fue imposible pasar. Demasiada gente. Se hacía tarde, eran casi las siete. Lo intentó por el puente de la Concordia con el mismo resultado.

El ambiente era cada vez más tenso. Las provocaciones eran constantes, especialmente por parte de la policía. Pronto empezaron las carreras, acompañadas de gritos reivindicativos como *¡Argelia es de los argelinos!*, *¡Libertad para Ben Bella!* Se escucharon enseguida disparos y las imprecaciones de los manifestantes contra quienes disponían de armas y las utilizaban contra ellos. *¡Asesinos! ¡Asesinos!*, clamaban.

—¿Qué pasa? —preguntó Sam a un periodista del semanario *Argelia libre* que conocía.

—Son unos criminales. Tiran a matar. Les da igual que sean hombres, mujeres o niños. Arrojan a los manifestantes al Sena, incluso heridos. Lárgate de aquí, ya no hacen distinciones.

Sam le hizo caso y, como pudo, por calles secundarias, regresó a casa. Martha, que tampoco había podido llegar a la cita, hacía rato que lo esperaba, intranquila. Obviamente, dejaron a Brel para otra ocasión.

—Como dicen los franceses, ha sido una *ratonnade*[13], una verdadera caza. Debe haber muchos muertos.

---

[13] Los franceses llamaban llaman ratones a los magrebíes. *Ratonnade* viene a significar algo así como la caza de los mismos, la violencia organizada contra ellos.

—El racismo y el imperialismo no son exclusivos de los yanquis. El agua hierve igual en todas partes.

Hasta pasadas las diez y media de la noche, Sam y Martha escucharon con nitidez gritos, disparos, explosiones y ulular de sirenas desde su domicilio de la calle Rennes, esquina con la plaza de Quebec, frente al bulevar Saint-Germain, a la altura de las conocidas cafeterías Les Deux Magots y Café de Flore.

Habían adquirido el apartamento al poco de establecerse en París, al presentárseles la oportunidad de comprar a buen precio un magnífico piso, amplio y luminoso. Bill y Hannah podían tener, así, su propia habitación, espaciosa, y contaban también con otra más —aparte de la de Sam y Martha— para Egon, que cuando podía se escapaba a París, ciudad que le entusiasmaba y por cuyo ambiente jazzístico sentía gran atracción.

Lo consiguieron gracias a Greg, pues el anterior propietario era un conocido suyo miembro de la organización del Congreso por la Libertad de la Cultura que había pasado a residir a Londres. De todos modos, no tenían problemas de dinero, habían vendido el apartamento de sus padres en Nueva York y Camila les había dejado una cuantiosa herencia. Conservaron la casa de Montmartre, en bastante mal estado tras tanto tiempo inhabitada, y decidieron arreglarla.

Bill, que había cumplido quince años, estudiaba en el *lycée* Carnot y Hannah, algo más de año y medio menor que su hermano, se disponía a empezar los estudios de secundaria y acababan de matricularla en el mismo instituto. Lástima que Bill fuera un pésimo estudiante con un nulo interés por todas y cada una de las asignaturas. Hannah, en cambio, sacaba siempre magníficas notas. Eran, de todos modos, cuestiones menores que no alcanzaban la categoría de problema. Podía decirse que, en términos generales, la vida de Sam y Martha transcurría tranquila, sin los sobresaltos que tantos quebraderos de cabeza les ocasionaron sus actividades políticas en Nueva York y su participación en los movimientos por los derechos civiles, especialmente a Sam.

Se instalaron, de este modo, por casualidad, en la zona de París que gozaba de mayor prestigio entre la intelectualidad y era el centro de la vida cultural parisina, o lo que viene a ser lo mismo, la vida cultural francesa. La vida intelectual de París en aquellos momentos estaba marcada por el existencialismo en versión sartriana. Sam admiraba a Sartre. Su novela *La nausea* le causó una honda impresión cuando la leyó, aún en Nueva York. También antes de marchar a París conoció su obra *El ser y la nada*, en la que Sartre definía que las personas son capaces de crear sus propias leyes cuando se rebelan contra todo tipo de normas y aceptan la responsabilidad y la ética personal independientemente de la sociedad y la moral tradicional.

Un buen día les presentó Boris Vian —a quien Sam había conocido en el Club Saint-Germain— en el Café de Flore, del que Sartre era asiduo y siempre tenía una mesa reservada que compartía con amigos y seguidores. Asistió a algunas tertulias, pero le cansaban los ambientes bulliciosos y aquellas discusiones eternas en las que terminaba abstrayéndose. No era falta de interés. Quisiera o no, su pensamiento se apartaba de cualquier tema en el momento en que se dijese algo que el sugiriese una idea, o un simple esbozo de idea, para escribir.

Martha y Sam se sentían cada día más a gusto en París. Sus amistades seguían en Nueva York y en buena parte también su ánimo. Pero la distancia entre una y otra ciudad —que obviamente seguía siendo la misma en kilómetros que la que recorrieran en su tiempo sus padres o su abuelo— había disminuido en tiempo considerablemente. Los progresos de la aviación durante la Segunda Guerra Mundial se habían trasladado al ámbito comercial. Los contactos de Martha y Sam con Greg y Diane eran habituales, y no solo epistolares o telefónicos. Greg viajaba a París con relativa frecuencia como director internacional de la Fundación Fairfield dadas sus relaciones con el Congreso por la Libertad de la Cultura. Diane le acompañaba siempre que podía.

Helmut había trasladado su residencia a Viena para colaborar con Wiesenthal, que había reabierto, ampliado y renovado, su Centro de Documentación Judía para proseguir la tarea de localizar criminales nazis y llevarlos ante la justicia. Martha y Sam, que no conocían Viena, acababan precisamente de regresar de la capital austriaca de pasar unos días con su amigo cuando recibieron noticias de Lary, al que veían menos. Pero también esta circunstancia iba a cambiar al ser elegido John Fitzgerald Kennedy presidente de Estados Unidos a finales de 1960.

Lary había regresado a la Oficina Presidencial, como en tiempos de Roosevelt, y su actividad le llevó a París en noviembre de 1961, donde tenían lugar reuniones de alto nivel, aunque no oficiales, con el fin de reanudar las negociaciones franco-argelinas.

—Es una actitud muy loable defender la soberanía de Argelia, y la de todos los países sometidos al colonialismo, pero no tengo muy claras las razones. Creo que lo que en última instancia mueve a apoyar la descolonización, especialmente por parte de nuestra nación, es el temor a que los movimientos independentistas lleguen demasiado lejos y acaben por abrazar el comunismo. Me parece que la finalidad de la descolonización es... ¿Cómo te diría? Profiláctica. Con Cuba se actúa de manera muy distinta. Este mismo año, ya con Kennedy en el poder, se trató de derrocar el régimen con una invasión financiada y dirigida por nosotros.

—Esa, Sam, fue una decisión que se había tomado antes de que Kennedy jurara el cargo. Lo que hizo el presidente, en todo caso, fue modificar el proyecto inicial. Kennedy no quiso que, como estaba previsto, el ejército estadounidense se involucrara en el conflicto, precisamente porque eso echaría por tierra su política a favor de la paz mundial.

—Acciones como esa no ayudan precisamente a mejorar las relaciones internacionales ni la paz, y dan más alas a la diplomacia soviética y su espionaje. La coexistencia pacífica que desde hace años predica la Unión Soviética y que parecía cobrar cada día más fuerza podría resquebrajarse seriamente.

—No creo. Al contrario, te aseguro que se fortalecerá. Kennedy llegará más lejos en este asunto que los presidentes que le han precedido. Pero hay que ir con mucha cautela para no dar pie a los conservadores y la derecha más reaccionaria, incluso a muchos demócratas, a que agiten de nuevo el fantasma del anticomunismo y frenar así otras iniciativas de gran calado social. Kennedy ha dicho que los verdaderos enemigos de este mundo son la tiranía, la pobreza, la guerra y las enfermedades. Contra eso es contra lo que hay luchar, algo muy parecido a lo que tú has escrito más de una vez. Su programa dedica especial atención a la educación, a la asistencia médica a los mayores y declara el fin de la discriminación racial. Los negros aprecian el alcance de sus medidas, le han apoyado en las urnas.

—No dudo, o no quiero dudar, de la bondad de las medidas que enumeras, ni de la integridad de Kennedy al fomentarlas, pero sí, y mucho, que el sistema permita que salgan adelante a menos que se corrijan tanto que terminen desvirtuadas.

—Riesgos los justos.

—Tú siempre tan pragmático.

—No es pragmatismo, Sam. Pero hay que ir con pies de plomo. Es una oportunidad para afianzar la democracia, para que esta sea más representativa. Con Kennedy se está produciendo un gran avance en los derechos civiles, en la igualdad. En lo poco que lleva de mandato los efectos de su política en estos aspectos son más que evidentes. ¿Sabes de qué me acuerdo en estos instantes? De la rotundidad con que afirmaste ante el Comité de Actividades Antiamericanas que tú en lo único que creías es en la democracia. Ya, ya sé que el concepto que tenemos de la democracia no es exactamente el mismo, pero nos une más de lo que nos separa.

—¡Joder, Lary! Pareces Greg.

—No creo que Greg y yo tengamos las mismas motivaciones.

—¿Qué quieres decir?

—Greg me parece un iluso. Cree que desde su trabajo en la Fairfield y el apoyo al Congreso por la Libertad de la Cultura va a conseguir nada menos que una sociedad comunista. No deja de ser un trotskista trasnochado. En realidad, él sí hace el juego.

—¿Por qué dices eso?

—Ya te he comentado en otras ocasiones que todo esto del Congreso no me parece nada mal, antes al contrario. Lo que afirmo es que no conducirá a lo que Greg desea. Afortunadamente.

—¿Afortunadamente?

—Su modelo de sociedad es propio de los países totalitarios, y en los países totalitarios no pueden darse los mecanismos de debate que él mismo defiende, son regímenes ideológicos.

—¡Acabáramos! Todos los regímenes lo son. ¿Vas a salir ahora con el cuento ese tan de moda del fin de las ideologías? Últimamente se escribe mucho sobre ello. Aron, Bell, Shils..., todos apuntan que las ideologías ya no tienen sentido. Eso es una de las mayores estupideces que he leído o escuchado en mi vida, y una de las mayores perversiones en el uso de palabras y conceptos, que se distorsionan así en aras a la universalización de unos principios supuestamente democráticos, o sin suponer, da igual, que responden al modelo americano. Nuestro país, Lary, también es ideológico, y este también, todos los regímenes lo son, y todas las personas. Confundes...

—Capitalismo con democracia. Me lo has dicho muchas veces. Pero creo que el tiempo empieza a darme la razón. De los niños que nazcan hoy en Estados Unidos, como ha declarado

Kennedy, los que sean negros tendrán la mitad de probabilidades que los blancos de terminar el bachillerato, un tercio
de ingresar en la universidad, un tercio de llegar a ser profesional cualificado, el doble de estar desempleado, una séptima
parte de probabilidades de ganar diez mil dólares al año, y una
expectativa de vida siete años más corta. Las cosas no pueden
cambiarse de la noche a la mañana, pero cambiarán. Nadie
había sido tan claro hasta ahora. No puede haber ciudadanos
de segunda categoría.

—¿Y tendrá Kennedy las manos libres para avanzar en
ese sentido?

—Por eso te decía que hay que proceder con cautela.
Determinadas medidas levantan ampollas en ciertos medios
muy influyentes.

—Esos medios seguirán ahí, con mayor o menor
presencia según las coyunturas, pero no dejarán de existir y, en
el fondo, controlaran el poder o efectuarán la presión suficiente
para que el sistema no se resienta. Y el sistema, desde luego,
Kennedy no lo va cambiar. ¿De qué sirve el reconocimiento de
los derechos humanos, o civiles, si no se pueden ejercer en su
plenitud, íntegra y libremente? ¿Si para, ya no digo oponerse,
simplemente para cuestionar un sistema como el nuestro, o
sociedad, o como quieras llamar a cualquier forma de
organizarse los hombres, lo primero que se necesita es el capital
mismo? Solo para organizarse ya se necesita dinero, un local,
gastos de mantenimiento... Lo sé muy bien por mi experiencia
en el Congreso por las Libertades Civiles. Sin dinero nada, o
muy poco, podíamos hacer. ¿Quién manda en esa democracia?
El capital. En Estados Unidos y aquí, los intereses económicos
prevalecen por encima de los del Estado, que somos todos.

—Todos respiramos el mismo aire.

—Sí, pero su calidad no es la misma en todos los sitios ni
para todo el mundo. Hay quien ni siquiera puede respirar, no le
quedan fuerzas. La democracia, Lary, no puede estar en manos
del capital. Pero, vamos, no creo que te esté diciendo nada nue-

vo. Ya avisó Jefferson de ello al poco de ser nombrado presidente, nada más iniciado el siglo pasado. Jefferson temía el capital, al capitalista que busca el capital por el capital, lo que, por otra parte, es la lógica del capitalismo. De ahí su aversión a las entidades bancarias, de las que decía que eran más peligrosas que los ejércitos mejor preparados. Decía algo así como que si el pueblo americano permitía que los bancos y las instituciones que se generasen a partir de sus actividades llegaran a controlar la economía la gente acabaría desprovista de sus posesiones. La inflación, seguida de la recesión, se encargaría de ello, y un buen día la gente se despertaría sin casa y sin techo. Por lo que hemos visto en nuestras vidas, no iba desencaminado. Pero hay más. El propio Roosevelt, lo sabrás muy bien, afirmaba que estar gobernados por el dinero organizado es tan peligroso como estarlo por el crimen organizado. ¿Es Kennedy el Jefferson de hoy? ¿Conseguirá que no haya gobiernos en la sombra? ¿Podrá? ¿Le dejarán?

—Habrá que intentarlo. Se ha avanzado mucho, el bienestar de que disfrutan ahora las clases medias y los trabajadores jamás se había dado antes. Era impensable.

—¿Y cuando haya otra crisis?

—¿Por qué ha de producirse otra crisis? Hemos aprendido de los errores del pasado.

—Mira, Lary, el capitalismo solo conoce una receta: aumentar los beneficios a coste de lo que sea, lo que incluye a las personas como mera mercancía, como los productos que elaboran.

—¿Cuál es, pues, la alternativa? ¿La Unión Soviética?

—Nuestro modelo o el soviético. Eso es mero reduccionismo. Dejemos que la gente conforme su propia realidad.

—La realidad es el mundo que vivimos, Sam. No hay más cera que la que arde. Creo firmemente que este país, como los demás países democráticos, democrático-capitalistas dirías tú, cuenta con un ordenamiento constitucional, institucional y jurídico que permite avanzar en ese camino, el de la equidad y el bienestar general. Otra cosa distinta es que de él se apropien determinados colectivos controlados por grupos con gran influencia y poder que miran sobre todo por sus intereses. Por supuesto, puede darse la tiranía de la mayoría. Ocurrió con los nazis, elegidos al fin y al cabo democráticamente. Pero esas perversiones suceden en todos los sistemas políticos, ninguno es ni puede ser perfecto porque el hombre no lo es. También la Operación Overcast, y otros muchos ejemplos que podríamos ahora sacar a la luz, es una muestra evidente de las malas prácticas que envilecen la democracia, pero las malas prácticas no invalidan su fundamento. La democracia es formación continua de los ciudadanos, mejora material pero también mejora intelectual. La guerra ha cambiado muchas cosas. Hay que volver a lo que esta nación inició en tiempos del New Deal y recuperar nuestra tradición más democrática. Fomentar la educación, la participación activa en la toma de decisiones, velar permanentemente por los derechos individuales garantizando los de las minorías, detener la carrera armamentística y destinar esos recursos a paliar la pobreza y el sufrimiento hasta desterrarlos por completo. Y eso solo sucederá en una sociedad democrática, donde se pueda expresar uno libremente y contrastar sus ideas con las de otros. Solo hay dos formas de gobierno: la democracia y la tiranía. Otra cosa es, insisto, que el gran capital trate de adueñarse de las instituciones y controlar los mecanismos de su funcionamiento, pero para eso está el Estado. La política ha de estar siempre por encima de la economía.

—Te veo demasiado optimista. No sé si la elección de Kennedy habrá despertado demasiadas ilusiones.

Llegó Martha. El cenicero estaba a rebosar de colillas.

—Larga discusión parece que mantenéis. Huele a tabaco desde fuera. ¿A qué se debe? ¿Tratáis de resolver los grandes dilemas de la humanidad o es que no os ponéis de acuerdo sobre dónde vamos a cenar?

—Las dos cosas, querida.

—¿Italiano?

—¿Aquí, en París? No, vamos a ir a La Fermette Marbeuf.

—Buen sitio.

2

También Greg mostraba cierto entusiasmo con las propuestas de la nueva Administración estadounidense. Sus motivos, obviamente, no eran los mismos que los de Lary, como este mismo había advertido.

—A Kennedy le encanta rodearse de intelectuales, quiere parecer un mandatario ilustrado, le gusta pedir su opinión. Hay que aprovechar esa querencia, no es fácil acceder directamente al presidente, y menos poder influir en sus decisiones.

—¿Con qué finalidad, Greg? Porque la verdad es que a todo esto del Congreso por la Libertad de la Cultura no le veo salida. Desde que vivimos en París, más últimamente, no dejamos de escuchar rumores acerca de los verdaderos objetivos del Congreso, que si es obra de los americanos, que si el propio Departamento de Estado está detrás...

—De eso ya hablamos en su día y te conté de dónde sale el dinero: de las fundaciones. En qué se emplee depende de la habilidad a la hora de gestionar los presupuestos y sortear los obstáculos que puedan frenar el proceso anticipándose a los adversarios, a los liberales disfrazados de izquierdistas que solo quieren perpetuar el capitalismo y la división de clases.

—¿No crees que pueda acabar haciéndoles el juego?

—Si creyera eso ya habría abandonado el Congreso, y la Fairfield. Espero que no te moleste lo que te voy a decir, pero desde que te codeas con Sartre y compañía te estás radicalizando a pasos agigantados. Sartre no es más que un fiel compañero de viaje del Partido Comunista Francés y un propagandista del régimen soviético. ¿Cómo puede afirmar que en la Unión Soviética hay total libertad de expresión? Eso no se lo cree ni él.

—Claro que no se lo cree. Pero tampoco aquí existe esa libertad. Por eso hizo tal afirmación, del todo provocadora. Para transformar la sociedad, Greg, es necesaria la libertad del sujeto, la libertad de existir y la subjetividad frente al determinismo social del marxismo ortodoxo. A los partidos comunistas, sean de la tendencia que quieras, les falta contenido humano, a todos.

—De acuerdo, completamente de acuerdo. Por esa razón, justamente por esa razón, defiendo lo que defiendo y creo en el debate y la confrontación de ideas.

—¿Desde el Congreso?

—Sí, el mismo en el que Sartre se negó a participar con otra de sus ocurrencias: No soy tan anticomunista como para colaborar en esa cosa, o algo así dijo.

—Estás obsesionado con Sartre.

—No es eso, pero me saca de quicio. Creo que antepone su ego a los intereses por los que dice moverse. Su vedetismo le pierde.

CAPÍTULO XV

1

DESDE EL frustrado intento de ver actuar a Brel el día de la brutal represión contra los magrebís partidarios de la independencia de Argelia, Sam y Martha no habían vuelto al Olympia, referente ineludible en la carrera de muchos cantantes y músicos. Prácticamente un año después, el 6 de octubre de 1962, lo hacían de nuevo. Esta vez, el motivo era más próximo y tenía especiales connotaciones sentimentales. Quien se presentaba ante el público de París era Egon con el quinteto de Horace Silver, con el que había recorrido varios países. Hacía casi año y medio que Sam y Martha no veían a su hijo, desde que pasó un mes con ellos en París de vacaciones.

El quinteto de Silver, como en los demás sitios en los que habían actuado, consiguió un importante éxito. Su música era de las más innovadoras del panorama jazzístico y de la calidad de sus músicos nadie dudaba; se decía que Silver tenía un excelente ojo para elegir a los miembros de su formación.

Martha y Sam —a pesar que a este le gustaba más el jazz que hacían sus padres— disfrutaron como nunca hasta entonces en un concierto, incluso más que cuando Egon se presentó en el Birdland. Bill y Hannah no fueron. Era sábado, tenían otros planes con sus amigos y la música de Silver y el jazz en general les interesaba muy poco.

Terminada la actuación, fueron los tres a cenar al restaurante A La cloche d'or, uno de los sitios preferidos de Sam en el que casi siempre pedía pies de cerdo con salsa bearnesa y patatas fritas. Allí estuvieron hasta la hora de cierre, charlando de todo y de nada, celebrando el éxito del Olympia. A Sam se le había pasado el malhumor con que salió de casa sin sus dos hijos menores por la negativa de estos a acompañarlos.

Cuando llegaron a casa, cerca de las dos de la madregada, Martha se asomó a ver a sus hijos, a los que suponía durmiendo. Hannah efectivamente dormía, a pierna suelta, se había quedado destapada y no parecía sentir frío a pesar de no estar puesta la calefacción. Martha la arropó. Fue después a la habitación de Bill. La cama estaba sin deshacer. Era evidente que no había llegado todavía, lo que contravenía las condiciones establecidas entre él y sus padres, que consideraban que a su edad debía regresar a casa a una hora más temprana. Sam se enfadó cuando Martha le contó que Bill no estaba en su cama. Egon trató de quitar hierro.

—Todos hemos sido jóvenes.

—Ser joven no justifica la falta de interés por las cosas y tu hermano no se interesa por nada, solo quiere salir por ahí.

En eso, entró Bill, que se quedó sorprendido al verlos despiertos. Había calculado mal, pensaba que llegarían más tarde.

—¿De dónde vienes a estas horas? —preguntó Sam nada más verle con evidente malhumor.

—De por ahí, con mis amigos. Es sábado, mañana es fiesta.

—Para ti parece que todos los días lo son —replicó su padre.

Desde que había empezado los estudios de secundaria en el instituto Carnot, Bill parecía estar a disgusto con todo y con todos, cada día más. Nada le parecía bien, de cualquier cosa se quejaba —según Sam—, o protestaba —según él—. A duras penas había pasado el curso, pero era evidente que no lo conseguiría otra vez. Sam le emplazaba a cada dos por tres a que decidiera qué quería hacer con su futuro.

—No quiero que acabemos discutiendo, y menos hoy, será mejor que te vayas a la cama.

—Vale.

Dio media vuelta y se fue a su habitación.

—No sé qué hacer, no entiendo su actitud.

—Ya se le pasará, es cuestión de tiempo.

—Lo cierto es que otros amigos que tienen hijos en la edad de Bill más o menos viven situaciones similares —razonó Martha—. De todos modos, Sam, y sin que eso signifique que justifico nada, recuerda cuando te conocí en Berlín. Habías dejado los estudios y pudiste dedicarte a escribir gracias a la ayuda de tus padres. Si no hubiera sido por ellos posiblemente no habrías podido desarrollar tu carrera como escritor. ¿No has pensado que Bill pueda estar pasando por una situación semejante?

—Ni por asomo. No es lo mismo. Ni tenía su edad, pues ya estaba en la universidad, ni me consideraba el centro del universo. Y, sobre todo, sabía lo que quería hacer, tenía unas ideas, un objetivo en la vida. Bill no tiene nada de eso.

—Anda, vamos a dormir. Ha sido un día estupendo, no lo estropeemos.

Como dijo Martha, no eran los únicos padres a quienes sus hijos miraban como ellos antes a sus opresores. Hacían esfuerzos por entender su comportamiento, pero les exasperaba —a Sam especialmente— el desinterés que manifestaba hacia los aspectos de la vida que consideraban esenciales y la falsa rebeldía con que, a su juicio, afrontaba otros asuntos, para él del todo banales.

Bill, aun así, faltaba a clase mucho más de lo que sus padres creían. En su segundo año en el instituto Carnot conoció a una muchacha. Era un joven apuesto, de facciones marcadamente varoniles como su padre y aparentaba más edad de la que tenía. Aquella muchacha, Sophie, unos meses menor que él, de aspecto desaliñado y pelo corto como Jean Seberg, hija de una familia obrera de Malakoff, le fascinó. Llevaba casi siempre pantalones vaqueros o negros ajustados, camisa de chico voluntariamente deshilachada y se pintaba las uñas de blanco o de verde. La conoció un viernes por la tarde en Golf-Drouot, una discoteca que desde hacía unos meses organizaba un concurso de grupos de la nueva música rock, que causaba furor. Sophie había perdido a sus amigos, Bill la vio desorientada. Preguntó. Ella respondió. Entablaron conversación y se gustaron.

Bill adoptó enseguida el nuevo código vestir propio de sus recientes amigos, los que ya lo eran antes de Sophie. De la docena de miembros del grupo, solo él y otra muchacha eran los únicos que estudiaban. Precisamente los estudiantes no estaban bien vistos entre aquella pandilla de *enragés*, que los consideraban unos hijos de papá que vivían del cuento. Bill aminoró sus recelos cuando les dijo: *¿Vivo de mis padres? Sí. ¿Qué más dan las normas de uno u otro patrón? Todos imponen su mundo al nuestro.* No obstante, nunca dejó de ser El Estudiante, un *bon chic*, entre la cuadrilla de *blousons noirs* a la que pretendía integrarse a toda costa desde que conoció a Sophie.

Vestía ahora ajustados pantalones vaqueros —estaba más que satisfecho con sus Levi's que le habían costado treinta francos—, camisetas tipo marinero de algodón y cuello redondo —su preferida era una rayas blancas y azules, descolorida— o camisas a lunares o cuadros. Se peinaba como Vince Taylor y con sus ahorros logró comprarse unas botas cortas de cuero negro, pero estos no alcanzaban para conseguir los dos distintivos más definitorios de su reciente filiación: una cazadora y una motocicleta. Bill quería ambas cosas, pero era consciente que sus padres no transigirían así como así y que con su paga nunca llegaría a obtenerlas. Centró su pretensión, pues, en la cazadora —le parecía más fácil convencer a sus padres—; suspiraba por una cazadora negra de cuero, una *blouson noir*.

El cabecilla de la pandilla, un muchacho que acababa de cumplir los dieciocho años, tenía una de cuero auténtico (la mayoría no podía permitírselo y llevaban cazadoras de escay). Pero la del joven líder era la envidia de todos y daba muy buenos resultados con las chicas, era igual que la de James Dean o la Marlon Brando en *El salvaje*.

—¿Una cazadora tipo aviador americano? ¿Eso quieres? ¡Una cazadora de mil doscientos francos nada menos! Pero si un joven de tu edad que trabaja no ganará ni trescientos al mes.

—Bueno, las hay más baratas.

—¿No te das cuenta que lo que tanto dices anhelar no es más que un producto de la moda destinado únicamente a sacar el dinero de los jóvenes?

—Dinero, siempre el dinero.

—Es lo quieres, eso estás pidiendo. Tus notas son un desastre, faltas a clase, no das un palo al agua ¿Por qué razón crees que mereces esa dichosa cazadora?

—Por la misma que vosotros, los mayores, os apropiáis de la juventud obligándonos a estudiar cosas que solo a vosotros interesan o a aceptar trabajos de mierda.

—Pues entonces lucha por cambiar ese estado de cosas y acepta tu responsabilidad en el mismo.

—Eso hago.

—¿Cómo? ¿Cómo lo haces?

—Está bien, papá, veo que no que no quieres comprarme la cazadora.

—No entiendes nada, Bill, no entiendes nada.

—¡Claro! ¿Cómo un joven iba a entender algo? No, no entiendo vuestra moral, ni vuestras leyes. Sed vosotros como nosotros, ¿por qué no ha de ser así? Tanto hablar los derechos civiles y a mí no me reconoces ninguno. ¿Es que los jóvenes carecemos de ellos? ¿Hemos de esperar a ser mayores como vosotros?

—Los derechos son de las personas, y son universales, es decir, de todos los hombres y de todos los tiempos. ¿Qué es eso de unos "derechos juveniles"? No tienes ni zorra idea. Mejor harías si leyeras más en vez de pasarte tantas horas pegado al transistor y maltratando al tocadiscos con esa música repetitiva y trivial.

—Sí, papá, la música que hace Egon es magnífica, la que nos gusta a nosotros es una porquería.

—Ya vale, Bill —terció Martha—. No tienes razón, y lo sabes.

—Yo no sé nada.

—¡Vaya! Eso es lo único sensato que has dicho hasta ahora —exclamó Sam.

—Si nos os importa voy a mi habitación. ¿Os molestará si pongo música?

—A la mayoría de los padres les cuesta entender la conducta de sus hijos —decía medio entre risas Greg, de nuevo en París—. Tengo amigos en Nueva York que se quejan de lo mismo, ¡y no os digo en Londres!, donde *mods* y *rockers* se enfrentan entre sí por ver quién es más "hombre". Yo no tengo hijos, pero no me preocuparía demasiado. Es una moda, algo pasajero. La juventud, por primera vez en la historia, se siente protagonista.

—Nos responsabilizan a nosotros y no les falta razón. Para ellos todos somos iguales, no pueden hacer distinciones, es el mundo de los adultos el que rechazan. Es una insatisfacción permanente la que caracteriza a las nuevas generaciones, que ven que esta sociedad de aparente bienestar no deja al ser humano desarrollarse libremente ni es capaz de acabar con los conflictos bélicos, la escalada armamentística o las desigualdades —manifestó Martha.

—Todo eso me parece muy bien, yo tampoco quiero este mundo. Lo que sucede es que no veo que su descontento se transforme en opción distinta alguna. Viven una época de bonanza económica nunca conocida y eso no les resulta suficiente. ¡Magnífico! Siempre he defendido que esta sociedad nunca se transformará en otra más equitativa si la gente solo lucha por mejoras económicas. Hay que tener unos valores por los que luchar. Y aquí aparece mi duda. La voz de los jóvenes viene de la mano de su capacidad de consumo. La puñetera cazadora que quería Bill y que su madre finalmente le compró —fue una de las pocas veces que Sam y Martha discutieron acaloradamente—, la puñetera moto que quiere ahora. Símbolos más que evidentes del modelo americano. Y no solo Bill, la práctica totalidad de los jóvenes se vuelven locos por este tipo de cosas, llegan incluso a definirse por ellas y por cómo visten o que música les gusta. Y mientras, los descubridores de "la moda" a forrarse con su descontento.

—Son otros tiempos, Sam, están descontentos con una sociedad que se muestra cada día más competitiva, individualista y faltada de solidaridad como decía Martha. Se les pasará, encauzaran su rabia, su animadversión.

Cuando a la mañana siguiente, mientras desayunaba, Sam leyó la prensa, ni se le ocurrió pensar que su hijo pudiera ser el protagonista de una de las noticias que destacaba *Le Progrès*: *Al grito de 'imuerte a los estudiantes!' una banda de blousons noirs ataca con navajas a tres jóvenes. Una vez más, un grupo de gamberros atacó ayer por la noche a estudiantes que salían del Instituto Nacional de Ciencias Aplicadas (...) con el coraje que les caracteriza, eran tres veces más que sus víctimas. Un joven acompañaba a su primo, de 22 años, alumno de la Escuela Superior de Minas de Saint-Etienne, que había venido a saludarlo, a la parada del autobús 27. Un tercero se les juntó. Eran las diez. Los tres jóvenes esperaban el autobús cuando surgieron una decena de blousons noirs con sus motocicletas a todo gas. Pasaban rozándoles. Uno de ellos escupió al rostro de uno de los tres. Parecía que se habían marchado, pero de pronto salieron por detrás. Uno les pidió cigarrillos. Contestaron que no tenían. Se abalanzaron sobre ellos al grito de 'imuerte a los estudiantes!'. Resistieron lo me-*

jor que pudieron. Uno fue herido en el rostro, otro en el cráneo.
Alertados por el griterío, los vecinos llamaron a la policía y los
gamberros desparecieron enseguida.

—Espero que Bill no termine como estos, lanzando piedras al viento.

—Temía por Egon cuando decidimos venirnos a París. El ambiente en que se mueve me preocupaba, tenía la sensación de que todo el mundo estaba enganchado a la heroína. Y mira por dónde Egon es ahora el que menos me preocupa de los tres —decía Martha.

—Hay unos años de diferencia entre Egon y vuestros otros dos hijos —señaló Greg, que se quedaba muchas veces en casa de Sam y Martha cuando estaba en París.

—El caso de Egon es distinto. Egon siempre ha tenido un objetivo. ¿Te acuerdas de cuando Webster vino a casa de mis padres aquella noche y descubrió el saxofón? No paró de darnos la lata hasta conseguir uno.

—¡Joder!, pues eso es lo mismo que le reprochas a Bill.

—De ninguna manera, Greg. Quería un saxofón porque quería ser músico, un buen músico. Este solo quiere una cazadora, y una moto, para impresionar, ahí acaba su objetivo. Hay una enorme distinción entre apariencia y realidad.

—Egon es más de nuestra época —añadió Greg con cierta sorna—. No, en serio, vosotros vivisteis otro momento, os criasteis en un ambiente distinto. Tú, Sam, tus padres... muy pronto pudiste distinguir los mecanismos de la dominación, las cosas eran más evidentes que ahora. Ellos no lo tienen tan fácil, todo el mundo a su alrededor se empeña en que la humanidad marcha por el mejor camino posible y se muestra satisfecho con los niveles de confort logrados desde el fin de la guerra. No pueden entenderlo, solo han conocido esto.

2

Uno de cada tres jóvenes franceses escuchaba un programa radiofónico titulado *Salut les Copains*, de la emisora Europa 1, dedicado a la música pop. Lo emitían todos los viernes de cinco a siete de la tarde. Hannah, a punto de cumplir los 16, no se perdía ni uno, estaba atenta a la recomendación semanal y procuraba comprar el disco en cuanto le era posible. Tenía un tocadiscos que sus padres le habían regalado el año anterior, al terminar el curso, como recompensa a sus buenas notas. Hasta entonces debía compartir con su hermano uno viejo, lo que era fuente de continuas broncas, tenían gustos distintos. A Hannah le gustaban François Hardy —cuyo modo de vestir imitaba— y Sylvie Vartan, los Beach Boys y los Beatles, y la música yeyé que tanto promocionaba el programa; Bill era fan de Les Chaussettes Noires, Johnny Hallyday y Vince Taylor, sobre todo de este último. El tocadiscos de Hannah era uno de los últimos modelos, un Teppaz estéreo —desde 1958 los discos podían grabarse y reproducirse por estereofonía— y tenía también radio. Era, sin duda, el que Hannah deseaba. Bill también hubiera estado encantado de poseer otro igual, pero se apañaba con el viejo portátil, su gran ambición seguía siendo una motocicleta.

Cuando *Salut les Copains* emplazó a los jóvenes parisinos a las nueve de la noche al concierto que organizaba en la plaza De la Nation el 22 de junio de 1963 con motivo de la salida del Tour de Francia para celebrar el año de existencia de la revista homónima, de tanta repercusión como el espacio radiofónico, preveía una buena acogida de su iniciativa, aunque no tanto como la que finalmente consiguió. Ese día la mayoría de los jóvenes tenía prisa, nadie quería perderse el espectáculo en el que participaban los cantantes más populares del momento: Danyel Gérard, Mike Shannon, Les Chats Sauvages, Les Gam's, Richard Anthony y, los más esperados, Johnny Hallyday y Sylvie Vartan. Todos deseaban ocupar los lugares más próximos al escenario. Se esperaba que acudieran unos veinte mil jóvenes, pero el número de asistentes desbordó cualquier previsión: fueron casi doscientos mil. El metro y los autobuses iban hasta el tope y a medida que uno se acercaba a la plaza las doce vías que en ella desembocan estaban llenas de muchachos y muchachas. Muchos, de ambos sexos, vestían *jeans* y camisetas de algodón, zapatillas de deporte o botas. La plaza De la Nation era un enorme escaparte de la moda juvenil. Abundaban las chicas al estilo de François Hardy o Sylvie Vartan, peinadas con lacias medias melenas y vestidas con faldas a cuadros y suéteres lisos, rojos o negros la mayoría. Entre ellos predominaban los pantalones estrechos, los suéteres de cuello redondo bajo los que asomaba la camisa y también la chaqueta y corbata estrecha. El pelo tipo Johnny Hallyday o Vince Taylor se repetía entre los muchachos, especialmente entre los que pertenecían a alguna de las pandillas de *blousons noirs* o, como Bill, se movían en su ambiente.

Un par de horas antes de empezar el concierto era casi imposible acceder a la plaza. Esta y las calles adyacentes estaban a rebosar, no se llegaba a ver el asfalto desde los balcones y terrazas, solo cabezas se apreciaban, y ninguna calva, todas de jóvenes. Muchos se sujetaban de las rejas o cualquier asidero a mano para ver a sus ídolos, otros ocupaban los tejados, se subían los árboles, a las farolas, a los toldos de los cafés. Los más bizarros aupaban a hombros a las muchachas. Tres mil gendarmes trataban de mantener el orden, pero no daban abasto. Los coches de la policía estaban atrapados en medio de la marea juvenil, y la gala no había comenzado aún.

Bill no se apartaba de Sophie, que pasaba de él últimamente, desde que había entrado a formar parte de la pandilla otro joven de más edad que tenía motocicleta y al que nunca le faltaban unos francos en el bolsillo. Guapo, alto, delgado, de palabra fácil y muy osado, era conocido como El Lagartija. Llevaba siempre colgando del cuello una calavera de metal, aunque su mayor adorno, el más espectacular, era una cicatriz que, aseguraba, le habían hecho en la cárcel el mes y medio que estuvo recluido por alteración del orden público.

Pronto su presencia transformó las relaciones de los miembros de la cuadrilla. El hasta entonces "jefe", que no quería perder su ascendencia, le retó a lo que consideraba una prueba de valentía que no todos podían superar: debía pinchar con una pequeña navaja el culo a cualquiera de las emperifolladas señoras que salían de la misa vespertina de la iglesia de Saint-Germain des Prés, en cuyo bulevar homónimo se hallaban sentados planeando cómo pasar la tarde. El joven recién llegado se limitó a sonreír, dejando entrever que el desafío era pan comido. Tranquilo, como si no fuera con él la cosa, se acercó a un par de mujeres de unos cuarenta años y pinchó a las dos en el trasero. Cuando alguno de ellos realizaba una prueba similar solía inmediatamente salir corriendo hacia donde estaban sus compañeros. No fue el caso, el joven se quedó de pie, mirando cómo las dos mujeres ponían la mano en el trasero y se asustaban al verla manchada de sangre, riendo, de cara a sus amigos que le decían que se diera prisa en huir, se acercaba un gendarme que había escuchado los gritos de las dos mujeres. Pero él esperó su llegada y le pinchó también en el culo. Aún tuvo el atrevimiento de coger la gorra del guardia. Solo entonces echó a correr hacia donde estaban sus compañeros. El policía le persiguió, pero no pudo alcanzarle. Naturalmente, desde entonces su prestigio aumentó, hasta el punto de que nada se hacía sin su consejo o aprobación. Las chicas empezaron a mirarle con otros ojos y ninguna decía que no a dar una vuelta con él en su moto, Sophie entre ellas. Todas se rendían a su carisma, pero El Lagartija parecía sentir cierta predilección por Sophie, para contrariedad de Bill, que se la tenía jurada. Por si faltara poco, esa misma tarde había quedado en evidencia en una discusión sobre lo explotados que se sentían en el trabajo. Uno de ellos comentaba que había empezado a trabajar en una ferretería y solo le habían pagado ocho francos.

—Una buena mierda. Dicen que has de aprender, que luego ya te pagarán más. Si la entrada al Golf-Drouot ya cuesta tres francos.

—Dos buenas mierdas te pagarán luego —soltó El Lagartija para regocijo de todos.

—Y encima nos llaman holgazanes. Holgazanes por no aceptar los trabajos de mierda que nos ofrecen en su provecho. ¡Que les den! Curros de mierda, salarios de mierda, pues mierda para ellos. Haz esto, haz lo otro, y luego, ¡toma!, mierda.

—Y aguanta a los viejos. Mi padre me pide que le entregue lo que he ganado todos los sábados.

—¿Y se lo das?

—Los cojones le voy a dar. Se lo bebe. Le doy unos francos. ¿No tienes más? No, le digo, no tengo más. Él insiste. ¿No me mientes?

—Eso te pasa por capullo —sentenció El Lagartija—. Yo nunca miento a mis padres. Simplemente no hablamos. Un día mi madre me dijo: o trabajas o te vas, nosotros no podemos mantenerte. Me fui de casa.

—¿Y dónde vives?

—Aquí y allá. Ahora ocupo con otros, en Ivry-sur-Seine, una caseta abandonada de la fábrica de cervezas que cerraron el año pasado. Trabajo cuando necesito pasta. Si es poca cosa lo que me hace falta trabajo en cualquier sitio. Si necesito una cantidad mayor busco que me contraten un mes o dos en mi oficio, soy fontanero. Pero un trabajo fijo, a la orden de un cabrón que me controle, ni de coña.

Las opiniones y ocurrencias de El Lagartija eran seguidas por los miembros de la pandilla con veneración y, por supuesto, celebradas por todos. El joven proseguía con sus "proezas" y "máximas" entre la complaciente complicidad de la docena de amigos y amigas que esperaban la hora del concierto y el mosqueo de Bill.

—Pues la moto te habrá costado una buena pasta. Para trabajar tan poco tienes muchas cosas. No seas fantasma, habrás tenido que tragar más mierda de la que dices —largó Bill, harto de lo que consideraba simples fanfarronadas del nuevo adalid de la pandilla, al que no soportaba.

—Mira quién fue a hablar. El estudiante que vive de los papás —entonces sí se escucharon algunas risas—. Tú eres bobo, chaval. Mira —y le mostró una navaja que llevaba en la cazadora al tiempo que se quitaba el cinturón y lo blandía como una cadena—. ¿Ves? Con esto también se consiguen cosas. Llevar algo así encima, aunque no lo uses, te hace sentir más fuerte. ¿A que tú no llevas nada?

—Ni falta que me hace —fue todo cuanto Bill alcanzó a decir tras un breve instante de silencio en que se sintió que la vergüenza le bloqueaba y sellaba su garganta.

—Di que sí, milhombres —contraatacó su rival haciendo uso de unos reflejos que él no había mostrado tener.

Cuando se escucharon los primeros sones de una guitarra eléctrica empezó el delirio, y con Sylvie Vartan y Johnny Hallyday llegó el éxtasis. Al tiempo, en algunas zonas de la plaza empezaron a verse algunos claros. Chicos y chicas se apartaban, los blousons arrojaban botellas de cerveza vacías contra los escaparates y provocaban a cuantos les recriminaban su actitud. Sucedió un intercambio de insultos e increpaciones, puñetazos y golpes. Bien pertrechados con palos, cadenas, puños americanos y otros objetos contundentes, se hicieron los amos de la situación. La policía no podía llegar hasta ellos.

Con la adrenalina a tope por la agresiva y belicosa atmósfera que le rodeaba, Bill cogió una silla de un café y la lanzó contra el cristal del mismo, que se hizo añicos. Algunos policías, que no advirtió, habían logrado ya acceder a la plaza. Lo cogieron entre cuatro y lo metieron a trompicones en un furgón.

—¿No te das cuenta? Os decís rebeldes, pero en el fondo lo único que queréis es poder disfrutar de esa misma sociedad a la que criticáis. ¡Vaya rebeldía! Destrozar cosas porque sí y vestirse como esnobs. ¿Eso es ser rebelde?

Sam regresaba con su hijo de comisaría.

—Yo no soy ningún esnob, y mis amigos tampoco. Vamos así porque estamos a gusto, nada más, porque es nuestra manera de vestir, porque así nos sentimos más libres.

—¿Libres por la indumentaria? Rompéis escaparates para vestiros con lo que hay dentro de las tiendas. Si tú estás libre es porque yo fui a por ti a comisaría y he pagado la multa.

—Pues no haber venido. Yo no te lo pedí.

—Eso me respondió. ¿Qué te parece, Lary?

—No sé, no tengo hijos. Mi vida sentimental ya sabes que es un desastre. Pero no le des tantas vueltas. Cosas de juventud.

Los dos amigos tomaban una copa en Harry's aprovechando uno de los pocos momentos libres de Lary, muy ocupado coordinando los preparativos de un nuevo viaje de Kennedy a Europa, otra gira cuyo plato fuerte era Berlín, con visita oficial prevista para el 26 de junio de 1963.

—Igual tienes razón, ya no sé qué pensar. Cambiemos de tema. Una cosa te quería preguntar. ¿Qué hay de detrás de todo esto?

—¿Detrás de qué? ¿A qué te refieres?

—De todo. De esta, digamos, nueva política. No sé si solo son rumores, pero lo cierto es que están muy extendidos. Se comenta que el Departamento de Estado, el Gobierno en todo caso, es quien da cobertura económica a determinados proyectos culturales que en última instancia sirven a los intereses de la Administración.

—Kennedy es un hombre culto, que valora en lo que cabe la intelectualidad, que cree en sus aportaciones.

—Ya, pero se habla de un excesivo agasajo hacia quienes se muestran, por así decir, más proclives a las tesis que podrían calificarse de poco críticas con determinados asuntos. ¿Cómo se financia todo eso? Si así son las cosas, no se vela por la libertad de la cultura, sino por un modo concreto de entender esa libertad. Me explicaba por carta Edmund Wilson respecto a esto la impresión que le contó Robert Lowell que le había causado una cena en la Casa Blanca con Kennedy, creo recordar que, en honor a Malraux, el ministro de Cultura. Le decía Lowell que tenía la sensación de que los intelectuales, artistas, escritores, gente del mundo de la cultura en general, eran una especie de escaparate, que jugaban un papel pedante y frívolo y que el gobierno real estaba en algún otro lado, que su importancia en realidad era muy poca, pues al día siguiente podía leer que la Séptima Flota había sido enviada a algún lugar de Asia. Se encumbra a muchos mediocres que, por su cuenta y riesgo, nunca llegarían nada. Se compran voluntades. Y el Congreso por la Libertad de la Cultura es el mayor blanco de las críticas.

—¿El Congreso? Pregúntale Greg. Él sabrá... En todo caso, esto viene de antes.

—Ya lo he hecho.

—¿Y?

—Greg tiene una visión muy particular del asunto. Pero me preocupa que se haya metido en un jardín que no es el suyo.

—No busques los tres pies al gato, Sam. Fundaciones como la Rockefeller o la Fairfield es evidente que financian el Congreso, no es ningún secreto, lo hemos hablado muchas veces. Otra cosa es que la Administración vea con mejores o peores ojos ciertas iniciativas. Todos los países, cuanto menos los mínimamente desarrollados, tienen su Ministerio de Cultura. ¿Qué son los ministerios de cultura? Nosotros no tenemos. Solo se trata de apoyar la libre discusión de ideas. No hay nada más.

—Es decir, a ti no te parece mal que...

—¿Qué los gobiernos apoyen la cultura, el pensamiento libre? De ningún modo.

—Que la controlen, que la dirijan.

—Eso es otra cosa, pero no es lo que se da. Se promueve el intercambio de ideas, y eso es bueno.

—Así, pues, ¿es una batalla por la conquista de la mente humana que dijo Kennedy? ¿Es eso?

—No saques las cosas de contexto.

—¡Hombre!, si los intelectuales, en general, han de depender del poder político o del económico para su subsistencia mal vamos. ¿Qué trabajo van hacer? ¿Quién trabaja en contra de la empresa que le paga? Le despedirían. En este caso eso no puede ocurrir, pero no contarían con ellos, no tendrían dónde publicar, no se les invitaría a congresos, no podrían hacer carrera. Me suena a una historia ya conocida, demasiado conocida.

Capítulo XVI

1

SAM TERMINABA el manuscrito de *Cruce peligroso*, la primera novela que escribía en francés, una obra intimista sobre la soledad y la marginación de un escritor neoyorkino de novelas negras con bastante éxito que veía cómo se le cerraban todas las puertas tras publicar una en que las similitudes entre ficción y realidad —la actuación y presiones de un senador implicado en turbios asuntos económicos con la mafia para cambiar una ley— eran tan evidentes que este, desde las altas esferas políticas en que tan bien instalado estaba, se encargó de arruinar su carrera a base de calumnias sobre su filiación política y sus tendencias sexuales con pruebas falsas avaladas por la propia policía. En muchos pasajes, la novela —que retomaba el tema del hostigamiento hacia quienes cuestionaran el *establishment* o denunciaran conductas impropias de sus elevados representantes, tal como hiciera en *El castigo*— recordaba la vida de su amigo Dashiell Hammett, que había fallecido en enero de 1961, en otros —aunque solo sus íntimos podían reconocerlo— se inspiró en la figura de Dieter.

Gallimard fue su editora. Ya había publicado dos novelas suyas más traducidas del inglés, *Miranda* y *El desahucio*, que la crítica recibió con agrado, aunque sin entusiasmo, pero de las que se vendieron los suficientes ejemplares como para que la editorial siguiera confiando en él.

Cruce peligroso se convirtió en el mayor éxito de Sam desde que residía en París. En esta ocasión los críticos celebraron su duro análisis de la realidad política estadounidense y destacaron, como en su tiempo sus colegas de la otra parte del Atlántico, la prosa simple y directa a la vez que perfectamente elaborada, la capacidad de transmitir sentimientos tan comunes y profundos como la angustia, el temor, el rechazo, la rabia o la inquina sin alambicados giros ni enrevesados juegos verbales. Julio Cortázar —al que había conocido en Gallimard y con quien mantenía una muy buena relación desde que este se enteró que era hijo de Camila y William— escribió un comentario de la novela en *Les Temps Modernes* en el que relacionaba *Cruce peligroso* con la reacción contra la novela psicológica, pero con el evidente y conseguido propósito de *compartir el presente con el hombre, de coexistir con su lector en un grado que pocas veces se da en una novela.*

La buena acogida de *Cruce peligroso* conllevó para Sam algo que le producía enorme tedio: la solicitud de entrevistas por parte de los medios de comunicación. Sam se quejaba a Martha cada vez que se daba la circunstancia. Su esposa respondía siempre con el mismo razonamiento: él era quien había llevado el manuscrito a Gallimard; era lógico que esta quisiera promocionar la novela, más cuando su aceptación había superado las expectativas de ambas partes.

—Es parte del juego. Tú has aceptado jugar.

—Lo sé, querida, lo sé, pero me fastidia. No siempre tengo cosas que decir. Parece que cuando uno consigue una migaja de notoriedad sus opiniones adquieren una nueva dimensión y puede pronunciarse sobre cualquier tema.

Sonó el timbre de la puerta.

—¿Quién demonios será?

—Ya voy yo. Anda, acaba de afeitarte, renegón. Y ponte guapo, no sea algún fotógrafo de prensa.

Aún medio entre risas Martha abrió la puerta.

—¿Se acuerda de mí?

—¡Claro que me acuerdo!

Martha reconoció enseguida a la sobrina de la señora Morel. Sam y Martha habían acudido a Nimes al poco de llegar a París para interesarse por el matrimonio. No sabían nada de Louise Morel ni de su marido desde 1941, cuando le comunicaron a Sam su decisión de no abandonar Francia. Se enteraron entonces de que el profesor Morel había muerto y de su decisión de quedarse en Nimes.

Salió este nada más decirle Martha la identidad de la inesperada visita.

—¡Vaya sorpresa! Agradable, por supuesto. ¿Qué le trae por aquí? Pase, por favor. Pero, ante todo, ¿cómo está su tía?

—En su nombre vengo. Falleció hace un par de semanas.

—¡Oh, no! ¿Cómo fue?

—La edad. De repente empezó a sentirse mal, no tenía fuerzas, se mareaba y se quejaba de la cabeza. Llamamos al médico, pero ya nada pudo hacer más que certificar su muerte. Una apoplejía, dictaminó.

—Cuánto lo siento. Y qué mal me sabe no haber podido despedirme de ella. Nos hubiera gustado verla de nuevo.

—De hecho, el otro día estuvimos comentando que no nos vendría mal pasar unos días fuera de París. Pensamos ir primero a Nimes y de allí dirigirnos a algún lugar de la Costa Azul. Al final dejamos pasar el verano. Lástima —añadió Martha.

—Me dio esto para usted.

La sobrina de los Morel entregó a Sam un paquete envuelto en hojas de periódico atado con un cordel, que este abrió inmediatamente.

—Esta letra es de su tío, ¿verdad?

—Así es. Al terminar la guerra, mi tío se puso a escribir, le obsesionaba comprender los motivos por los que en pleno conflicto tantos y tantos franceses seguían con su vida como si nada estuviera ocurriendo mientras las redadas contra los judíos y los resistentes se sucedían ante sus ojos. Dedicó a ello casi todo el tiempo, hasta su muerte. Ya sabe cómo era mi tío, no daba importancia a lo que hacía, su intención no era otra que poner en orden su pensamiento, nos dijo. A su muerte, guardamos sus papeles, como tantas otras cosas, en el desván. Supongo que mi tía poco antes de morir, presintiendo tal vez que el fin se acercaba, empezó a ordenar cosas y consideró que lo que había escrito no estaba mal. Entonces me pidió que se lo entregara a usted, que igual encontraba argumentos para alguna de sus novelas.

Nada más marcharse la sobrina de los Morel, Sam empezó a leer aquel cuaderno amarillento escrito por el profesor. Mezcla de memorias y reflexiones, el manuscrito se iniciaba con la decisión de abandonar París tras la ocupación alemana y refería el viaje de París a Marsella, con detalles que Sam había olvidado ya, su marcha a Nimes, su negativa a dejar Francia, la ayuda que prestaron a los fugitivos del nazismo (y del *petanismo*, añadía), sus contactos con la Resistencia y su decepción por el exceso de colaboracionismo que, a su juicio, mostró la sociedad francesa en su conjunto, empezando por la patronal —*que sirvió a los alemanes cuanto había que servir*, especificaba— y la frustración que experimentaba cada vez que tenía noticias de la vida cultural y nocturna del París ocupado, que en términos generales continuaba como si nada. *Siento que llegó la hora de la despedida, aunque no sé muy bien de qué. Iba a decir de la vida, pero la vida vale tan poco en este mundo que no quiero dar la impresión de ser uno de esos arrogantes eruditos que escriben sus memorias para creerse que su existencia ha tenido sentido. Encontrar sentido a la vida en este siglo, el más destructivo y aterrador que jamás ha conocido la humanidad, es difícil, sumamente difícil. He aquí mi dilema: ¿para qué luchar si la vida no deja de abofetearnos cada vez con mayor saña? Mi respuesta: hay que seguir luchando, aprender de la historia y mantener la esperanza en el futuro. Si perdemos eso estamos muertos.*

El sucinto, pero explícito posicionamiento del profesor Morel con el que empezaba el manuscrito no dejó indiferente a Sam, que en ese mismo instante supo que debía hacer alguna cosa con su testimonio. Descartó novelarlo, tenía demasiada fuerza en sí mismo.

Como tantas veces que creía tener entre manos una buena historia Sam se volcó en su materialización de forma casi obsesiva. Se abstraía de todo y no paraba hasta que empezaba a ver los primeros resultados. Claro que a la mañana siguiente volvía sobre sus pasos y retocaba lo hecho tras pasar buena parte de la noche en vela dándole vueltas a la cabeza, de la que no cesaban de manar ideas. Así todos los días mientras duraba el proceso, que solía dilatarse generalmente meses y meses. En esta ocasión, sin embargo, todo fue más rápido. Consideró que no debía tocar nada y, como ya hiciera con su libro sobre los testimonios de los exprisioneros de campos de exterminio nazis, prácticamente transcribió lo escrito por Morel, limitándose a corregir algunos aspectos y a hacer una introducción trazando su semblanza y el papel de Louise, su mujer. Los derechos de autor los cedió a la sobrina de los Morel. Obvió la parte en que hablaba de él en términos más que afectuosos y en pocas semanas tuvo listo *Testimonio de un colaborador*.

El título llevaba a engaño, pero esa era justamente la intención de Sam. Todos colaboramos, con unos o con otros, con los indiferentes o con los resistentes, venía a decir. La historia, proseguía, la hacemos entre todos mediante acción u omisión. Así pues, siempre colaboramos, queramos o no, aunque sea con el silencio. Con los nazis colaboraron muchos, unos activamente, otros —la mayoría— con su pasividad.

Gallimard se mostró un tanto reticente a editar la obra. El colaboracionismo era en Francia un tema espinoso, tabú. Jean Paulhan, uno de sus editores, antiguo resistente, le convenció. Los reparos de Gallimard obedecían sobre todo al escándalo que pudiera ocasionar la publicación de una obra que cuestionaba duramente el papel de la sociedad francesa durante la ocupación. Sin embargo, el supuesto rechazo e indignación pública que aquel preveía no tuvo especial trascendencia, pues la prensa, incluyendo las revistas especializadas, apenas se hicieron eco de su aparición, exceptuando los medios más a la izquierda y, por supuesto, *Les Temps Modernes*.

El temido revuelo sobrevino, no obstante, poco después con su siguiente novela, *Haine Harki*[14], cuya redacción había interrumpido al entregarle la sobrina de Morel el manuscrito de su tío. Esta vez se la editó Maspero y, aunque la guerra con Argelia ya había terminado, su publicación levantó ampollas. Contaba la experiencia de un matrimonio argelino instalado en París desde los años de la guerra europea. Se sentían franceses y, como tales, rechazaban el movimiento independentista argelino. A su juicio, la ocupación francesa no era tal. Es más, gracias a su presencia Argelia podía acceder al "mundo civilizado". Tres años después de estallar el conflicto, en 1957, él se enroló en el ejército francés. Su situación económica no daba para muchas alegrías y en el ejército ganaba bastante más que como albañil. Su experiencia en Argelia, su contacto con el mundo ya prácticamente olvidado de su niñez y juventud, las atrocidades que hubo de presenciar y en muchas de las cuales se vio obligado a participar, le movieron a cuestionarse la legitimidad de la intervención. No dejó el ejército —necesitaba los francos que ganaba— pero empezó a colaborar al mismo tiempo con el Frente de Liberación Nacional. Durante la masacre de 1961, que Sam describía con hiriente dureza, su mujer fue una de las víctimas de la represión policial francesa. Moría al ser arrojada al Sena. Él se encontraba en Argelia y no se enteró hasta su regreso. Quiso abandonar el ejército, pero era demasiado tarde, no se lo permitieron. Las conversaciones para el fin del conflic-

---

14 En Francia, se denominaba *harkis* a los argelinos que apoyaron activamente la adhesión a Francia de su país, siendo sinónimo de traidor o colaborador.

to —auspiciadas sobre todo por la Administración estadounidense— iban por buen camino y pronto se alcanzaría la independencia, lo que finalmente sucedió a principios de julio de 1962. Unos meses antes, sin embargo, se comenzó a repatriar a los *harkis* que vivían en Francia. De nada le sirvió al antiguo albañil haber residido en París tanto tiempo. Durante el viaje en barco hacia el nuevo país, sabedor de lo que le esperaba —una cruel venganza: se hablaba de *harkis* enterrados vivos con la cabeza untada de miel, arrojados vivos a depósitos de cal o sumergidos en ollas de agua hirviendo— se arrojó por la borda en pleno Mediterráneo.

Las reacciones tras la publicación de la novela no se hicieron esperar. Esta vez no hubo silencio, pero mejor hubiera sido si nadie hubiese dicho nada. Las furibundas críticas a lo que se consideraba un ataque a la nación y una visión tangencial y parcial de los hechos acabaron con la censura de la obra, que tuvo que ser retirada de las librerías. No era la primera vez que Maspero se enfrentaba a un caso similar, que quedó en mano de los tribunales de justicia.

—No entiendo nada. En vez de escribir una novela parece que haya fabricado una bomba atómica. Creía que estas cosas ya nunca las vería. Es obvio que me he equivocado. Si esto ocurre en el país que hizo suya la divisa igualdad, libertad y fraternidad, ¿qué podemos esperar de las demás potencias que tan orgullosas se proclaman la cuna de los valores democráticos? ¿Qué les preocupa? ¿La gente? No, los que tienen conocimientos, o capacidad de influir en la toma de decisiones. La gente, el pueblo, las masas... ¡Y una mierda! Pregúntale al campesino del norte, o del sur, tanto da, qué opina de mi novela o de tus discrepancias con Lévi-Strauss, por ejemplo. Otras cosas les inquietan, bastante más pragmáticas.

—De lo que se trata es de silenciar la palabra y domesticar el pensamiento. Puede que directamente el campesino que decías no conozca tu obra, ni la mía, pero es en las ideas adecuadas a la realidad donde se fundamenta la existencia consciente y realizadora en el mundo. Lo real son los valores, generan un modo de ver la realidad, es lo que da sentido al devenir. La evolución de las clases es la evolución del pensamiento, pues hay una sola verdad, un único sentido de la historia, y no "verdades" o "historias" —le decía Sartre cuando Sam fue a llevarle un artículo para *Les Temps Modernes* a sugerencia de este.

El perfecto mundo de las democracias —como tituló el artículo— cuestionaba que en el marco de la sociedad capitalista pudiera desarrollarse una democracia, al menos en el sentido de su acepción etimológica. *Obviamente —escribía Sam— hoy nadie puede defender que 'el pueblo', es decir, la mayoría de la sociedad, tiene la más mínima intervención efectiva en las decisiones que toman los Gobiernos, más allá de votar cuando se convocan elecciones. El concepto de democracia, así las cosas, no deja de ser un simple, aunque eficaz, eufemismo del capitalismo. De ahí que, continuaba, quien no haga profesión de fe de su sentir 'democrático', quien no se considere un 'demócrata' es un intolerante, un totalitario, un enemigo de la libertad, un defensor de la violencia, de las dictaduras, un simpatizante de todo aquello sospechoso de poner en peligro la coexistencia pacífica. Mas, ¿qué democracia es aquella en la que una novela —una ficción, pues— puede llegar a considerarse una agresión? En última instancia, lo que en verdad se pretende es dar una visión unidireccional de la historia que haga pasar única y exclusivamente por logros de la sociedad democrática las mejoras materiales o los avances en derechos civiles y, al mismo tiempo, persuadir al común de los mortales sobre la imposibilidad de otro sistema político. O económico. Es lo mismo.*

2

—¿Qué vas a hacer ahora?

—Ya veremos. Nadie me ha dicho nada todavía —respondió Lary—. De momento sigo en la Casa Blanca a la espera de órdenes, cuando las haya. Las cosas siguen estando revueltas e imagino que Johnson debe tener otras preocupaciones más apremiantes. De momento aprovecharemos el permiso y disfrutaremos de unas vacaciones, unas dos semanas.

Lary se había presentado en París de improviso apenas un mes después del asesinato de Kennedy. Una decisión repentina fruto del hartazgo que le causaba el ambiente de Washington a la que, sin duda, no fue ajena la nueva relación sentimental iniciada hacía poco con una brasileña, Nara, veinte años más joven que él, que al igual que Sam acababa de cumplir los 56.

—Lo tuyo con los presidentes es alarmante. Te llaman a formar parte de su equipo y la palman. Acabarán por impedirte siquiera entrar a la Casa Blanca, por gafe. Deberías hacértelo mirar.

Tras haber comido espléndidamente en La Closerie des Lilas —Nara no conocía la cocina francesa— Lary pedía una segunda copa de copa de armañac, bebida nueva para él que le había sugerido Sam y que le gustó tanto que dijo querer llevarse un par de botellas a Nueva York.

Conversando placenteramente, como pocas veces, como si ninguno de los problemas que acuciaban al mundo fuese con ellos, algo nada habitual en sus encuentros, decidieron dar un paseo por el Jardín de Luxemburgo, a medio camino entre la Closerie y el domicilio de Sam y Martha. Pensaron que les ayudaría a bajar los efluvios etílicos. Ya en la puerta del apartamento, sin llegar a abrirla, se oía música en el interior, muy fuerte. Hannah tenía puesto el televisor a todo volumen. Era la hora del programa de la televisión francesa *Âge tendre et tête de bois*, que conducía Albert Raisner y por el que desfilaban los cantantes y grupos musicales más populares entre la juventud. Jean-Jacques Debout cantaba *J'embrasse les filles*: *Beso a las chicas y no las vuelvo a ver. / Algunos me dicen que eso no se hace...*

—¿Cómo puede escuchar eso? Es un horror —comentó Sam.

—Está de moda.

—De moda...

—Les venden lo que quieren. La televisión lo trivializa todo.

—¡Ah, la televisión! El enorme poder de la imagen. Nuestro tiempo ya no se comprende si ella. Puede que la imagen ofrezca otra realidad, pero hay que aceptar su presencia. Es otra época.

—Otra época. ¡Tú también! Greg decía lo mismo. Los tiempos están cambiando, ¿no?

Sam cogió un ejemplar de la mesa de centro que había frente a un sofá, era el número uno de *Nous les garçons et les filles*, correspondiente al 1 de marzo 1964. Lo ojeo. Se puso a leer en voz alta.

—La juventud, en esta sociedad al revés, se apasiona, se burla y ríe. ¡Quiere aprender luchando y luchar cantando! Lo que nos parece, de lejos, más importante: cinco semanas de vacaciones pagadas, reforma democrática de la enseñanza, respeto a la independencia de nuestras organizaciones, la paz y la amistad sobre la tierra. Nosotros los chicos y chicas sabemos darnos la mano.

—¿Qué dices?

—Leo en voz alta. Es la editorial de esta revista. Es de Hannah, ya es vieja, tiene unos meses —comentó con sorna.

—No está mal. Es una buena declaración de principios —dijo Lary.

—Es una tontería pueril.

—La lógica confusión y el anhelo de dejarse sentir por parte de los jóvenes. Eso no había sucedido jamás.

—En ciertas cosas eres demasiado rígido, Sam. Ahora la juventud se vive de otra manera, no le des más vueltas. Fíjate en Bill. Aquella actitud que tanto nos preocupaba hace poco más de un año cuando se dedicaba a hacer el *voyou* por ahí. ¿Qué queda de ello? Nada. Bueno sí, el espíritu de rebeldía, pero ha madurado, ha empezado la universidad, se preocupa por otras cosas, es crítico.

—Bueno... Confiemos en que siga así.

Bill, ahora, tenía otros amigos y eran otros sus intereses. Su aspecto era distinto, había abandonado el tupé y dejado el pelo largo, la cazadora de cuero y los pantalones de pitillo habían sido sustituidos por suéteres de cuello cisne y parka en invierno, camiseta de algodón o camisa Ben Sherman cuando el tiempo lo permitía y pantalones menos ajustados, aunque seguía fiel a los Levi's. El mayor cambio para sus padres fue, no obstante, que Sam podía al menos discutir con él sin llegar al enfado a pesar de que continuaba igual de distante, pero había entrado en la Sorbona y empezado a estudiar sociología. También parecía haber pasado la época de los continuos suspensos. Eso tranquilizaba a Sam y Martha. Hannah, siempre a la moda yeyé, había cambiado menos. Bueno, salía con un chico, un muchacho de su edad, compañero del instituto. Esa era la única novedad. Por lo demás, sus notas mantenían el buen nivel de los años anteriores y decía que quería ser arquitecta.

Capítulo XVII

1

A MEDIADOS de mayo de 1965 Helmut comunicó a Martha y Sam que iba a París para hablar con ellos. Del asunto a tratar no quiso adelantarles gran cosa por teléfono. *Nada, nada serio, no os preocupéis*, se avino a decirles, *cosas sobre la financiación del Centro*. Una vez con ellos les desveló que, en realidad, lo que quería era hablarles de Lewinski. Creía haber averiguado dónde estaba.

—Estoy seguro casi al cien por cien. La información es buena y el informador fiable. Aporta nombres, datos concretos, fechas, relaciones, negocios... Un dossier muy completo. Repasando la documentación vi el nombre de Gregor Zimmermann. ¡Por fin! No me lo podía creer. Lewinski, pues, reside en España, en la costa, entre Valencia y Alicante. El régimen de Franco es más que permisivo con los nazis, aunque no es el único, y es uno de los destinos preferidos de la red que les ayuda a escapar, junto a Sudamérica. En España viven como personas respetables, bien consideradas por las autoridades y las élites locales. Lewinski y otros destacados nazis viven aquí —Helmut sacó un mapa y señaló una ciudad costera que había marcado con un círculo rojo—, en Dénia. Por cierto, tu madre, Sam, era de cerca, ¿no? ¿De Alcoi es posible? Mira, aquí, casi al lado.

—Sí, era de ahí. Y mi abuelo de un pueblo muy próximo. Aquí, mira, Muro. Recuerdo muy bien el nombre porque me contaba mi madre que decía que su pueblo no era un pueblo cualquiera, si no a santo de qué iba a tener dedicada en Nueva York una calle tan importante.

—¿Qué calle?

—Wall Street.

—Genial. Buen sentido del humor el de tu abuelo. ¿Qué os parecería si fuéramos los tres a España?

—¿Cuándo?

—Cuando queráis. Cuanto antes. La semana que viene o la próxima.

—Estás loco. Yo no puedo dejar el trabajo así como así.

—Pide un permiso, Martha. Invéntate cualquier excusa. A Camila le hubiera gustado volver algún día.

—No vale el chantaje emocional. Además, sí, es cierto que decía que le hubiese gustado volver, pero no mientras estuviera Franco en el poder. Eso lo dejó muy claro.

—Igual ahora opinaría de modo distinto. Os necesito. Necesito que me acompañéis a España, he de comprobar si Lewinski está donde supongo y averiguar qué otros destacados nazis disfrutan como él de total libertad de movimientos en la costa. Solo quiero recabar información y hacer fotografías. No sé si se conseguirá gran cosa, si puede la presión internacional hacer que Franco sea menos "hospitalario" con ellos, siquiera si habrá presión internacional, pero hay que denunciar públicamente la situación. Y no nos olvidemos de Wulff. Hagámoslo por él, por Dieter, por Camila, y más que nada por todos aquellos a los que el fascismo destruyó sus vidas. Por mí también si queréis. No tengo la menor idea de español. Tú, Sam, al menos sabes defenderte. Alquilamos un coche de esos modernos, descapotable a ser posible, pareceremos tres turistas que van de vacaciones a España, como tantos otros. ¿Por qué queremos ir a la costa valenciana? Porque nos han dicho que es muy tranquila, se come bien, el clima es estupendo, la vida barata, los paisajes espléndidos, y tú —a Sam—, bueno tu madre y tu abuelo, eran de por allí. Por eso queremos ir también hacia el interior. Es perfecto.

—Veo que lo tienes bien estudiado, pero se te olvida algo fundamental: fui expulsado de España en su momento, no creo que me dejen entrar.

—¡Bah!, de eso hace tiempo. Las autoridades españolas ya no exigen visado, quieren potenciar el turismo, les reporta beneficios económicos considerables y les ayuda a romper con la imagen de país atrasado y totalitario. Con los turistas hacen manga ancha. Tres turistas, no comprobarán nada.

—En eso creo que Helmut tiene razón. El turismo es hoy por hoy el sector más mimado por el régimen de Franco.

—¿Eso, Martha, significa que quieres ir?

—Igual sí. Helmut nos necesita. ¿Hacen falta más motivos?

—¿Y qué hacemos con los chicos?

—¿Los chicos, Sam? Bill tiene casi veinte años, y Hannah pronto cumplirá los dieciocho. Luego dices que se comportan como críos y te quejas cuando dicen que los adultos los vemos como chiquillos. Pueden quedarse solos perfectamente.

—Pues... ¿qué queréis que os diga? Vamos a España.

2

Martha, Sam y Helmut emprendieron finalmente viaje a la tierra natal de su madre a principios de junio. Como turistas, con un Ford Falcon convertible modelo de 1962, vestidos como tales —Martha con pamela y fular—, como tres ricos ociosos que iban a pasar unos días a la costa. Como previera Helmut, cruzaron la frontera sin problema alguno. Hicieron noche en Barcelona y a la mañana siguiente partieron hacia Valencia. En Valencia se alojaron en el Reina Victoria, un hotel céntrico, confortable, junto a la plaza del Caudillo y a solo una calle de la cafetería Lauria, donde Helmut debía encontrarse con su contacto, un profesor de historia, Claudi Bosch, cuyo segundo apellido era Schulze, pues su madre era una judía alemana refugiada en España. Ello hacía que Bosch fuese especialmente sensible con todo lo relacionado con el nacionalsocialismo.

Puntual, a las ocho de la tarde, apareció Bosch llevando en su mano un ejemplar de la revista *Triunfo*, señal que habían convenido para reconocerse. Ellos habían llegado un poco antes y ocupado una discreta mesa, la última de las dispuestas en la acera. A pesar de no tener a nadie que ocupase las mesas de al lado extremaron las precauciones a la hora de abordar el delicado asunto que les había llevado hasta allí y entablaron conversación en alemán. Aun así, hablaban en voz baja, Bosch especialmente, como en los tiempos del Berlín nazi. Mientras tomaban unas cervezas y picaban lo que Bosch les sugirió, este explicó con más detalle las sospechas que le habían movido a ponerse en contacto con el Centro Wiesenthal a raíz de una investigación que desarrollaba uno de sus alumnos, Pedro Balaguer, mientras preparaba la tesis de licenciatura sobre la historia industrial de Dénia, de donde era natural.

—Un día me mostró unos documentos del archivo municipal que le habían dejado fotocopiar, había algunas cifras que no le cuadraban y quería mi consejo. En ellos aparecían apellidos alemanes, varios, que habían invertido considerables sumas de dinero en la industria y el negocio turístico. Lo primero que me vino a la cabeza fue que se trataba de antiguos dirigentes nazis. Para nadie es un secreto lo bien librados que salieron muchos dirigentes nazis y el amparo y ayuda que les dispensa el régimen de Franco, al menos para nadie míni- mamente informado. Pensé que serían nombres falsos y, sí, algunos lo eran, pero en absoluto todos. Entre ellos estaba el de Gerhard Bremer, un oficial de las SS que formó parte del círculo personal de Hitler. Llegó a Dénia a principios de la pasada década y pronto gozó de prestigio entre la élite local; era, es, un hombre respetado, dueño del complejo Bremers Bungalows, en

Les Rotes, una playa de Dénia, que levantó unos años después de establecerse allí. En esa zona, la de Les Rotes, parece ser que residen otros fugitivos nazis que se mueven a sus anchas. En los bungalows de Bremer se reúnen sin pudor alguno, hasta el punto que Bremer ha llegado incluso a organizar fiestas en las que él se viste con el uniforme de las SS, acompañado de dos perros muy grandes. Mi padre lo vio, me dijo Pedro, tocaba el clarinete en la banda de música local, que amenizaba muchas de aquellas fiestas. Pedro es un chico concienciado que me ayudó preguntando discretamente cosas en su pueblo, contándome lo que para sus habitantes era común y nada extraño. A partir de aquí, y tras consultárselo a mi madre, decidí contactar con ustedes.

—¿Y Zimmermann?

—Sí, figura un tal Gregor Zimmermann. Fue socio de Bremer en algunos negocios, pero al parecer acabaron mal y se fue de Dénia.

—¿Se fue? ¿Dónde? —preguntó Helmut sin poder ocultar su decepción ante las últimas palabras de Bosch.

—No lo sé, pero es posible que Pedro pueda averiguar su paradero. Recuerdo su nombre porque me contó lo extraño que le resultaba la devoción que le profesaba una mujer que le sirvió durante el tiempo que vivió en Dénia y lo bien que hablaba de él, siendo un criminal nazi como suponemos. ¿Se trata de alguien importante?

—Mucho. Fue el máximo responsable de la fabricación del gas con que asesinaban a los judíos y otras minorías en los campos de exterminio.

Quedaron al día siguiente en un turístico restaurante de la playa de la Malva-rosa, en Valencia, en La Pepica, para comer una paella, plato que Sam, Martha y Helmut no conocían. Asistiría también Pedro, que les acompañaría hasta Dénia.

Dos días después, los tres amigos se hospedaban en los *bungalows* del complejo de Bremer, al que se accedía a través de un arco de cemento pintado de blanco cubierto por una marquesina tejada bajo la cual figuraba en grandes letras "Bremers Bungalows" y una puerta de hierro. A Helmut le recordó las entradas de los campos de concentración nazis. Ciertamente, su ubicación estética y estratégica resultaba privilegiada. El embarcadero privado de que disponía era realmente eso, privado, reservado, íntimo, una perfecta protección natural. Imposible conocer los movimientos que pudieran tener lugar en sus aguas a no ser desde el mar, desde donde, por supuesto, nadie les vigilaba ni tenía la más mínima intención de hacerlo. Frente al mar, se gozaba de unas vistas impresionantes, teñidas de blanco —impoluto en toda la instalación— y del azul del agua y del horizonte en todos sus matices. Sus alrededores eran aún más bellos. La zona de Les Rotes, a los pies del enorme macizo del Montgó, de recortadas paredes que le daban un aspecto imponente, conjugaba mar y montaña, los pinos asomaban a su acantilada playa en estrecha alianza. Numerosas calas reforzaban el atractivo de su litoral y la belleza de un paisaje que gozaba de una especial protección por parte del clima, siempre benigno con él.

Una extraña sensación les embargaba: en un idílico paisaje monstruos nazis no solo vivían en un privilegiado lugar que contaba con un espléndido y soleado tiempo la mayor parte del año, sino que podían disfrutar del mismo a sus anchas, a la vista de todo el mundo, sin recato alguno.

—Muy bello, sí. Los nazis son muy amantes de la belleza. Recuerdo el lugar donde se alzaba el campo de Dachau, una antigua colonia para artistas de luz difusa. Realmente hermoso.

Los fantasmas del pasado acosaban otra vez a Helmut, o eso al menos temían Sam y Martha. El tono con el que habló, la tensión que reflejaba su semblante, les hacía entrever que el estado anímico de su amigo podía descomponerse de nuevo en cualquier momento.

Recorrieron Les Rotes cámara fotográfica en ristre —una Pentax Spotmatic que había comprado Sam, una de las mejores que se podía conseguir en el mercado— para captar los detalles reveladores de la presencia nazi en la zona, que no eran pocos. Disimuladamente, como una feliz pareja que disfruta del benévolo clima y el espléndido paisaje que les rodeaba, Sam y Martha posaban en cualquier rincón que les resultara sospechoso mientras Helmut disparaba la cámara, lo que no significaba que ninguno de los dos apareciera luego en la instantánea. Entre los abundantes chalés que empezaban a poblar el espacio comprendido entre la falda del Montgó y Les Rotes, se hallaba la casa de Bremer, amplia, de dos plantas, en una gran parcela, rodeada por una verja. No era la única, y alguna había que incluso mostraba evidencias materiales que reflejaban la seguridad y tranquilidad que sentían y con que vivían sus moradores. En un chalé frente al complejo de Bremer llegaron a observar una esvástica, disimulada, pero era una esvástica, un águila nazi, esculpida en la piedra de un jardín.

Pasaban mucho tiempo en el complejo, tomando una cerveza o cualquier otra cosa y, por supuesto, anotando y fotografiando cuanto les llamara la atención. Una lancha rápida, por ejemplo, atracada en el embarcadero privado. También a todos los alemanes —los que aparentaban serlo o ellos suponían que así podía ser— para poder luego identificarlos. También a todo aquel que veían hablando con Bremer. Por una cicatriz, Helmut reconoció a Otto Skorzeny —el principal responsable de la red de evasión nazi en España, conocida como Araña —, del que luego averiguaron que no vivía ya en Dénia, sino en Madrid.

—Esto es escandaloso, impúdico. Supera todas las ideas que mi mente fabricó desde que tuve las primeras noticias —exteriorizaba Helmut, que a pesar de todo parecía controlar sus emociones, para tranquilidad de Martha y Sam.

Al atardecer del día siguiente se sentaban con Pedro en una cafetería de la arteria principal de la ciudad, zona habitual de turistas, en la avenida del Generalísimo. Había hablado con la "señora María", la antigua asistenta de Lewinski. Como previamente acordaron, le dijo que unos parientes suyos, lejanos, de vacaciones en España, preguntaban por él, pues hacía tiempo que no recibían noticias suyas. La mujer apreciaba mucho a Lewinski, a "don Gregorio", como ella le llamaba. Obviamente era un alma cándida y creyó enseguida a Pedro. Todo encajaba. Martha alemana, también Helmut. Martha casada con Sam, un americano, que llegó a conocer a "don Gregorio" en Estados Unidos.

Menos de veinticuatro horas después se presentaban en su casa, una modesta vivienda en el barrio de pescadores. La señora María, una mujer mayor, vestida con bata de color negro, de mirada sumisa y pelo completamente blanco, moño bajo recogido, recordaba a Sam a la señora Morel. Era, por otra parte, tan amable como ella.

—Qué buena persona es su tío —decía a Martha—, y qué lástima que se marchara. Lo apreciaba mucho, ¿sabe? Los malditos negocios... Tenía negocios con don Gerardo. No sé qué pasó, tampoco es cosa mía, algo no iba bien, discutieron y se fue.

—¿Sabe a dónde?

—Claro. Como le decía, era una excelente persona. Antes de irse me lo dijo, por si necesitaba alguna cosa de él. Se fue a la Vall d'Alcalà, a Alcalà de la Jovada.

—¿Está cerca?

—Sí, les viene de camino incluso. Quieren ir a Alcoi, los padres de él eran de allí —aclaró Pedro.

—Supongo que seguirá en Alcalà. Al principio, venía de vez en cuando. Recogí su correspondencia una temporada, pero no sé nada de él. Si lo ven denle muchos recuerdos.

—Por supuesto, señora, de su parte.

3

Partieron hacia Alcalà tres días después de haber llegado a Dénia. Una sinuosa carretera en bastante mal estado les llevaría a Alcoi a través de la Vall de Gallinera el tiempo que tardaran en recorrer sus pocos más de setenta kilómetros. El paisaje que ahora les acompañaba —impresionantes peñascos a un lado, terrazas abancaladas al otro, rojos cerezos llenos de fruta, olivos verde-amarillentos, naranjos relucientes como soles— poco tenía que envidiar al contemplado los últimos días.

Alcalà de la Jovada, de calles estrechas y retorcidas, sin asfaltar, no era mucho mayor que los municipios por los que habían pasado, no llegaba a los quinientos habitantes. Al entrar a la población, los niños, que salían de la escuela, se pusieron a correr tras el coche hasta la plaza, donde se detuvieron mientras los pequeños se agolpaban alrededor del mismo, que miraban —también a ellos— como quien ve por primera vez el mar. Unas mujeres sentadas en sillas de boga, mayores, de negro las cuatro, a la puerta de una casa anexa a la iglesia dejaron de pelar patatas. Cuchicheaban entre ellas sin dejar de observarles un instante. Sam fotografiaba la iglesia, le parecía ciertamente singular, un edificio en una esquina de la plaza sobre cuya fachada se adosaba una casona que albergaba el ayuntamiento. En él, Sam preguntó al alguacil si había algún bar cerca donde poder beber algo, hacía calor. *Ahí detrás*, dijo el hombre, *yo les acompaño*. En el corto trayecto se interesó por la iglesia.

—Eso es muy viejo, de cuando los moros. Era el palacio de su rey, o la mezquita, algo así. Cuando los cristianos reconquistaron la zona levantaron la iglesia en el mismo lugar. A mí es que me gusta mucho todo esto de la historia.

—El vencedor siempre se encarga de dejar su impronta para que se escriba sobre ella.

—¿Cómo dice?

—Nada. Disculpe. Pensaba en voz alta.

En el bar, unos pocos hombres que regresaban de sus labores en el campo, tomaban unos vinos y charlaban amistosamente. Hasta que entraron Sam, Martha y Helmut acompañados del alguacil.

—¿Quieren tomar algo?

—Lo mismo que tome usted.

—Für mich Wasser —dijo Martha.

Sam tradujo que prefería agua —entre ellos hablaban en alemán— y aprovechó para explicarles quiénes eran y qué hacían por aquellos lares. Les contó que su madre había nacido en Alcoi, que por circunstancias de la vida no había podido volver a su ciudad natal antes de morir como hubiera sido su deseo, por lo que él y su esposa, acompañados del hermano de esta, decidieron viajar a España y conocer la zona, aprovechando la ocasión para recorrer la costa. Sin querer, dijo, se habían equivocado de carretera y detenido en el primer pueblo que encontraron. Obviamente, no iban en dirección correcta. Les aclararon que debían retornar hasta el cruce donde se confundieron y seguir en la única otra dirección posible. No le fue fácil a Sam traducir a Martha y Helmut buena parte de las cosas que aquellos hombres decían, hablaban valenciano y les resultaba difícil expresarse en castellano.

—Así que son alemanes —comentó uno al poco.

—Mi esposa y su hermano. Yo soy de Nueva York, pero medio español.

—Pues aquí vive un compatriota suyo. Bueno, de su mujer y su cuñado.

—¡No me diga! ¿Habéis oído?

Martha y Helmut no habían entendido nada, y si lo habían hecho disimulaban. Sam lo tradujo al alemán y ambos aparentaron mostrase sorprendidos. Rieron y dijeron algo a Sam.

—Dicen que vaya causalidad. No estaría de más que le visitáramos, igual se alegra de ver compatriotas suyos.

—¡Huy! No estoy seguro. Es un tipo huraño, hosco, no sale apenas de casa.

—¿No sale?

—¡Hombre!, salir sale, pero apenas cruza palabra con nadie. Desde que murió su esposa cambió. Era un hombre sencillo, hablaba con todos, muy educado, sí, muy educado. Pero después, desde que murió su mujer, bastante más joven que él, se volvió otro. Entonces se marchó a vivir a la caseta.

—¿A la caseta?

—Sí, a una caseta que hay allá arriba —señalando un monte cercano—. La llamamos la caseta del alemán.

—Yo creo que se ha vuelto loco —añadió uno.

—¿Y cómo se llama?

—¡Hostia! No me acuerdo. ¿Cómo se llama? —preguntó el hombre a los demás.

—Don Gregorio —aclaró otro.

—Ya, pero así es como le llamamos nosotros. Estos señores querrán su nombre en alemán.

—¡Ah! Ni idea.

—¿Y cómo fue que apareció por aquí?

—Llegó hará cuatro o cinco años si no recuerdo mal. Según explicó era un emigrante americano. Me lo contó un día. Se fue a América cuando la guerra con Hitler y allí hizo dinero con una cadena de cervecerías. Al cumplir sesenta años decidió retirarse ¿Cómo llegó hasta aquí, dice? Unos amigos americanos viajaron a España a principios de los cincuenta, como ustedes ahora. Le hablaron de la zona, vendió todo y se vino a descansar con su mujer.

—Bueno, eso me contó a mí también —manifestó un tercero—, pero a saber. Yo creo que debía estar metido en algún lío. Salía a pasear, daba largas caminatas todas las mañanas, bien temprano. Un día, allá delante, paró un coche, bajaron dos hombres, discutieron acaloradamente, quisieron llevárselo, lo empujaban al coche y cuando ya prácticamente estaba dentro salió corriendo hacia la sierra. Dijo luego que eran cosas de negocios. Entonces fue cuando decidió hacerse la caseta.

—Los malditos negocios... Siempre dan disgustos. Entonces ¿no vive en el pueblo?

—Vive allá arriba. Mire, por ese camino se va. Aunque hoy puede que no lo encuentren. Esta mañana he visto que iba hacia la peña Foradà, y cuando hace eso no regresa hasta que anochece.

—Pues casi mejor. Bien pensado, tampoco tenemos tanto tiempo. Queremos llegar a comer en Alcoi, aunque sea un poco tarde.

Tras abandonar Alcalà en la dirección que les habían indicado, a una distancia prudencial dieron la vuelta y se dirigieron a donde vivía Lewinski. Dejaron el coche lo más próximo que pudieron y se acercaron a "la caseta". Efectivamente, no había nadie. La "caseta" —a pesar de estar construida con bloques de hormigón y sin lucir— no era precisamente pequeña, lo de "caseta" debía ser una expresión local. Resultó ser una casa de dos plantas, mayor que el apartamento que Sam y Martha tenían en París, y bastante confortable a tenor de lo que pudieron observar a través de la única ventana cuyas hojas no se hallaban cerradas. Fotografiaron todo pudieron y reemprendieron su camino a Alcoi. Volverían al día siguiente, concluyeron, para registrar la presencia de Lewinski. Poco más de una hora les separaba.

Cuando llegaron a Alcoi eran casi las cuatro de la tarde. En el hotel España, en la plaza homónima, al que se le notaba demasiado el paso de los años —nada que ver con los bungalows de Bremer— les prepararon unos bocadillos de tortilla y embutidos, una ensalada y —*Dieu soit loué!*, exclamó Sam— cerveza bien fría. Descasaron un rato y, plano en mano, salieron dispuestos a recorrer la ciudad.

—En esta plaza debe ser donde ocurrieron los sucesos que le costaron un largo exilio a mi abuelo. Una revuelta anarquista que terminó, como todas, en fracaso. Hubo varios muertos y mucha represión.

—¿Qué pasó?

—No sé mucho más. Mi madre me contaba de vez en cuando alguna que otra cosa, esporádicamente, anécdotas en medio de cualquier conversación. Yo tampoco pregunté. Y ahora, ya veis, desconocemos esta ciudad por completo. No me refiero solo al hecho de que no hayamos estado antes. La desconocemos, yo la desconozco porque mi memoria no se interesó por ella, o yo no me interesé por mi memoria. Es curioso lo lejos que puede estar lo más cercano de nuestra existencia. En fin... *C'est la vie.*

—Tendrás familiares aquí todavía. Si preguntamos será fácil dar con ellos. Tu madre no deber ser aquí una desconocida.

—Después de casi cien años, ¿qué vamos a decirnos?, ¿qué puede unirnos a estas alturas? Para mí son unos completos desconocidos, como yo para ellos.

—Como quieras. ¿Dónde vamos, pues?

—Mirad el plano, aquí al lado, esas calles tan estrechas, seguro que en ellas deben vivir los obreros. Mi abuelo nació ahí, eso sí lo sé.

El Raval Vell, barrio de angostas calles y edificios de cuatro y cinco alturas, parecía un hormiguero. Todos —los niños especialmente— les observaban. ¿Qué demonios se les habrá perdido a estos por aquí?, debían pensar. No era muy habitual ver extranjeros, menos en el Raval.

—No quiero ni imaginar cómo sería esto hace cien años. Vámonos de aquí, siento que molestamos.

3

De buena mañana, tras tomar un café, Sam y Helmut partieron de nuevo hacia el refugio de Lewinski. Debían hacer fotografías que probaran que era él y que, como otros tantos antiguos miembros de las SS y nazis destacados, vivía en España, donde gozaba de total impunidad, como los demás.

Martha decidió quedarse, no había descansado bien, la cama del hotel no era precisamente cómoda. Los efectos del turismo todavía no se dejaban sentir en los pueblos del interior, aunque fuera, como en el caso de Alcoi, una importante ciudad de larga tradición industrial. Además, prefería no ver a Lewinski, no deseaba despertar los enconados sentimientos que sin duda provocaría su simple presencia. Ellos también preferían que fuera sí, pero no querían decirle nada. No insistieron.

—No crees que deberíamos hablar con él? —dijo Helmut al rato, ya de camino, a la altura de Muro, el pueblo natal de su abuelo, que resolvieron visitar por la tarde, con Martha.

—¿Con Lewinski? Creo que no es buena idea. Limitémonos a hacer las fotografías tal como habíamos acordado.

—Pero jamás sabremos quién mató a Wulff, ni por qué hicieron pasar a Lewinski por muerto y las razones por las que luego se fue de Estados Unidos. Otros, en su caso, no lo han hecho. ¿Qué pasó? Nunca lo averiguaremos.

—No seas ingenuo, Helmut. ¿De verdad crees que sacaríamos algo en claro? ¿Te sería suficiente su versión de lo que sucedió en el caso que quisiera decir algo? Nos contaría lo que él quisiera y seguiríamos sin saber la verdad. Sería no solo una pérdida de tiempo, puede que también de paciencia, y regresaríamos rabiosos y decepcionados.

—¿Qué te preocupa?

—Su reacción. Y, para ser sincero, la tuya.

—Tranquilo, no pasará nada.

—Eso no puedes saberlo. Imagina que nos presentamos ante Lewinski y nos manda a la mierda. ¿O es que crees que podemos mantener una charla amistosa con él?

—Si somos un poco hábiles...

—Ya. Dos extranjeros se presentan de repente en tu casa y empiezan a hacerte preguntas. Hábiles, dices. La sagacidad en tipos como Lewinski, por muy pérfidos y ladinos que sean, es algo de lo que desgraciadamente pueden presumir. A las pruebas me remito. Podría denunciarnos. ¿Entonces qué? No estamos en condiciones de actuar de ese modo.

—Es posible que tengas razón.

—Posible, no. Tengo razón, y lo sabes.

—Está bien, de acuerdo.

—Prométeme que haremos las fotos y nos largaremos inmediatamente.

—Que sí, hombre, que sí. Deja de preocuparte.

Llegaron al mismo sitio donde habían dejado el coche el día antes poco después de las nueve de la mañana. Se acercaron a la casa, sigilosamente, con la cámara fotográfica. Ocultos tras un cerezo, distinguían perfectamente la casa y su entorno. Vieron a Lewinski sentado bajo una higuera, en una cómoda hamaca de lona. Escribía algo, o dibujaba, a tenor del tamaño del cuaderno que sostenía sobre su regazo.

—Es él.

—¿Seguro?

—¡Joder, Sam!, siempre preguntas lo mismo. Es él. Más mayor, más envejecido, pero sí, es él. Seguro. Segurísimo. Fíjate en esa nariz larga y afilada, en su saliente mentón. ¿No lo recuerdas?

—Hace tanto tiempo... Pero sí, es el mismo tipo que conocí en Eldorado.

—Anda, hazle fotos.

Entre las ramas de un cerezo tras el que se ocultaban, a unos cien metros de donde se hallaba Lewinski, Sam enfocó el objetivo. Se le veía perfectamente con el zoom que llevaba, último modelo, como la cámara. Lewinski seguía atento a su cuaderno, en el que gracias al teleobjetivo pudieron observar que hacía unos extraños dibujos. Terminó el carrete que había puesto esa misma mañana, puso otro y siguió disparando.

—Tenemos fotografías de sobra. Vámonos.

—Espera.

—¿A qué? Marchemos antes de que nos descubra. Veníamos a localizar a Lewinski y no solo lo hemos encontrado, sino que tenemos pruebas su presencia en España y la de otros hijos de puta como él. Hemos cumplido nuestro objetivo con creces.

—Es que verlo ahí, como si nada hubiera pasado, disfrutando de este bello paisaje y este espléndido clima... ¿Qué quieres que te diga? Gente como Lewinski no merece vivir. Y ahí le tienes... Como si no hubiera pasado nada.

—Eso ya lo sabías antes de venir.

—Es verdad, pero ahora... Viéndolo así, tan cerca, que no próximo, me invade una mezcla de impotencia y de furia.

—Vámonos, Helmut, no te obceques.

Helmut no se movía. Miraba hacia la casa. Permaneció unos minutos en silencio, con la mirada en dirección a donde estaba Lewinski, pero perdida, sin parpadear siquiera. Sam se daba cuenta del mal momento que estaba pasando su amigo, pero no decía nada. Sus mandíbulas estaban apretadas, las cejas contraídas, cerrados los puños con fuerza. Lo imaginó entonces con aquella especie de pijama a rayas que tenían por vestido los presos de los campos de concentración y le vino a la memoria los montones de cadáveres que vio en Dachau, los muertos apilados en aquel maldito tren que encontraron, los terribles testimonios de los supervivientes. E imaginó a Lewinski reír a carcajadas rodeado de oficiales de las SS, disfrutando de los mejores manjares, copa en alto. Sintió ira.

Si él sentía eso, si su mente no conseguía apartar las terribles imágenes de las que fue testigo en su día, ¿qué estaría sintiendo Helmut? A punto estuvo de decirle ¡Vamos a por él! Acabemos de una vez por todas con ese cerdo. Se contuvo.

Junio precisamente no es un mes lluvioso en la Vall d'Alcalà. El cerezo tras el que se escondían era ya viejo y algunas de sus ramas habían cedido al peso de los frutos, cayendo al suelo. A punto de marchar pisaron una rama del suelo, seca, que crujió y alarmó a Lewinski.

—¿Quién anda ahí? —gritó al tiempo que se ponía de pie y dirigía la mirada hacia el cerezo.

—Quieto Sam, no te muevas.

—¿Quién es? ¿Quién está ahí?

Finalmente, Helmut salió de detrás del árbol. Sam le siguió.

—¿El señor Lewinski? —preguntó Helmut con voz firme.

—¿Cómo dice?

Aunque aguantó el tipo, Lewinski no pudo disimular su sorpresa en los instantes de desconcierto que siguieron a la pregunta. ¡A saber la última vez que alguien le llamaba por su verdadero nombre! Dio media vuelta y se metió en la casa. Oyeron como cerraba con llave. Sam volvió a insistir en que debían irse. Helmut, sin embargo, llamó a la puerta, a golpes, no había timbre.

—Un momento. Esperen un momento. Enseguida salgo —voceó desde dentro.

—Sigo pensando que deberíamos irnos.

—¿Ahora que nos ha descubierto? Ahora ya da igual.

—No, no da igual. Desconoce quiénes somos. ¿Y si sale armado?

—Es verdad. Cojamos un leño de esos cada uno —apoyado sobre una pared había un cobertizo con un montón de leña que debía usar para la chimenea—. Si lleva un arma podremos quitársela antes de que dispare.

—No digas bobadas. Marchémonos, Helmut, hazme caso.

Salió Lewinski. No iba armado. Vestía impecablemente, con un traje gris oscuro de alpaca en perfecto estado, aunque anticuado, su correspondiente camisa blanca bien planchada y una corbata azul de seda.

—Debía estar presentable. Disculpen. No suele venir mucha gente por aquí. En fin, ustedes dirán. No sé quiénes son ni qué quieren, pero imagino que nada bueno.

—Es usted el señor Lewinski. Kurt von Lewinski.

—Mi nombre es Gregor Zimmermann.

—¿No se acuerda de mí? —preguntó Helmut.

—No —resolvió enseguida tras una breve mirada—. ¿Debería hacerlo? ¿Por qué?

—Imaginaba que así sería.

—Lo siento, pero no me acuerdo de usted.

—Es normal que no se acuerde de mí, pero miente sobre su identidad.

—¡Cómo se atreve a llamarme mentiroso!

—¿Qué cómo me atrevo? ¿Cómo se atreve usted a negarlo? Usted se llama Kurt von Lewinski. Usted me ayudó en 1933. Fui detenido por homosexual y gracias a una gestión suya la Kripo me devolvió la documentación que me habían quitado unos de las SA. Yo trabajaba en el Vaterland. Era músico. Y también era asiduo de Eldorado. En ambos sitios coincidimos y hablamos más de una vez.

—¡Eldorado! ¡Cuánto tiempo!

La nostalgia asomó a su rostro, su semblante adquirió de repente la expresión melancólica de cualquier persona al recordar un pasado que ya no volvería, un lugar querido que nunca más visitaría. Envejecido, consumido, de aspecto tristón, aparentaba un aspecto de humanidad que llegaba a molestar, especialmente a Helmut.

—¿Se acuerda de Eldorado, pues?

—Ya lo tenía olvidado. Como mi nombre. Eldorado... Kurt von Lewinski... Algo recuerdo. ¡Maldita edad! Pero —recobrando la entereza— no me dirá que ha venido hasta aquí después de tanto tiempo para agradecérmelo. ¿Qué quieren de mí?

—Lo cierto es que no, no he venido hasta aquí para agradecérselo. Años después fui de nuevo detenido y llevado a Dachau, y allí permanecí hasta que en 1944 me trasladaron a Mauthausen.

—Créame que lo siento, mas no alcanzo a ver qué tengo yo que ver con eso.

—Si estoy aquí es porque le vi en Mauthausen, asistí a varias de las fiestas que organizaban los jerarcas nazis y en las que parecía ser un invitado de honor.

—¿Qué dice ahora?

—Le vi. Era uno más de ellos, y le trataban muy bien.

—Tonterías. Eso que dice son tonterías. Yo solo era un químico que dirigía una empresa, una parte de una empresa, ridícula.

—Que fabricaba el Zyklon B —precisó Sam.

—Que fabricaba Zyklon B, sí. ¿Y?

—Ese gas sirvió para asesinar a millones de seres humanos. Usted controlaba su fabricación en Auschwitz, adecuaba la producción a las necesidades de los nazis, con quienes mantenía excelentes relaciones. Tenemos pruebas suficientes que le incriminan.

—¿Quiénes? ¿Quiénes tienen pruebas?

—Trabajo en el Centro de Documentación Judía que dirige Wiesenthal.

—Acabáramos. Entiendo su animadversión, sus ansias de venganza. Pero yo no tengo nada que ver con eso que llaman "solución final".

—Usted no solo fue un colaborador necesario, sino uno de sus artífices.

—¿Por haber desarrollado unos conocimientos estrictamente profesionales? ¡Por favor!

—Profesionales, sí. Fue usted un excelente profesional. De la muerte.

—¿Yo? Seamos serios, señores, que ya no son unos jovencitos. ¿Y el plutonio que se usa en la fabricación de bombas atómicas? ¿Es su descubridor el culpable, pues, de lo sucedido en Hiroshima y Nagasaki? ¿Lo es acaso Einstein por sus investigaciones en energía nuclear? Yo no he matado a nadie en mi vida. Pero, en fin, vayamos al grano. ¿Quién está detrás de ustedes? ¿Los israelís? Pueden matarme ahora mismo. Para eso han venido, ¿no?

Lewinski no parecía preocupado por lo que le pudiera suceder.

—No hemos venido a matarle.

—¿Qué quieren entonces?

—Queremos preguntarle por Otto Wulff —dijo Helmut.

—¿Otto Wulff? ¿Quién es Otto Wulff?

—¡Vaya!, otra vez le falla la memoria. El dueño de una discográfica de Nueva York, Mirliton, que murió en extrañas circunstancias justo después de que usted fuera a verle.

—¡Ah!, ya. Un ataque al corazón.

—Usted sabe muy bien que no murió de ese modo.

—¿Yo? ¿En que se basa para afirmar eso? Lo certificaron los médicos.

—Al día siguiente de su visita estaba muerto.

—¿Y eso que tiene que ver? ¿Cómo hubiera podido yo provocarle una muerte repentina?

—Usted sabrá. Pero me parece como mínimo curioso que con tanta laguna de memoria no haya dudado un instante al decir que los médicos certificaron que su muerte se debió a un infarto.

—Mire, yo no tuve nada que ver con ese asunto.

—Admite, pues, que fue un asesinato.

—Yo no he dicho eso. No admito nada, sé muy poco de esa historia.

—Claro, ¿qué iba decir al respecto? —le recriminó Sam.

—Es usted americano, ¿verdad? —preguntó Lewinski. Sam asintió con la cabeza—. Su acento es inconfundible. ¿No fue su país el principal beneficiario de la mayoría de los avances científicos alemanes? Debe saberlo. Si ha venido hasta aquí y ha mencionado el gas debe saber que lo le digo es cierto. ¿Qué interés puedo tener en mentir a estas alturas? La muerte, les aseguro, no me asusta en absoluto. Hay veces que no me molestaría que se presentara de pronto. A mí me reclutaron los americanos nada más terminar la guerra y luego su Gobierno me integró en el cuerpo químico del ejército. Formé a algunos de sus oficiales en armas químicas; algunas de ellas las emplean ahora en Vietnam. Pero, claro, ustedes son los vencedores, ustedes pueden. Ustedes utilizan el napalm en Vietnam, envenenan el agua de sus ríos desatando epidemias entre la pobla ción, saben más de armas químicas que nadie, en buena parte gracias a nuestros conocimientos.

—Qué manera tan mezquina de escurrir el bulto.

—¿Cree que ensucio la imagen que quiere dar su país?

—Usted ensucia el aire solo con respirar.

—Puedo seguir, si no les ofende oír lo que saben que es verdad. Con el ejército de Estados Unidos realicé experimentos para estudiar los efectos de agentes químicos tales como el gas mostaza y la lewisita. Llevamos a cabo pruebas con agentes químicos y biológicos en Utah, en un sitio llamado Dugway Proving Ground. ¿Lo conoce?

Sam volvió a asentir

—También estuve en Edgewood Arsenal, una base militar secreta, en Maryland. Por su expresión veo que también sabe de qué hablo. Allí se hicieron pruebas con el LSD. Se suministraban altas dosis a conejillos de Indias, generalmente soldados a los que se sometía después a interroga-torios agresivos y se analizaban las reacciones. Quienes les interrogaban sabían muy bien todo sobre ellos y podían evaluar cómo respondían ante el miedo intenso, las convulsiones o las crisis de paranoia aguda. La CIA se aprovechó luego de ello para quebrar la resistencia psicológica de los que interrogaban. Colaborar fue mi misión hasta que exprimieron por completo mis conocimientos. Entonces, a finales de los cincuenta, pude venirme a España.

—¿Por qué mataron a Wulff? —espetó Helmut de pronto, impaciente, irritado.

—Otto y yo éramos de la misma ciudad, de Kulmbach. Nos conocíamos de pequeños, aunque él era más joven. Fue una casualidad que nos encontráramos, también que me reconociera después de tanto tiempo.

—Y le mató.

—¡Le he dicho que yo...! ¡Ya está bien! Nunca he matado a nadie. Además, no tengo que justificar nada ante ustedes.

—¿Para qué fue a ver a Otto ese día?

—Para avisarle, para decirle que fuera con cuidado. Me da igual que me crean o no.

—¿Avisarle de qué?

—De que podía correr peligro si metía sus narices en asuntos como los que les acabo de contar. A mí me dijeron que debía informar de cualquier incidente, por nimio que fuera, y eso hice la primera vez que lo encontré. Solo nos vimos dos veces. Me limité a seguir órdenes. No sabía cuál iba a ser la respuesta.

—No suenan muy creíbles sus argumentos. Ya te dije que no averiguaríamos nada, Helmut, que nos mentiría.

—No estoy dispuesto a que me tachen más veces de mentiroso. Si no me creen lo mejor será que demos por finalizada la conversación. Les decía antes que estoy viejo, que me siento viejo. En este mundo nada me queda. Todo me da igual. ¿Pueden entender eso?

—Está bien. ¿Quién le daba esas órdenes?

—¿Quién iba a ser? Los mismos que me reclutaron.

—¿Va a involucrar al Gobierno en un asunto como este? Demasiado simple, no tiene sentido.

—Yo no he dicho que me reclutara su Gobierno. He dicho que colaboré con él.

—¿Entonces?

—¿Saben que es The Pond? Durante la Segunda Guerra Mundial y parte de la guerra fría, Washington utilizó un servicio de inteligencia privado de alcance internacional llamado The Pond, El Charco, en referencia al Océano Atlántico. Fue creado por las fuerzas terrestres estadounidenses bajo la autoridad de la inteligencia militar y con el apoyo de la firma holandesa de artículos electrodomésticos Philips. La industria químico-armamentística de su país fue una de las mayores beneficiarias de sus actividades. Llegó a contar con más de seiscientos espías en treinta y dos países. American Express, Remington Rand y el Chase National Bank también sirvieron de cobertura. Los datos de inteligencia que recogía la organización eran a veces de muy alto nivel, llegó incluso a negociar con el mariscal Göring durante los seis últimos meses de la guerra. Al terminar esta se independizó y siguió funcionado como una red privada, como contratista del ejército americano, del Departamento de Estado, de la CIA y el FBI. Una parte de esta organización decidió ir más allá y crear otra, secreta, por supuesto, para combatir el comunismo, y sí, había antiguos dirigentes nazis, pero a las órdenes de sus capitalistas más sobresalientes. Supongo que decidirían no correr riesgos. Si Wulff, que algo sospechaba, hablaba podía poner en peligro todo el tinglado. Era miembro del Congreso Judío.

—Es decir, a Wulff lo asesinaron unos agentes de una organización secreta surgida a la vez de otra organización secreta anterior, simplemente por el temor a que pudiera sacar conclusiones, irse de la lengua y poner en peligro su secretismo. Parece el argumento de una película.

—Insisto en que no sé si le asesinaron. Lo que es he contado es lo que sucedió. Me crean o no fue así. La muerte de Wulff...

—¡El asesinato! —clamó Helmut.

—De acuerdo, el asesinato, como quiera. Si realmente su muerte fue provocada, fue del todo innecesaria, no tenía sentido alguno, pero es que a esas alturas ya nada tenía sentido. De hecho, la organización se deshizo dos o tres años después. Eran unos fanáticos. Yo no quise saber nada más y al poco me vine para España. Nadie puso impedimento alguno. Ya había aportado cuanto sabía, vaciado todos mis conocimientos. Quedarme a trabajar en América no me seducía. Eché mano de una antigua amistad, Gerhard Bremer. Deben saber quién es Gerhard Bremer.

—Por supuesto.

—Lo imaginaba. Bremer me habló de la zona de Dénia, de su clima, de su paisaje, de la amabilidad de sus gentes, de sus asuntos que iban viento en popa, y me vine para acá. Con el tiempo las cosas se torcieron, un mal negocio, Bremer me echó la culpa, discutimos acaloradamente y terminamos mal, muy mal. Entonces, acababa de conocer a mi mujer, nos trasladamos aquí. Ella era pintora ¿saben? Adoraba este paisaje, decía que su luz era única. Luego les enseñaré unos cuadros, pintaba muy bien.

—¿Fue Bremer quién intentó secuestrarle?

—Resultó ser un avaro, y un ingrato. Sí, fue él. Veo que están muy bien informados. Mas lamento estropearles la historia, era solo cuestión de dinero, de un dinero del que, decía, me había apropiado a sus espaldas.

—¿Quiénes eran los responsables de la organización de que hablaba antes? —preguntó Helmut reconduciendo la conversación.

—No sé nombres, no se usaban nombres.

—¡Venga, hombre! —Helmut estalló de improviso—. ¿Pretende que creamos eso? ¿Cómo puede ser tan cínico? No sabía nada de lo que podía pasarle a Wulff, no sabe quiénes fueron realmente sus asesinos... Una organización secreta. Ya disuelta, claro. De la que no queda rastro. Usted es cómplice de ellos, como lo fue en Mauthausen de los asesinatos en masa, de los criminales fines de todos esos capitostes que tanto le agasajaban. Es un asesino como ellos. Usted...

—No sabe lo que dice. Se acabó. Hemos terminado. Muy buenos días.

Se volvió para entrar en su casa, pero Helmut no estaba dispuesto a que marchara así como así. Lo asió por el brazo. Lewinski se resistió, gritó enérgicamente que no tenía derecho a actuar de ese modo, que le dejaran y se fueran. Forcejearon. Sam trató de que Helmut lo soltara; para entonces, Lewinski y Helmut estaban cara a cara y este lo cogía de las solapas de la chaqueta. Helmut pidió a su amigo que no interviniera. Sam le agarraba de los brazos para que soltara al que, en aquellos momentos, descompuesto, irritado sin duda por la impotencia a que se veía reducido, parecía un viejo extraviado. Helmut estaba fuera de sí.

—¡Suéltalo, hostias! ¡Suéltalo de una puta vez!

—Está bien, Sam, está bien.

Aflojó los brazos sin soltar a Lewinski. Su expresión perdió dureza, se volvió fría, glacial, portadora de un enorme desprecio. Lo empujó entonces con la fuerza que despidieron los sentimientos, la razón de una memoria torturada, como el que arroja las inmundicias a la basura, sin ser consciente de su superioridad física. Lewinski se dio de bruces contra la plancha de uralita que cubría la parte superior del cobertizo donde guardaba la leña. Se oyó un ruido sordo. Cayó desplomado, un golpe seco en la parte superior de la frente le había facturado el cráneo. Sangraba. Su sangre era más viscosa de lo normal, posiblemente por estar mezclada con parte de la masa cerebral.

Por unos instantes, ambos permanecieron callados. Helmut, paralizado, no apartaba la vista del cuerpo Lewinski, que continuaba sangrando en el suelo. Sam se agachó para socorrerle.

—¿Está muerto?

—Sí, está muerto. No hay pulso. ¡Maldita sea, Helmut! ¡Maldita sea! ¿Qué hacemos ahora?

—Enterrarlo —respondió fríamente Helmut.

—¿Sí? ¿Cómo?

—Pues haciendo un hoyo bien profundo. Nadie le echará de menos. En el pueblo nos dijeron que estaba medio loco.

—¡Joder, Helmut! ¡Joder, joder, joder! No digas sandeces. Salgamos pitando de aquí.

—¿Y lo dejamos así?

—No. O sí. No sé.

—Como descubran el cadáver y nos relacionen con su muerte estamos listos. Todo el pueblo recuerda nuestra visita de ayer. ¿Y si lo arrojamos por un precipicio? Hay muchos barrancos por aquí, llenos de maleza. Tardarán en descubrirlo, si lo descubren. De momento nadie notará su ausencia. Y cuando lo hagan crearán que se ha despeñado.

—Puede que sea lo mejor. Venga, démonos prisa —admitió Sam tras un breve paréntesis de desconcierto.

—Espera. Registremos la casa. Recojamos pruebas que impliquen a otros nazis que siguen libres.

—¡Y una mierda! Nos vamos ya.

Sam dio media vuelta, en dirección a donde tenían el coche. Helmut, sin embargo, entró en la casa.

—¡Ya está bien, Helmut! ¡Sal de ahí!

—Es solo un momento.

Enseguida regresó con un pequeño cuaderno.

—¿Qué es eso?

—Su agenda de teléfonos.

—¿Qué quieres, que llevemos encima una prueba que nos incrimina? Deshazte de ella ahora mismo.

—Puede ser importante, Sam.

—Me da igual.

—La esconderé bien, no te preocupes. Es pequeña, fácil de ocultar. Te prometo que no cruzaremos la frontera con ella, antes memorizaré lo que considere más importante o pasaré algunos teléfonos a mi agenda camuflados, en clave. Confía en mí. Tengo experiencia en esto.

—Ya lo he visto, ya.

—No sé qué me ha pasado. Te juro que nunca me había sucedido una cosa así. Lo siento, lo siento de verdad.

Envolvieron el cuerpo sin vida de Lewinski en una alfombra y lo cargaron en el maletero. Pesaba más de lo que aparentaba. Se quitaron la camisa y obraron con sumo cuidado para no mancharse de sangre, no llevaban ropa con que cambiarse. Tomaron un camino que se abría a la parte sur de la casa de Lewinski, en dirección contraria a por donde habían venido, por el que apenas cabía el coche, lleno de piedras, hoyos y ramas caídas. No sabían a dónde conducía si es que conducía a alguna parte. Desde luego no debía ser muy transitado y subía hacia la sierra. Al poco, no pudieron proseguir, se estrechaba aún más y se volvía impracticable, rodeado de matorrales y zarzas. Aunque el lugar les parecía demasiado cercano para deshacerse del cadáver, la escarpada orografía no les brindaba muchas más posibilidades. Por otra parte, y precisamente por ello, era evidente que pocos frecuentaban la zona. Por los brazos Helmut y por las piernas Sam, cogieron a Lewinski. Lo balancearon tres veces. Una..., dos..., tres... y lo arrojaron por un precipicio.

—Créeme, no era mi intención que esto acabara así. No quería matarlo.

—Te creo, pero eso ya da igual. Vámonos de una puñetera vez. Recogemos a Martha y directos a la frontera. En diez o doce horas estamos allí. Sin la agenda.

Abonaron la factura en hotel y mostraron un mapa al recepcionista para que les indicara el mejor camino para ir a Benidorm. Naturalmente, tomaron dirección contraria, hacia Valencia. Solo se detuvieron para repostar gasolina y comprar unos bocadillos. Poco después de la media noche cruzaban la frontera por La Jonquera.

—Menos mal. Estas últimas horas se me han hecho interminables.

—Ahora, Helmut, dime. ¿Crees que Lewinski nos dijo la verdad o nos mintió? ¿Alguna vez sabremos lo que realmente ocurrió?

—No sé qué pensar. Una parte, supongo. Estoy muy arrepentido por haberos metido en este lío.

—Déjalo estar ya, Helmut —terció Martha—, las cosas no se pueden cambiar.

—Ni siquiera habéis tenido tiempo de ver detenidamente la ciudad donde nació Camila. Ni visitar el pueblo donde nació tu abuelo.

—Ya habrá otra ocasión. No te preocupes.

Capítulo XVIII

1

FUE UNA VISITA inesperada, decidida con muy pocos días de antelación. A pesar de que una ola de frío siberiano recorría Europa occidental a mediados de enero de 1966 y que las temperaturas de París eran propias de los países nórdicos, de que Sam estaba algo resfriado y no tenía ganas de salir de casa, Greg —al que acompañaba Diane— se empeñó en ir a cenar a Lapérouse, un lujoso restaurante que era uno de los clásicos "tres estrellas" de la guía Michelin. Había trascurrido más de medio año de la visita a España y no había noticia de que alguien hubiera encontrado el cuerpo de Lewinski, al menos en la prensa española que llegaba a París y que Sam seguía todos los días desde entonces.

—Si os ha sorprendido nuestra visita, más os sorprenderá lo que quiero contaros y que constituye en realidad el motivo de nuestro viaje.

—La última vez que alguien me dijo algo así terminé ante el puñetero Comité de Actividades Antiamericanas. ¿A qué te refieres, Greg? Mal asunto debe ser cuando te cuesta tanto decirlo.

—A modo de resumen: me preocupa seriamente la manera en que se financia el Congreso por la Libertad de la Cultura.

—*Dieu merci!* —exclamó Sam—. ¿Te has dado cuenta por fin que el altruismo y desinterés de los generosos capitalistas es un simple disfraz y que nadie da nada a cambio de nada?

—Si solo fuera eso. Sospecho... No, estoy seguro, que el Gobierno, a través de la CIA, está detrás de todo esto.

—¿Qué dices? Los rumores al respecto han estado ahí desde el principio. Siempre se ha dicho despectivamente "eso es cosa de los yanquis". Claro que el antiamericanismo en este país está muy extendido.

—Pues no eran rumores. Debí haberme tomado más en serio las advertencias que en su momento me hiciste. Donde hay humo es porque hay fuego. He sido un bobo, un imbécil, me he dejado engañar. Sí, creo que así ha sido, me he dejado.

—Cálmate —Greg hablaba atropelladamente, agitado su ánimo por la misma perplejidad que le producía tener que explicar lo que todavía parecía estar digiriendo—. ¿Sugieres que hay una financiación encubierta del Congreso por la Libertad de la Cultura?

—Sugiero no, afirmo. Y puede que no solo el Congreso.

—Lo que dices es tremendo. ¿Cómo llegas a esa conclusión?

—Veréis. No es que yo estuviera con la mosca tras la oreja, pero tanta velada insinuación en los últimos tiempos acabó por hacerme dudar. Tonterías, me decía a mí mismo, tal vez para no tener que enfrentarme al engaño, no podía asumir que me utilizaran de ese modo. Ya prácticamente había descartado cualquier anomalía cuando el azar, ¡qué malas pasadas nos juega!, quiso que cayera en mis manos el presupuesto de uno de tantos proyectos que habitualmente firmo para su definitiva conformidad. Supongo que se trató de un error y que ese documento no debería haber llegado hasta mí, pero allí lo tenía, y las cantidades de las diversas partidas nada tenían que ver con las que en su día se aprobaron. Eran mucho, muchísimo, mayores. Puede que en otras circunstancias no me hubiese fijado, pero, ya os digo, la desconfianza había anidado en mi interior. Entones empecé a atar cabos y a revisar proyectos y presupuestos. Había algunos que incluso desconocía, y todos escandalosamente hinchados.

—¿Y dices que la CIA es quién está detrás de todo? ¿Desde cuándo? ¿Hasta dónde? ¿Tienes pruebas?

—He conseguido averiguar algunas cosas que así parecen corroborarlo, copias de notas internas, de retribuciones nada despreciables sin justificación alguna o de gastos de fiestas organizadas por Nabokov más propias de acomodados burgueses que de intelectuales críticos de los que se espera aporten ideas y valores para mejorar el bienestar de los pueblos. No es mucho lo que obra en mi poder, pero suficiente para barruntar que una cosa es lo que se dice a la opinión pública y otra muy distinta lo que realmente se cuece en los fogones.

—¿Nunca sospechaste nada antes?

—Nunca. Tal vez fui demasiado crédulo, pudo más mi convicción de que se debían aunar esfuerzos, vinieran de donde vinieran, los promoviera quien los promoviese, mientras sirvieran a la causa común del socialismo. No en un país, en todo el mundo. Igual no era consciente y los demás habían advertido bastante antes que me comportaba como el mayor de los papanatas entre los papanatas. Bueno, ya sabéis cómo pienso, no hace falta que me extienda en pormenores que ahora me resultan cuanto menos incómodos.

Greg se mostraba abatido como nunca antes lo habían visto. Diane, en un momento que se levantó su marido para ir al aseo, confirmó que lo estaba pasando francamente mal. Ella también, le dolía verle en ese estado, desalentado, desconfiado. ¿Qué había sido de aquel Greg vitalista y entusiasta que con tanta vehemencia se involucraba en las más variadas causas al tiempo que intentaba implicar a todo el mundo?

—Ha sido un duro golpe. Si lo hubierais visto el día que llegó a casa y me contó lo que había averiguado... Estaba demacrado, su rostro nunca había reflejado tanta tristeza. Hacía semanas que lo notaba intranquilo, me explicaba que era a causa del trabajo, demasiado trabajo, decía. Esperó a poder confirmar sus sospechas antes de decirme nada, no quería preocuparme. No puede ser, no puede ser, repetía una y otra vez. Os habréis dado cuenta de que su ánimo está por los suelos.

—¿Qué podemos hacer? ¿Esas notas de que hablaba obran en su poder?

—Copias, me dijo. Será mejor de todos modos que os lo cuente él mismo.

Greg regresaba del lavabo. Caminaba con parsimonia, entre indiferente y ausente, sin el firme y decidido paso que le caracterizaba.

—Fotocopié todo cuanto me pareció extraño, anormal, incluso aquello que encontraba dudoso, por si acaso. Luego, o mañana, os lo mostraré. La conclusión es rotunda: el propio Departamento de Estado a través de la CIA es quien corta el bacalao. Las fundaciones hacen, en última instancia, lo que la Agencia dice. La CIA hace y deshace, utiliza los fondos reservados a discreción. No es mucha la documentación de que dispongo, pero sí jugosa, y de ella se deduce que solo en 1951, antes de pasar yo a engrosar su nómina, la Fairfield ya destinó alrededor de doscientos mil dólares para gastos administrativos básicos del Congreso con fondos reservados de la CIA. Con ellos se pagaron sueldos del presidente del Congreso, del tesorero, del administrador, de secretarias, de prensa... El mecanismo a ciencia cierta lo desconozco, me faltan datos. Todavía. Habrá que servir investigando, sacar a la luz esta terrible falacia. Una vez se tira del hilo los ovillos empiezan a deshacerse, y este se deshará como un terrón de azúcar en el café.

—¿Has pensado hacer alguna cosa al respecto?

—Filtrarlo a la prensa. No se me ocurre otra cosa. Que se haga público, que se forme un gran escándalo, a ver cómo lo explican.

—¿Y si habláramos primero con Lary? —sugirió Martha.

—Estaba pensando lo mismo —dijo Sam—, en recurrir a Lary como tantas y tantas veces. Para eso están los amigos, ¿no? Aunque sus funciones en el Departamento de Estado hace tiempo que se han reducido a meras tareas burocráticas, puede que consiga averiguar algo más.

—Me sabe mal meter a Lary en esto, no quisiera que más gente se viera envuelta en un asunto tan turbio y acabase perjudicada.

—Lary es prudente, y discreto. De todos modos, no podemos callarnos. Además, si los documentos que obran en tu poder solo son copias siempre podrán aducir que están falsificados, y si, como dices, de ellos se deduce lo que afirmas más que se prueba, igual es precipitado filtrar nada todavía. Lo que cuentas es muy grave, hay que asegurar bien que lo que se haga público resulte incontestable.

—Tienes razón, Sam —admitió Greg, cuyo tono de voz era tan apagado como resignado.

2

Un par de meses después, a principios de marzo de 1966, Lary les confirmaba en París que las sospechas de Greg no carecían de fundamento. La información que había obtenido no era más que la punta del iceberg. Lary se tomó muy en serio lo que Sam le contó acerca de las conjeturas de Greg. También a él le habían llegado los rumores hacía tiempo. Ahora, en cambio, la situación era otra. La carta que recibió de Sam era pródiga en detalles y él no dudaba de su amigo a pesar de que le decía que buena parte de las conclusiones sobre la trama establecida en torno al Congreso por la Libertad de la Cultura se basaba en suposiciones. Pero las cosas, así, eran distintas, y más aún lo fueron cuando se reunió con Greg en Nueva York y este le pasó la documentación en su poder.

—No andaba errado Greg. Lo que dice es cierto, mis fuentes son absolutamente fiables. La CIA financia el Congreso por la Libertad de la Cultura, entre otras muchas más actividades.

—¿Se lo has dicho a Greg?

—Claro. No pudo ocultar la frustración que sentía al ver que no solo tenía razón, sino que el asunto iba incluso más allá de lo que imaginaba.

—Pobre Greg.

—Greg es el tipo idóneo para una cosa así. Siempre me ha parecido un tanto ingenuo. Su idealismo, su tendencia a creer que en nombre de la revolución "todo vale" le convertían en la opción perfecta. ¡Ah, la revolución! Sin duda, cuando le ofrecieron el puesto de director de la Fairfield sabían a quién se dirigían. ¿Cómo iba a fijarse alguien como él en aspectos crematísticos tan corrientes, tan vulgares? Lo suyo era la acción. Greg simplemente ha sido correa de transmisión entre la Fairfield y el Congreso, y sí, aprobaba presupuestos, "decidía" qué hacer y qué no, pero desconocía que luego venía más financiación, para el mismo asunto o para otro, en todo caso para los mismos beneficiarios, y desde luego la procedencia de esta. Si hablamos de dinero, el que realmente corta el bacalao en todo este turbio asunto es Michael Josselson.

—¿Josselson, el secretario general del Congreso?

—Ni más menos, sí. Bueno, Josselson y otros muchos. La importancia de una cultura diferenciada es vital. Una potencia mundial no ha de serlo solo en lo político y en lo económico, lo ha de ser sobre todo en lo cultural, si no le será imposible ejercer el liderazgo. Josselson utilizaba a gente como Greg, le venía como anillo al dedo. Adelante, compañeros, sirvámonos del sistema, aprovechémonos de sus debilidades, de sus fisuras, de sus contradicciones. Ilusos como él le resultaban muy útiles. Greg viene a París, unos días, regresa Nueva York y vuelve al cabo de meses. Mientras, Josselson juega sus bazas. No os preocupéis, si hace falta dinero aquí estoy yo, pero sed discretos, pues de lo contrario me presionarán para que lo dedique a otros fines mucho menos loables.

—¿Es agente de la CIA?

—Lo es. Lo era ya cuando se empezó a montar todo el tinglado.

—¿Tienes pruebas de todo esto?

—De unas cosas más, de otras menos, pero sí. En todo caso, las suficientes para demostrar cómo está organizada la farsa. Se crean unas fundaciones bajo el auspicio de la CIA, simples "buzones", llamémoslas fundaciones tapadera. Solo se necesita una dirección postal, pues su única función es recibir dinero de la CIA. Luego lo trasfieren a otro sitio, a otra fundación, una contribución a unos proyectos comunes. Todo aparentemente legal, un complejo entramado entre fundaciones y programas hace que el dinero se emplee siempre de manera indirecta. Así es muy difícil que alguien relacione directamente una donación con un fin concreto, como le pasó incluso al propio Greg. Ahora bien, esas "ayudas" deben ser necesariamente incluidas como activos por parte de sus receptores en un impreso que han de remitir todos los años al Servicio de Impuestos Internos. Toda organización sin ánimo de lucro está obligada a ello. Cuando caí en la cuenta, empecé a examinar impreso por impreso. Até cabos. Todo es muy simple, demasiado, se crea una fundación acudiendo a un personaje adinerado, se le dice lo que se pretende hacer y se solicita su colaboración. Es usted uno de los grandes hombres de este país le dicen, confiamos es usted, su colaboración es fundamental para el mundo libre, y le explican lo que esperan de él.

—Y acepta, claro.

—Claro. En el fondo, piensa, está defendiendo los intereses de la nación y los suyos propios. Si el Gobierno se ha fijado en mí, haré lo que me pida, montaré la fundación, lo que haga falta. Entonces se le dan subvenciones, se le ayuda, recibe donaciones y promueve iniciativas sin ánimo de lucro. La propia CIA se encarga de que las "donaciones" sean generosas y la fundación recién creada entrega el dinero a la otra fundación que previamente han designado los hombres de la CIA. La Ford, por ejemplo, ha donado al Congreso varios millones de dólares. La Rockefeller lo ha hecho de forma más que generosa y ha llegado a financiar también revistas como *Preuves, Encounter* o *Partisan Review.* La Fairfield, la Ford, la Rockefeller y la Carnegie son las mejor consideradas a la hora de llevar adelante la financiación encubierta. Directores y empleados de alto rango mantienen estrechas relaciones con la Agencia, incluso alguno, como veis, es miembro de ella.

—Lo que no acabo de entender es que nadie supiese nada de esto antes —observó Martha.

—Al principio es normal que nadie sospechara. Todo lo más las dudas venían de cuál sería en verdad su función, a quien beneficiaría esta en última instancia. Pero después quien no sabía es porque no quería saber. O eso, o gran parte de la intelectualidad es simplemente boba. Un ejemplo. Significativo. En Bellagio, un pequeño pueblo italiano situado junto al lago Como, en la Lombardía, está Villa Serbelloni, al final de un promontorio, con magníficas vistas al lago. Es una majestuosa mansión, lujosa, parece Versalles. Se construyó en el siglo XVIII y pasó a ser propiedad de la princesa Della Torre e Tasso, una americana llamada Ella Walker, que la donó a la Fundación Rockefeller, la cual, a su vez, la puso a disposición del Congreso. Allí pasan temporadas los invitados más ilustres, y también aquellos que interesa que se crean importantes. Escritores, artistas, músicos... Todo gratis, por supuesto. Hay nada menos que cincuenta y tres empleados para satisfacer todos los caprichos, pues algunos tienen gustos muy caros. Uno puede defender el sistema capitalista, o el que sea, desde el rigor y la honestidad, nada hay de malo en ello. Yo mismo sigo creyendo que no hay modelo alternativo de sociedad hoy por hoy, pero me produce un profundo desencanto que la intelectualidad supedite su supervivencia como tal a los dictados del poder. ¿A nadie de los que frecuentaban Villa Serbelloni le extrañó tanto lujo? ¿Les parecía normal? En fin, que es mejor no preguntar —Lary estaba tan indignado como Greg en su momento.

—Todo ha sido un montaje, una farsa. Es triste, muy triste —Martha no daba crédito a lo que escuchaba.

—Muchos participaron honestamente, creyendo en lo que hacían. Como Greg, o como los pocos se involucraron conscientemente, caso de Sidney Hook. Pero la mayoría lo han hecho movidos por el prestigio, por el reconocimiento profesional. Se celebran muchos congresos, simposios, encuentros, hay una larga lista de influyentes y reputadas revistas en las que publicar, y continuamente se organizan exposiciones, conciertos, giras. La recompensa profesional no es poca. Además, hay que comer, y vivir, y a ser posible bien. Por otra parte, se selecciona con mucho tino a quién se invita. Se escoge a especialistas en temas que no sean "conflictivos", y claro que se sienten libres, en su campo nadie les dice nada. Y eso, lamento decirlo, es puro dirigismo. Eso sí que no. ¡Hasta ahí podríamos llegar! Potenciar unos valores frente a otros sin explicar con qué función es inadmisible.

—¡Y luego critican el dirigismo soviético! Se gratifica muy bien a todo el mundo, se les da un trato exquisito. ¿Quién no desea que le paguen por lo que le gusta hacer, por un trabajo que nace de la vocación? Mejor obviar ciertos temas. Es significativo que ninguno de los beneficiarios de toda esta corrupción moral y económica haya cuestionado en ningún momento las intervenciones de Estados Unidos en Irán, Guatemala, Corea, el asesinato en masa en las colonias de Indochina y Argelia, los linchamientos de negros por el Ku Klux Klan en el sur de América.

—Bueno, nunca antes los intelectuales han tenido la oportunidad de expresar "libremente" sus ideas sin el riesgo de morir de hambre —manifestó Lary—, pero resulta deplorable que esa oportunidad haya llevado a un amansamiento como este, a un sometimiento que en el fondo se justifica únicamente por los beneficios profesionales que reporta a una amplia mayoría.

—¿Soy demasiado retorcido si sospecho que uno de los objetivos de la CIA era precisamente acabar con la idea del intelectual "libre", independiente de todo poder? Ni Sartre, ni Camus, ni Hemingway, ni Caldwell, ni Sinclair, estoy seguro que tampoco Ginsberg, Rahv o Howe, por nombrar los primeros que me vienen a la mente, necesitaron de la CIA ni de la Fairfield, la Ford o la Rockefeller, ni siquiera del Departamento de Estado, para que su obra sea considerada de lo mejor que se ha publicado en las últimas décadas. No, ¿verdad? Evidentemente no todos pueden ser como ellos, pero se les hace creer que así es y una cosa retroalimenta a la otra.

—Recuerdo cuando Diane y yo vinimos a París en 1952, cuando el festival Obras Maestras del siglo XX. Qué explosión de creatividad, nos pareció, qué diferente el ambiente de libertad que respiramos aquellos días fuera de la espesa atmósfera cultural de Nueva York. Supongo que todo estaba perfectamente calculado.

—No me cabe duda. De iniciativa "inocente" nada. Se trataba de potenciar la pintura abstracta expresionista. El MoMA, también el Withney Museum, cooperan de una u otra forma con la CIA. El MoMA ha invertido grandes cantidades en la promoción del expresionismo abstracto, en Estados Unidos y en Europa. Tú lo sabes, bueno, era sabido por todos, lo que desconocíamos es que detrás estaba la Agencia.

—Eso significa que a Diane, incluso a mí misma, nos usaron con fines digamos que extra artísticos, claramente políticos. La finalidad última de todo deduzco que no es otra que acabar con el compromiso ideológico que tenían las vanguardias de la primera mitad de siglo. El expresionismo abstracto es el estilo perfecto para tal objetivo, nada de figuración, ninguna referencia a la realidad.

—Así han terminado los más destacados miembros del movimiento. Se dejaron llevar por la fama, por el reconocimiento de la crítica, y ese fue su drama ¿Qué pasó con Pollock? Murió en un accidente de coche, conducía borracho, como solía estar siempre, se convirtió en un alcohólico. ¿Y Rothko? Enganchado a los tranquilizantes y el alcohol, cada día más deprimido. También Franz Kline se mató con el alcohol. La crítica les había encumbrado. Si querían mantener fama y cotización no podían hacer otra cosa fuera de sus dictados. Hay que filtrar todo esto a la prensa.

—Es posible. Será el único modo de conseguir algo, que salte la liebre, que nadie pueda parar las voces discrepantes que seguro surgirán enseguida, pues estas tendrán argumentos suficientes para impedir el silencio. Una denuncia en el mimo seno de la Administración no prosperaría.

Lary se mostraba tan crítico como decepcionado. Lo que le faltaba después del asesinato de Kennedy.

—Conozco al corresponsal del *New York Times* aquí en París, es un buen periodista y un hombre honesto. Hablaré con él si te parece.

—Me parece, pero hazlo mientras esté yo en Washington. Me gustaría ver algunas reacciones. Si salta la noticia saldrán a la luz más cosas, el asesinato de Kennedy ha soliviantado muchos ánimos en el Departamento de Estado y todo lo que huele a guerra sucia, sea en el ámbito que sea, en estos momentos está mal visto. Por otra parte, tampoco me gustaría pasar en prisión el resto de mis días.

3

En abril de 1966 *The New York Times* iniciaba la publicación de un amplio informe sobre la intervención de la CIA en los programas culturales que afectaba a buena parte de intelectuales estadounidenses. Resaltaba los nombres del Congreso por la Libertad Cultural y de la revista *Encounter*, y formulaba la sospecha de que tras ellos estaba la CIA.

Lógicamente, desató un enorme revuelo entre la intelectualidad y la Administración del país norteamericano. El Departamento de Estado reaccionó airadamente a lo que calificó de "rumores malintencionados". También el comité ejecutivo del Congreso en París negó que la información fuera cierta. Sin embargo, como le dijo Cortázar unos días después, *en todas partes se habla de las últimas revelaciones referentes a los fondos de la CIA, lo que únicamente confirma lo que todos sabíamos ya.*

Greg escribió enseguida a Sam expresándole su gratitud, que, le pedía, hiciera extensiva a Lary.

—¿Te acuerdas cuando el debut de Egon? —decía Sam a Martha—. No paraban de sucederse las desgracias, una tras otra, todo parecía estar en contra nuestra. Aunque algo más espaciadas que entonces, es como si de nuevo se encadenaran las situaciones desagradables en una espiral que nunca sabe uno dónde termina, o si tiene fin siquiera.

—Todo es cíclico. Así que *jamais deux sans trois.* ¿Ves? Se me está contagiando esa costumbre tuya cada vez más acentuada de usar expresiones francesas.

—No te preocupes, *tout va très bien Madame la Marquise*[15].

En 1967 el escándalo estalló definitivamente. Entre febrero y marzo *Ramparts* —una revista de la izquierda católica estadounidense que había evolucionado a posiciones radicales mostrando una abierta oposición a la guerra de Vietnam, denunciado el uso del napalm o contravenido las teorías oficiales sobre los verdaderos motivos del asesinato de Kennedy, en la que Sam había colaborado alguna que otra vez,-

---

[15] *Tout va très bien, Madame la Marquise* es el título de una canción de Ray Ventura et ses Collégiens de 1935. La canción alcanzó tal popularidad que la expresión "Tout va très bien, Madame la Marquise" se emplea en Francia cuando las cosas se tuercen. No pasa nada, todo va bien, decimos a veces cuando las cosas no pueden ir peor.

publicó una serie de artículos en los que revelaba que la Agencia, desde principios de los cincuenta, había financiado secretamente a determinados grupos internacionales de estudiantes, en particular la US National Student Association, en un esfuerzo por contrarrestar la propagación e influencia de los grupos juveniles y organizaciones "comunistas" de todo el mundo. Su editor, Sol Stern, con quien Sam mantenía una buena relación (epistolar básicamente), destapó que la CIA financiaba una serie de organizaciones culturales anticomunistas.

Tras la información de *Ramparts*, el senador Mike Mansfield solicitó una revisión de toda la financiación encubierta de la CIA dentro de Estados Unidos. El intento gubernamental de evitar una revisión independiente de las operaciones de la CIA tuvo efímero éxito y todo fue muy rápido desde entonces. La liebre a que se refería Lary había saltado.

El 20 de abril de 1967 el editor Jason Epstein publicaba en *The New York Review of Books*, revista de la que era director, un artículo titulado "The CIA and the Intellectuals" del que Lary mandó copia a Sam. Escribía Epstein que en un indeterminado momento de la década de 1950 comenzó a sospechar que *la CIA, junto con el Departamento de Estado, la Fundación Ford y otras instituciones similares, había convertido el antiestalinismo en una floreciente subprofesión para un número de antiguos radicales y otros intelectuales de izquierda que entonces eran y siguen siendo mis amigos en Nueva York. El anticomunismo organizado* —proseguía— *había llegado a ser tanto una industria dentro de la vida intelectual de Nueva York como el comunismo en sí lo había sido, o menos, una década antes, y se trataba en muchos casos de las mismas personas.* Eso sí, señalaba, con una importante diferencia: *la mayor opulencia con que la nueva empresa se prodigaba en las operaciones de sus ramificaciones en Europa, Asia, África y América Latina, junto con las publicaciones subvencionadas en todos estos lugares, por no hablar de las conferencias y seminarios a gran escala y en muchos países y del transporte aéreo.* ¿Cómo no sospechar? ¿Y cómo no concluir ahora que los recelos no carecían de fundamento? Por fin se podía probar que *la CIA y la Fundación Ford, entre otros organismos, han establecido y financiado un aparato de intelectuales seleccionados por sus correctas posiciones respecto a la guerra fría como una alternativa a lo que podríamos llamar un mercado intelectual libre donde la ideología se presume que cuenta menos que el talento individual y el logro*, con el evidente propósito de *identificar el liberalismo y el estalinismo como comparables si no como herejías indistinguibles, en definitiva como estructuras internas de subversión. ¿Por qué? ¿Para qué? El contraste entre la riqueza y la pobreza en los Estados Unidos y en otras partes nos pareció a muchos de nosotros la verdadera fuente de todo lo que estaba envenenando el mundo. El verdadero problema no era por más tiempo el estalinismo, y había empezado a parecer que probablemente no era el comunismo tampoco. Ciertamente, hubo muchos intelectuales, escritores y académicos, sobre todo entre los europeos, asiáticos, africanos y latinoamericanos, que no tenían idea de dónde se estaban metiendo, pero que, sin embargo, fueron susceptibles a los encantos del dinero americano.* Manifestaba sentirse desesperado al recordar aquellos que *tanto suspiraban por la situación en Polonia y tan poco sobre las dictaduras latinoamericanas respaldadas por los Estados Unidos, o sobre el problema de los negros, o las protestas en todo el mundo sobre nuestra guerra de Vietnam. La deprimente realidad,* terminaba, *es que el grupo de intelectuales que habían sido arbitrariamente colocados en altos cargos periodísticos y culturales por medio de los fondos de los Estados Unidos, nunca fueron, como resultado de este patrocinio, completamente libres. Lo que les limitaba no era tan simple como la coacción, la coerción, aunque en algunos niveles pue-*

de haber estado involucrado, sino algo más parecido a las
relaciones inevitables entre el empleador y el empleado.

—Que Epstein haya escrito algo así es muy significativo.
Esto ya no hay quien lo pare, *ma chérie.*

Así fue. Un par de semanas más tarde, el 8 de mayo de
1967, y de nuevo en las páginas de *The New York Times*, se
publicaba un artículo en portada con el título "Stephen Spender
deja *Encounter*". El editor de la revista, unos de los buques
insignia del Congreso, declaraba haber oído rumores durante
varios años de que la revista se financiaba con dinero de la CIA,
pero nunca pude confirmar nada hasta hace un mes. A la vista
de las revelaciones que se han hecho y de las afirmaciones que
se puedan seguir haciendo sobre el origen de la financiación
de Encounter *en el pasado, creo que cualquier director que*
estuviese implicado, consciente o inconscientemente, en la
recepción de estos fondos, debería dimitir. Eso es lo que yo he
hecho.

Solo días después Greg, en esta ocasión sin Diane, se
presentaba de nuevo en París. Seguía dolido, pero estaba
mucho más entero y dispuesto a *terminar definitivamente con*
el asunto. Su visita obedecía a la celebración de la Asamblea
General del Congreso por la Libertad de la Cultura tras las
revelaciones sobre su fraudulenta financiación el 13 de mayo.
El 14 dicha asamblea emitía un comunicado expresando su
profundo pesar al haberse confirmado dicho extremo y si bien
aceptaba las dimisiones de Josselson y de John Hunt
—secretario administrativo del Congreso— por haber aceptado
esa ayuda, manifestaba: *La Asamblea se enorgullece de todo lo*
conseguido por el Congreso desde su creación en 1950. Desea
expresar su convicción de que sus actividades han estado
totalmente libres de influencias o presiones de cualquier
organismo que les haya financiado y su fe en la independencia
e integridad de todos aquellos que han colaborado en su tra-
bajo. Condena en los términos más rotundos la forma en que

la CIA ha engañado a todas las personas implicadas y ha hecho que sus esfuerzos queden en entredicho. El resultado de esta acción envenena los pozos del discurso intelectual. La Asamblea repudia enérgicamente el empleo de esos métodos en el mundo de las ideas.

—Es cuanto he podido hacer.

—¿Vas a dejar la Fairfield?

—Por supuesto, pero no todavía. Hay más, mucho más, y debe conocerse.

4

Cuando Sam y Martha recibieron carta de Lary a finales del verano no se sorprendieron al conocer que había dejado su puesto en el Departamento de Estado y abandonado la Administración estadounidense para irse a vivir con Nara, con quien se había casado unas semanas antes, a Río de Janeiro, capital del estado brasileño homónimo de donde era natal ella, concretamente del municipio de Piraí. Lary había vendido todos sus bienes, incluyendo la casa familiar de Manhattan, y con el dinero que había sacado calculó que le sobraba para vivir con Nara el resto de sus días. No sabían cuando se trasladarían a Brasil, no tenían prisa y pensaban antes recorrer Europa. Nara apenas la conocía y tampoco Lary había visitado buena parte del viejo continente. El largo *tour* que tenían en mente emprender lo iniciarían en París. Así pasarían unos días con sus amigos.

Sabían que estaba harto, cansado, decepcionado. Era lógico pensar que algo así sucedería más pronto que tarde. Les hubiera desconcertado, por ejemplo, que Lary les dijera no ya que seguía en la Administración, sino que pensaba presentarse a la misma presidencia de Estados Unidos. Más aún que iba a hacerlo por el Partido Republicano tras experimentar una repentina reconversión ideológica. Sin embargo, tal sorpresa hubiera distado años luz a la que les causó la revelación de Lary tras preguntarles desde cuando no sabían nada de Greg y Diane.

—Hace unas semanas que ni tenemos noticias suyas ni responde nadie al teléfono cuando llamamos a su casa. Es como si se los hubiese tragado la tierra. ¿Por qué preguntas por ellos? ¿Les ha pasado algo?

—Cosas de mi puesto. Bueno, de mi antiguo puesto. A ver como os lo digo. Presumo que nada más sabréis de ellos, ni del uno ni del otro. A estas horas deben contar con otras identidades y otro será su lugar de residencia, aunque puede que sigan la misma misión.

—¿Misión? ¿Qué misión? ¿De qué hablas? ¿En qué demonios se ha metido ahora Greg?

—Siempre ha estado metido en el mismo asunto, también Diane, los dos en la misma cloaca del poder. Siento deciros esto, pero ambos son agentes de la CIA.

—Ese proceso de liberación personal que vives desde que has abandonado la Administración ¿incluye también el consumo de drogas alucinógenas? Ya estás mayor para eso.

—Hablo en serio, Sam. Desgraciadamente muy en serio.

Sorpresa, pasmo, estupefacción, desconcierto, fiasco... Todo y nada. Todo a la vez, es decir, un cúmulo de desagradables sensaciones, no por conocidas menos hirientes, que mezcladas unas con otras y acompañadas del recuerdo alteraban el ánimo y lo anegaban en un pantanoso terreno emocional en cuyas arenas movedizas perdían el equilibrio. Nada pues. Nada al menos que les ayudara a digerir el duro golpe a la amistad, al concepto que tenían de ella, que les causó la noticia. Ni fuerzas para la cólera les quedaban. Les costó reaccionar.

—No puedo creer eso —alcanzó a decir Sam tras un rato de incómodo silencio.

—No afirmaría una cosa así si no tuviera más absoluta de las certezas.

—Pero Greg y Diane... su comportamiento... ¿se puede fingir hasta ese extremo? —a Martha le costaba articular una frase entera.

—Ya veis, nos han utilizado a todos.

—¿Qué quieres decir?

—¿Por dónde empezamos?

—Por el principio, como se empiezan todas las cosas.

—No es fácil. No sé cuándo los reclutaron, si los reclutaron o si ellos mismos, movidos por el "fervor patrio", se prestaron voluntariamente. Lo cierto es que cuando los conocisteis ya eran agentes de la CIA. Nada obedeció a la casualidad, al contrario: todo estaba calculado al milímetro.

—¿Ni siquiera mis primeros encuentros con Diane en Central Park? —preguntó Martha, confusa.

—Lo más lógico es que fueran fortuitos y a partir de ahí decidieran fomentar la amistad y poco a poco ir intensificando la relación.

—¿Tan importantes somos, o éramos, para ser objeto de constante seguimiento?

—No es eso. ¿Cuántas veces veíais a Greg y Diane? ¿Una a la semana, al mes, a cada quince días?

—Más o menos.

—Tenían muchos amigos, ¿verdad?

—Llevaban una vida social muy intensa, sí.

—Pues calcula. Pon que se juntaran con uno, o con una pareja como vosotros, cuatro o cinco días por semana. ¿Imaginas cuanta información se puede recabar de ese modo? Especialmente en momentos distendidos.

—Entonces, ¿la CIA, o quien fuera, ha sabido siempre por Greg nuestros movimientos?

—Como los de tantos otros. ¿No te extrañó la minuciosidad de datos sobre tu vida de la que pudo alardear el Comité de Actividades Antiamericanas? No sé cómo no sospeché nada. Bueno sí sospeché, pero creí que todo era cosa del FBI, de McCarthy y compañía.

—¿Y cómo te has enterado? —Sam parecía recuperarse del impacto de la noticia.

—Demasiadas cosas, Greg sabía demasiadas cosas, algunas de carácter estrictamente reservado. Por muy buenos contactos que tuviera, uno no podía menos que preguntarse ¿cómo puede conocer este dato? Lo mismo le sucedió a Morgan, mi amigo en la Agencia, que fue quien al final averiguó su verdadera identidad, cuando yo le preguntaba por ciertos detalles de aspectos sobre los que previamente Greg me había informado. Todos cometemos errores; a mayor experiencia, mayor confianza. Morgan me ayudó desde el principio y fue implicándose cada vez más a medida que se daba cuenta del indebido e indecente uso que se daba a los fondos reservados.

—Pero fue Greg quien destapó todo, no se entiende. Lo que dices no tiene sentido.

—Sí lo tiene. Y tanto que lo tiene. En los momentos álgidos de la guerra fría, las actividades que llevaba a cabo la CIA en el campo de la cultura, el pensamiento y el arte difícilmente podía ser aceptada por gran parte de los políticos de nuestro país, donde cualquier iniciativa liberal era tachada inmediatamente de procomunista, como bien sabéis. Muchos de los agentes y funcionarios que pasaron entonces a engrosar sus filas, puede que sea el caso de Greg y Diane, lo hicieron desde el convencimiento que para contrarrestar la "amenaza comunista" la única opción, o la mejor si no, era promover una izquierda alternativa, liberal, o socialdemócrata, llámala como quieras. Y eso solo podía hacerse desde un absoluto secretismo, lo que pasaba por su ocultación a congresistas y senadores. En aquel contexto la idea de que el Congreso de Estados Unidos aprobara este tipo de proyectos era impensable.

—¿Kennedy conocía toda esta trama?

—Lo desconozco. Ya sabes que le encantaba tratar con intelectuales, todo lo contrario que Johnson. A Johnson todo esto se la resbala. Es de suponer que cuando este se enteró de que la CIA no solo impulsaba, sino que además financiaba este tipo de actividades decidió que había llegado la hora de dar carpetazo a tales iniciativas. Johnson no es más que un rudo tejano, en las antípodas de Kennedy. Liberales, intelectuales, comunistas, todos son iguales, ha llegado a decir. Imagináoslo con un ejemplar de *Partisan Review*, de *Preuves* o de *Encounter* en sus manos. ¿Y los gastos de todo esto los sufragamos nosotros? ¿Qué desatino es este? Si esta fue su postura, y así lo creo, ¿qué hacer? ¿Cómo terminar con tal despilfarro? La idea de filtrar información confidencial que poco a poco fuera sacando a la luz los tejemanejes de la operación les pareció a sus responsables la mejor fórmula.

—Y Greg...

—No sé qué pensaría, pero sí que es "un fiel servidor al país" que con nosotros lo tuvo muy fácil. Os la jugó, nos la jugó.

—Le ha salido bien, les ha salido bien a todos. El mensaje ha calado: una cosa es la política y otra la cultura. La libertad del intelectual, la figura del intelectual libre, del artista o del escritor, desconectado de cualquier compromiso político, la parcelación del conocimiento, el uso del pasado para justificar el presente en vez de para explicarlo... Ha sido todo un éxito, un éxito que es también el triunfo de la mediocridad, del servilismo, de la inacción. ¡Viva el intelectual libre! ¡Estúpidos!

—Pues sí, Sam, ¿qué quieres que te diga? No me quedan argumentos. Los mismos que financian la infiltración en sindicatos y el rompimiento de huelgas subvencionan la cultura, el pensamiento, el arte. Irving Brown, por ejemplo.

—¿Ese no es el representante en Europa de la Federación Estadounidense del Trabajo?

—Lo es. Brown y otros más, como Josselson, al fin al cabo empleaban el dinero en lo mismo.

—Es decir, los fondos mediante los cuales se financia de la participación de intelectuales en el Congreso son los mismos que se emplearon para contratar hampones para romper las huelgas o para mantener a los científicos nazis reclutados después de la guerra, como Lewinski.

—Eso es.

—En nombre de la libertad, por tanto, se recluta a nazis como Lewinski, se interviene ocultamente en otros países, se acusa de ser enemigos de la patria a quienes no comulgan con los sagrados principios de la "democracia", se experimenta con los propios ciudadanos el poder de determinadas armas bacteriológicas, se trata de controlar el pensamiento... ¿Qué libertad es esa? ¿Qué se defiende? A ver si lo entiendo, el Estado financia a los que defienden que el Estado no debe intervenir en la esfera privada de los hombres.

—La vida es una mierda

—¿La vida es una mierda? Ya lo sabía. Hace tiempo. Pero, y disculpad el tono escatológico de mis palabras, esperaba que fuera una mierda, ¿cómo diría?, consistente al menos, producto de una buena digestión, no de una diarrea.

Capítulo XIX

1

LARY Y NARA llevaban seis meses recorriendo Europa y en dos o tres más se irían a Brasil. Entre viaje y viaje hacían siempre escala en París. Cuando se reunían con Sam y Martha pocas eran las ocasiones, por no decir ninguna, en que el tema principal de conversación no fuera la agitada y convulsa situación que se vivía. Desde que empezara el año, además del asesinato de Luther King, se sucedían las manifestaciones contra la guerra de Vietnam en Europa y Estados Unidos, alcanzando en algunas ciudades altas cotas de violencia, arreciaban las protestas contra el segregacionismo y el movimiento estudiantil alcanzaba inusitada fuerza: aumentaba el número de disturbios en universidades estadounidenses y europeas y hasta en la comunista Polonia tenían lugar actos de protesta por parte de las organizaciones estudiantiles, al tiempo que Checoslovaquia vivía desde principios de enero un amplio movimiento de contestación al burocratismo totalitario del régimen soviético.

—Empiezo a creer que al final voy a ser yo el escéptico. La realidad se vive mejor así, desde la incredulidad. Puede que me haya dado cuenta un poco tarde, pero más vale tarde que nunca. Tengo la sensación de que nada me ata ya a esta sociedad que hemos construido sobre la mentira y el miedo. Bueno, hemos no, no me siento responsable, ya no. Ahora toca vivir, aunque sea tarde.

—¡Vaya!, ¿qué ha sido del Lary que defendía con vehemencia las bondades del sistema de capitalista en su versión "democrática" y las posibilidades de mejora espiritual y material en su seno? —manifestó Sam con cierta ironía—. No seré yo quien te haga cambiar de opinión, pero has pasado del entusiasmo al desencanto con la fe del converso. Ni tanto ni tan calvo, hombre. Asistimos a unos momentos que pueden ser históricos, vivimos la época de mayor bienestar de la historia y, sin embargo, esto ya no es suficiente para llenar el vacío de una existencia que se muestra cada vez más alejada de la vida, especialmente entre los jóvenes.

—No hace mucho juzgabas con dureza el comportamiento de la juventud. Estamos invirtiendo los papeles.

—Era una reacción por el proceder de Bill. Creo. Mas hay que reconocer que muchas de las propuestas nacidas de esta juventud cada día más organizada son un soplo de aire fresco en el rígido panorama de la política profesional. No todos los jóvenes parecen estar dispuestos a dejarse seducir por las modas, igual hemos de ser nosotros quienes sigamos sus pasos. Nadie ha ido tan lejos como ellos a la hora de abanderar la protesta contra la guerra del Vietnam y las guerras imperialistas en general y defender los derechos civiles. Nosotros hemos sido incapaces de articular plataformas como el Movimiento por la Libertad de Expresión en Norteamérica o el Movimiento 22 de Marzo aquí.

—¿Qué ha sido, pues, de aquel Sam que tan crítico se mostraba con el comportamiento general de los jóvenes y rechazaba, por individualista y burguesa, planteamientos próximos a una "lucha generacional"?

—Con eso sigo igual de crítico, que no te confundan mis palabras. Las diferencias sociales en una sociedad organizada en torno a la economía y el trabajo son siempre económicas, y económica es la única igualdad que puede garantizar una verdadera democracia. Por supuesto, esas diferencias son las que llevan a la segregación, el racismo, al dominio de unos sobre otros. Eso lo tengo muy claro, como también, siempre lo he dicho, que toda lucha que tenga como principal finalidad, si no única, la mejora de salarios, las condiciones laborales pueden cambiar la sociedad, sí, pero terminarán por reproducir los mismos esquemas. Véase, si no, la Unión Soviética. Sin embargo, hay algo que me llama poderosamente la atención en todo este movimiento nuevo y ha sido el centro de mis cavilaciones, no pocas, en las últimas semanas. La percepción que estos jóvenes tienen del mundo que les rodea es que la sociedad producto del Estado del bienestar no es más justa e igualitaria que las anteriores, ni menos represiva. Se sienten descontentos en el presente que viven, lleno de trabas y convencionalismos de todo tipo, y desconfían del futuro que les espera. El poder real está en manos de unos cuantos, de esas sesenta familias, puede que ahora sean unas pocas más, que ya en 1937 Lundberg, que no es precisamente un comunista, denunció que controlaban Estados Unidos. Ellos conducen la economía y, a través suyo, la política y, como bien sabemos, hasta la ciencia, la cultura y las artes. Ese modelo, que se reproduce en las demás "democracias", es el que ahora se cuestiona y se detesta, y eso nunca antes se había producido. He ahí el meollo de todo el asunto: por primera vez hay un descontento que va más allá de la necesidad material inmediata, una insatisfacción con el tiempo que nos ha correspondido vivir, con las instancias y organizaciones que sostienen este mundo espectacular. Las ideas que, por ejemplo, defiende el Movimiento 22 de Marzo, autogestión, defensa de un movimiento asambleario ante cualquier tipo de jerarquización, circulación permanente de ideas, participación real en debates, eso es la democracia real, ese es el camino al socialismo. Igualdad y libertad son la misma cosa.

—De todos modos, Sam, es un salto cualitativo el tuyo

—Si acaso, como creo que dijo Kant, el sabio cambia de opinión, el necio nunca.

—Estarás, pues, encantado con tus hijos ahora, te entenderás de maravilla con ellos —añadió, cáustico, Lary.

—Ya quisiera, pero me temo que ni uno ni otro son como esos jóvenes que leen a Marx o Lukács, o a Sartre o Camus, o a Debord y los situacionistas. A Bill ahora le ha dado por Trotsky. Lee *Mi vida* como una beata los evangelios, y tiene un póster de Trotsky como si fuera uno más de sus grupos y cantantes preferidos. Y Hannah, Hannah sigue en la adolescencia.

—Eso mismo dirán otros padres de sus hijos. ¿Crees acaso que los demás jóvenes son distintos?

—No todos son iguales, no pueden serlo. Es obvio. Tampoco los que no somos jóvenes.

—Según eso, hay unos más concienciados que otros, y los primeros, lógicamente, deben tirar del carro. Eso supone el reconocimiento de la necesidad de una vanguardia, la aceptación de líderes. Te contradices, Sam. ¿Autogestión? ¿Participación de todo el mundo en la toma de decisiones sin distingos? Pues hay que contar también con los que son como Bill, con los que son como quiera que sean.

—No digo lo contrario. Lo que digo es que estamos ante una nueva manera de entender la vida y de hacer política muy distinta a la nuestra. Habrá que dar un voto de confianza a ese nuevo movimiento que acaba de nacer. Tiene aún una vida muy corta. Dejémosles hacer.

—¿Y qué crees que puede surgir de todo esto?

—No lo sé. Pero sí que me resisto a perder toda esperanza de que podamos construir un mundo mejor. Al menos quiero creer que es posible. Quiero sentir que estoy vivo, y que vivo. Tal vez esto sea todo.

2

El viernes 3 de mayo de 1968 Sam y Martha habían quedado con Lary y Nara, que pasaban su último mes en París tras haber visitado los países escandinavos. Pensaban ir al cine, a ver *En el calor de la noche*, la película de Jewison que hacía poco se había estrenado en la capital gala. Luego tenían planeado acudir a Bobino, donde actuaban una de las grandes de la canción francesa, Catherine Sauvage, a quien Sam admiraba casi tanto como a Juliette Gréco, una cantante y actriz abiertamente de izquierdas que no ocultaba sus simpatías y que, por eso, no se prodigaba tanto en la radio y televisión como otros. De hecho, había estado dos años en la lista negra de la radio y la televisión estatales por haber firmado el Manifiesto de los 121 contra la guerra de Argelia. Sam, sin embargo, se levantó con un lumbago que le impedía moverse, solo podía estar acostado o sentado, y debía elegir bien la postura para evitar el intenso dolor. No era el primer achaque que sufría de este tipo, sabía que no era gran cosa, pero nadie le quitaba unos cuantos días de reposo y malestar. Llamaron a Lary y quedaron en que este y Nara acudirían a casa de Sam y Martha.

Llegaron con retraso, pues era muy complicado circular por París. Ese día, la policía había entrado en la Sorbona para desalojar a los estudiantes que protestaban por el cierre de la Universidad de Nanterre y la comparecencia que al lunes siguiente debían realizar seis estudiantes ante la comisión de asuntos contenciosos y disciplinarios de la universidad por los hechos de abril. Los estudiantes invadieron el Barrio Latino. La policía no se anduvo con remilgos y arremetió contra los manifestantes, que plantaron cara a la agresión. Las noticias que oían por la radio y las imágenes que daba la televisión eran cualquier cosa menos tranquilizadora.

—¿Cómo pueden ser tan torpes? —reflexionaba Martha sobre los responsables de la decisión de cargar contra los estudiantes.

—La han armado buena. No os podéis imaginar cómo están los alrededores de la Sorbona —comentaba Lary explicando el motivo de su retraso—. Viniendo para acá era imposible circular por el Barrio Latino. Cuando nos hacercábamos, el taxista nos dijo que de ningún modo pasaba por allí. Déjenos aquí pues, le dije, seguiremos a pie, estamos a una media hora. Queríamos ver el ambiente, miles y miles de jóvenes llenaban la vía pública. De repente, ni sé de dónde salieron, empezamos a ver policías que avanzaban porra en mano. Golpeaban a quienes se negaban a marcharse, empezaron los empujones y los porrazos a diestro y siniestro. A la policía entonces no se le ocurrió otra cosa que lanzar granadas lacrimógenas y se montó la de Dios. Los estudiantes respondieron con piedras, botellas, adoquines que arrancaban a toda prisa. Utilizaban las tapas de los cubos de basura como escudos. Nos refugiamos en un café, pero los polis entraban en los cafés, en los hoteles, en las casas de particulares, allí donde creyeran que podía haberse escondido un manifestante. En el que nos habíamos refugiado también entraron, tan impetuosos que se llevaron por delante mesas y sillas. Nosotros estábamos en la barra, sin movernos. Fue un momento muy tenso, creí que nos iban sacar a todos de allí a golpes. Afortunadamente no había gente joven, solo un par de chicas asustadas que parecían turistas. Miraron en los cuartos de baño, en las oficinas, incluso detrás de la barra, y se fueron igual de furiosos que habían entrado. ¡Lo que nos ha costado llegar!

—Ha sido horrible. Debe haber un montón de heridos —añadió Nara, todavía excitada por la experiencia que acababa de vivir.

—Escuchaba por la radio antes de venir las declaraciones del prefecto de Policía —siguió Lary—. Decía que si la policía acudió a la Universidad fue porque el rector les llamó y que la carga primera, la que desencadenó todo, obedeció a que los estudiantes atacaron los furgones de policía en los que se llevaban a los detenidos.

—¿Y qué querían que hicieran? ¿Qué los despidieran con aplausos? —Sam estaba irritado—. La policía ha entrado en la universidad como elefante en cacharrería. Han empezado a detener a los estudiantes indiscriminadamente, decían que abandonaran el recinto, que salieran pacíficamente, pero en cuanto salían se los llevaban a las furgonetas. Eso es, al menos, lo que he oído en la radio.

—Lo único que conseguirán es exacerbar los ánimos —comentó Martha—. No hay que ser futuróloga para predecir que la cosa no va a quedar así, habrá más manifestaciones. ¿Van a responder siempre igual? Los estudiantes franceses no se sienten solos, la televisión muestra desde hace tiempo las protestas de sus compañeros en nuestro país y en otros lugares.

Hannah pasaba el fin de semana con su amiga Nicole en una casa de campo que tenía su familia a las afueras de París. De Bill no sabían nada. Martha le había llamado varias veces sin resultado. Lógicamente estaría en la calle, pero conociendo su manera de actuar temían que hubiera resultado herido o estuviese detenido.

Pasó el fin de semana, regresó Hannah, pero seguían sin noticias de su hijo. La tarde del 6 fue larga. Los enfrentamientos no cesaban. Unas veces, los policías conseguían hacer retroceder un centenar de metros a los manifestantes; otras, eran ellos los que retrocedían. Desde su casa, Martha y Sam escuchaban el incesante ulular de las sirenas de las ambulancias que trasladaban a los heridos a los hospitales, tanto policías como manifestantes, las explosiones de las granadas lacrimógenas, los gritos y lamentos de los estudiantes.

Poco después, desde el balcón pudieron ver, en compañía de Hannah, que no había salido de casa, cómo un numeroso grupo de jóvenes lanzaban adoquines a la policía que debían haber arrancado de la vecina calle Mabillon. Aquella respondía con granadas lacrimógenas. Sam, Martha y Hannah tuvieron que abandonar el balcón, pues hasta allí llegaba el gas. Los manifestantes consiguieron detener el avance policial mientras otros amontonaban cualquier cosa a mano que pudiera arder para hacer una gran pira, tras la cual volcaron varios coches que dispusieron a modo de barricada. Ayudadas de tanquetas, las fuerzas de las Compañías Republicanas de Seguridad consiguieron al cabo de un tiempo, no sin tremendas dificultades, llegar hasta los estudiantes. En la misma plaza de Quebec, frente a su casa, pudieron observar como los policías perseguían a los estudiantes, que huían en todas direcciones. Les golpeaban con saña, estaban enrabietados. También vieron pasar a los equipos de la Cruz Roja que evacuaban a los heridos.

Todavía miraban a través de la ventana, comentando estupefactos el aterrador espectáculo que tenía lugar ante ellos, la brutalidad de las cargas, la virulencia con que respondían los estudiantes, cuando oyeron abrirse la puerta. No podía ser más que Bill, solo él tenía llaves, aparte de Sam, Martha y Hannah, obviamente. Llegó acompañado de una muchacha con la cara ensangrentada. Un porrazo en pleno rostro le había roto un diente, manaba sangre por la nariz y tenía un ojo amoratado. Bill también presentaba alguna que otra magulladura, un par de moratones a causa de los golpes recibidos en la espalda huyendo de las CRS.

Martha sacó el botiquín y limpió con cuidado la cara de la chica. Envolvió unos cubitos de hielo en un par de paños que aplicó sobre el ojo y la nariz, indicándole que inclinara la cabeza hacia adelante y se mantuviera así un rato. El remedio funcionó y pronto dejó de sangrar, pero el ojo estaba cada vez más hinchado.

—Debería reconocerla un médico.

—Luego. Un amigo que está terminando los estudios de medicina la verá.

—¿No sería mejor llevarla a un hospital?

—Hay policías de paisano en los alrededores de los hospitales, a más de uno lo han detenido cuando salía tras haberle atendido.

—No iréis a marcharos así. Podéis quedaros con nosotros.

—No te preocupes. Tenemos dónde ir, lugares seguros. Eso sí, debemos esperar un poco. No es conveniente que salgamos ahora a la calle.

—¿Quieres llamar a tus padres? Estarán preocupados.

—Mejor no. Mi padre me mata. Y eso que es de la CGT.

—¿No os importaría que dejáramos aquí estas octavillas? —la compañera de Bill llevaba en el bolso un fajo de panfletos que no les había dado tiempo a repartir.

—En absoluto. ¿Puedo?

Sam cogió una octavilla, firmada por el Movimiento 22 de Marzo, y se puso a leer: *Estamos luchando (...) porque nos negamos a convertirnos en profesores al servicio de la selectividad en la enseñanza con los hijos de la clase obrera que serán los que paguen los platos rotos; en sociólogos fabricantes de eslóganes para las campañas electorales gubernamentales; en psicólogos encargados de hacer 'funcionar' los 'equipos de trabajadores' según los intereses de los amos; en científicos cuyo trabajo de investigación se utilizará de acuerdo a los intereses exclusivos de la economía del provecho. Rechazamos este porvenir de 'perros de guarda'. Rechazamos las clases que enseñan a serlo. Rechazamos los exámenes y los títulos que premian a quienes aceptaron entrar en el sistema. Rechazamos ser reclutados por esas mafias. Rechazamos mejorar la universidad burguesa. Queremos transformarla radicalmente para que, en adelante, forme intelectuales que luchen al lado de los trabajadores y no en contra de los mismos.*

—Todo esto está muy bien, pero un cambio de este tipo no puede ser protagonizado únicamente por estudiantes. Es evidente que, al margen de los trabajadores, aunque solo sea por su importancia numérica, no se logrará. ¿Cómo pensáis conseguirlo?

—Esto no ha hecho más que empezar. Sabemos que la clase obrera siempre nos ha visto como unos niñatos, hijos de burgueses, incapaces de luchar por nada, que salían por piernas nada más ver la policía. Ahora pueden ver que no es así.

—¿Pero cómo creéis que se va a conseguir eso?

—Como determine el movimiento desde las bases —respondió la muchacha con determinación—. Nosotros estamos por el debate continuo, por la confrontación de ideas. No somos como los viejos partidos, en los que "la verdad" viene de arriba.

—¿Y si los trabajadores no se suman?

—Se sumarán, puede que no lo hagan los partidos y sindicatos que dicen representarles, pero la gente se sumará.

—Espero que sea así.

—Este sistema, señor, es obsceno. Si quiero comerme un suflé me lo como, y si quiero comerme dos pues me como dos. Y si no son de mi agrado ordeno que me los hagan otra vez. Y si me canso de comer tiro lo que ya no quiero. ¿Qué pasa? Soy el amo, tengo dinero. Eso es todo, el dinero. La familia, la pasta. La patria, la pasta. La vida, la pasta. Es lo único verdadero. Nada en las manos y todo en los bolsillos.

A la mañana siguiente, Sam y Martha se acercaron al bulevar Saint-Germain. El panorama era el propio de después de cualquier batalla, desolador. Escaparates destrozados, señales de circulación arrancadas, semáforos partidos, vehículos volteados, árboles caídos, el pavimento completamente arrancado en amplios tramos, restos de barricadas construidas con vehículos colocados en el centro de la vía para impedir el paso de la policía y cualquier otra cosa que pudiera servir de barrera, y montones de adoquines por todas partes. También alguna que otra mancha de sangre se observaba sobre el pavimento.

A la altura de la calle Saint-Jacques, donde eran visibles los estragos causados por un violento choque que los estudiantes habían tenido con la policía el día anterior, decidieron regresar a casa. Sam empezaba a resentirse del lumbago. Habían comprado la prensa. La dureza de los enfrentamientos era obviamente el tema central de los periódicos, destacando prácticamente todos ellos —incluso el conservador *Le Figaro*, si bien con matices— la brutalidad policial. Las imágenes que publicaban, así como las que mostraba la televisión, eran de lo más elocuentes. Al mediodía, la radio daba cifras precisas de los daños humanos: nada menos que 665 heridos (460 estudiantes y 205 policías); el número de detenidos superaba los setecientos.

Para esa tarde se convocó una gran manifestación por parte de la Unión Nacional de Estudiantes de Francia (UNEF), el Sindicato Nacional de Enseñantes y el Movimiento 22 de marzo para protestar por el cierre de la Sorbona, el comportamiento de la policía y las detenciones indiscriminadas de estudiantes.

Sam quería asistir, aunque solo fuera para manifestar la repulsa por la desmedida actuación policial; también Martha, pero si el paseo de la mañana no había sentado nada bien a la espalda de Sam difícilmente podría aguantar la marcha, que tal como estaban las cosas no se sabía cómo podría acabar. Se quedaron, pues, en casa. Sí fue Hannah, con Nicole y su "amigo", no quería que le llamaran novio. Siguieron el desarrollo de la manifestación por la radio y la televisión. Esta vez no hubo altercados. Entre treinta y cincuenta mil personas recorrieron los Campos Elíseos cantando *La Internacional*; predominaban las banderas rojas, también algunas negras. Los vivas a la Comuna se mezclaban con las peticiones de dimisión de De Gaulle y las críticas a las autoridades policiales y académicas.

El 8 y el 9 continuaron las manifestaciones y las asambleas. Los incidentes fueron escasos y los estudiantes ofrecían la imagen de estar perfectamente organizados y de poder controlar el movimiento. El Gobierno, sorprendido por la evolución de los acontecimientos, optó por el silencio, como si nada hubiera pasado, creyendo —o deseando creer— que regresaba la "normalidad". Una nueva movilización se fijó para la tarde del 10.

Ese día, viernes, cenaban juntos Sam, Martha, Lary y Nara. Sam estaba ya prácticamente recuperado de la lumbalgia, pero por si volvía a resentirse se reunieron en su casa. Tampoco estaban las cosas como para salir por ahí. Martha preparó la cena: codillo con puré de guisantes. Hacía tiempo que no cocinaba ningún plato de la gastronomía alemana, y ese era el que mejor le salía. Lary se mostraba especialmente desconcertado con lo que estaba pasando.

—También yo, Lary —dijo Sam—. Asistimos a nueva forma de contestación, y sigo pensando que hay que dejar que se desarrolle. Al menos, eso. Existe un rechazo a todo lo que el *establishment* consideraba los pilares fundamentales sobre los que asentaba el sistema, una lógica desconfianza hacia los partidos políticos en general, ven a socialistas y comunistas de partido como algo que ya pertenece al pasado. Se ha abierto la espita, si no de la revolución, al menos de un cambio significativo en la manera de abordar los problemas y su solución. Los jóvenes no se contentan con ser estéticamente distintos, como en un principio, bien lo sabéis, creía yo. Éticamente parece que quieren serlo también, pero el sistema solo les quiere como consumidores. Eso no lo hemos sabido ver nadie de nuestra generación, o casi nadie, ni los intelectuales ni los políticos. Es lógico que estemos desconcertados. Ha sido una sorpresa mayúscula que el movimiento estudiantil haya tomado las proporciones que tiene ahora. Por eso al Gobierno se le ha ido tan pronto de las manos.

—Habrá que ver como acaba todo esto.

—Habrá que ver. Me conformo con que la ilusión que despierta cuanto está sucediendo no sea un espejismo.

La convocatoria del 10 de mayo fue un éxito. Anochecía y el Barrio Latino era un hervidero. En los alrededores de la Sorbona veinte mil estudiantes coreaban consignas contra De Gaulle, la policía, las autoridades académicas y a favor de la liberación de los detenidos. La zona estaba tomada por las fuerzas de seguridad. Tras ellas una multitud de descontentos, indignados, que no cesaba de protestar. A las diez y cuarto de la noche se levantó la primera barricada en la calle Le Goff. Se intentó negociar, pero sin resultado. Los estudiantes siguieron construyendo barricadas; se calculaba que pasada la media noche había más de cincuenta.

Hannah llamó desde casa de su amiga Nicole; se quedaría allí, era imposible circular por el centro de París. Lary y Nara no se aventuraron a regresar a su domicilio. Bill también llamó poco después para decir que estaba bien.

Martha, Sam, Lary y Nara pasaron la noche pendientes de la radio. Por ella se enteraron de los enfrentamientos de esa noche, que pasaría a ser conocida como *la de las barricadas*: de los disparos de bombas lacrimógenas y balas de goma, del sordo ruido de los estallidos de los depósitos de gasolina de los coches, del lanzamiento de adoquines y cócteles molotov por parte de los manifestantes, de sus quejidos tras resultar heridos y, sobre todo, de la agresividad con que se empleaban los policías, agrediendo sin contemplación a cualquiera que encontraran a su paso; de su brutalidad no se libraban ni las mujeres embarazadas. Un periodista de Europa 1 refería que los policías maltrataban a los detenidos, arrestaban a los heridos de las camillas y seguían a los enfermeros hasta las casas particulares para hacer lo mismo con los lesionados que se hubieran refugiado en ellas.

A mitad mañana del sábado, las dos parejas recorrieron el escenario del conflicto. A lo largo de los bulevares Saint-Germain y Saint-Michel, y hasta los jardines del Luxemburgo, la mayoría de las calles había sido desempedrada para construir barricadas y proveerse los manifestantes de proyectiles con que contrarrestar la actuación policial. Hasta diez barricadas contaron hasta llegar a la plaza de Edmond Rostand, donde había restos de siete más. Algunas tenían más de dos metros de altura y se habían levantado con coches, tablones, adoquines, cascotes, mobiliario urbano... Había vehículos que aún humeaban. En algunos lugares, se veían alambres tendidos de parte a parte de la calle a un metro y medio de altura. El Barrio Latino ofrecía un aspecto estremecedor.

—Más que el resultado de un ambiente de huelga estudiantil, lo que vemos parece propio de una huelga revolucionaria —apreció Sam.

—Me recuerda un cuadro de Meissonier, *La barricada*. Afortunadamente, sin muertos.

—Por ahora.

Ese mismo sábado el Partido Comunista lanzó un llamamiento *a los trabajadores y al pueblo de Francia para una respuesta masiva a la represión*. Cohn-Bendit había pedido por la radio la convocatoria de una huelga general. Venciendo o tratando de aparcar las suspicacias de sus dirigentes hacia el movimiento estudiantil, la CGT (Confederación General del Trabajo), la poderosa organización sindical procomunista, junto a la CFDT (Confederación Francesa Democrática del Trabajo), próxima al Partido Socialista Unificado, convocaban la huelga general para el lunes. El movimiento se extendía.

—La cuestión ahora es ver que pasará el lunes, qué consecuencias tendrá la huelga general. Tengo la sensación que partidos y sindicatos se han subido a un tren en marcha que no saben a dónde va.

El lunes 13 Sam y Martha, como centenares de miles de parisinos, asistieron a la manifestación convocada en el primer día de huelga general. Entre la plaza de la República y la plaza Denfert-Rochereau —casi cinco kilómetros las separan con el Sena de por medio— no cabía un alma. Casi un millón de personas secundaron la llamada, al tiempo que nueve millones de trabajadores franceses se declaraban en huelga general. Ya no eran únicamente estudiantes quienes se manifestaban por las calles de París. *Buen aniversario, mi general*, gritaban, pues se cumplían diez años con De Gaulle al frente de la presidencia de la República francesa. *Diez años es suficiente.* Otros eran menos irónicos: *De Gaulle asesino, De Gaulle al paredón. Gobierno popular* reclamaban obreros y estudiantes. Mayores emocionados con el puño en alto cantaban *La Internacional* mezclados con los jóvenes, que coreaban *Esto solo es el principio, continuemos la lucha*; *El poder está en la calle*; *Políticos, vuestros discursos nos importan un carajo.*

La presencia policial era esta vez prácticamente nula, si bien helicópteros del ejército sobrevolaban la ciudad. Los manifestantes iban prácticamente pegados unos a otros. Aun así, a Sam le pareció ver un par de filas delante de la suya a Cortázar. Se mostraba emocionado con el despertar de conciencias y voluntades, eufórico, había participado en las barricadas y en los últimos días se había dedicado a repartir octavillas de su invención.

—El futuro está al alcance de la mano. Por fin empezamos a vivir en un estado de revolución permanente.

A la altura del bulevar Saint-Michel apareció de improviso un contingente de la CRS. Los policías bajaron de los furgones pertrechados hasta los dientes, con sus cascos, sus porras, sus fusiles. Formaron ante los manifestantes, aunque a una distancia prudencial. *¡Cabrones!*, se pusieron a gritar algunos. *¡Provocación!*, exclamaba la mayoría. Un joven, presumiblemente estudiante, se subió a montón de escombros de una antigua barricada.

—Tranquilos. Mantened la calma. Contamos con camaradas organizados para que todo transcurra en orden. Para eso debéis evitar todo tipo de provocación. No hagáis caso a los provocadores, muchos de ellos son policías de paisano infiltrados entre nosotros. Cogeos por los brazos. Que los polis sean idiotas no significa que lo seamos los demás.

La gente respondió con aplausos y bravos. La tensión, de todos modos, teniendo en cuenta como había respondido la policía hasta entonces, era extrema. La confusión y la perplejidad se adueñó de la marcha, que no obstante se rehízo enseguida. Aunque el desconcierto solo duro un momento fue suficiente para que perdieran de vista a Cortázar.

—Me gustaría ser como él —dijo Sam a Martha.

—¿Cómo?

—Un idealista ilusionante e ilusionador.

La gran manifestación del lunes 13 marcó un punto de inflexión en el desarrollo de los acontecimientos. Cada día eran más los obreros que se declaraban en huelga. Una semana después se calculaba que había más de diez millones de huelguistas. Nada funcionaba, ni correos, ni teléfonos, ni metro, ni ferrocarriles, llegándose incluso a racionar la gasolina. La práctica totalidad de las universidades francesas estaban en poder de los estudiantes y los obreros tomaban las fábricas.

El Odéon había sido ocupado por los primeros y convertido en un lugar de *mitin permanente, de encuentro de estudiantes, trabajadores y actores* y de agitación política ininterrumpida. Frente al mismo Sam y Martha se encontraron con la joven que Bill había llevado a casa herida. Tenía el ojo aún amoratado, pero había desaparecido la hinchazón. Bill, les dijo, se hallaba en la Sorbona, a salvo. También que dentro tenía lugar un debate en el que participaban Sartre —quien apoyaba sin reservas el Movimiento 22 de Marzo y las reivindicaciones de los jóvenes— y Cohn-Bendit. Decidieron entrar.

—Tengo una bicicleta, pero poca pasta para cuidarla —decía una muchacha—. Está muy vieja. Las ruedas están hechas polvo, pero no puedo permitirme el lujo de cambiarlas, no tengo dinero suficiente. Voy poniéndoles parches, pero ya no aguantan. Es que ya no hay ni sitio, es parche sobre parche. Así que voy a tener que deshacerme de ella y, si puedo, cambiarla por otra. Eso mismo le pasa a este sistema. Está podrido y los parches solo conseguirán que aguante un poco más, pero no podrán evitar su descomposición. Mejor, pues, cambiarlo por otro. Para eso estamos aquí. Pero hace falta unidad. Mientras el movimiento estudiantil y el obrero vayan cada uno por su cuenta no se conseguirá nada. Más parches. Afortunadamente los sindicatos se han unido. Pero sigue habiendo cierta desconfianza.

—Desde las barricadas hemos conseguido debilitar el poder —intervino un joven de barba poco poblada—. Nos encontramos, pues, en una posición de fuerza. A partir de ahí es cierto que los sindicatos pueden negociar. Están en su derecho. Pero para ser realista hay que admitir otra posibilidad aparte de las vías de la reforma, del debate y de la vía parlamentaria, que es la vía de la calle. No sé qué pasará, pero no creo que se llegue a un movimiento revolucionario de un solo golpe. Ahora bien, yo mismo me he reunido con varios sindicatos, he ido a ver a los comités de huelga y he visto la forma en que los jefes discutían con los huelguistas. Están obsesionados. Tienen miedo. Y cuando alguien tiene miedo está dispuesto a ceder. Y cuando alguien está dispuesto a ceder hay que aprovecharse, porque si no de nada sirven el debate y las bellas palabras. Y no es menos cierto que la burguesía nunca, y digo nunca, cederá una parcela de su poder. Ahora os toca decidir. ¿Estáis a favor de la revolución? Si la respuesta es afirmativa, ¿cómo hacerla y con quién? ¿Quién es el enemigo de clase? ¿A qué clase pertenecéis? Si aceptáis las reformas, me planteo lo siguiente: ¿qué demonio hacéis aquí conmigo?

—Vale —manifestó otro—. Nada de parches, nada de reformas. Revolución. ¿Hacia dónde? ¿Qué modelo de revolución queremos?

—¿Y para qué necesitas un modelo, ya sea del capitalismo o de la democracia popular?

—Lo que mucha gente no comprende es que vosotros no buscáis elaborar un programa, ni dar una estructura al movimiento. Os reprochan querer "destruirlo todo" sin saber, en todo caso sin decir, lo que queréis en su lugar cuando se derrumbe —dijo Sartre.

—¡Claro! —observó Cohn-Bendit—. Todo el mundo se tranquilizaría, Pompidou en primer lugar, si fundáramos un partido anunciando: "Toda esta gente está con nosotros. Aquí están nuestros objetivos y el modo cómo pensamos lograrlos". Sabrían a qué atenerse y, por tanto, la forma de anularnos. Ya no se estaría frente a la "anarquía", el "desorden", la "efervescencia incontrolable". La fuerza de nuestro movimiento reside precisamente en que se apoya en una espontaneidad "incontrolable", que da el impulso sin pretender canalizar o sacar provecho de la acción que ha desencadenado. Para nosotros existen hoy dos soluciones evidentes. La primera consiste en reunir cinco personas de buena formación política y pedirles que redacten un programa, que formulen reivindicaciones inmediatas de aspecto sólido y digan: esta es la posición del movimiento estudiantil, hagan según eso lo que quieran. Es la mala solución. La segunda consiste en tratar de hacer comprender la situación. No a la totalidad de los estudiantes, ni siquiera a la totalidad de los manifestantes, pero a un gran número de entre ellos. Para eso es preciso evitar la creación inmediata de una organización o definir un programa que serían inevitablemente paralizantes. La única oportunidad del movimiento es justamente ese desorden que permite a las gentes hablar libremente y que puede desembocar, por fin, en cierta forma de autoorganización. Por ejemplo, es necesario ahora renunciar a las reuniones de gran espectáculo y llegar a formar grupos de trabajo y de acción.

—No necesitamos modelos. Estamos realizando reformas y cambiando los modelos. ¡Estamos inventando! —exclamó uno.

—No inventamos nada —discrepó una chica—. Lo siento, camaradas, no inventáis nada. Estáis remodelando una estructura capitalista. Para mí eso no es un invento, no es nada. Veo un debate. Simplemente percibo gente que se preocupa, que hay un régimen capitalista y debemos hallar modalidades, reformas y cosas por el estilo para oponernos e intentar acondicionar esta estructura. Pero no deja de ser cierto que la base está podrida. ¿Qué podemos hacer, pues? La base es el hombre y el hombre no cambiará.

Cuando Sam y Martha marcharon del Odeón el debate continuaba.

—¿En qué piensas? Te noto abstraído.

—En la frase que ha dicho esa joven sobre el hombre. El hombre no cambiará... Puede que sea así, que seamos en el problema en vez de la solución.

3

El 24 de mayo, viernes, a las ocho en punto de la tarde, De Gaulle dirigió una dramática alocución al país. Los enfrentamientos habían remitido durante la semana, pero las calles seguían llenas de manifestantes. De Gaulle prometió una renovación de las estructuras universitarias, una reforma económica y mejoras salariales si así lo aprobaban los franceses en un referéndum que pensaba convocar el mes de junio.

Solo siete minutos después de terminar la alocución presidencial se alzaban las primeras barricadas junto a la universidad. De nuevo la policía intervino. De nuevo los porrazos, el lanzamiento de todo tipo de objetos por parte de los manifestantes, que cada vez eran más. De nuevo la lucha. La noche del viernes al sábado fue tan dramática como las de mediados de mayo. Los manifestantes atacaron varias comisarías de policía, arrojaron cócteles molotov e incendiaron algunas. Aquello era una auténtica insurrección, o eso al menos parecía. La sede de la Bolsa —símbolo por excelencia del capitalismo— era asaltada e incendiada. Las emisoras de radio solicitaban instrumental médico, oxígeno, gasas y medicinas. Se habían instalado puestos de socorro en el Barrio Latino, donde, al igual que en la Sorbona, había muchos heridos.

La televisión mostraba una vez más la brutalidad de los enfrentamientos. Sam y Martha seguían la información y contemplaban la imagen de un joven que, en las inmediaciones de la plaza de la Bastilla, arrojaba con todas sus fuerzas un cóctel molotov en dirección a las fuerzas de las CRS.

—Espero que quien sea haya acertado de pleno —exclamó Sam.

—No digas eso.

—¿Que no diga eso? ¿Acaso el uso de la violencia es solamente patrimonio del Estado, quiero decir, de quienes controlan el poder? Los seres humanos, querida, somos violentos, entre otras cosas. Hemos olvidado, han querido, y en gran parte conseguido, que olvidemos que somos el resultado de una doble revolución, nuestra sociedad se asienta en los pilares que se levantaron con la revolución francesa y las que siguieron su modelo y la revolución industrial. Ambas fueron muy violentas, no afirmo nada que no se sepa. En este siglo ha habido más muertos por violencia que en toda la historia de la humanidad. Este sistema se mantiene con la violencia, y ahora resulta que los violentos son quienes simplemente dicen ¡ya está bien!, ¡no estamos dispuestos a comulgar por más tiempo con ruedas de molino! Sin violencia estaríamos todavía sometidos al derecho de pernada. No sé si se logrará una comunión de intereses entre estudiantes y trabajadores, sí que sin la fuerza nunca se conseguirá nada.

El jueves 30 De Gaulle anunciaba que no pensaba retirarse, disolvía la Asamblea General y convocaba elecciones legislativas. Al discurso siguió una enorme manifestación en los Campos Elíseos que congregó en torno al millón de personas para mostrar su apoyo a las medidas anunciadas. Infinidad de banderas francesas, muchas de ellas con la cruz de Lorena incorporada a la enseña en la Francia libre durante la Segunda Guerra Mundial, ondeaban al viento. Los manifestantes cantaban *La Marsellesa* y llevaban pancartas de adhesión a De Gaulle.

Solo dos días después, el 1 de junio, el periódico comunista *L'Humanité* publicaba unas declaraciones del secretario general de la CGT anunciando que el sindicato no entorpecería el desarrollo de la consulta electoral. *Interesa a los trabajadores poder expresar, en el marco de las elecciones, su voluntad de cambio*, concluía.

Ese mismo día Cohn-Bendit condenaba todas las organizaciones dispuestas a abandonar el combate para dejarse llevar por el orden impuesto por las elecciones burguesas y la UNEF se apresuraba a convocar una manifestación, bajo el eslogan *Elecciones, traición*, que reunió a unas cuarenta mil personas; la mayoría, de nuevo, estudiantes.

—Esto se ha acabado, Martha —comentaba Sam, decepcionado.

—No seas tan negativo. La mayoría de los trabajadores han mostrado su repulsa a los acuerdos de Grenelle y sigue en huelga.

—Hasta que los acuerdos se mejoren. Luego acudirán en masa a votar y ¿quién ganará las elecciones? ¿Los comunistas? Lo dudo.

El 23 tenía lugar la primera vuelta de las elecciones. La participación alcanzó el ochenta por cien y la gaullista Unión de Demócratas por la República obtuvo el 43,65 por cien de los votos, la Federación de la Izquierda Democrática y Socialista de Mitterrand el 16,53 y el Partido Comunista el 20,02.

—Queda la segunda vuelta.

—No queda nada, Martha. Desgraciadamente, ha sido un espejismo. Son muchos quienes han reemprendido el trabajo.

El 24 finalizaban la huelga los operarios de la Citroën. Tres días después la Escuela de Bellas Artes, que seguía ocupada por los estudiantes, era desalojada violentamente por la policía. El 30 se celebraba la segunda vuelta de las elecciones con participación similar y parecidos resultados.

—Pues no sé si bajo los adoquines está la playa. Parece ser que no, o si lo está no se han levantado los suficientes adoquines como para llegar hasta ella.

—Ni los trabajadores ni sus organizaciones han llegado a plantearse seriamente un cambio de sistema en ningún momento. Nadie quería a De Gaulle y ha ganado por goleada.

Epílogo

1

UNOS QUINCE kilómetros al sur de la frontera española con Francia por la costa mediterránea, en la provincia de Girona, en Llançà, un pequeño municipio que no llegaba a los tres mil habitantes la mayoría de los cuales vivía de la pesca y la agricultura, residían Sam y Martha desde 1977. En la primavera de ese año habían comprado una villa en la playa de La Farella construida una década antes, muy cerca del mar, una amplia vivienda de dos plantas y seis habitaciones aparte de comedor, cocina y baños que contaba con una espléndida terraza desde la que se divisaba el atractivo litoral de la Costa Brava, rodeado de rocas y acantilados y bosque de ribera en el que predominaban los pinos, lleno de pequeñas y acogedoras calas. El sinuoso y singular paisaje les recordaba el que unos años antes pudieran contemplar en Dénia y alrededores; también aquí, les dijeron, se habían refugiado durante la posguerra algunos criminales nazis, aunque, al parecer, de vida más discreta que los que descubrieron en la costa alicantina. La clientela británica y alemana que desde los años treinta comenzó a visitar la Costa Brava se había visto incrementada en los últimos años por otros turistas, algunos de ellos personajes famosos del cine o la literatura, pero aun así La Farella seguía siendo un magnífico y bello rincón alejado de la muchedumbre y el bullicio.

Allí llevaban una vida tranquila, como otros tantos jubilados o retirados que en los últimos años habían encontrado a lo largo de la costa catalana un plácido lugar donde pasar los últimos años de vida. Sam seguía escribiendo y había publicado varias novelas más. La última, *Flores y cerdos*, centraba su argumento en las peripecias de un matrimonio de edad avanzada —su descripción recordaba a los Morel— que hacía pasar por nietos suyos a tres pequeños cuyos padres habían sido entregados a los nazis por el gobierno de Pétain, una historia llena de ternura que transcurría en Le Chambon-sur Lignon —localidad de unos cuatro mil habitantes en la meseta de Vivarais, en el departamento de Alto Loira de Auvernia— pero que terminaba del peor modo posible, con la deportación de los cinco al campo de exterminio de Auschwitz-Birkenau. A pesar del triste final, la novela era un canto a la solidaridad en tiempos de egocentrismo, a la vez que una reivindicación de la importancia de mantener viva la memoria colectiva, contextualizando la historia en una zona concreta —Le Chambon-sur-Lignon y las aldeas de la meseta circundante— donde desde diciembre de 1940 a septiembre de 1944 sus pobladores —hugonotes que durante los siglos XVI y XVII había sido perseguidos por sus creencias— dieron refugio a unas cinco mil personas.

Aunque ninguna de ellas había conseguido un éxito excepcional de ventas tampoco pasaron desapercibidas, las tiradas no eran despreciables y Sam tenía sus incondicionales. Varias habían sido traducidas al inglés y al alemán y dos de ellas también al español: en 1981 *Haine Harki* y en 1986 *El desahucio*, estando a punto de aparecer la traducción española de *Flores y cerdos*. Desde que dejaran París Sam no había vuelto a escribir artículos de opinión ni de cualquier otro tipo, únicamente la ficción le interesaba y llevaba una vida alejada de cualquier otra actividad que no fuera escribir.

—Escribir es como respirar. En según qué circunstancias el aire viciado te lo impide, pero hay que seguir respirando, si no te mueres. Aun así, acabamos contaminados por la atmósfera que nos rodea sin siquiera darnos cuenta y conformamos la realidad a través de nuestro ánimo adulterado. Solamente en la ficción somos capaces de soportar nuestras renuncias y asentimientos, evadirnos y ser otro. Aunque ¿qué otro? El que la existencia, nuestra existencia, demanda. Siempre somos otro. ¿Qué es ficción, qué no? ¿Qué hemos vivido en verdad fuera de nuestra imaginación? Llegados a este punto todo se vuelve frustración. Aun así, prefiero la ficción, al menos puedo cabrearme con quien quiera, destruir lo que considere y construir lo que crea. Luego viene el choque con la realidad, no tanto por la divergencia que pueda darse entre lo fantaseado y lo concreto como por la dificultad para distinguir ambos extremos. La libertad para actuar es una falacia, nadie es libre, somos lo que somos y lo que la historia nos ha hecho. ¿Era libre alguien que, como Helmut, tenía la razón obnubilada por el sufrimiento?

Helmut había muerto hacía unos años, el 17 de abril de 1979, en Viena, donde había permanecido colaborado con Wiesenthal hasta su fallecimiento. Hacía unos meses que se sentía mal, les manifestó, pero no parecía ser nada importante, cosas de la edad. De hecho, unos días antes estuvieron hablando por teléfono. Helmut se mostraba preocupado por la proclamación de una república islámica en Irán el 1 de abril de dicho año. Fue una de las últimas cosas de que hablaron. Helmut temía que pudiera extenderse un totalitarismo religioso entre los países musulmanes que llevara a una radicalización de posturas entre unos y otros. Más fanatismo no, decía, lo que faltaba. Poco después Helmut dejaba este mundo. Los amigos empezaban a desparecer. Lary, no obstante, seguía en Río, con Nara, y aunque confesaba sentirse cada día más achacoso su vida transcurría plácida, sin sobresaltos, sin preocupaciones. De Greg y Diane, lógicamente, no habían vuelto a saber nada.

—Igual Lary estaba en lo cierto y empezamos a vivir demasiado tarde.

A pesar del paso del tiempo Martha conservaba la dulzura de su rostro y las delicadas maneras que cautivaron a Sam en su día, las mismas con que reñía a Sam cuando hacía caso omiso a las recomendaciones de los médicos. Un año antes le había sido diagnosticada una cardiopatía isquémica, en cualquier momento podía fallarle el corazón. Sin embargo, continuaba fumando un par de puros al día y aunque había renunciado a su martini diario de antes de las comidas, lo había sustituido por una generosa copa whisky cada atardecer. A estas alturas de la vida..., decía siempre.

—Las penas son menores con la edad, aunque los placeres también. Envejecer es cada vez más parecido a morir en vida. Somos como muebles, trastos viejos que ya no sirven y como tales se nos arrincona en los desvanes de la memoria. Aunque eso nunca les sucederá a nuestros hijos, al menos a Hannah y Bill. Nacieron viejos, ya lo eran en 1968, ellos y la mayoría de cuantos protestaban por un mundo que tachaban de injusto, banal, vacío, pero al que, a pesar de todo, se han acomodado perfecta-mente. Tanta hostia para descubrir que solo se trataba de una rebelión del yo frente al nosotros. ¿No te has dado cuenta que siempre empiezan las frases con "yo"? Yo pienso, yo creo, yo opino... Yo, yo, yo. Nosotros utilizábamos el plural. Después de lo que ha pasado en este tiempo ya nada será igual, dijo Cohn-Bendit en junio de 1968. Es verdad, nada ha sido igual, el individualismo es hoy uno de los principales rasgos de nuestra sociedad, otro la fragmentación del conocimiento y, un tercero más, entre otros, la división de la vida en esferas concéntricas que nunca se encontrarán.

—Vivimos de nuevo tiempos convulsos. Lo que vemos estos días, estas últimas semanas, desde luego cambiará las relaciones entre países y personas. Qué nos deparará, es otra historia.

—Veremos. Bueno, esperemos poderlo ver. Cerremos así el círculo de voyerismo social que ha supuesto la existencia, siempre expectantes, contemplando cómo pasa la vida.

La noche del 9 de noviembre de 1989, jueves, Sam y Martha seguían por televisión las noticias que llegaban desde Berlín, donde el símbolo por excelencia de la división del mundo en bloques —el muro levantado en 1961 que separaba el este del oeste— parecía tener las horas contadas. También, con él, el final de una época. A lo largo de la tarde habían escuchado en la radio que el secretario de agitación y propaganda del Partido Socialista Unificado de la República Democrática Alemana, Günter Schabowski, había anunciado la revocación de las limitaciones que impedían a los ciudadanos del este viajar fuera de sus fronteras. Nadie esperaba tal medida, ni el propio Schabowski parecía ser consciente del efecto que iban a causar sus palabras.

La segunda edición del telediario de la televisión española abría a las nueve de la noche con imágenes de Willy Brandt dirigiéndose a la multitud congregada junto a la Puerta de Brandeburgo y de aquellos que derribaban el muro con martillos, picos, con cualquier objeto a mano. Mucha gente se concentraba a una y otra parte del mismo y se sucedían las muestras de alegría de los primeros que cruzaban el muro y de los primeros que los recibían. Instantes después el plano medio de la presentadora ocupaba la pantalla. *Buenas noches. Berlín, como acaban de ver, es un clamor de libertad. Miles de personas han tomado, literalmente, un muro que hasta hace veinticuatro horas significaba la división entre el Este y el Oeste. Hoy mismo, fuerzas policiales de la Alemania Oriental han comenzado el derribo de la vergonzosa muralla y los dirigentes de las dos Alemanias ya proclaman a los cuatro vientos su deseo de lograr una nación unida. Las superpotencias, mientras tanto, han acogido con satisfacción el derribo del muro, pero no han ocultado su preocupación por*

la perspectiva de una sola Alemania. En esta oleada impara-
ble de cambios, esta misma tarde ha llegado la noticia de la
dimisión del número uno del régimen búlgaro Todor Zhivkov.
En Moscú, el Kremlin se ha felicitado por la apertura del Muro
de Berlín y el proceso de cambios abiertos en la Alemania del
este. Sin embargo, el portavoz oficial, Gerasimov, ha
advertido al Gobierno federal alemán que las fronteras actua-
les no deben modificarse ni debe hablarse de reunificación
alemana.

Tras un breve reportaje sobre la rueda de prensa de
Gerasimov, la locutora explicó las reacciones de las principales
potencias. Salieron entonces imágenes de Kennedy en Berlín
pidiendo la desaparición del muro. *Estados Unidos se pregun-*
ta cuál va a ser su papel en la nueva Europa, aunque todos
tienen claro que las relaciones van a cambiar mu-cho entre los
dos bloques, comentaba la corresponsal de Televisión Española
desde Nueva York. El embajador de la RFA decía que era *un día*
de la libertad que incoaba un proceso que llevaría a una
democracia con elecciones libres, a una relación en que las
personas podrán determinar su propia vida en libertad.

—No lo entiendo. Parece ser que a todo el mundo le ha
pillado por sorpresa. ¡Vaya mierda, pues, de servicios secretos!
No me lo creo, querida.

Continuaron atentos a la radio —todas las emisoras
hablaban del tema en parecidos términos— y a la espera de la
tercera edición del telediario. Casi a la una de la madrugada el
presentador comunicaba que estaban en disposición de poder
ofrecer la crónica sobre lo que estaba sucediendo en Berlín que
previamente habían anunciado. El enviado especial refería que
en Berlín Este había normalidad absoluta en las calles. *Solo*
algunos curiosos, decía, se han acercado a la puerta de
Brandeburgo. En el Oeste, en el Checkpoint Charlie, paso
fronterizo entre los dos Berlines, llegan los primeros curiosos
y las primeras cámaras de televisión. Todos esperan a los
primeros que quieran cruzar, pero la policía del Este no sabe

nada de la nueva normativa. Mientras sale la nueva ley sobre libertad de viajes, los otros alemanes tienen que solicitar salir al extranjero, pero ninguna autoridad puede rechazar esa petición. Volvía a aparecer el corresponsal: *Poco antes de la medianoche aquí, en Glienicke, la frontera se ha abierto de manera informal para todos los alemanes del Este que querían venir aquí, al Oeste.* Seguían imágenes de una pareja que acababa de cruzar tras presentar solo el carné de identidad, al que se limitaron a ponerle un sello. *Es la primera vez que están en el Oeste, pero no se piensan quedar. En casa, en el Este, al otro lado, les espera su hijo, y a las ocho el trabajo, como cada día.*

—Ya empieza la cantinela. La libertad, un clamor de libertad... Ya son libres los desgraciados alemanes del este que durante tanto tiempo han tenido que sufrir la arbitrariedad y tiranía del régimen comunista. ¡Bienvenidos a la democracia, amigos! Ahora podréis votar cada tiempo y, ¿cómo decía el embajador?, determinar vuestra vida en libertad. Claro que sí, faltaría más. A disfrutar de la libertad, que ya era hora, a comer hamburguesas, a vestirse con vaqueros, a beber Coca-Cola... Llegó la democracia por fin. ¡La hostia!, no saben lo que les espera. Un mercado laboral despiadado, cada vez más competitivo y peor retribuido desde la crisis del petróleo de 1973; unas políticas neoliberales encabezadas por mamporreros del capital como Reagan o Thatcher; un capitalismo que quiere volver a los orígenes, a los mejores tiempos del *laissez-faire.* Reconversiones industriales brutales, privatización de industrias y empresas públicas, limitación del gasto público y de las prestaciones sociales, política monetarista, estricta observancia de la "disciplina" del mercado, menor intervención de los Gobiernos en la economía... Sí, ¡bienvenidos a la democracia! Lo que temo especialmente es que con la caída del Muro desaparece cualquier referencia a otro sistema que no sea el capitalista, al menos entre los países más industrializados. El rostro más desagradable del capitalismo, el verdadero, ya no necesita caretas.

—Así es, Sam. Se trata de la gente vea que ha llegado el fin de los totalitarismos y que este es el mejor de los mundos posibles.

—Pura propaganda, puta propaganda. ¿Es que aquí, entre nosotros, el primer mundo, no hay quien vive en una situación incomparablemente peor que la tenían los alemanes del este? Nos estamos acostumbrando a ver de nuevo mendigos por las calles. El tres por cien de los neoyorkinos no tiene techo bajo el que cobijarse; en el Reino Unido son unos cuatrocientos mil. Lo leí hace poco en la prensa. Esto era inimaginable, nadie hubiera vaticinado algo así hace treinta años. ¿Qué se ha hecho mal? Los países capitalistas son más ricos que nunca, vale, pero no sus habitantes. Pero, claro, nuestros pobres son únicamente desheredados que no supieron aprovechar las oportunidades del sistema. Miremos para otro lado. ¿Qué pasará cuando los nuevos "ciudadanos demócratas" vean los escaparates llenos de esos productos hasta ahora solo reservados a nosotros, pero no tengan dinero para comprarlos? ¡Cuánta hipocresía! La que se nos viene encima, Martha.

—No te alteres Sam, no te conviene. Vamos a dormir, son casi las dos de la madrugada. Y apaga de una vez ese puro, tienes prohibido fumar.

—Me entretengo con el humo, no me lo trago. De todas formas, querida, a estas alturas, ¡qué demonios de prohibiciones! Ahora sí, ahora es cuando toca eso de "prohibido prohibir". Pero no te preocupes, mujer, que llegaré con vida al año que viene, no voy a perderme la reunión navideña, la última seguramente.

—No digas tonterías.

—Si vienen todos por algo será, ¿no? No recuerdo la última vez que nos juntamos todos. ¿Teníamos ya nietos? Pero si incluso vendrá Egon, que en fechas tan señaladas actúa siempre.

—Pues mira por dónde este año se han dado una serie de circunstancias que lo han hecho posible. Egon está de gira por Europa, como sabes, no lo tenía complicado pues. El azar ha jugado a nuestro favor.

—Nada ocurre por casualidad, es una de las pocas cosas que la vida me ha enseñado. Pero, además, ¿cómo voy a morirme ahora? Habrá que ver en qué queda todo esto.

—Tengo una sensación extraña, contradictoria. La alegría que obviamente siento al contemplar el reencuentro de quienes cruzan el Muro con familiares o amigos a los que no habían visto en décadas se empaña con el recuerdo de otros momentos en que la cultura del victimismo acabó como acabó. No sé siquiera si deseo la reunificación de las dos Alemanias. Reich político, Reich económico, ¿qué más da?, no sé qué pensar.

2

Como dijo Sam, pocas habían sido las veces desde que compraron la villa de La Farella en que todos sus hijos y nietos se sentaran en torno a la misma mesa. Cada cual tenía su vida, compaginar las distintas obligaciones, compromisos y quehaceres no era fácil, siempre tenían algo que hacer, cuando no uno otro. Bill era, desde 1980, diputado de la Asamblea Nacional. Como otros militantes de la Liga Comunista Revolucionaria abandonó esta en 1978 para integrarse en el Partido Socialista de Mitterrand, siendo uno de los doscientos ochenta y tres diputados —de cuatrocientos noventa y uno que conformaban el parlamento— que obtuvo la formación en las elecciones legislativas de junio de 1981, repitiendo cargo en las de 1986 y 1988, cuando el Partido Socialista recuperó la mayoría parlamentaria tras conseguir Mitterrand la presidencia de la República en abril. Tenía 43 años y hasta ser elegido miembro de la Asamblea había trabajado como sociólogo en el Instituto Francés de Opinión Pública y Estudios de Mercado. Estaba casado desde 1975 con una médica traumatóloga, Sylvie Broyelle, con la que tenía dos hijos: Pierre —de 12 años— y Madeleine, de 8. Vivían en París. Hannah no llegó a terminar los estudios de arquitectura, pero se casó en 1970, a los 23 años, con un arquitecto francés de nombre André July, seis años mayor que ella, un *amour fou*. Tenían tres hijos: Camille, la primera nieta de Sam y Martha, nacida en 1972, que contaba con 17 años de edad, Philippe —de 13 años— y Raymond, que acababa de cumplir los 10. Vivían en Estrasburgo, donde July tenía su despacho de arquitecto. Egon, con 53 años, seguía en el mundo del jazz. Había grabado varios discos y realizado actuaciones, con grupo propio, en teatros e importantes clubs y festivales del género. No se había casado ni tenía hijos, si bien le habían conocido varias parejas, la última una joven de 29 años.

El 30 de diciembre, a última hora de la tarde, llegaba Egon, que siempre era el último en presentarse. Por fin, esa noche podrían cenar todos juntos. Todos menos los niños, solamente Camille compartió mesa con sus abuelos, padres y tíos, los demás cenaron antes y se fueron a la cama. La noche siguiente, fin de año, ya velarían más de lo que tenían por costumbre. Martha había preparado un *suquet de peix*, un plato tradicional de la gastronomía costera catalana que aprendió nada más llegar y le llevó, a ella y a Sam, a descubrir y aficionarse a la gastronomía mediterránea, especialmente al pescado. De hecho, Sam solía dar un paseo matinal por la playa y el puerto y compraba pescado recién capturado casi todos los días.

—Por supuesto que sí, vivimos uno de los momentos más decisivos para el porvenir de la humanidad desde que terminó la guerra, y de eso hace ya cuarenta años largos. Pero es que para vosotros todo cambio, por el simple hecho de transformar la realidad existente, significa progreso, y no es así. Se cambia para bien y para mal —decía Sam.

—¿Quieres decir que la caída del Muro de Berlín no es una buena noticia? —preguntó Bill.

—Es una noticia de gran calado. Buena o no habrá que analizar a quién puede favorecer y a quién perjudicar, pero eso será el tiempo quien lo determine. Naturalmente, nada volverá a ser como antes, y mucho me temo que la utilización política que se hace y se hará del hecho, como de todo lo demás que está sucediendo en los países bajo la órbita soviética, servirá ante todo para que el neoliberalismo pueda llevar adelante su política económica y social sin pudor alguno. Cayó el Muro de Berlín, Hungría abre sus fronteras con Occidente y en algunos países como Checoslovaquia o Rumanía, tras el bochornoso espectáculo del asesinato de los Ceaucescu, se han formado gobiernos no comunistas. En Polonia el nuevo primer ministro es un destacado miembro del sindicato Solidaridad, que cuenta con todos los apoyos posibles por parte de las potencias occidentales y de la iglesia católica. No en balde a su líder, Lech Walesa, se le concedió hace unos años el Premio Nobel de la Paz. No lo rechazó, como hizo Sartre; lo aceptó, como Kissinger. Domesticado el pensamiento, conseguida la homogeneidad ideológica, todos estamos por fin bajo el mismo paraguas. Qué más da que esté agujereado, los que toman las decisiones nunca se mojarán.

—¿Mejor, pues, que todo hubiera seguido igual?

—Por favor, no simplifiques, no digo eso. ¡Qué sé yo qué hubiera sido mejor! Sé cuál es la situación, y es evidente que todo apunta a un mismo objetivo: la democracia es buena siempre y cuando se ajuste a los planes económicos y estratégicos de Estados Unidos; si no, no vale. Es difícil no entrever la mano oculta de la CIA y los servicios secretos occidentales detrás de todo esto.

—Ves conspiraciones por todas partes, papá, y no es eso. Claro que los servicios secretos occidentales habrán puesto toda la carne en el asador, es su misión al fin y al cabo. Pero de ahí a hacerlos responsables de la crisis del comunismo es darles más importancia de la que en realidad tienen. El comunismo no atraviesa esta crisis que amenaza su supervivencia por la acción de fuerzas ocultas, sino porque ha demostrado ser, en su versión soviética si prefieres, un verdadero fiasco.

—El problema del comunismo ha sido hacer suyos los principios de producción occidentales desde un capitalismo de Estado. Ya lo dijo Lenin al referir de las enseñanzas que había extraído de la guerra del Catorce: quienes tienen la mejor tecnología, organización, disciplina y máquinas salen triunfadores. Y el régimen soviético, y luego los países bajo su órbita, especialmente desde que Stalin se hizo con el poder, se lanzaron en dirección a esa meta. Había que producir, tener la mejor tecnología, ser disciplinados, es decir, la misma práctica de las sociedades capitalistas. Para contrarrestar su poder, para defenderse, da igual, las mismas prácticas. En vez de esa nueva sociedad igualitaria prometida reprodujeron los mismos esquemas, solo que el capital estaba en manos del Estado. No se desarrolló ese hombre nuevo que previsiblemente saldría de la revolución bolchevique cuando Lenin llegó al poder. En aquellos momentos la modernidad, el progreso, incluía aspectos como la educación o la emancipación de la mujer. Ya Lenin tuvo que recular al verse obligado a aplicar el "comunismo de guerra", y al final la Nueva Política Económica acabó siendo la Nueva Explotación del Proletariado. Trabaja, trabaja, que ya llegará la sociedad prometida. Jerarquía, disciplina, en detrimento de la cultura y la subjetividad. Rusia, así, se "occidentalizó". Construyamos primero una sociedad más fuerte que la occidental, es nuestra única arma, luego ya podremos llevar adelante la misión redentora de la humanidad. El entusiasmo y la creatividad se revelaron insuficientes, el socialismo se ligó a la industrialización, al mundo del que surgió el capitalismo. El ansiado nuevo mundo nunca llegaba y la burocratización se instalaba en el poder, los ciudadanos de los regímenes soviéticos desesperaban y Occidente contra-atacaba. Y al final, pues ya se ha visto.

—No discutiré tu análisis, en líneas generales estoy de acuerdo con él, pero las cosas han ido así, la sociedad ha evolucionado hacia el que considera es, si no el mejor, el menos malo de los sistemas conocidos. ¿No somos todos quienes hacemos la historia?, tú no te cansas de repetirlo. Nadie, a no ser que niegue la realidad, por mucho que simpatice con el comunismo, puede discutir el hecho que desde los años de posguerra los países demócrata-capitalistas han aumentado, como nadie hubiera podido imaginar, las prestaciones del Estado de bienestar y de seguridad social. Esa economía tan detestable ha sabido sobreponerse a momentos críticos como las crisis de 1973 y 1982, incluso al hundimiento bursátil de hace dos años. Somos más ricos, más productivos. Por supuesto, el neoliberalismo cree ver en todo esto un refrendo a su política de privatizaciones y a sus medidas antisociales. Ya no hay excusa que valga, ya no pueden escudarse en el eterno enemigo, ahora asoma su verdadero rostro y la gente no es tonta, sabe que la única alternativa a un capitalismo salvaje es la alternativa socialista, solo la socialdemocracia puede garantizar la conservación de los logros sociales alcanzados y aumentarlos.

—Va a resultar que el capitalismo es bueno, moralmente superior. La socialdemocracia, hermano, es, por encima de todo, simple administradora de los intereses capitalistas, la garantía de su supervivencia. Dejaros de coñas y abrazad el liberalismo de una vez como la mujer que nunca tendréis en vuestros brazos. El tiempo ha hecho estragos en vosotros, ¿eh?, ¡qué pronto os habéis instalado!

—¡Por favor, Egon! ¡No os pongáis a discutir! —terció Martha.

—Deja, Martha, deja. Discutamos, que discutan. Es sano y a mí me da vida.

—Vale, pero se está enfriando el guiso y, no es porque lo haya cocinado yo, pero está estupendo. ¿O no es así?

—Delicioso, mamá.

—Está riquísimo, de verdad. Comamos. Al fin y al cabo, no vale la pena discutir, la vida siempre acaba por sorprendernos y nada es igual que como habíamos imaginado —intervino André, el marido de Hannah.

—Solo los ignorantes, aunque los hay muy cultos, confunden la discusión, la confrontación de ideas, con la agresión —Sam no soportaba a André, cuya arquitectura era a su juicio una mala copia de las *unités d'habitation* de Le Corbusier; de constructor de "cajas de cerillas" le calificaba—. No es el caso ¿verdad? A ver, ¿la conclusión cuál es? ¿La libertad económica, con todos los matices que quieras, como remedio a todos los males? ¿Hay que abrazar, pues, la economía de mercado? Nadie ha demostrado que exista una conexión necesaria entre el mercado y la democracia política.

—Eso no es así del todo. Salarios altos, pleno empleo, seguridad en el mantenimiento del puesto de trabajo..., esas son las cosas que hacen que crezca el consumo y, en consecuencia, la economía. Naturalmente, eso no significa que se deje todo en manos del mercado. Como decía antes Bill, hay que velar por el mantenimiento de las conquistas sociales y porque sigan aumentando —Sylvie, obviamente, salía en defensa de su marido.

—¿Aumentando hasta dónde? —preguntó Sam en tono de absoluta incredulidad.

—Hasta donde permita la riqueza de las naciones, que los Gobiernos deben encargarse de que sea justamente distribuida.

—¿Y cómo se hará eso? ¿Quién lo hará? En Francia los socialistas no ganarán las próximas elecciones a la presidencia de la República. Sí, Bill, sí, no me mires con esa cara de extrañeza. En Alemania gobiernan los conservadores de Kohl, los de Thatcher en Gran Bretaña, Bush en Estados Unidos. ¿Qué le queda a la socialdemocracia? ¿España, Italia? Países sin el peso específico de las grandes potencias, que acabarán también bailando al mismo ritmo, si no lo bailan ya. ¿Qué está haciendo el PSOE si no aquí en España? En un mundo cada vez más global las limitaciones para desarrollar una política nacional propia son mayores cada día. Helmut Schmidt declaraba hace poco que, del total de los presupuestos del Estado, como mucho un quince por cien podía ser destinado libremente a realizar esa política, la propia, el resto dependía del mercado y sus fluctuaciones, de las políticas de las multinacionales y los grandes grupos financieros. En su afán por conseguir el poder, los partidos "de izquierda" han ido profesionalizándose y han acabado por aceptar la democracia parlamentaria como el único de los sistemas posibles. Ya no el mejor: el único, pues no se discute alternativa alguna. Se trata, como mucho, de "corregir" el sistema, nada más. Han dejado de luchar por unas ideas para poder perpetuarse en el poder.

—Nadie tiene la verdad, y menos la verdad política. Es así ¿no? Los avances en salud, esperanza de vida, derechos humanos e incluso en los mecanismos del mercado, no son rasgos específicos de las democracias burguesas sino de la civilización humana. Nadie tiene el monopolio, la verdad no existe —André trataba mostrarse conciliador.

—¿Cómo que la verdad no existe? —objetó Sam—. ¡Claro que existe! Está la verdad de los hechos. Nadie tiene la verdad, nadie tiene la verdad... Estoy harto de esta cantinela que yo mismo recité en su día. Como no existe la verdad, seamos objetivos, neutrales. No, mejor neutros. ¿Definirse? ¿Para qué? Si las ideologías ya no existen, la historia ha llegado a su fin. Nadie quiere mirar hacia atrás, y hace bien: es para sentirse avergonzado. ¡Qué difícil es enjuiciarse a uno mismo! ¿Errores? ¿Nosotros? ¿Los depositarios del saber, del conocimiento, los forjadores de la civilización? ¡Jamás! En todo caso, el error vino de quienes no siguieron nuestros dictados. En nombre de la democracia, todo vale.

—Así es. Brindemos por ello.

Egon, que no paraba de beber, se levantó, alzó su copa de vino y se puso a cantar: *When you propose, Anything goes...*

Anything goes![16] Camille a duras penas podía aguantar la risa; no así sus padres.

—Menuda jaula de grillos. Tú, cariño —Martha se dirigía a Camille—, intentabas decir algo antes que estos zopencos y el pendenciero de tu abuelo decidieran solucionar el mundo.

—Verás, abuela, voy a cantar.

—¿Vas a cantar? ¿Ahora?

—No, no quiero decir eso. En un grupo, me han hecho una prueba y les he gustado. A ver si me ayudáis a convencer a mis padres...

—Camille, no empieces, no es el momento —dijo Hannah.

—¿Qué hay de malo en ello? —preguntó Egon.

—Nada, nada en absoluto, si lo que quisiera es iniciar una carrera en el conservatorio como hicieron sus abuelos o hiciste tú —intervino Bill—. Nos parecería muy bien, procedemos de una familia estrechamente ligada a la música, ¿cómo íbamos a oponernos? Pero es que no es eso lo que quiere. No quiere estudiar música, solo divertirse con cuatro pelagatos que nadie conoce. ¡Cómo no hay grupos hoy en día!

—Pero papá, os he dicho mil veces que seguiré con los estudios en el liceo. Puedo hacer las dos cosas.

—Los estudios, quieras o no, se resentirán si empiezas a desperdigar el tiempo —señaló Hannah en tono condescendiente.

—Cariño, ¿sabes una cosa? Lo dice quien a tu edad no hacía más que escuchar discos de François Hardy o Sylvie Vartan y quería ser un calco suyo.

—Eso falta que digas, papá. A veces pareces más crío que ella.

Sam se echó a reír.

---

[16] Cualquier cosa, todo puede pasar, todo vale. Letra de la canción *Anything goes*, del musical de Cole Porter del mismo título estrenado en 1934, en plena depresión económica mundial, momento en el que transcurre la acción.

—Orgulloso me siento de ser así. No sabes cuántas veces me ha dicho eso tu madre. Y tu abuela. Sobre todo, tu abuela.

—¡Dejad a la niña! Los conservatorios solo son cementerios de la música, y la música es arte, y el arte vida. ¡Brindemos por su fin! —Egon no paraba de llenar su copa.

—No digas memeces, Egon. Como se nota que no tienes hijos. A ti bien que te vino estudiar.

—Me vino mucho mejor seguir los consejos de la abuela: haz solamente aquello en lo que te sientas a gusto, aquello que no sea una carga, que no vivas como un trabajo, siente, crea, disfruta... No hay profesión más gratificante que la de músico. ¡Brindemos por la música!

—¿No crees que ya has bebido demasiado? —dijo Bill.

—Cariño, no te preocupes, tu abuelo hará testamento y te dejará el suficiente dinero para que cuando seas mayor de edad puedas disponer de él como te venga en gana. Y si el dinero no te falta, posiblemente tampoco la libertad. Así es en este mundo tan perfecto.

—¡Sam!

—¡Papá!

—Veinte años hace que queríais comeros el mundo, os quejabais del que os habíamos dejado, pero el que vais a dejar vosotros...

3

El 11 de agosto de 1990 fue un día especialmente caluroso, uno de esos en que el bochorno es tal que lo raro sería que no terminase en la típica tormenta veraniega. Sobre las doce del mediodía el cielo empezó a encapotarse y cuando llegaron al cementerio de Llançà, casi a la una de la tarde, unos plúmbeos nubarrones se posaban justo encima de ellos.

Seis meses después volvían a juntarse todos, un encuentro que, ya durante su estancia en La Farella los días de fin de año, presentían que no tardaría en producirse. Que el corazón de Sam dejara de latir era solo cuestión de tiempo, y ese tiempo llegó a su fin en la medianoche del diez al once.

Muy pocos, aparte de sus familiares, se hallaban presentes en el funeral de Sam. Martha no quiso comunicar la noticia a nadie aparte de los más íntimos hasta después de las exequias —sabedora de que así lo quería Sam, aunque nunca hubiera manifestado nada al respecto—, a nadie excepto a Lary, el único que, desaparecido Helmut, estaba segura que a su marido le hubiese complacido que fuera a darle el último adiós. La salud de Lary, sin embargo, no le permitía hacer viajes transatlánticos. Así, además de Martha, hijos y nietos, solo unos pocos vecinos siguieron el féretro hasta el cementerio y esperaron a que fuera enterrado, entre ellos la señora Mercè, que se encargaba de las tareas domésticas de la casa; Batiste, un pescador con quien Sam había salido alguna vez a pescar en su barca y le proveía casi a diario de pescado fresco, y Xavier, el médico local, que conocía la obra de Sam y había hecho buenas migas con él pues se mostraba más que comprensivo con las verdaderas necesidades de su paciente, ya que, decía, no había distinción alguna entre salud física y salud mental. También, algo apartado, se encontraba el cronista local de *La Vanguardia*. En un pueblo pequeño todo se sabe.

Las notas de *Bye, bye, Blackbird* salían del saxo de Egon mientras unos operarios subían el ataúd a un nicho de la cuarta fila. Sonaban más emotivas que nunca, eran muchos los recuerdos, entrañables todos, que la composición le traía, y no a él solo, empezando por aquel día que Ben Webster visitó la casa de sus abuelos, Egon descubrió el instrumento que le acompañaría toda la vida y realizó, todavía al piano, su primera "actuación" junto a El Rana a la que sumaron todos entusiastas coreando la letra de la canción: *Pack up all my care and woe, / Here I go, singing low, / Bye bye blackbird, / Where somebody waits for me, / Sugar's sweet, so is she, / Bye bye Blackbird...*, y terminando por una grabación que había efectuado del tema solo unos años antes y que dedicó a sus padres, versión de la que los críticos afirmaron que era una de las mejores que jamás se hubiera registrado.

De pronto reventaron las nubes y empezó a llover. Una lluvia intensa, pero armoniosa y regular, rítmica como la fuerza con que tocaba Egon su instrumento o con la que Sam tecleaba la máquina de escribir cuando su mente se inundaba de ideas que necesitaba descargar como las nubes durante una tormenta veraniega, lluvia que magnificaba el silencio —Egon se vio obligado a dejar de tocar— y al mismo tiempo impregnaba el ambiente de un agradable olor a tierra mojada. A pesar de los paraguas no podían evitar mojarse, un repentino viento racheado lo impedía.

Al subir por la escalera metálica que habían dispuesto sobre la pared de nichos que debía albergar el cuerpo de Sam, uno de los operarios que sujetaba el féretro resbaló y el ataúd cayó al suelo, si bien los desperfectos se limitaron a unos arañazos en uno de sus laterales. Su compañero intentó sujetarlo con poco éxito, yéndose de bruces contra André, quien también se fue al suelo mojándose el traje y ensuciándose de barro. Los más pequeños no podían contener la risa. Tampoco los mayores, pero lo disimulaban mejor. Martha, no obstante, sonreía con gesto tranquilo y sereno. *Jamais deux sans trois*, le decía mentalmente a su marido. Metieron por fin el féretro en el nicho, cuya boca un tercer operario cerró con ladrillos y cemento.

La lluvia no cesaba, pero perdía fuerza poco a poco. Martha no se movía, tampoco su expresión cambiaba. *Mamá, vámonos, te estás mojando*, dijo Bill rodeándola con su brazo derecho por los hombros. *Sí, vámonos*, respondió Martha, que mientras se alejaba con sus hijos y nietos creyó escuchar la voz de Sam: *Tout va très bien Madame la Marquise*.

NOTA DEL AUTOR E ÍNDICE ONOMÁSTICO

Adiós, mirlo, adiós (Bye Bye Blackbird) es una secuela de mi anterior novela *El corto tiempo de las cerezas* (2016). Una y otra, sin embargo, pueden leerse de forma independiente. Lógicamente, quien haya leído *El corto tiempo de las cerezas* reconocerá determinadas situaciones protagonizadas por alguno de los personajes y podrá relacionarlas.

Si aquella se ambientaba históricamente en un periodo cronológico que abarcaba desde los inicios de la industrialización hasta vísperas del estallido de la Primera Guerra Mundial, el de esta comprende desde el final de esta a la caída del Muro de Berlín. Ninguna de las dos, no obstante, pretenden contar la historia de una época a través de los hechos más sobresalientes sino cómo estos fueron vividos por sus protagonistas y cómo condicionaron sus vidas.

Naturalmente, se mezclan hechos y personajes históricos con otros de ficción. En lo que a los primeros respecta he tratado de abordarlos con el máximo rigor. Los hechos históricos que se narran sucedieron tal se describen. He tratado de documentarnos lo más fielmente posible y me han sido de gran ayuda la hemeroteca de *La Vanguardia* y algunas obras, por citar las más significativas, como *La CIA y la guerra fría cultural* (Frances Stonor Saunders: 1999), *Intelligence de l'anticommunisme: Le Congrès pour la liberté de la culture à Paris, 1950-1975* (Pierre Grémion: 1995), *Recuérdalo tú y recuérdalo a otros* (Ronald Fraser: 1979), *Berlín. La caída: 1945* (Antony Beevor: 2002) y *Dachau. Testimonio de un superviviente* (Nerin E. Gun: 1966). También he recurrido a documentos audiovisuales (como la película documental de Claude Lanzmann *Shoah*, 1985) o noticiarios y documentales de, o sobre, el periodo. Así, por ejemplo, los diálogos del debate en el Odéon durante los hechos de Mayo del 68 están transcritos, pauta que he tratado de seguir siempre que dice algo un personaje histórico.

Muchos de los personajes son sobradamente conocidos. Otros, no tanto. De todos modos, y para evitar confusiones, he elaborado —como ya hiciéramos en *El corto tiempo de las cere-*

zas— el siguiente índice onomástico del que solo he omitido los líderes mundiales —como Roosevelt, Hitler o De Gaulle, por poner unos pocos ejemplos— o aquellos cuya relevancia en la trama de la novela es insignificante. Aun así, hemos preferido pecar por exceso que por defecto.

Adams, Sherman (1899-1986). Político estadounidense. Jefe de gabinete de Dwight D. Eisenhower entre 1953 y 1958, cuando se vio obligado a dimitir por haber aceptado un caro abrigo de vicuña. Anteriormente había sido gobernador de New Hampshire.

Arnheim, Gus (1897-1955). Pianista estadounidense que fue director de su propia Big Band, con la que tuvo gran éxito en las décadas de 1920 y 1930.

Blakey, Art (1919-1990). Batería estadounidense de jazz, uno de los intérpretes más destacados del jazz moderno. Lideró varios grupos, entre ellos el famoso The Art Blakey Quintet, más tarde conocido como Art Blakey and The Jazz Messengers. También formó su propia big band.

Bloch, Emanuel (1901-1954). Abogado estadounidense que defendió diversas causas de inculpados en la lucha por los derechos civiles y las libertades. Se le asoció a la defensa de los simpatizantes de la izquierda y a su cargo estuvo la del matrimonio Rosenberg.

Bremer, Gerhard (1917-1989). Comandante alemán de las SS, intervino en numerosas acciones bélicas, entre ellas la batalla de Normandía. Fue detenido en Francia y permaneció preso entre 1948 y 1954, año en que marchó con su esposa a Dénia, donde llevó una plácida vida con otros nazis, creó el complejo de bungalós Bremer y falleció en 1989.

Breton, André (1896-1966). Poeta francés surrealista, fundador y principal exponente de este movimiento artístico (suyo es el *Manifiesto Surrealista*). Se exilió en Estados Unidos hasta 1946, año en que volvió a París.

Brown, Clifford (1930-1956). Trompetista estadounidense de jazz. Fue una de las figuras más destacadas del *bebop* a pesar de su temprano fallecimiento en un accidente de automóvil.

Brown, Irving (1911-1989). Representante de los sindicatos norteamericanos en Europa desde la Segunda Guerra Mundial, en 1945 se instaló en Europa. Agente de la CIA, en cuya creación participó, financió con fondos de la Agencia el llamado "sindicalismo libre" y otras iniciativas anticomunistas (como el Congreso por la Libertad de la Cultura). Falleció en París.

Castrillón López, Isidro (?-?). Director de la cárcel Modelo de Barcelona en los primeros años de posguerra.

Cohn, Roy (1927-1986). Abogado estadounidense miembro del Comité de Actividades Antiamericanas. Fue jefe de los abogados del Comité en los tiempos en que se llevaron a cabo gran número de investigaciones sobre supuestas influencias subversivas tildadas de comunistas o procomunistas durante las décadas de 1940 y 1950.

Cohn-Bendit, Daniel (1945). Político francés de origen alemán que fue uno de los promotores de los hechos de Mayo del 68 en París. Evolucionó de sus primeras posiciones cercanas al anarquismo al ecologismo. Es eurodiputado verde desde 1994 y en 2004 fue uno de los cofundadores del Partido Verde Europeo.

Cortázar, Julio (1914-1984). Escritor argentino, una de las figuras claves de la literatura de la segunda mitad del siglo XX. En 1951 se trasladó a París y en 1981 obtuvo la nacionalidad francesa. En París vivió con entusiasmo los hechos de Mayo del 68. Para entonces era ya un reputado escritor que había publicado la mítica *Rayuela* (1963) y el libro de cuentos *Las armas secretas* (1959), en el que figuraba *El perseguidor*.

Dix, Otto (1891-1969). Pintor alemán, uno de los máximos exponentes del expresionismo alemán y miembro destacado de la que consideraba el ala más revolucionaria del movimiento Nueva Objetividad (Neue Sachlichkeit).

Döblin, Alfred (1878-1957). Escritor alemán de origen polaco nacionalizado francés desde 1936. Considerado uno de los renovadores de la técnica novelística alemana. Su novela *Berlin Alexanderplatz* (1929) –en la que aúna varios puntos de vista, voces y niveles del idioma– es su obra más conocida.

Dodd, William E. (1869-1940). Historiador y diplomático estadounidense. Miembro del sector liberal de Partido Demócrata, fue embajador de Estados Unidos en Alemania entre 1933 y 1937. Sus constantes denuncias de la política antisemita nazi lo convirtieron en un personaje incómodo para las autoridades alemanas y fue relevado de su cargo en 1937.

Donaldson, Lou (1926). Saxofonista estadounidense de jazz que en 1954 se unió al quinteto de Art Blakey.

Epstein, Jason (1928). Escritor y editor estadounidense. Fue uno de los fundadores de la revista bimensual *The New York Review of Books*, desde la que destapó algunas de las operaciones de la CIA para conformar "un aparato de intelectuales seleccionados por sus correctas posiciones respecto a la guerra fría como una alternativa a lo que podríamos llamar un mercado intelectual libre donde la ideología se presume que cuenta menos que el talento individual y el logro".

Ernst, Max (1891-1976). Pintor y escultor alemán ligado al surrealismo. Encarcelado por los nazis, consiguió escapar y en 1941 se estableció en Nueva York, donde casó con la coleccionista Peggy Guggenheim.

Ferno, John (1913-1987). Nombre con el que firmó la película documental *Tierra de España* (1937) el fotógrafo y director de cine belga Johannes Hendrik (John) Fernhout. De sólidas convicciones marxistas, en 1939 se estableció en Estados Unidos y murió en Jerusalén cuando preparaba una película sobre Van Gogh.

Flynn, Elizabeth Gurley (1890-1964). Activista, feminista y líder sindical. Fue una de las fundadoras de la Unión Estadounidense por las Libertades Civiles (1920), miembro del

Partido Comunista de los Estados Unidos de América y de la IWW (Industrial Workers of the World). En 1951 fue condenada a dos años de prisión por violar la Smith Act. Hizo varias visitas a la Unión Soviética, donde falleció durante una de ellas.

Fry, Varian (1907-1967). Periodista estadounidense que dirigió desde Marsella una red de evasión de perseguidos por los nazis a través del Comité Americano de Rescate de Emergencia, que hizo posible que escaparan unas cuatro mil personas entre agosto de 1940 y setiembre de 1941, año en que se vio obligado a abandonar Francia al no renovársele el pasaporte y desaprobar el Gobierno de su país las actividades que llevaba a cabo.

Goodman, Benny (1909-1986). Clarinetista estadounidense de jazz, una de las figuras legendarias del jazz y del *swing* en particular que formó su propia orquesta en 1934, con la que alcanzó una enorme popularidad. Fue el primero en integrar negros y blancos en sus formaciones, en las que colaboraron algunos de los músicos más relevantes de la historia del jazz. Es conocido como El rey del *swing*.

Guggenheim, Peggy (1898-1979). Coleccionista y mecenas estadounidense que inició en 1938 una importante colección de pintura de vanguardia, que instaló en un palacio veneciano en 1947, y protegió el expresionismo abstracto. En 1942 abrió en Manhattan una nueva galería llamada The Art of This Century Gallery. Estuvo casada con Max Ernst.

Hammett, Dashiell (1894-1961). Escritor estadounidense. Considerado el creador de la novela negra. Trabajó como detective privado, experiencia que le sirvió para escribir sus novelas (*Cosecha roja*, *El halcón maltés*...). A partir de 1934 tomó parte en actividades políticas de izquierda tachadas de procomunistas y fue miembro del Congreso por los Derechos Civiles de Nueva York. Fue investigado por el Comité de Actividades Antiamericanas y en 1951 se le condenó a seis meses de prisión federal por desacato al tribunal al negarse a proporcionar la lista de quienes habían contribuido al fondo de fianza de cuatro activistas del Congreso que aprovecharon el momento para escapar, lo que arruinó su vida.

Hammond, John H. (1910-1987). Productor musical estadounidense que bien pronto mostró poseer unas extraordinarias dotes como cazatalentos, convirtiéndose en una figura esencial en la evolución del jazz y la música popular en general. Entre otros, lanzó a la fama a Benny Goodman, Billie Holiday, Count Basie, Teddy Wilson, Pete Seeger, Aretha Franklin, Bob Dylan, Leonard Cohen y Bruce Springsteen.

Hanshaw, Annette (1901-1985). Cantante estadounidense. Fue una de las cantantes más populares de jazz en la década de 1930 y vocalista de diversas big band, entre ellas las de Benny Goodman y Tommy Dorsey.

Hauser, Arnold (1892-1978). Historiador húngaro del arte. Representante de la tendencia social del arte, concebía la obra de arte como el producto de un individuo condicionado por la sociedad a la que pertenece. De origen judío, huyó a Inglaterra en 1938, residiendo en Londres hasta un año antes de su muerte, cuando regresó a Hungría. Autor, entre otras obras, de *Historia social de la literatura y el arte* (1951).

Henderson, Fletcher (1897-1952). Pianista y arreglista estadounidense. Fue un músico clave en el desarrollo de las big band. En su orquesta figuraron músicos de la talla de Louis Armstrong, Ben Webster, Coleman Hawkins y Roy Eldridge. A mediados de la década de 1930 disolvió su orquesta y trabajó como arreglista para otros directores, como Goodman.

Higgins, Marguerite (1920-1966). Periodista y corresponsal de guerra estadounidense. Como tal, y para el *Herald Tribune* de Nueva York, cubrió la liberación del campo de Dachau.

Holiday, Billie (1915-1959). Cantante de jazz estadounidense, una de las mejores de todos los tiempos. Inició su carrera a principios de la década de 1930 y colaboró con los principales instrumentistas y directores de orquestas de jazz, como Benny Goodman, Count Basie, Duke Ellington, Teddy Wilson o Lester Young. Interpretó sobre todo *blues* i estándares, con su voz con-

movedora cuyo personalísimo estilo es fiel reflejo de lo que fue
su existencia. Su turbulenta vida y su dependencia a las drogas
psicoactivas resquebrajaron su salud y la convirtieron a los ojos
de las autoridades y las mentes biempensantes en un peligro
social. A finales de mayo de 1959 fue hospitalizada por dolor en
el hígado y problemas de corazón. Ello no la libró de un arresto
domiciliario el 12 de julio por posesión de narcóticos, que tuvo
que cumplir en el hospital bajo custodia policial. Falleció el 17
de julio de 1959 a la edad de 44 años.

Holländer (o Hollaender), Friedrich (1896-1976). Compositor alemán. Uno de los más populares y prestigiosos de la
época dorada del cabaret berlinés durante la República de
Weimar. De origen judío, en marzo de 1933 se exilió en Estados
Unidos para escapar de los nazis, que lo buscaban. Allí continuó
su carrera en el cine y regresó a Alemania en 1956.

Hook, Sidney (1902-1989). Filósofo estadounidense. Destacó
por sus posiciones políticas anticomunistas, que equiparaba al
totalitarismo, y tuvo un destacado papel en la creación del
Congreso por la Libertad de la Cultura. Fue también uno de los
ideólogos de la guerra fría.

Hunt, John (1925). Escritor estadounidense agente de la CIA.
Fue infante de marina en 1943, siendo desmovilizado en 1946
como teniente segundo. Le reclutó la CIA como agente especial
para apoyar a Michael Josselson en el Congreso por la Libertad
de la Cultura, en su sede de París, desempeñando el cargo de
secretario administrativo del Congreso.

Isherwood, Christopher (1904-1986). Novelista inglés
nacionalizado estadounidense en 1946. Autor de la novela
Adiós a Berlín (1939), obra que, junto a otros relatos, sirvió de
base para el musical *Cabaret*. En la capital alemana residió
entre 1933 y 1936.

Ivens, Joris (1898-1989). Director holandés de cine. Durante
la Guerra Civil Española realizó una de sus películas más
célebres, *Tierra de España* (1937), uno de los documentos más
sobrecogedores de la contienda. Un "artista militante" que
siguió registrando con su cámara buena parte de la historia del

siglo XX. En 1988 recibió el León de Oro del Festival de Cine de Venecia por el conjunto de su obra.

Josselson, Michael (1908-1978). Agente de la CIA. Nació en Estonia, hijo de un comerciante de maderas judío. Estudió en Berlín de 1920 a 1927. Hablaba ruso, alemán, francés e inglés. Marchó a Estados Unidos y en 1942 se nacionalizó estadounidense. Entró en el ejército en 1943, en tareas de inteligencia, y en 1946 era oficial de Asuntos Culturales en Berlín, con Nabokov. Fue reclutado por la CIA en 1948. Impulsor del Congreso por la Libertad de la Cultura desde sus inicios, llegó a ser su secretario general. Tras desvelarse la financiación de la CIA se apartó formalmente de él.

Karski, Jan (1914-2000). Miembro de la Resistencia polaca. En 1939 consiguió fugarse de un tren que le conducía a un campo de concentración y pudo llegar a Varsovia, enrolándose en la Resistencia. Testigo del horror nazi, trató de que el mundo se enterara de lo que sucedía y de movilizar ayudas. Llevaba con él un microfilme escondido en una llave. Denunció la situación ante Roosevelt y el Gobierno inglés, pero no le hicieron caso. En 1944 escribió el libro *Historia de un Estado clandestino*, en el que narra su misión de hacer de correo entre el gobierno polaco en el exilio y la resistencia interior, así como los avatares sufridos por los judíos del gueto de Varsovia y las terribles condiciones de los campos de exterminio en que eran internados. Se convirtió en ciudadano estadounidense en 1954.

Kelley, Florence (1859-1932). Activista estadounidense. Fue una incansable luchadora estadounidense por los derechos civiles, firme defensora del sufragismo y una de las inspiradoras de la Asociación Nacional para el Progreso de las Personas de Color (NAACP: National Association for the Advancement of Colored People).

Lowell, Robert (1917-1977). Poeta estadounidense, considerado uno de los más importantes de la segunda mitad del siglo XX. Se negó a participar en la Segunda Guerra Mundial, por lo que fue encarcelado y luego internado en un psiquiátrico. Colaboró en los movimientos de defensa de los derechos y las libertades civiles.

Margolis, Ben (1910-1999). Abogado estadounidense. Fue el defensor de los Diez de Hollywood ante el Comité de Actividades Antiamericanas (1947) y de los diecisiete jóvenes de origen mexicano que fueron detenidos por el asesinato de Sleepy Lagoon (1942) y condenados injustamente. Margolis y otros consiguieron que el Tribunal Supremo revocara la sentencia. En 1952 él mismo tuvo que comparecer ante el Comité, negándose a responder a cualquier pregunta que pudiera incriminar a otros.

McCarthy, Joseph (1908-1957). Político estadounidense. Senador republicano por Wisconsin desde 1947 a 1957, fue uno de los principales organizadores de la campaña anticomunista emprendida para descubrir e inhabilitar profesionalmente a los sospechosos de ser comunistas o simpatizantes, o bien contrarios a la política norteamericana. Desde 1953 fue presidente de la Subcomisión Permanente de Investigaciones del Senado y en 1954 fue destituido por las repercusiones de su agresiva política. No participó en los trabajos del Comité de Actividades Antiestadounidenses (organismo que dependía de la Cámara de Representantes) cuya actividad se remonta a finales de la década de 1940 y principios de los 50, pero sí fue su organizador y principal promotor.

Miller, Arthur (1915-2005). Dramaturgo estadounidense. Su obra está impregnada de una fuerte carga social y política. Fue uno de los intelectuales que no se dejaron tentar por los cantos de sirena del Congreso por la Libertad de la Cultura. Firme defensor de los derechos civiles, fue acusado de simpatizar con el comunismo, negándose a responder a los interrogatorios del Comité de Actividades Antiamericanas en 1956. En su drama de 1953 *The Crucible* (*Las brujas de Salem* es el título que se dio en la traducción al español) se sirvió del juicio llevado a cabo en 1692 contra varios vecinos de Salem (Massachusetts) acusados de practicar brujería para atacar la intolerancia ideológica dominante.

Molné, hermanos. Eduard Molné (1917-2013) y Fernando Molné (?-?) fueron propietarios hostal Palanques en La Massana (Andorra) y desempeñaron un importante papel en las redes de pasadores llevando con su taxi a los evadidos hasta

Sant Julià de Lòria, a poco más de tres kilómetros de la frontera con España.

Nabokov, Nicolas (1903-1978). Compositor y escritor de origen ruso nacionalizado estadounidense en 1939. En 1951 se convirtió en secretario general del Congreso por la Libertad de la Cultura, cargo que mantuvo hasta 1967, tras estallar el escándalo de la financiación del Congreso por la CIA. La Fundación Fairfield lo gratificó entonces con 34.000 dólares y regresó a Nueva York como profesor. Fue también director artístico del Festival de Berlín entre 1964 y 1967.

Perkins, Maxwell (1884-1947). Editor literario estadounidense. Tras trabajar un breve periodo de tiempo de *The New York Times*, en 1910 se incorporó a la prestigiosa editorial Charles Scribner's Sons, desde la cual fue editor literario de, entre otros, Ernest Hemingway, Francis Scott Fitzgerald y Thomas Wolfe.

Piscator, Erwin (1893-1966). Director de teatro alemán. Formó parte del movimiento dadá en Berlín y dirigió diversos teatros, llegando a tener en Berlín el suyo propio. Trató de poner en escena un teatro de tipo proletario. Pasó unos años en la Unión Soviética (1931-1936), luego estuvo en París (1936) y en 1939 marchó a Nueva York, donde dirigió la escuela de arte dramático. Regresó a Alemania en 1951 a causa de la presión de la política anticomunista y siguió trabajando once años como director invitado en diferentes compañías.

Ponzán, Francisco (1911-1944). Maestro español. Militante de la CNT, formó parte del Consejo Regional de Defensa de Aragón y, al ser disuelto este, se integró en el Servicio de Información Especial Periférica. Al finalizar la guerra de España se exilió en Francia y formó y dirigió una red de guías y pasadores para ayudar a escapar a los perseguidos por el nazismo, conocida como La Organización, que estuvo también servicio de la red Pat O'Leary. En abril de 1943 fue detenido en Toulouse y puesto en manos de la Gestapo, siendo fusilado en Buzet-sur-Tarn, un pueblo del pirineo francés.

Rodellec du Porzic, Maurice (?). Intendente de policía de Marsella en la Francia de Pétain desde que los nazis ocuparon París hasta 1943.

Rosenberg, Julius y Ethel El matrimonio formado por Julius Rosenberg (1918-1953) y Ethel Greenglass Rosenberg (1915-1953) fue ejecutado en la silla eléctrica, en el penal de Sing Sing, el 19 de junio de 1953, tras haber un largo proceso plagado de irregularidades. Víctimas del furor anticomunista reinante, Julius fue acusado de ser el máximo responsable de una red de espionaje que pasaba a los soviéticos valiosa información sobre el proyecto Manhattan, el plan secreto de los Estados Unidos sobre la energía atómica. Aunque el fiscal no consiguió aportar prueba solvente al respecto, como tampoco de ninguno de los demás hechos que se le imputaba tanto a él como a su esposa, acabaron siendo condenados.

Sartre, Jean-Paul (1905-1980). Filósofo y escritor francés. Uno de los más importantes filósofos del siglo XX, además de novelista, dramaturgo y activista. Máximo exponente de la filosofía existencialista, destaca por la singular combinación que hace de esta con el humanismo marxista que practicó. Participó directamente en los hechos de Mayo del 68 en París. Por entonces era ya un consagrado e influyente filósofo que había publicado lo más relevante de su ingente obra. Manifestó en todo momento su desconfianza hacia los verdaderos intereses del Congreso por la Libertad de la Cultura. En 1964 rechazó el Premio Nobel de Literatura porque no quería "dejarse recuperar por el sistema".

Silver, Horace (1928-2014). Pianista y compositor estadounidense de jazz. Con Art Blakey formó The Jazz Messengers en 1953, separándose dos años después para formar su propio grupo. Fue uno de no de los pioneros del *hard bop*.

Skorzeny, Otto (1908-1975). Coronel de las Waffen SS. Absuelto de crímenes de guerra en los juicios de Núremberg, fue internado un campo de desnazificación del que logró huir en 1948. Se refugió en España y se estableció en Madrid, donde siguió trabajando de ingeniero para las compañías acereras alemanas. Fue uno de los principales responsables de la red secreta para ayudar a escapar a miembros de las SS Odessa (Araña en España). En 2011 se subastó su archivo personal que contenía documentos sobre sus intentos de reclutar desde España una legión mundial anticomunista.

Sparks, Felix L. (1917-2007). General de brigada estadounidense. Fue comandante del Tercer Batallón del 157 Regimiento de Infantería de la División 45 (Thunderbird) de los Estados Unidos que asediaba Múnich, el gran bastión nacionalsocialista, en su avance hacia Berlín. Sus tropas liberaron a los prisioneros del campo de concentración de Dachau.

Spender, Stephen (1909-1995). Poeta inglés. Formó parte de la generación de escritores de izquierda de la década de 1930. Fue miembro del Partido Comunista de Gran Bretaña y luchó en la guerra de España como brigadista internacional. Tras el Tratado de no Agresión entre Alemania y la Unión Soviética se fue distanciando del mismo hasta acabar condenando públicamente el comunismo. Fue coeditor de las revistas *Horizon* entre 1940 y 1949 y *Encounter* desde 1953 hasta 1967, cuando la abandonó al saber que esta se financiaba con dinero de la CIA.

Stern, Sol (1935). Periodista. Investigador del Manhattan Institute for Policy Research y editor colaborador de su revista trimestral *City Journal*. Nació en Israel pero se crió en Nueva York, en el Bronx, y estudió en las universidades de Nueva York, Iowa y Berkeley. Comenzó su carrera en *Ramparts* (revista de la izquierda católica estadounidense que había evolucionado a posiciones radicales), de la que fue editor entre 1966 y 1972, contribuyendo a destapar que la CIA financiaba una serie de organizaciones culturales anticomunistas. Poco a poco fue apartándose de su inicial radicalismo debido a las críticas de la izquierda hacia Israel.

Taylor, Vince (1939-1991). Cantante británico de rock. Se hizo famoso también en Francia. Vestido completamente de cuero negro, causaba sensación con sus frenéticos movimientos. Su fama, sin embargo, fue un tanto efímera.

Velde, Harold Himmel (1910-1985). Político estadounidense. Miembro del Partido Republicano, fue presidente del
Comité de Actividades Antiamericanas entre 1953 y 1955, y
senador por Illinois desde 1949 a 1957.

Walker, Ella (1875-1959). Hija de un acaudalado fabricante
de licor, la estadounidense Helena Ella Holbrook Walker se
casó en 1932 con Alejandro della Torre e Tasso, miembro de la
rama bohemia de la casa principesca de Thurn y Taxis,
convirtiéndose en Principessa della Torre e Tasso.

Webster, Ben (1909-1973). Saxofonista estadounidense de
jazz. Inició su carrera como pianista en una orquesta de
Oklahoma. En 1929 se decidió por el saxo tenor y ya con este
instrumento tocó en diversas orquestas, entre ellas la Duke
Ellington, con la que consiguió gran celebridad. Formó
entonces su propio conjunto. En la década de 1960 se instaló en
Copenhague durante un período de cinco años y actuó por toda
Europa. Su vibrato, su fraseo, su genialidad armónica y
melódica, hacen de él unos de los grandes del jazz de la segunda
mitad del siglo XX.

Whiteman, Paul (1890-1967). Pianista y director de orquesta
estadounidense. Fue muy popular en la década de 1920 por su
estilo personal (jazz sinfónico), que difundió con su orquesta.
Su influencia fue enorme en la evolución de las big band. Con
la llegada del *swing* su popularidad fue a menos y se retiró a
mediados de la década de 1940.

Wiesenthal, Simon (1908-2005). Activista judío por los
derechos humanos, de origen ucranio. Arquitecto de profesión.
Al invadir Alemania la Unión Soviética en 1941, Wiesenthal y
su familia fueron arrestados en Checoslovaquia. Pasó por
diversos campos de concentración: Ostbahn, Janowska y
Mauthausen (de donde fue liberado en 1945). En 1947 fundó,
con treinta voluntarios más, el Centro de Documentación Judía
en Linz (Austria) para conseguir pruebas y poder acusar a
criminales de guerra nazis. Aunque el centro cerró en 1954, sus
investigaciones permitieron localizar y detener a Adolf
Eichmann en 1960. El 1961 reabrió el centro en Viena. En 1977

se fundó en la Universidad Jeshiva de Los Ángeles (EEUU) el Simon Wiesenthal Holocaust Center.

Wilson, Edmund (1895-1972). Escritor y crítico literario estadounidense. Colaboró en diversas revistas. Su obra crítica sigue en buena parte la estética marxista, aunque también trata otros campos, como la política o la historia. Durante la Guerra Fría fue un declarado crítico de la política de su país. Mostró abiertamente su oposición a la carrera armamentística contra la Unión Soviética, a la merma de libertades civiles en Estados Unidos, vulneradas con la excusa de la defensa del comunismo, y a la intervención en la guerra de Vietnam.

Ziereis, Franz (1905-1945). Dirigente alemán de las SS, de las que llegó a ser coronel. Fue comandante del campo de concentración de Mauthausen-Gusen entre 1939 y 1945, hasta el mismo momento de su liberación por las tropas estadounidenses. Huyó entonces con su familia, pero lo encontraron en Austria, resultando gravemente herido en un intercambio de disparos con sus perseguidores y falleció al día siguiente.